中国艺术研究院
基本科研业务费项目

中国艺术研究院学术文库
主　编　王文章　周庆富

孙伟科　著

《红楼梦》与诗性智慧

北京时代华文书局

图书在版编目（CIP）数据

《红楼梦》与诗性智慧 / 孙伟科著 . -- 北京：北京时代华文书局, 2025.6
（中国艺术研究院学术文库 / 王文章，周庆富主编）
ISBN 978-7-5699-5229-2

Ⅰ.①红… Ⅱ.①孙… Ⅲ.①《红楼梦》研究 Ⅳ.①I207.411

中国国家版本馆 CIP 数据核字 (2024) 第 063318 号

HONGLOUMENG YU SHIXING ZHIHUI

出 版 人：陈　涛
责任编辑：周海燕
装帧设计：周伟伟
责任印制：刘　银　訾　敬

出版发行：北京时代华文书局 http://www.bjsdsj.com.cn
　　　　　北京市东城区安定门外大街 138 号皇城国际大厦 A 座 8 层
　　　　　邮编：100011　电话：010-64263661　64261528

印　　刷：三河市嘉科万达彩色印刷有限公司
开　　本：710 mm×1000 mm　1/16　　成品尺寸：170 mm×240 mm
印　　张：23.625　　　　　　　　　　字　　数：360 千字
版　　次：2025 年 6 月第 1 版　　　　印　　次：2025 年 6 月第 1 次印刷
定　　价：98.00 元

版权所有，侵权必究
本书如有印刷、装订等质量问题，本社负责调换，电话：010-64267955。

"中国艺术研究院学术文库"
编辑委员会

主　编　王文章　周庆富

副主编　喻　静　李树峰　王能宪

委　员　王　馗　牛克成　田　林　孙伟科
　　　　李宏锋　李修建　吴文科　邱春林
　　　　宋宝珍　陈　曦　杭春晓　罗　微
　　　　赵卫防　卿　青　鲁太光
　　　　（按姓氏笔画排序）

编辑部

主　任　陈　曦

副主任　戴　健　曹贞华

成　员　马　岩　刘兆霏　汪　骁　张毛毛
　　　　胡芮宁　（按姓氏笔画排序）

"中国艺术研究院学术文库"再版序

周庆富

由中国艺术研究院策划、北京时代华文书局出版的大型系列丛书"中国艺术研究院学术文库",历经十余载,陆续出版近150种,逾5000万字,自面世以来取得了很好的社会反响。这套丛书以全景集成之姿,系统呈现了中国艺术研究院新一代学者在文化强国征程中,承继前海学术传统,赓续前辈学术遗产的共同追求,也展现了学者们鲜明的研究个性和独特的学术风格,勾勒出我国当代文化艺术从理论研究到实践探索的发展脉络,对推进中国艺术学学科体系、学术体系、话语体系建设具有重要的史料价值和学术价值。

北京时代华文书局意将整套丛书再版,并对装帧、版式等进行重新设计,让这一系列规模庞大、内容广博的研究成果持续发挥它应有的作用,这无疑是一件好事!衷心祝愿"中国艺术研究院学术文库"再版成功!中国艺术研究院的学者们也将继续以饱满的学术热情,将个人专长与国家需要紧密结合,不断为新时代文化艺术繁荣发展,为文化强国建设贡献智慧和力量。

2024年12月20日

总　序

王文章

以宏阔的视野和多元的思考方式，通过学术探求，超越当代社会功利，承续传统人文精神，努力寻求新时代的文化价值和精神理想，是文化学者义不容辞的责任。多年以来，中国艺术研究院的学者们，正是以"推陈出新"学术使命的担当为己任，关注文化艺术发展实践，求真求实，尽可能地从揭示不同艺术门类的本体规律出发做深入的研究。正因此，中国艺术研究院学者们的学术成果，才具有了独特的价值。

中国艺术研究院在曲折的发展历程中，经历聚散沉浮，但秉持学术自省、求真求实和理论创新的纯粹学术精神，是其一以贯之的主体性追求。一代又一代的学者扎根中国艺术研究院这片学术沃土，以学术为立身之本，奉献出了《中国戏曲通史》《中国戏曲通论》《中国古代音乐史稿》《中国美术史》《中国舞蹈发展史》《中国话剧通史》《中国电影发展史》《中国建筑艺术史》《美学概论》等新中国奠基性的艺术史论著作。及至近年来的《中国民间美术全集》《中国当代电影发展史》《中国近代戏曲史》《中国少数民族戏曲剧种发展史》《中国音乐文物大系》《中华艺术通史》《中国先进文化论》《非物质文化遗产概论》《西部人文资源研究丛书》等一大批学术专著，都在学界产生了重要影响。近十多年来，中国艺术研究院的学者出版学术专著在千种以上，并发表了大量的学术论文。处于大变革时代的中国艺术研究院的学者们以自己的创造智慧，在时代的发展中，为我国当代的文化建设和学术发展做出了当之无愧的贡献。

为检阅、展示中国艺术研究院学者们研究成果的概貌，我院特编选出版"中国艺术研究院学术文库"丛书。入选作者均为我院在职的副研究员、研究员。虽然他们只是我院包括离退休学者和青年学者在内众多的研究人员中的一部分，也只是每人一本专著或自选集入编，但从整体上看，丛书基本可以从学术精神上体现中国艺术研究院作为一个学术群体的自觉人文追求和学术探索的锐气，也体现了不同学者的独立研究个性和理论品格。他们的研究内容包括戏曲、音乐、美术、舞蹈、话剧、影视、摄影、建筑艺术、红学、艺术设计、非物质文化遗产和文学等，几乎涵盖了文化艺术的所有门类，学者们或以新的观念与方法，对各门类艺术史论做了新的揭示与概括，或着眼现实，从不同的角度表达了对当前文化艺术发展趋向的敏锐观察与深刻洞见。丛书通过对我院近年来学术成果的检阅性、集中性展示，可以强烈感受到我院新时期以来的学术创新和学术探索，并看到我国艺术学理论前沿的许多重要成果，同时也可以代表性地勾勒出新世纪以来我国文化艺术发展及其理论研究的时代轨迹。

中国艺术研究院作为我国唯一的一所集艺术研究、艺术创作、艺术教育为一体的国家级综合性艺术学术机构，始终以学术精进为己任，以推动我国文化艺术和学术繁荣为职责。进入新世纪以来，中国艺术研究院改变了单一的艺术研究体制，逐步形成了艺术研究、艺术创作、艺术教育三足鼎立的发展格局，全院同志共同努力，力求把中国艺术研究院办成国内一流、世界知名的艺术研究中心、艺术教育中心和国际艺术交流中心。在这样的发展格局中，我院的学术研究始终保持着生机勃勃的活力，基础性的艺术史论研究和对策性、实用性研究并行不悖。我们看到，在一大批个人的优秀研究成果不断涌现的同时，我院正陆续出版的"中国艺术学大系""中国艺术学博导文库·中国艺术研究院卷"，正在编撰中的"中华文化观念通诠""昆曲艺术大典""中国京剧大典"等一系列集体研究成果，不仅展现出我院作为国家级艺术研究机构的学术自觉，也充分体现出我院领军国内艺术学地位的应有学术贡献。这套"中国艺术研究院学术文库"和拟编选的本套文库离退休著名学者著述部分，正是我院多年艺术学科建设和学术积累的一个集中性展示。

多年来，中国艺术研究院的几代学者积淀起一种自身的学术传统，那就是勇于理论创新，秉持学术自省和理论联系实际的一以贯之的纯粹学术精神。对此，我们既可以从我院老一辈著名学者如张庚、王朝闻、郭汉城、杨荫浏、冯其庸等先生的学术生涯中深切感受，也可以从我院更多的中青年学者中看到这一点。令人十分欣喜的一个现象是我院的学者们从不故步自封，不断着眼于当代文化艺术发展的新问题，不断及时把握相关艺术领域发现的新史料、新文献，不断吸收借鉴学术演进的新观念、新方法，从而不断推出既带有学术群体共性，又体现学者在不同学术领域和不同研究方向上深度理论开掘的独特性。

在构建艺术研究、艺术创作和艺术教育三足鼎立的发展格局基础上，中国艺术研究院的艺术家们，在中国画、油画、书法、篆刻、雕塑、陶艺、版画及当代艺术的创作和文学创作各个方面，都以体现深厚传统和时代特征的创造性，在广阔的题材领域取得了丰硕的成果，这些成果在反映社会生活的深度和广度及艺术探索的独创性等方面，都站在时代前沿的位置而起到对当代文学艺术创作的引领作用。无疑，我院在文学艺术创作领域的活跃，以及近十多年来在非物质文化遗产保护实践方面的开创性，都为我院的学术研究提供了更鲜活的对象和更开阔的视域。而在我院的艺术教育方面，作为被国务院学位委员会批准的全国首家艺术学一级学科单位，十多年来艺术教育长足发展，各专业在校学生已达近千人。教学不仅注重传授知识，注重培养学生认识问题和解决问题的能力，同时更注重治学境界的养成及人文和思想道德的涵养。研究生院教学相长的良好气氛，也进一步促进了我院学术研究思想的活跃。艺术创作、艺术教育与学术研究并行，三者在交融中互为促进，不断向新的高度登攀。

在新的发展时期，中国艺术研究院将不断完善发展的思路和目标，继续培养和汇聚中国一流的学者、艺术家队伍，不断深化改革，实施无漏洞管理和效益管理，努力做到全面协调可持续发展，坚持以人为本，坚持知识创新、学术创新和理论创新，尊重学者、艺术家的学术创新、艺术创新精神，充分调动、发挥他们的聪明才智，在艺术研究领域拿出更多科学的、具有独创性的、充满鲜活生命力和深刻概括力的研究成果；在艺术创作领域推出更多具有思想震撼力和艺术感染力、具有时代标志性和代表性的精品力作；同时，培养更多德才兼备的优秀青年人才，真正把中国艺术研究院办成全国一流、世界知名的艺术研究中心、艺术教育中心和国际艺术交流中心，为中华民族伟大复兴的中国梦的实现和促进我国艺术与学术的发展做出新的贡献。

2014年8月26日

目 录

序 一／1

自 序／3

第一编 观念与艺术

20世纪红学研究的启示／2

《红楼梦》与诗性智慧／18

审美现代性与《红楼梦》的意蕴阐释／32

主题预设·叙事张力·意图转移／44

历史缘起与功过得失

　　——五六十年代马克思主义方法在《红楼梦》研究中的应用／53

红学研究中一般方法与特殊方法之间的关系／68

"缘起"何需再"揭秘"

　　——1954年红学运动再评述／81

《红楼梦》的悲剧性演成

　　——《红楼梦》第三十三回分析／93

宝黛爱情悲剧的一次预演

　　——《红楼梦》第五十七回分析／105

红学与红楼美学

　　——评刘再复"红楼四书"中的美学思想／115

《红楼梦》中石头神话的问题／132

艺术的假定性类型与《红楼梦》的超现实描写／139

脂砚斋批语的语体特征／149

第二编　红楼人物

红学中人物评价的方法论评析／162

宝玉，意欲何为？
　　——贾宝玉文学形象的审美读解／184

关于袭人形象的评价问题／194

贾政其人
　　——贾政文学形象的美学读解／214

第三编　红楼学术人物

胡适的文学观与他的红学观／224

俞平伯的忧郁／236

一生傲然苦不谐
　　——纪念周汝昌先生／240

没有论争就没有进步
　　——作为文艺批评家的李希凡／252

文艺批评的世纪风云
　　——文艺批评家李希凡访谈／259

第四编　红楼传播

痴心红楼入梦来
　　——当代作家"论红"一瞥／272

目 录

红学应该成为文化创造力之学 / 285

流言家的红学 / 290

《红楼梦》的2005年 / 299

红楼热，热什么？ / 306

红学何以"显"
　　——为《中原红学》而作 / 309

脱颖而出看马君
　　——为马经义君《红楼十二钗评论史略》而作 / 312

不是概念之争而是价值定位
　　——朱兵论《红楼梦》的经典性 / 319

创新是灵魂
　　——品评京剧《曹雪芹》得失 / 325

《红楼梦》的美学视角
　　——在南京图书馆的演讲 / 332

序 一

李希凡

自《红楼梦》问世以来，随之就有研读者"红学"的戏言，其后虽有"索隐红学"的各种猜谜，却尚无人认真对待，只有胡适的《红楼梦考证》的出炉，才公开标榜旧红学的打倒，新红学的确立。新红学的考证也确有成就和贡献。只不过胡适根本没有读懂《红楼梦》，在他的心目里，曹雪芹只是在记述平淡无奇的家事——贾宝玉即曹雪芹，贾政即曹頫，而在另一位新红学家俞平伯先生的代表作《红楼梦辨》里，虽有较精细的品评，却也被视为"不脱东方思想窠臼"的"闲书"。尽管与新红学兴起的同代，已出现过王国维对《红楼梦》的美学品评，鲁迅对《红楼梦》在中国文学史特别贡献的崇高评价，以至于上世纪50年代还发动过一场对胡适派唯心主义的思想批判运动。到了今天，红学研究已经取得了空前的繁荣和发展，甚至可以说，红学已经成为当今学术上的"显学"之一，成果累累。但是，若干年来，占据荧屏主流媒体讲坛和北京图书大厦广告宣传的畅销书却是一种倡导"秦学"的新论。作者自称是承袭了周汝昌先生的写生自传说，并进一步融合了康熙政坛斗争的揭秘和索隐，于是，"淫丧天香楼"的秦可卿，竟变成康熙废太子胤礽的公主隐身在贾府，而且自幼就和贾珍相爱……于是，《红楼梦》由一部伟大的文学杰作，不只在周汝昌先生的考证中，被解读为曹家家事精裁细剪的生活实录，而且在这位论者的解读中，又进而索隐出康熙朝夺嫡斗争中的细事"揭秘"，这在当时一些媒体上

《红楼梦》与诗性智慧

真可谓喧嚣一时，痴迷了很多青年读者和听众，但在红学研究中，这本没有引起什么波澜，因为它并不是什么红学研究的新亮点，只不过是二百年来红学"乱象"中的"新瓶装旧酒"自传说向老索隐的回归。七十多年前，鲁迅曾把它定格为"流言家看见宫闱秘事"。几位研究《红楼梦》的学者，只是在被记者追问时，谈了点不同意见，不知为什么，一来二去，网上的谴责胜于一场学术论争。

这一幕红坛"乱象"，本与我写这篇序言并无关联，却是我阅读伟科同志这部红学论著所唤起的记忆。本书辑有他这一时期的文章三十余篇，有论有评，评多于论。无论评和论，作者都有他独特的视角和解析，给人以有益的启示。本书以《〈红楼梦〉与诗性智慧》，作为书名，寓有自励焉。作为《红楼梦》爱好者，本书中《红楼梦与诗性智慧》、《审美现代性与〈红楼梦〉的意蕴》、《主题预设·叙事张力·意图转移》，更让我对他的"论"多所期待，因为《红楼梦》毕竟是一部伟大的文学杰作，而且堪称世界文学宝库创作艺术的范本。因而，对小说本体的解读，以提高读者的鉴赏水平，深刻认识《红楼梦》的真实的思想艺术价值，才是当前该努力做的工作，读者寄有愿望焉！

2013年8月15日

自　序

研红者往往有痴性。

在我的周围，有许多"爱红"、"研红"的人，他们对《红楼梦》的爱，首先表现为对《红楼梦》文字的痴迷，他们能指到哪里背诵到哪里，能信口说出、脱口说出《红楼梦》的章回回目、人物关系。我不是对于文字异常敏感的人，但我对作者曹雪芹所创造的文学世界以及文学世界所展现的精神空间却有敏感，贾宝玉、林黛玉那痴根痴性、癫傻魔狂、嘻天哈地的人生，是奇异的，也是隐喻性的，独拔于中国文学史之上。借助于他们不得志的人生，借助于他们被毁灭的爱情，借助于他们对于这个世界的告别，我一直在追问：曹雪芹想告诉我们什么？

很多人说，他们更喜欢薛宝钗、史湘云，所谓"娶妻当如薛宝钗"等，有人甚至说他们更喜欢袭人、平儿，甚至贾珍、薛蟠等。喜欢他们是正常的，他们是"常态生活"的体现者，贾母、贾政、王夫人似乎没有骂他们是"魔根祸胎"或"冤家"。曹雪芹并不是不理解什么是"常态生活"，常态生活不等于平庸，他们属于历史真实的日常生活，带着那个时代生活的质感。虽然这些人的"人生"在作品也值得重视，但我关注的是，曹雪芹为什么要写一种不平凡的人生。

早有人说过，贾宝玉具有传奇性，这传奇性只是为了增加可读性吗？一种吸引读者趣味盎然地读下去的叙述策略？

《红楼梦》与诗性智慧

《红楼梦》不是一部平凡的小说。贾宝玉、林黛玉都是西方灵河畔的"世外之人",他们是神瑛侍者、绛珠仙草临世,他们没有世俗人的世俗烦恼,为衣食住行而挣扎,他们是情痴情种,一个要在花柳繁华地、温柔富贵乡的人间阅尽春色、深尝大恸之后归彼大荒,一个则要用一生的眼泪来还清孽缘,为情生为情死,仅此而已。这真是一种千古不尽之情!

发泄儿女真情,即大旨谈情,这就是作者的意图;借真情儿女写出,曹雪芹征服人的本领是将一种不平凡的人生写得真实,写得令人信服,写得令人感动。因此可以说《红楼梦》的价值首先在于情真。这不是说庸常的人生不真实,而是庸常的人生常常显不出更深的人性——人性的深度。

"夏虫不可语冰。"否认贾宝玉、林黛玉有一种生死之恋真情存在的人,否认他们的生存在遵循另外一种逻辑,根本不理解宝黛的行为逻辑的人,是不必与之争论的。因为这些人不懂贾宝玉、林黛玉的情天情海,不懂他们天情般的爱情体验,同时这也意味着他们不能完全懂得妙玉、晴雯、尤三姐、龄官、五儿、司棋等,这些不能甘受他人驱遣之人,这些至少拒绝了世界一半的人,曹雪芹深深地着迷于他们的人性,说他们"直烈遭危"也好,说他们"人不人鬼不鬼"也好,曹雪芹借文字显示了他们最容易被忽视的存在、最容易被误解的存在、最容易被遗忘的存在。

这些奇异人生和精雕细刻般地展现这些奇异人生,作者是深深地知道它的价值的,但读者呢?"谁解其中味!"事实也正是如此,那些信众广泛的索隐派和严格的自传说,不能理解。

每一次阅读《红楼梦》,都是与作者的一次对话——心灵对话。世远莫见其面,觇文辄见其心。这种对话是默默的、无言的,是借助于特殊媒体——小说中的文字,所以对文字敏感是最初的桥梁。因此我常常叹服那些能够背诵《红楼梦》的人——他们绝对是对作者的匠心有共鸣的人。

曹雪芹用文字营造的精神空间,是最值得玩味的,也值得反复玩味。也许是因为忘情于此,所以我对考证文献和追溯祖籍、版本之间的叙述差异,留心了但不是很上心,更无力去研究。凡是不能改变对曹雪芹精神内容与价值追求确认的内容,我认为都可以忽略不计。直到2005年左右,因为红学将成为我的专业，我才不得不全面地阅读《红楼梦》的"考证"和《红楼梦》研究的"历史"。

尽管我常常想要完善自己的知识结构，但我的偏倚依然存在。所以进入我的眼帘的是那些具有"思想创新"的人，这些新说令我着迷。比如，武汉大学哲学教授邓晓芒兼顾文学评论，他曾多次评论《红楼梦》，借助于《红楼梦》论述中国文化的性质。邓老师的一个重要观点是，贾宝玉是一个拒绝长大、拒绝扮演社会角色并承担社会责任的人，他一直要用"赤子之心"拒绝外在的世界，这导致了实践人格的严重欠缺（缺乏行动）——中国传统文化也是如此，返璞归真的愿望成为阻碍人际之间社会关系合理形成的遁词，使中国社会的现代性严重不足，个人与社会的关系不能很好地调适，文学变成了一种于事无补的喟叹和感伤。

邓晓芒的观点，说起来与胡适的观点有某些相通之处，或者说是承续之处。胡适认为《红楼梦》的价值不高，是因为它与"科学和民主"不相关，没有充分地符合现代社会的内容，所以对《红楼梦》的负面评价占据了主要地位。胡适甚至认为，曹雪芹在宣扬迷信，如说宝玉"衔玉而诞"等，这与中国社会急需的"科学与民主"时代要求不相配。

也有从中国文化角度极力赞赏《红楼梦》的，认为它是中国社会和历史的"全息图像"——生活信息全无遗漏。其实，《红楼梦》早就有"百科全书"、"千门万户"的说法。我觉得这些说法是相似的。凡是从更全面的观点看《红楼梦》的人，往往能看到这些文化中的矛盾性，并不持一面之词。比如，曹雪芹借助于无知无识无贪无忌的"赤子文化"，反对的是腐败虚伪的儒家文化——变形的儒家文化，曹雪芹张扬诗性文化反对礼教文化，用大观园中青春美反对园外禄蠹文化、权谋文化。曹雪芹不反对进入社会，而是反对异化社会——与本真人性敌对的社会，曹雪芹沉醉的大观园，也许正是作者心目中的社会理想的范型。

为曹雪芹辩护，我们可以说中国社会不缺乏尊卑秩序（以孝为中心）、不缺乏运作机制（修身齐家治国平天下），但这个秩序和机制出现了问题——扭曲到了令人无所适从的地步，个人融入社会的渠道过分狭小逼窄。假如把贾雨村看作是走出大观园的贾宝玉，贾宝玉只会比贾雨村更加命运不济。贾雨村做正人君子——不贪赃不行（这是现实规则），审时度势——夤缘攀附、贪赃妄行也不行（这是挂牌的明训规则，偶尔发作）。贾雨村的仕途之路证明儒家学说所标榜的人格理想在现实社会里只会遭到无情的嘲讽，它已经失去了将个人人格修养成内具浩然之气的社会环境和条件。

  如此看来，理想社会和人格不是如何制定的问题，而是如何建构和塑造的问题。贾宝玉和林黛玉的爱情不能实现，探讨其实现的现实性途径——有人说为什么他们不私奔？曹雪芹让林黛玉通过《五美吟》之一赞颂红拂的私奔，为什么林黛玉在现实生活里没有如此考虑、不做如此选择？也许曹雪芹着迷的是问题本身，而不是如何解决问题。尽管如此，邓晓芒提出的问题依然有意义——他们在人格上缺乏实践性，他们的意志能力没有通过自我的行动争取就选择了决绝的告别。是的，小说中宝黛的被动性十分明显。

  不能自主，不仅是人生道路不能自主，还包括爱情也不能自主，这就是困境；困境还未来得及克服，如何自主，就做出了决裂人生的选择，这就是林黛玉、贾宝玉和他们的爱情悲剧。

  更尊重青年人的选择，社会将更文明一些、进步一些。社会无疑已经获得了如此进步，但还未达到理想境界。爱情自由在更高的程度上实现了，但未彻底实现。即便是一个人在这个问题上完全可以自主，但我们又陷入了感性与理性的分裂，目的与手段、灵与肉的分裂中，我们向往超越功利、放弃计算、纯任自然，但却不能始终如此、彻底如此。得失之间的欢乐、无法餍足的欲望、理想与现实的距离，使我们得陇望蜀，丧失平衡，撕裂自我，再次陷入悲剧感的体验中。

  这是一个永恒的悲剧，曹雪芹注意到了。林黛玉的《葬花吟》，似乎要抗拒的对象之一就是时间的催老。显然，这是不可抗拒的。就像把瞬间的美好化作永恒一样，把生命定格于青春一样，艺术能做得到，生活做不到。艺术让我们守住了永恒，也让我们感到实际的无奈和失落。思考这些问题，纯粹从生活的角度看，是犯傻。作家在犯傻？是啊，作家让他的代表或代言人，即贾宝玉、林黛玉在痴癫呆傻。

自　序

　　留住美好，让青春永驻，永守赤子之心，反映了作者对真美的向往，反映了作者的主体力量。认同作者的这种追求，才会和作者共鸣，才会产生精神力量。所以，这部优秀作品，最终引导人们走向真善美。

　　红学蔚为大观，内容早已超出了上述内容。红学作为一个跨学科的对象，范围还在扩大，研究方法还在更新，论点还在叠加延展，体系还在完善，但是明眼人、有心人也能看到很多内容已经背作者而去、背作品而去。

　　已有学者提出了红学的重建问题。我认为这确实是一个值得注意的问题，绝非空穴来风。研究红学的任何一部分，都应该想到其宗旨：服务于精神空间上真美的构建。也许红学的历史，让一部分人误认为这是一个"四两拨千斤"、"一本万利"的名利场，其实一些人也是这样做的，但在文学越来越边缘的情境下，人们的心态也许更容易冷静，眼光也会更长远。这就是虚热闹只会加速红学的扭曲和衰败，而切实的研究才会真正赢得爱好者，让爱好者精神受益，扩大爱好者的队伍。

　　是的，随着时代的发展，爱好者的古典趣味还在回归，因此《红楼梦》和红学的爱好者正在成倍增长，珍视他们，让红学越走路越宽。

　　非常感谢李希凡先生八十余高龄在酷暑中给本书所作的序。他放眼整个红学，从当前红学的发展立论，也对我提出了一个要求——加入到对文本的分析中，评与论要平衡。过去，我偏重既有观念的辨析，间接地依据了《红楼梦》文本，较少直接从作品中归纳观点。显然，这是我今后必须努力的方面。

　　这本书能问世，得感谢中国艺术研究院的领导。但愿我这本论证仓促、行文枯燥的书，能对红学爱好者有些许益处！

孙伟科
2013年8月11日

第一编
观念与艺术

红学观念直接制约着对红楼艺术的认识和评价，因此红学需要确立文学本位的观念。梳理红学观念演变的历史脉络与流派之间的历史缘由，正确评价红学中所使用的传记学、社会学、美学方法等，包括对《红楼梦》悲剧结构的分析等，有助于更宏观、更深入地把握《红楼梦》的主旨和艺术成就。

20世纪红学研究的启示

一、20世纪红学研究的发展脉络和主要成果

当20世纪的跫跫足音向着我们走来的时候，红学，这个在传统眼光中不无贬义的一门学问，在中华民族接受科学与民主洗礼的漫漫长途中，也迎来了发生裂变的新时代。在这个新世纪里，最先映入人们眼帘的红学著作是王国维于1904年出版的《红楼梦评论》。在这部著作中，王国维依据德国叔本华的唯意志论哲学对《红楼梦》进行了有别于传统的理论研究，与中国传统的感悟式评点不同，它的结论是经过严密论证的，它仿佛预示着一个新世纪的到来，一个依据西方近代科学观念进行红学研究时代的到来。同时，不无遗憾的是，与其说它是中国历史上第一部从美学上对《红楼梦》进行研究的著作，毋宁说它是对叔本华哲学的悲观主义的观点依据于《红楼梦》宝玉出家故事框架所作的概念演绎——它在极大程度上是对《红楼梦》这部巨著所进行的肢体分解——取其一点，不及其余的结果。尽管其观点——认为小说的主旨是欲望的痛苦和生的解脱，即所谓"自犯罪、自忏悔、自惩罚、自解脱"——在今天看来这种濡染着科学色彩的论证实际上是皮相之论，但它对本世纪红学研究在方法论上的影响却是不容忽视的。

我们不能忘记，20世纪初年的中国，是帝国主义在神州大地上瓜分民脂民膏的乐园，也是西方各种哲学观点在不再神秘的东方野马驰骋的新域。前者是中国人被迫接受的，后者是中国人寻求解放的自愿自觉。在各种思潮、流派、主义的激烈摩荡、较量、冲突中，王国维对《红楼梦》的研究如此，胡适对

《红楼梦》"重事实"、"重证据"的研究也未能例外。

如果说，王国维的悲观主义情绪是20世纪初"民族危机论"的反映，那么胡适的实用主义则暗合着当时中国知识分子"自救图存"的心态。对于中国的知识界来说，在长期的失败主义面前，在沉重的历史包袱面前，对新尝试和探求新道路的诱惑，远远胜过冥想玄思中的各种悲观主义论调。如果说，王国维的著作没有很好地发挥其理论的社会意识形态功能的话，那么，1917年蔡元培的《石头记索隐》则很好地契合了时代的需要。蔡元培先生认为《红楼梦》是"排满"之作，这当然可以看作是对辛亥革命在意识形态上的舆论回应。然而，这一著作在方法上却是属于上一世纪的，牵强附会的人物比照，充满着主观随意性，它的科学品格严重不足，显示了其与新世纪对红学研究要求的格格不入，导致了胡适强调解决"问题"、回避"主义"的"考证派"，以科学的姿态和面目实现了对它的成功批判和迅即取代。

所以，真正敲响红学研究新世纪钟声的是胡适。1921年胡适的《〈红楼梦〉考证》的发表、1923年俞平伯的《红楼梦辨》的出版标志着一个时代的完结——索隐派红学研究的终结[①]，标志着20世纪红学研究的开始——以"自叙传"为主的红学研究占领了20世纪的前半世纪。尽管此前王国维、蔡元培的著作，王梦阮的《红楼梦索隐》(1916年)等，早已在20世纪筑起堡垒，但他们均无里程碑的意义。从世纪回顾的角度来看，真正抢占20世纪红学滩头阵地制高点的是胡适和俞平伯。蔡元培的红学著作已成为红学研究史上的一段佳话，王国维的红学著作中的观点也难以为继，更多的时候它是作为失败的教训被例引

[①] 索隐派红学并未退出历史的舞台，继蔡元培、王梦阮之后，还有阚铎、邓狂言、寿朋飞等人的以索隐为能事的著作不断出版。虽然索隐派红学家个个以指点迷津、解人痴梦的导师自居，然而人们给它的评语却是捕风捉影、牵强附会、走火入魔、匪夷所思。实际上，索隐派内部对《红楼梦》内容的随意性解释相互冲撞、相互否定，最后是走向了自我否定，"自己把自己打倒"。张国风：《〈红楼梦〉趣谈与索解》，春风文艺出版社1997年版，第327页。

的。当时，胡适讥讽索隐派、影射派的红学研究是在"猜笨迷"，虽然说法粗鲁，却击中要害。从后来索隐派的大多数著作来看，它们确是面对《红楼梦》进行自娱自乐式的胡思乱想，不具有理论品格和学术品格，根本不能与新兴的考证派"新红学"相抗衡。虽然20年代、30年代，直至90年代[①]，一直有索隐派的红学著作不断出版，可是，它们永远地成为了历史。后来，刘世德在《质变：从"旧红学"到"新红学"》一文中，如此评价"新红学"的伟大贡献："它成功地用考证方法代替了索隐的方法，用'尊重证据'的实事求是精神替代了主观臆测，赋予《红楼梦》研究以科学性，把红学从荒诞无稽的游戏中解脱出来，还原为学术性的事业，把《红楼梦》研究从邪路拉回了正途。"[②]

本世纪的第一个10年是"旧红学"索隐影射说的余续绵延，20、30、40年代则可以说是考证派的"自叙传"说走向辉煌、独领风骚的时期。

"自叙传"红学研究的三个代表人物是胡适、俞平伯、周汝昌。

他们的主要研究成果是：(1)《红楼梦》的作者是曹雪芹；(2)《红楼梦》是曹雪芹的"自叙传"，书中的贾宝玉就是曹雪芹的化身，贾府的兴隆衰败隐叙了曹家的受宠和抄家的历史；(3)《红楼梦》是未完成的作品，后四十回的作者是高鹗，(以上为胡适的贡献)(4)《红楼梦》的艺术风格是"怨而不怒"；(5)《红楼梦》的主题是反映了封建地主家庭的衰落，是作者"色"、"空"观念的反映；(以上是俞平伯的贡献)(6)《红楼梦》是清朝康熙、雍正、乾隆年间特殊政治斗争的产物；(7)根据"脂评"而彻底否定了后四十回，认为《红楼梦》的全本曾存在过，由"脂学"而发展到"探佚学"。(以上为周汝昌的贡献)

马克思主义及其在文学上的观点从20年代开始在中国启蒙、流播、普及，但它在二三十年代还没有指向红学研究，甚至它在40年代对红学研究的影响都

[①] 80年代末、90年代的霍国玲、霍纪平、霍力君的《红楼解梦》(燕山出版社1989年初版、中国文学出版社1995年增订版)中依然是用索隐的方法来说明《红楼梦》的内容的，霍国玲的研究成果在红学界受到冷遇，进一步说明索隐派各种学说被排斥在以"考证派"和"社会——历史学派"为世纪主流的红学研究之外。事实上，人们对索隐派红学研究已表现出不胜厌烦的、不屑一顾的态度。

[②] 《文学评论》1986年第2期。

是微乎其微的（只有王昆仑同志的《红楼梦人物论》有重大意义）。

随着以马克思主义为指导的、以中国共产党为领导的新民主主义革命在中国的胜利，马克思在文学上的观点影响到红学研究方面，看来是必然的。只在时间上存在着或早或晚的问题。解放初期，毛泽东号召中国知识分子进行思想改造，无疑在时间上起了促进作用。

1954年李希凡、蓝翎的《关于〈红楼梦简论〉及其他》的发表标志着20世纪的红学又进入一个新阶段、新领域。他们二人的第二篇文章《评〈红楼梦研究〉》一文，指出："把《红楼梦》这样一部现实主义杰作，还原为事实的'真的记录'，认为这部作品只是作者被动地毫无选择地写出自己所经历的某些事实。这样引申下去，《红楼梦》就成为曹雪芹的自传，因而处处将书中人物与作者的身世混为一谈，二而一的互相引证，其结果就产生了一些原则性的错误。"[①]1954年10月23日，《人民日报》发表了钟洛的《应该重视〈红楼梦〉研究中的错误观点的批判》，称李、蓝的两篇文章是30年来向古典文学研究工作中胡适派资产阶级立场、观点、方法进行反击的第一枪，可贵的第一枪。

公正地讲，"新红学"确实有许多伟大的贡献，但以胡适为代表的"考证派"，同时在学术观点上也存在着千疮百孔的漏洞。把小说《红楼梦》说成是作家的"自叙传"，这一考证结果就是远离作品的实际的。从艺术创作规律的角度讲，对"自叙传"的否定也是无法避免的。因为人们迟早会发现把文学作品说成是作家的自传是一种狭隘之论，局限于作家的个人身世经历研究一部伟大的文学作品，远远不能够满足人们要求更深入地理解曹雪芹和《红楼梦》的愿望。由于胡适和俞平伯把考证放在第一位，也确实忽视了对这部巨著的历史价值、社会价值、艺术价值的评价和研究。李、蓝的第一、二篇文章，指斥俞平伯过分看重作者思想中的落后因素，如色、空观念对作品的影响，忽视了作者的现实主义手法在作品中所取得的伟大成就；仅只把《红楼梦》看成是作家的自传，而忽视了其更广泛的社会意义；将宝黛爱情与贾瑞的"调情"混为

---

① 李希凡、蓝翎：《红楼梦评论集》，作家出版社1963年版，第24页。

一谈；将作家的文学修养与文学的传统性混淆起来等。这些观点受到了强烈的抨击是历史的必然，是红学研究深入发展的必然。红学研究的主潮迅即发生转换——由考证而社会—历史分析而阶级分析。"自叙传"说的一统天下的局面终于一去不复返。

李希凡、蓝翎的论文发表后，红学研究依据于当时人们所理解的马克思主义方法而得出的主要的观点是：(1)《红楼梦》是作者概括众多封建贵族家庭的衰败命运而得出的对于封建制度必然灭亡的认识。这部巨著是反映封建社会方方面面和众生相的百科全书，并非是作者的"自叙传"。(2)《红楼梦》的客观内容是对阶级剥削、压迫、反抗、斗争的描写[①]，是以宝黛反抗封建礼教、争取爱情自由为中心的贵族大家庭的生活图卷。[②]这里反映着作家世界观的矛盾，但其主导倾向是反封建的主题思想，而非"色"、"空"观的主题说。(3) 在艺术方法上是现实主义的典型概括，并非"精剪细裁的生活实录"(周汝昌语) 的自然主义。(4) 对后四十回采取一分为二的态度，主要是肯定了后四十回的贡献。

从宏观的历史的角度讲，红学研究的马克思主义的新观点并不是对"新红学"所有观点的否定，这显然是一种辩证否定，即有一定继承的否定。在作者是曹雪芹、后四十回的作者是高鹗这一点上，马克思主义方法的尝试者也采纳着、捍卫着胡适的观点。只不过，由于这一否定采取了绝对对立的论战形式，并伴随着危害学术自由、最终演化为对个人围攻的政治运动，使得人们和后来者对红学研究有一种前后截然割断的感觉。

[①] 毛泽东同志认为《红楼梦》第四回《葫芦僧乱判葫芦案》中所讲的四大家族的"护官符"是全书的总纲。毛泽东曾对女儿李讷讲，《红楼梦》写了阶级对立、阶级斗争，后来又说《红楼梦》是政治历史小说。

[②] 刘世德、邓绍基在《〈红楼梦〉的主题》一文中的概括是"我们可以这样说，描写以贾家为主的四大家族的衰败和没落，从而对封建社会作了深刻而有力的批判，使我们看到封建贵族、地主阶级必然走向没落和崩溃的历史命运，这就是《红楼梦》的重要主题"。见张宝坤编：《名家解读〈红楼梦〉》上卷，山东人民出版社1998年版，第193页。

二、20世纪红学研究的两种方法及其得失

考证派所运用的方法实际上是文学研究上的传记学方法。传记学方法依据于这样的文学观念：没有被艺术家所经历、体验过的生活，就不可能被艺术家在作品中描绘和表现。换言之，艺术作品中所描绘和表现的场景、人物、故事，都是艺术家直接或间接经历和体验到的实际生活的一部分，要了解艺术作品的意义，就必须研究作家的一生，包括家庭、婚姻、学术修养、生活经历、趣味爱好等。20世纪的前数十年传记学方法之所以风行，一方面可以说是外国科学思维方式的影响，更重要的内因是20世纪对《红楼梦》新材料的发现（胡适在此一方面功不可没）也是空前的，这些新材料的发现，有力地支持了传记学方法所进行的"自叙传"的研究。

有趣的是，20世纪为传记学方法在《红楼梦》研究中发挥无与伦比的效应准备了十分丰富而又十分充足的文献材料。曹雪芹出身世家，书中主人公贾宝玉也是世袭望族的大家子弟；曹家由汉入满，贾家也满汉不清；曹家有王妃与皇室有葛藤，贾家则直接出了一个皇妃；曹家曾世居江南南京，贾家也自金陵而来；曹家在江南接驾四次，贾家在江南也接驾四次；曹家经历了由盛到衰的沧桑巨变，小说中的贾家也是由荣而枯、富贵不再，其共同的重要原因是被皇帝抄家……有太多的理由让人相信，书中的贾家就是曹家，贾宝玉就是曹雪芹。有太多的理由让人们相信，曹雪芹是在写自己的家族的历史。

《红楼梦》的作者之谜，一直是困扰人们的不解难题。确定《红楼梦》的作者是曹雪芹，并且发现他是曹寅的孙子，这无疑是胡适的伟大贡献。但是，曹雪芹的资料又是不充分的。特别是关于曹雪芹创作《红楼梦》的直接材料的缺乏，使得否定《红楼梦》的作者是曹雪芹的声音也不绝于耳。似乎是为了证明曹雪芹就是《红楼梦》的作者，"自叙传"的观点越来越极端，把曹雪芹的家族历史、个人身世与《红楼梦》故事内容进行一一对照式的比附和映照、印证，便成为后来考证派红学研究的主要意趣和旨归，这预示着"新红学"派已

走上了日薄西山的穷途末路。

　　传记学方法在"自叙传"观念的统摄下，演变为对作家身世与小说故事的比照，有一定的必然性，这又不能不说是胡适的责任。因为胡适是"自叙传"说的始作俑者。把文学作品视为作家个人的传记或家族的历史，这本身就超出了科学文艺观的界限，滑向了实证主义的泥潭。这是传记学方法走向极端的结果。传记学方法在运用中的主要失误表现在：第一，混淆作家个人身世与作品主人公故事之间的界限；第二，在考证作家身世和作品评价上本末倒置，以考证代替对作品的历史分析和美学分析。这两点，在周汝昌先生的红学研究中都有所反映。

　　周汝昌先生在红学方面的人物比附如同他的杰出贡献一样，令人赞叹复又吃惊。例如，周汝昌先生认为书中的史湘云就是脂砚斋，就是曹雪芹的表妹、移居西山之后的新娘、逝世后的寡妻。[①]周汝昌先生完全将书中人物与生活中的人物混淆起来，正像曹雪芹的个人身世经历有三次婚恋变故一样，"宝玉的一生也是经历了与三位少女的悲欢离合的故事：林黛玉先逝，薛宝钗后亡，最后与史湘云在贫困不幸的境遇中终得重会"[②]。这些观点，由于材料的不完全、不充分，只有靠想象来弥补，众多的假设、琐碎的考证、牵强的比附，极大地损害了造诣深厚、渊博多能的周先生在学术上的严谨形象。可以说，周汝昌先生既是考证派"自叙传"学说的集大成者，又是将传记学方法庸俗化的最突出者。

　　再如，周汝昌先生把考证看成是红学的主干，甚至将对《红楼梦》的艺术分析和历史意义分析开除到《红楼梦》研究之外。"红学显然是关于《红楼梦》的学问，然而我说研究《红楼梦》的学问却不一定都是红学。为什么这样说呢？我的意思是，红学有它自身的独特性，不能只用一般研究小说的方式、方法、眼光、态度来研究《红楼梦》。如果研究《红楼梦》同研究《三国演义》、《水浒传》、《西游记》以及《聊斋志异》、《儒林外史》等小说全然一样，那就

[①] 参见周汝昌：《曹雪芹小传》，百花文艺出版社1980年版，第247页。
[②] 同上，第256页。

不需要红学这门学问了。比如说，某个人物性格如何，作家是如何写这个人物的，语言怎样，形象怎样，等等，这都是一般小说学研究的范围。这当然是非常必要的。可是，在我看来，这些并不是红学研究的范围。红学研究应该有它自己的特定的意义。"据此，周先生对红学的范围确定为四个方面：一曹学；二版本学；三探佚学；四脂学。①

传记学方法在红学研究上没落之后，代之而起的是社会—历史学的方法的兴起。传记学方法统治红学研究数十年，一家独尊，形成人们心理上难以忍受的单一局面。当人们期盼对红学研究的更新时，马克思主义的科学方法无疑是可以发挥巨大威力的。伴随着以马克思主义为武装的政党在中国取得了政治胜利，马克思主义方法的权威地位也变得不可置疑。马克思主义的社会—历史学方法，依据于这样的文学事实：文学在社会生活中并不是一个孤立的现象，作为一种精神现象，它是对一定社会历史存在的反映，脱离它产生的现实土壤，并把它与其他人类精神现象诸如政治、道德、文化、宗教、哲学等相隔绝，我们就无法理解文学作品的内容和意义。同时，我们又知道，马克思也是十分强调文学作品所具有的意识形态性的，在有阶级的社会里，以政治为中心的各种意识形态都具有一定的阶级性。认为艺术作品是艺术家对社会生活的审美的反映，这就使文学与更广泛的社会生活发生了联系。于是，人们不再局限在作家个人身世的狭小的范围内去理解作品，而是把《红楼梦》放到更广泛的政治背景、时代背景、社会背景、民族文化背景上来考察小说的内容和意义，从而在更多的方面激活了红学研究。不过，20世纪50年代对《红楼梦》的研究，更多的是从小说产生的政治背景——当时一般的阶级关系——出发得出结论的。使用马克思主义的方法对《红楼梦》进行研究是红学的幸运，但是，把马克思主义的方法简化为阶级分析法则又是红学的不幸。

反思那场由红学论战迅即演化为红学运动，又演化为政治运动的历史过程，值得我们总结的经验和教训是很多的。这里，我们只就方法运用的得失来

---

① 周汝昌：《什么是红学》，《河北师范大学学报》1982年第3期。

谈一谈我们的观点。首先，是将阶级分析法看成是社会—历史学的唯一方法，并神化为无处不在、无处不灵、至高无上的万应妙药。给《红楼梦》的作者寻找进步的、先进的阶级的思想根源，就是把阶级分析法庸俗化的一个显例。李希凡、邓拓认为"《红楼梦》应该被看作是代表18世纪上半期的中国未成熟的资本主义关系的市民文学的作品"，"曹雪芹就是属于贵族官僚家庭出身而受了新兴的市民思想影响的一个典型人物"，"应该说他基本上是站在新兴的市民立场上来反封建的"，[①]显然，这是想用阶级定性的方法抬高《红楼梦》的社会—历史意义。由于这一说法距中国社会的实际和作家家庭的实际相去甚远，所以又有人认为它反映的是封建社会中革命的农民思想。因为"当时根本矛盾和根本问题只能是封建地主阶级和农民阶级之间的矛盾"，正是"从农民以及以农民为首的劳动人民的革命的发动、革命的思想感情和愿望以及他们对于封建制度的憎恨、仇恨"，"构成了曹雪芹深广的社会批判的主要动力"[②]。把曹雪芹说成是农民阶级革命思想的代表，论据也是不充分的，并且《红楼梦》中所流露出来的作家对贵族大家庭必然衰亡的伤感情绪——即小说本身的倾向流露也不完全支持这一说法。刻意将作家的思想根源定义为"市民说"和"农民说"，是阶级分析法泛滥、庸俗化的反映。阶级分析法的持有者对《红楼梦》思想根源和意义的争论，显示了这一被极端化了的方法之于《红楼梦》的捉襟见肘和难以自运。何其芳最早发现了这种将马克思主义机械化的主张的理论漏洞，并给予了有力的批判。当时，在他正确地得出"作者的基本立场是封建地主阶级的叛逆者的立场"[③]的结论时，这使得那些希望曹雪芹及其思想能有一个"好的"阶级属性的善良的人们多么失望啊！今天，我们回顾这一段历史会发现，研究作者的阶级隶属进而发现作品中作者阶级情绪的流露对作品的影响未尝不可，可是，以作者有一个先进的阶级立场

---

① 《红楼梦问题讨论集》第3集，转引自何其芳：《论〈红楼梦〉》，见张宝坤编：《名家解读〈红楼梦〉》上卷，山东人民出版社1998年版，第4、19页。

② 转引自何其芳：《论〈红楼梦〉》，见张宝坤编：《名家解读〈红楼梦〉》上卷，山东人民出版社1998年版，第168、169页。

③ 张宝坤编：《名家解读〈红楼梦〉》上卷，山东人民出版社1998年版，第177页。

来衡量作品的价值的高低,又是怎样的一种简单化做法!

将马克思主义的文学观念简单化的另一做法是,在把文学看成是对社会生活的反映时,有意无意地否定了作者的中介作用——艺术家的主观过滤、折射、集中对生活原型的改变。这在对俞平伯的"钗黛合一"论的彻底否定上表现得尤为突出。社会—历史学方法认为艺术是对社会生活(包括人物)的反映,而不是对艺术家观念的反映,在肯定艺术只有一个源泉的时候,否认了作家的主观能动性。认为艺术作品与艺术家的审美观念有关系,甚至直接决定了主要人物的塑造,就意味着神秘主义的唯心论。当时,李希凡、蓝翎是这样批评俞平伯的:"这种理论的基础就是不承认文学形象是客观现实在作品中艺术的反映,作品的内容没有客观的基础,人物性格只是作者的某种抽象观念的演化。"[1]俞平伯的"钗黛合一论"认为作者在宝钗、黛玉这两个人物上,持公平允中的观点,没有褒此贬彼的情感倾向,而阶级斗争的观点却力主作者是扬黛抑钗的,因为作者有无可置疑的反封建立场,宝钗认同、服膺、忠诚于封建主义的人生观、价值观,是宝黛叛逆立场的对立面,自然而然,作者在歌颂宝黛的同时一定对宝钗持否定、批判态度。在红学研究的历史上,持扬黛抑钗立场的人是大多数,阶级斗争的观点正好是对传统阅读趣味的迎合。可是,由于作者在描写宝玉、黛玉、宝钗时的态度相当隐蔽、相当客观,所以,在读者中也有扬钗抑黛说。俞平伯提出"合一"说,实际上是认为作者对黛钗两人均持肯定态度。俞平伯的这一观点不失为一种理解红楼人物的新观点,它有存在的合理性和学术价值。李、蓝非常坚定地讲,书中宝玉对林黛玉的喜欢、对薛宝钗的疏远代表着作者评价这两个人物的态度,俞平伯的这一观点被彻底否定了,到了90年代,著名作家王蒙在谈到这一问题时,又回到俞平伯的立场上,认为小说家完全有可能依据主观需求设置小说人物,"不完全把文学人物看成客观的活人,而是清醒地意识到它们是作家心灵的产物,是作家的思想情感的载体……从这种角度看,林黛玉、薛宝钗各代表作家对于人性,特别是女性,应该说是作家所

---

[1] 李希凡、蓝翎:《红楼梦评论集》,作家出版社1963年版,第192页。

爱恋、所欣赏乃至崇拜敬佩的女性性格的两个方面，也可以称之为两极"①。王蒙认为，依据于作家主观观念（实际上，主观观念是对生活的一种总结，客观的社会生活必须取得艺术家的主观形式才能在艺术作品中得到反映）的人物创造，林黛玉、薛宝钗"既是两个活生生的典型人物，又是人、女性性格素质、心理机制的两极的高度概括"②。

讨论"钗黛合一论"的目的不在于重新坚持或者回到这一观点上，而在于对艺术家在创作中的中介作用和主体性、能动性予以充分重视。认为艺术家对社会生活的反映和描绘没有经过艺术家主观观念的筛选、重组、变形、分解、过滤，认为艺术家对生活的反映有直接的生活原型，主观不对这一原型起任何作用，否认作家主观的概括能力，这听起来倒像是"传记学"的"据实录用"的观点。这里，我们发现社会—历史学的持有者走到了他们出发点的反面。在争论中，论战双方是如此滑稽地走向对方阵地，向自我开炮：一派承认艺术家对生活有集中、概括、倾向性，同时又否认艺术家主观观念的影响；一派估计到了艺术家主观的作用，又认为小说就是分毫不差的作者传记。

在历史上，自传学的观点和社会—历史学、阶级分析的观点积怨颇深，这是我们毋庸讳言的。我们的目的是要借镜历史，我们要问为什么本来是正确的、各有其合理性的两种文学研究方法，在经历了一段使用——建功立业之后，都不幸地滑向了错误的深渊？传记学方法的庸俗化，社会—历史学方法、阶级分析法的庸俗化，从根本上讲，是被绝对化的结果。当其中的任何一种方法被推举到至高无上的地位——排斥其他一切方法时，它就将自己的片面性暴露无遗。马克思的辩证法告诉我们，世界上的事物存在着普遍联系，而现代科学的任务就是发现在表面上相互对立的两个事物之间的实际联系，使事物在概念上的相互对峙成为虚假③。传记学方法和社会—历史学方法并不完全对立，在

---

① 王蒙：《双飞翼》，生活·读书·新知三联书店1996年版，第326页。

② 同上，第331页。

③ 马克思在给恩格斯的信中谈自己研究政治经济学的体会时说，"只有抛开互相矛盾的教条，而去观察构成这些教条的隐蔽背景的各种互相矛盾的事实和实际的对抗，才能把僵死的教条'变成一种实证科学'"。《马克思恩格斯全集》第32卷，人民出版社1974年版，第170页。

社会—作者—作品三者之间，传记学过于重视作者个人身世之于作品的意义，忽视了更广阔的历史、时代、社会对作家创作的影响，而社会—历史学方法则过于重视作家对社会生活的直接反映，在某种程度上忽视了作者作为社会—作品之间的不可缺少的中介作用，忽视了作家对于现实的主观折射之于作品形成的影响。典型化作为一种艺术手段，以个性塑造为目的，以对社会生活的概括为归宿，但它却只能建立在作家对生活的认识基础之上，包括作家的个人身世、家族历史、学术修养、独特的情感体验等。阶级分析与自叙传之间的对立，表现在众多的红学研究著作中间。但在那些对作品进行切实分析的红学家那里，在那些没有被形而上学所束缚的理论家那里，这种对立是不存在的。我们援引一例，如红学家冯其庸说："曹雪芹的《红楼梦》主要取材于他自己的封建官僚大家庭和他自己的经历，他是以他身经的时代、家庭和个人的生活遭遇作为他的小说主要生活依据的，无论是小说情节的典型化、时代环境的典型化、封建贵族家庭的典型化以及小说人物的典型化，都在不同程度上，与他的家庭和生活经历有关。"①这里，典型化的观念可以和艺术家的个人身世相连，也可以和广阔的社会生活相连。事实也正是如此，有的小说家偏重于以广阔的生活背景为典型化对象，有的则偏重于以个人的身世经历为典型化对象。在小说创作动因、过程、手法的复杂性上，特别是像《红楼梦》这样的大型叙事作品存在着难以一时穷尽的丰富性和相对性，这是并不奇怪的事情。

  如上观点不应当看成是对两种长期以来相互对立的观点的简单调和，而应该看成是对文艺创作规律的深层认识。有了这样一个自觉，对自传学的文学研究方法就不应该持排斥的态度。有了这样一个自觉，就不应该像胡适那样仅将作品看成是"老老实实的描写这一个'坐吃山空''树倒猢狲散'的自然趋势"（胡适《红楼梦考证》）。冯其庸对《红楼梦》典型化的看法，虽然不是批评这两种方法在文学研究上的庸俗化倾向的，但这完全可以看成是针对他们的一剂良药。

---

① 张宝坤编：《名家解读〈红楼梦〉》下卷，山东人民出版社1989年版，第853页。

三、20世纪红学研究的启示

　　梳理本世纪以来红学研究的线索是十分必要的。当我们站在世纪交变的历史交叉口，回首过去，展望未来，我们不能不对未来的红学研究寄予变革的希望。走出极端主义的思维模式，重新确立马克思主义研究方法的指导地位，把《红楼梦》中的精华深入挖掘出来，使它成为全人类的共同的精神财富，是我们义不容辞的责任。

　　《红楼梦》是一部复杂的文学作品，其中包含着多种多样的生活内容，涉及宗教、文化、哲学、政治、道德等意识形态领域，并与作者的人生观、价值观、阶级意识、传统观念、社会理想、文学美学思想、园林美学思想等相关，所以，仅从一个方面、运用一种方法来研究它，只能得到《红楼梦》在某一方面的"认识抽象"，这一方面的结论只有放在与其他结论的相互关系中，重新放在作品中，才能审视其合理性。用马克思的话说就是做到多种规定性的统一。马克思在《〈政治经济学〉导言》中曾经谈到过他在研究政治经济学时对科学研究方法的体会："例如在经济学上从作为全部社会生产行为的基础和主体的人口开始，似乎是正确的。但是，更仔细地考察起来，这是错误的。如果我抛开构成人口的阶级，人口就是一个抽象。如果我不知道这些阶级所依据的因素，如雇佣劳动、资本等等，阶级又是一句空话。而这些因素是以交换、分工、价格等为前提的。比如资本，如果没有雇佣劳动、价值、货币、价格等等，它就什么也不是。因此，如果我从人口着手，那么这就是一个混沌的关于整体的表象，经过更切近的规定之后，我就会在分析中达到越来越简单的概念；从表象中的具体达到越来越稀薄的抽象，直到我达到一些最简单的规定。于是行程又得从那里回过头来，直到我最后又回到人口，但是这回人口已不是一个混沌的关于整体的表象，而是一个具有许多规定和关系的丰富的总体了。"[①]我们今天

[①] 中央编译局：《马克思恩格斯选集》第2卷,人民出版社1972年版,第102—103页。

对《红楼梦》的研究也面临着怎样从稀薄的抽象上升到具体的问题。说《红楼梦》是一部阶级斗争的书,说《红楼梦》是一部宣扬人生无常、荣枯无定的书,说《红楼梦》是一部带有自传性质的书,说《红楼梦》是以写宝黛爱情为主的言情小说,等等,应该说,各种说法都有其合理性,但它们又不是对《红楼梦》最准确的、唯一的概括,它们从一个方面或个别词句上涉及了《红楼梦》的内容,但却没有看到各自观点在书中的恰当位置,而是试图将自己的观点凌驾于他人之上,试图用某一单一观点一劳永逸地将《红楼梦》的底蕴阐释净尽。用一个观点排斥另外一个观点的方法,其原因是看不到《红楼梦》是一个复杂的艺术整体的客观事实。我们说方法和对象要适应,是说对象决定着方法。方法依据于对象而存在,非哲学——世界观层次的方法并不能在所有的对象面前万能。《红楼梦》带有强烈的自传色彩,决定着传记学方法存在的合理性。《红楼梦》中有阶级对立的描写,就决定着阶级分析法存在的合理性。然而,任何艺术作品又不都是作家的自传,也不是对阶级斗争理论的演绎。这就决定了传记学方法、阶级分析法都各有其局限性。实际上,这两种方法都不是文学研究的最高层次的方法。因为,文学作品作为对象的存在,是审美的对象,包含着相对巨大的历史内容。因此,我们才知道,马克思是美学批评和历史批评的统一论者,而坚决地拒绝用"政党的"观点来评价艺术作品。马克思、恩格斯之所以要对艺术作品使用美学和历史相结合的方法,就是从对象决定方法的原则出发的。与其研究曹雪芹在作品中并不怎么突出的阶级思想,不如研究曹雪芹那融合了各种社会意识的美学思想,与其研究曹雪芹的家庭身世,不如研究曹雪芹的社会理想和历史意识。面对一个相对复杂的艺术作品,就必须采用多种方法协同分析,达到马克思所说的多种规定性的统一。

红学研究中所得出的相互排斥、对立的观点,实际上正是马克思所指出的,研究还处于"稀薄抽象"的阶段,还没有上升到《红楼梦》的"具体"认识阶段,即全面的认识阶段的产物。承认《红楼梦》有自传因素,不等于否认作者没有用典型概括;承认《红楼梦》的内容涉及阶级斗争,不等于《红楼梦》所写的社会关系纯粹是或主要是阶级对立;承认《红楼梦》逼真地再现了当时的社会生活，不等于说它就是康熙、雍正时期的王朝政治或者说没有作者主观的折射——社会生活直接地被反映到了作品中。表面上看来是相互矛盾的观点，实际上是统一的，它们统一于艺术家对对象的审美把握和艺术描绘中。《红楼梦》中有生活中的多种因素，又以生活原态的方式被表现出来，各个因素相互融合，有如生活本身。曹雪芹的伟大和高超也正在这里，他在不知不觉中把一个渗透着主观评价的画面非常客观地展现在你的眼前，让你沉醉、让你联想无穷。

　　清理红学研究的世纪遗产，还在于能够正确地评价红学研究中的各家观点。实际上，《红楼梦》研究中的对立学派所产生的对立观点，在大多数读者心目中是互补的，尽管他们在论战的时候采取了各执一端的态度。红学研究的落脚点在《红楼梦》本身，观点的价值要靠读者依据对《红楼梦》的切实阅读来评判。我们不能依凭海内外的风潮而摇摆，或者对传记学的红学研究全面肯定，或者对阶级分析法的红学研究全面否定。即使在红学研究的某一派别内部，也应持分析的观点。如：俞平伯先生虽然在整体形式上可以划分到传记学派之中，但他一开始就与胡适有分歧，在对《红楼梦》的文学价值的分析上，俞平伯更重视作品本身的意义。在今天周汝昌先生对《红楼梦》研究刻意求深的时候，俞平伯则指出红学研究应该"浅一点"，"比如问贾宝玉是谁？""大观园在哪？"这是"钻牛角尖，越搞越烦琐，便失去了研究的意义"。(1986年俞平伯先生应邀赴港讲学的演讲)[1]应该看到，早在20世纪20年代，俞平伯先生这一倾向就十分明显。再如，在以马克思主义为旗号的红学研究中，也有与马克思主义格格不入的观点，有些论者将阶级对立看成是《红楼梦》艺术描写中无处不在的关系，在小说人物关系上只看到对立，而看不到统一，甚至在父子之间也是只有对立，这种将社会关系简化为只有阶级关系的观点，显然是不符合马克思主义的，也不符合《红楼梦》艺术描写的实际。

---

[1] 华路：《红楼梦一百问》，云南大学出版社1990年版，第134页。

现在，该是恢复马克思主义的文学研究方法的本来面目的时候了。20世纪传记学方法、马克思主义的方法在红学研究中的经验和教训，已远远超越了其本身的意义。重新确立马克思主义的科学方法论，必将带来红学研究的世纪变革新生。

（原载《红楼梦学刊》2000年第1期）

《红楼梦》与诗性智慧

从20世纪50年代到80年代，我们主要是从社会学角度对《红楼梦》进行研究，分析它的认识价值。随着思想解放运动的展开，我们对艺术本质、对象、功能的思考逐步从庸俗社会学、哲学认识论的束缚中解脱出来，在红学研究上，将《红楼梦》还原为美学对象。《红楼梦》对生活的判断是一种"诗性智慧"的产物，这种诗性智慧对生活所作出的判断是一种内指（指向人类精神生活）的判断，是一种混沌（包含着矛盾）的判断，是一种总和（超越单一的道德、认识判断）的判断。由此，《红楼梦》实现了"现实关怀"和"终极关怀"的统一。

一、《红楼梦》研究中的社会学方法及其认识论价值

自20世纪50年代以来，社会学方法在《红楼梦》的研究中扮演了非常重要的角色。此前，人们主要是从小说承继与沿革、个人趣味与品评、政治与家世索隐的角度来研究《红楼梦》的。因此，往往缺少广阔的背景视野和深刻的理论分析。以马克思主义为意识形态内容的社会—历史学方法的运用，形成了这样的观点，认为《红楼梦》的主题是对以"四大家族"为代表的封建贵族阶级必然走向没落的社会真理的揭示。这种见解，成为20世纪80年代以前那个时期红学中最具有主导性的观点。

文学艺术现象既是一种个人的精神创造，也是一种社会现象。艺术家犹如生活在大海中的一滴水珠，反映着太阳的光辉，携带着大海的潮汐。换一个角度看，将艺术创作看成是一种社会现象而不纯粹是个人现象，往往能得到更深刻的认识。这是因为艺术是在一定的社会条件下产生的，脱离开社会环境、时代精神、宗教信仰、民族文化、社会心理等，就无法说清楚艺术是什么，也无法说清楚艺术作品写了什么和为什么这样写。认识到这一点，意味着研究范式

的一种转型，即从作者中心（从作者个人的角度解释作品）转移到社会中心（从社会背景、时代精神的角度解释作品）。显然，《红楼梦》的产生与中国当时的社会情况是密切相关的。第一，《红楼梦》的描写是当时中国普遍的社会状况的一种反映，以封建大家族"贾府"的兴衰演变为线索，以贾府为中心，作品展开了对生活具有相当广度和深度的描写。第二，《红楼梦》对贾府悲剧的描绘似乎反映了作者这样的认识：一个时代将要完结。这与当时的变革思潮、叛逆思潮等时代精神、哲学主流相类同。第三，《红楼梦》中所表现的人物思想与情感只有放到中国社会的文化传统和民族心理中才能理解。例如，宝黛的爱情心理：曲折、含蓄、强烈而又压抑，这与中国人传统的文化心理结构有着因果关系。第四，沟通了艺术的有限性与无限性的关系：曹家的兴衰与社会发展的必然趋势有着不容置疑的隐喻关系。曹雪芹的家世也似乎证明：不研究曹家的兴衰史，就无法理解作者为什么能那样逼真地描写贾府，如接驾、戏班、宴饮、抄家等。显然，没有类似生活中"曹家"那样的由盛到衰的戏剧性生活，《红楼梦》中的"贾府"也不会有那样似幻似真的命运结局；没有类似生活中"曹家"那样的家庭环境、文化氛围，《红楼梦》的作者也不会对中国文化如数家珍地耳熟能详；如果没有现实生活中的末世之感，那么《红楼梦》也不会写中国封建社会的末世，"忽喇喇似大厦倾"。

处于初始阶段的社会学方法的运用不仅是不成熟的，而且还存在着分歧。这种分歧表现为：一种是实证主义的社会学，一种是马克思主义的社会学。前者受了法国艺术批评家圣·伯甫和泰纳的影响，认为作家的个人身世、经历、家庭、遗传等对艺术作品的形成有决定性的影响，认为有什么样的社会环境、民族、时代精神，就必然有什么样的文学和艺术，艺术像植物一样，是一定环境、土壤、气候条件的产物。它是一种绝对的决定论。后者强调将社会基础看成是由一定的、对立的经济关系构成的，通过分析作品中对社会关系特别是经济关系的描写、作家艺术家阶级意识的表现，将艺术看成是特殊的社会意识形态，来研究艺术作品的认识价值，即与社会真理的关系等。

我国对《红楼梦》的社会学研究没有界限清晰地分清上述两种社会学研究的区别，实际上是二者的混用。马克思主义的社会学方法不是一种绝对的决定论，而是将辩证思维方式贯穿始终，客观地分析一定社会条件与精神生产的相互关系的社会学方法。但是，我国大多数学者在运用这一方法时走向了前者对后者的单一决定。比如，认为既然《红楼梦》产生的时代是地主阶级与农民阶级对立的时代，那么《红楼梦》中的对立思想必然是这两大阶级现实对立的反映，作者的叛逆立场和思想实际上就是农民阶级的立场、反抗阶级的思想。

将马克思主义的社会学方法实证主义化，是当时国内外的普遍倾向。国际上，对马克思主义的理解正被"经济决定论"所控制、所笼罩，经济条件、经济关系、经济结构与地位被当成是艺术的直接决定因素。在国内，由于五六十年代唯物史观处于普及阶段，不强调经济的决定因素似乎就不能将马克思主义的特殊方法予以普及，或者与其他学科方法区别开来。所以，当人们发现话说得过头了的时候，才意识到需要清醒地去研究马克思主义方法的真正含义。是的，马克思主义从来都没有将精神文化现象看成是经济的直接产物，从来都没有把二者之间的关系看成是简单地决定和被决定的关系。马克思虽然强调精神文化与经济的关系，但是丝毫也没有低估其间的中介因素的作用，这些中介因素包括政治、文化、社会心理、想象方式、审美传统等。马克思主义在精神现象学上运用的不是实证主义的决定论，而是历史与逻辑相统一的辩证法。

在当时能给《红楼梦》的最高评价，显然是《红楼梦》能够证明多少马克思主义真理。于是，人们在《红楼梦》中寻找封建社会的经济关系、封建社会的阶级斗争、封建社会的上层建筑、意识形态内的形式分化、封建社会的没落规律等等。这些因素尽管不是《红楼梦》中的主要部分，但人们在《红楼梦》中却切实地找到了。人们发现有阶级剥削、有地主阶级与农民阶级的矛盾、有叛逆思想与封建正统思想的尖锐对立、有这种经济基础之上的贵族的日常生活（以贾府为中心）和一般农民的精神面貌（以刘姥姥为代表），等等。所以人们说《红楼梦》是中国封建社会的一部百科全书。

这类文章在五六十年代很多。一句话，它们都是在证明《红楼梦》对于社会真理的揭示。是的，对于"生活某些本质方面的揭示"使它赢得了无与伦比的价值。人们重视《红楼梦》的认识价值，从中揭示它所包孕的社会真理与历史规律，甚至将它"抬高"到了思想性著作的水平上，以著作的思想品格来要求《红楼梦》。

以思想性著作来衡量《红楼梦》又带来这样的两难：一是《红楼梦》确实有许多值得重视的思想性因素，同时，这些思想性因素又不具有我们所期望的彻底性、纯粹性。仔细观察，我们会发觉曹雪芹似乎是矛盾的，没有比那个时期的激进哲学家更反叛、更革命。人们把它叫做"世界观的矛盾"。

《红楼梦》是一部文学作品，主要是满足人们审美需求的对象。当然，一部文学作品能给人们带来巨大的认识价值，由认知的满足带来审美的愉悦，是一部作品既具有认识价值又同时具有不同寻常的审美价值的证明。但是，人们要问，难道一部艺术作品的审美价值就是它的类似于科学、哲学的认识价值吗？如果认识价值可以和审美价值画等号，那么为什么还有这两种不同的提法呢？实际上，审美价值不仅可以来自于认识价值，而且还可以来自于道德价值、文化价值、民族心理认同的价值、自我意识展开的价值等等。更为重要的是，《红楼梦》所展现的属于社会"经济基础"的部分很少很少，而展现人的精神空间的内容则属于《红楼梦》的主干部分。在红学研究战略的选择上，我们为什么要"舍本逐末"呢？

显然，说《红楼梦》是一部封建社会的百科全书并不为过。因为没有另外一部作品可以在展现生活的广度和深度方面与《红楼梦》相媲美。以前，人们确实忽视了《红楼梦》的认识价值，对《红楼梦》的研究和评说往往视角狭小。从这个意义上说，20世纪50年代的那场"红学运动"不仅不是没有积极意义，而是有彪炳史册的历史意义。但是，仅从认识意义、教育价值的角度来研究《红楼梦》是不够的。因为，这不足以揭示《红楼梦》的全部价值，特别当它被看作是一部展现中国人精神空间的作品的时候，它的"人学"价值和审美价值也许要依赖新的学科方法才能得到揭示。

二、《红楼梦》与诗性智慧

旧的社会学方法和认识论观点自身存在着深刻危机，危机爆发标志就是一种观点"君临天下"。合理的方法被推向极端，带来了红学研究的新困境。

《红楼梦》对阶级关系、阶级斗争的表现不如《水浒传》，社会的经济关系《红楼梦》表现得也不充分，剥削和被剥削的描写被人际关系的日常性叙述所取代：宝玉与丫头的关系不是一种简单的阶级关系，而是一种含义丰富的日常性关系。宝玉和其父贾政的关系只被理解为一种卫道士与阶级叛逆的对立关系也差强人意。那么，是否可以因此说《红楼梦》的审美价值就低于《水浒传》？

一部艺术作品的美学价值究竟系何所指？

艺术家赢得历史地位的创造性贡献究竟应该是什么？

在1979年后的"新时期"，我国理论界重新思考、辨析了艺术和科学的关系。艺术和科学的区别是什么？难道只是方法的区别（一个是形象的方式对于真理的认识，一个是逻辑的方式对于真理的认识）而没有对象的区别吗？社会学研究的对象是社会的基本矛盾，艺术也主要是对这一基本矛盾的反映吗？艺术描写难道只是为再一次证明被哲学所揭示的社会真理吗？艺术如果只是重复了别的学科的结论，这样就很容易地使艺术研究成为了社会学、经济学、政治学的附庸。

马克思主义的经典作家恩格斯曾两次提出，对于艺术家和艺术作品的分析，要使用"历史的和美学的"相结合的方法去研究。为什么马克思恩格斯在评价歌德、拉萨尔的时候，不仅不从政治学的角度、抽象的理论层次去掌握对象，反而还反对这样做呢？

这是因为，在马克思恩格斯看来，艺术是一种与对于世界的理论掌握、抽象掌握完全不同的方式。那么，这种掌握方式究竟是一种什么样的方式呢？马克思主义的经典作家没有直接表述过艺术的掌握方式是什么，但是却将艺术对生活的再现、表现和描绘称为"诗意的裁判"。恩格斯在《致拉法格》的信中说：

> 顺便说一下，在我卧床这段时间里，除了巴尔扎克的作品外，别的我几乎什么也没有读，我从这个卓越的老头子那里得到了极大的满足。这里有1815年到1848年的法国历史，比所有沃拉贝尔、卡普菲格、路易·勃朗

之流的作品中所包含的多得多。多么了不起的勇气！在他的富有诗意的裁判中有多么了不起的革命辩证法①

值得注意的正是这个"诗意的裁判"。

文学作品所完成的是"诗意的裁判"。

在西方美学史上，"诗性"掌握是区别于理论掌握、抽象掌握时提出的一个概念。在西方的学术传统中，诗学是研究感性认识如何达到完善的一门学问。诗为人们提供的认识是感性的、形式的、表面的，但是又涉及了理性、内容、本质。为什么诗性的判断既是感性的又是理性的呢？它的这种矛盾性质，意大利历史学家、美学家维科认为艺术中的思维（类似于原始思维）是一种"诗性智慧"。它认识事物对象的两个鲜明特点：第一，是用想象性的类概念代替抽象概念。因为原始人没有抽象概念，他不会说某人很勇敢，但却这样表达"他像狮子一样"。所以"狮子"就成为勇敢的"想象性类概念"。第二，是通过"以己度物"的方式来把握他低下的理性能力不能把握的对象。如将雷电现象说成是"雷公发怒了"，将磁石吸铁说成是"磁石爱铁"等，都是将自己才有的爱好、品性、特征赋予对象以期达到对于对象的掌握，即将自然万物也人格化。

这个被称为"诗性智慧"的掌握方式，一直被西方学者所关注。后来，俄国的别林斯基认为："'诗意'一词指的是'渗透着心灵，沸腾着感情的一切'。"②

匈牙利著名美学家卢卡奇认为"艺术和科学相反，后者把这种运动分解为抽象要素并且努力在思想上去掌握这些要素之间的相互作用的规律性，而艺术则把这种运动作为生动的统一体的运动来变成感性的观照"③。

---

① 里夫希茨：《马克思恩格斯论艺术》第2卷，中国社会科学出版社1983年版，第294页。
② 转引自马克思主义文艺理论编辑部编：《美学文艺学方法论》，文化艺术出版社1985年版，第340页。
③ 卢卡奇：《卢卡奇文学论集》（一），人民文学出版社1980年版，第290页。

马克思主义的经典作家恩格斯和俄国革命民主主义理论家别林斯基以及卢卡奇的论述，都涉及了这几个方面：他们所说的辩证法就是用对立性的观点和方式来认识生活和展示生活。艺术思维是一种特殊的思维，他们所说的诗性智慧、诗意裁判就是审美判断的代名词。

那么，诗性智慧究竟是一种什么样的判断呢？

第一，这种判断是一种内指的判断。

实际上它所表述的是心灵的真理。艺术作品并不像科学那样去揭示事物内部的客观联系，揭示客观真理和物质运动的规律，而是描绘以人为中心的社会生活，传达作者对于生活的体验，揭示人物的心灵世界和生存命运。与科学将认识对象指向外界不一样，艺术则将对象指向自我，特别是自我的精神世界。艺术语言的实质是情感语言。英国的瑞恰兹（1893—1960）认为，科学的陈述只是为了传达信息，并不关心情感效果，这样，科学的陈述必须具有可验证性，严格遵守逻辑规则，通过符合逻辑的真实而使人从理智上信服。诗歌语言中的陈述则是一种"拟陈述"。拟陈述是不能被经验事实证实的陈述。瑞恰兹说："显然大多数诗歌是由陈述组成的，但这些陈述不是那种可以证实的事物，即使它们是假的也不是缺点，同样它的真也不是优点。"显然，拟陈述是一种非真非假、仅仅是为了表达和激发情感的陈述。[①]瑞恰兹所说的诗歌语言就是艺术语言，艺术语言就是情感语言。近两年来，人们常常说艺术本体是一个"情感本体"，从艺术语言的角度讲，这话是很有道理的：去较真艺术语言的逻辑性，去较真艺术语言的对象真实性，往往与艺术的旨趣相悖。只有将对象限定在人的情感、人的自身、人的体验包括生活的真谛和心灵真理上才有意义。

《红楼梦》，如果说它揭示了多少社会学的真理，不如说它展示了众多人物的情感生活；如果说它揭示了历史发展的规律，不如说它描绘了打动人心的人物命运；如果说它隐含着阶级斗争的线索，不如说它将众多的矛盾聚集在不同的人物形象身上，展开了一幅"横看成岭侧成峰，远近高低各不同"的长轴画

[①] 朱立元主编：《当代西方文艺理论》，华东师范大学出版社1997年版，第98页。

卷。尽管两者看来是对立的，实际上，优秀的艺术作品则正好将两者统一在一起，使之有限的展示、描绘具有无限的意义。因为艺术作品展现的是有限的对象，所以理论把握时不能过于拘泥。比如，《红楼梦》所描绘的宝玉的成长历程和情感线索是鲜明的，但是作者没有像编年史那样清晰地将这些描写划分在不同的年龄阶段中。再比如，《红楼梦》写了宝玉的出家，但是作者并不关心他出家后是否真正赢得了幸福，而是将生活中寻找不到出路的困惑、突围、痛苦、向往和毁灭作为描绘的中心，将生活中真正属于情感领域的内容描绘出来。故事的结局不重要，而人物命运的结局受到重视。

因此，与其说《红楼梦》是一部"百科全书"，不如说其是一部中国的"人学"。中国人的日常生活、情感表达方式，中国文化的精粹，中国人的精神空间，包括理想与追求、光荣与梦想，在《红楼梦》中得到了全面展现。《红楼梦》的经济主题、政治主题、哲学主题、宗教主题我们可以在其他著作中找到，但是它的人学主题、它的中国人的精神现象学[①]却只能在《红楼梦》中找到。

当然，在社会学和人学之间有一个理论的循环：没有很好地描绘社会是难以说清人是什么的；没有以人物塑造、人的描写为艺术目的的小说，那么社会问题的展开就变成了社会问题的报告。所以，优秀的艺术家，从纯粹社会学的角度看，还是一个伟大的社会学家，但是，从美学的角度看，他是在完成审美使命的时候，将人的客观环境与社会关系的客观真理"诗性"地表达出来的。由于这种社会描写不是历史学家、统计学家、社会学家的抽象数字和概念，不是问题报告，所以，单纯从认识价值方面讲，《红楼梦》也是其他任何理论著作所不能替代的。但是，我们不能因此只局限在认识价值上来认识《红楼梦》，而要重新回到审美价值的中心上来，看到《红楼梦》各种价值在作品上、审美价

[①] 精神现象学有如下含义：一、人的外在现象、表象显现了人的本质，即通过现象寻求本质。二、研究精神的自我显现的过程。三、使事物脱离时空，先验地直观其本质。四、马克思认为精神现象学作为研究意识形态的科学，以研究人或自我意识异化的各种不同形态为对象。参见贺麟、王玖兴撰写：《译者导言》，黑格尔：《精神现象学》，商务印书馆1979年版。

值上的统一。

第二，这种判断是一种"混沌的判断"。

实际上它是自身包含着矛盾性的判断。审美判断遵循着独特的逻辑，而不是抽象思维的逻辑。理性和形式逻辑所不能容忍的既是此又是彼、彼此对立的格局在艺术作品中显得合情合理，怡然自得，宛若天成。是的，在《红楼梦》的人物塑造上，善与恶、美与丑相交织，使你难以一下子说清楚谁好谁坏，谁善谁恶。庚辰本《红楼梦》第十九回有一段脂评："按此书中写一宝玉，其宝玉之为人，是我辈于书中见而有此人，实未曾亲睹者。又写宝玉之发言，每每令人不解；宝玉之生性，件件令人可笑；不独于世上亲见这样的人不曾，即阅今古所有之小说奇传中，亦未见这样的文字。于颦儿处更甚，其囫囵不解之中实可解，可解之中又说不出理路。合目思之，却如真见一宝玉，真闻此言者，移之第二人万不可，亦不成文字矣。"[①]

接下来，脂砚斋继续评道："听其囫囵不解之言，察其幽微感触之心，审其痴妄委婉之意，皆今古未见之人，亦是未见之文字，说不得贤，说不得愚，说不得不肖，说不得善，说不得恶，说不得正大光明，说不得混账恶赖，说不得聪明才俊，说不得庸俗平（凡），说不得好色好淫，说不得情痴情种，恰恰只有一颦儿可对。令他人徒加评论，总未摸着他二人终是何等人物。"[②]

什么是"囫囵不解之言"？脂砚斋指的就是一种矛盾判断。这些人物对话与叙述，从形式逻辑上难以理解，甚至发现那是一种"错误"的判断。这种超出了"形式逻辑"规律的判断不具有理论表述的单纯性，而是"混沌"的判断。它与概念判断、抽象判断不同。虽然从逻辑上难以理解，但是在生活中却不难理解。就像《红楼梦》二十回中林黛玉说："我是为我的心。"宝玉回答说："我也是为我的心。你的心！你就知你的心，不知我的心不成？"这几句对话，逻辑上"囫囵难解"，可是每一个阅读者都是明白它的意思的。

[①] 曹雪芹、高鹗：《红楼梦》，齐鲁书社1994年版，第319页。
[②] 同上，第326页。

理论判断是清晰的概念判断,而审美判断却是"意象"塑造。

如康德所说:"审美意象是一种想象力所形成的形象显现。它从属于某一概念,但由于想象力的自由运用,它又丰富多样,很难找出所表现的是某一确定的概念。这样,在思想上就增加了许多不可名言的东西,感情再使认识能力生动活泼起来,语言也就不仅是一种文字,而是与精神(灵魂)紧密地联系在一起了。"①

康德揭示审美意象形成的创造规律。曹雪芹用的不是概念与表象叠合的方法,不是思想与图解组合的方法,而是"想象力的自由运用",是"形象显现"的方法。由于表象来自于艺术家的生活体验,所以它不具有概念的明晰性,而具有生活的"原态性"。原态性自身,包含着感性与理性的矛盾、认识与体验的矛盾。

作者似乎是有意造成了感性描写与理性宣言之间的张力:作者明言对于生活的厌烦和对于解脱的向往,但在艺术描写时又表现了对于生活的无限执着与热爱。与其说把它看作是作者的"自叙传",不如说它将个人的体验艺术化为具有普遍感染力的"对象",唤起了超越时空的"感情共鸣"。与其说它是宣扬'色空'观念的小说,不如说只有曹雪芹对生活中、即使是日常生活中的美最敏感,最心爱,最感伤,最难舍。前后两者,在作品中都是存在的,它们内部有矛盾。法国当代著名的人类学家、哲学家、神话学家列维-施特劳斯认为,原始思维(实际上就是艺术思维)在本质上就是一种"二元对立"的思维,通过对事物对立双方的辩证把握,达到了通过表象直接掌握事物本质的目的。显然,这种"二元对立"的判断,就是审美判断。

《红楼梦》的语言,更不能视为是一种科学语言。《红楼梦》的文本不是科学论文的"文本",也不是社会问题或统计报告的文本,以科学的目光来对待它,是不能收到应有的效果的。比如,分析曹雪芹是不是迷信的问题(当然,这样提出问题的方式本身就不是"审美的"方式)。从文本本身看,《红楼梦》有鬼魂情节,明

---

① 康德:《判断力批判》第49节,《西方文论选》上卷,上海译文出版社1979年版,第563页。

写、直写的有"秦鲸卿夭逝黄泉路",暗写、隐写的有"魇魔法姊弟逢五鬼"。似乎曹雪芹是迷信的。但是,作者有让他重笔刻画的人物王熙凤说:"我是不信什么阴司报应的。"究竟曹雪芹相信不相信来世、鬼神呢?以《红楼梦》文本的不同描写为依据,会得出相互对立的结论。是不是作家自身的思想是混乱的呢?

过去,我们将《红楼梦》看成是严格的思想性论著,又接着说《红楼梦》充满了违反逻辑的矛盾。胡适还经常说,上升到思想高度认识《红楼梦》经常发现作者见解幼稚,连基本的学理常识都没有,甚至一些见解还令人感到可笑(胡适认为,男尊女卑是一种落后的封建思想,而女尊男卑,说什么"女儿是水作的骨肉,男人是泥作的骨肉"也不是一种什么高明见解)。而如果把《红楼梦》看成是审美对象,我们就可以发现作者讲究的不是逻辑的严密,而是生活的逼真;不是概念的准确,而是体验的丰富;不是教条性的真理,而是感性生活的真实。

第三,这种判断是一种多向度的总和判断,超越了单向度的道德判断和认识判断。

艺术是以整体性来再现生活的,生活在这里依然保持着它的原态性、有机性,艺术家看到了不能割裂生活,于是在作品中让不同的生活单元内在地联系起来。这种混沌中包含着道德判断、认识判断,但不等于道德判断和认识判断。换言之,艺术家的创作和创作目的不是为了将谁钉在耻辱柱上,也不是为了揭示、图解一种大家熟悉或陌生的真理,而是将对生活的"总和"判断和盘托出,让你在回味、兴会中从不同的方面感受,然后再下判断。

《红楼梦》给人的生活判断、人物判断、道德判断、价值判断是相互缠绕的判断。当你对这个人物下道德判断的时候,又受到了认识判断制约,当你想综合道德判断与认识判断的时候,你又发现二者之间是无法完全弥合的。正是二者之间的张力,使《红楼梦》具有了与众不同的审美价值。它超越于认识判断和道德判断之上,但是又与二者有密切的关系。或者说,审美价值以前二者为基础,但又不等于二者的直接相加。

将审美判断等同于道德判断,等同于一种单一判断,必然带来艺术作品审美价值的损害。说到《三国演义》的人物塑造时,鲁迅说过:"至于写人,亦颇有失,以致欲显刘备之长厚而似伪,状诸葛之多智而近妖。"关公与曹操既是英雄相惜，又是忠奸对立，人物性格朝着一个极端在发展，朝着单一的概念在发展，以至于各自极端得不合情理。"写好的人，简直一点坏处都没有；而写不好的人，又是一点好处都没有。其实这在事实上是不对的，因为一个人不能事事全好，也不能事事全坏。"一种概念凌驾于性格之上，"个性消融于原则中"，人物实际上被类型化了而不是被典型化了。

如果，曹雪芹刻意将《红楼梦》变成了王熙凤和薛宝钗的耻辱柱，那《红楼梦》还会有那么丰富的含义吗？如果，《红楼梦》像《水浒传》、《三国演义》那样，道德判断至上，那么鲁迅所盛赞的《红楼梦》将"传统的思想和写法打破了"的话还会有吗？

《红楼梦》中，作者就超越了这种单纯的道德判断。曹雪芹显然并不想将某人钉在耻辱柱上，而是从更多的方面观照了"人物"方方面面，从而引发人们对于人生、社会、历史、现实等更深刻的思考。

正因为《红楼梦》给人的价值是"形而上"的，所以《红楼梦》的价值确认就与批评者、研究者的角度、方法选取有关，就难以有对《红楼梦》的最终的判断。诚如冯其庸先生所说："大哉《红楼梦》，再论一千年！"

三、《红楼梦》中"终极关怀"与"现实关怀"

我们说《红楼梦》是中国人的精神现象学，是中国的"人学"，展现了中国人的精神空间和抒情方式，那么是不是说《红楼梦》就是一部人道主义的作品呢？

其实，曹雪芹将人的价值看得至高无上，将人看作是目的，尊重人的自然要求，抗议礼教制度对人的戕害、对人性的扭曲，同时对美好、青春、幸福的毁灭感到无比悲痛等等，已经使《红楼梦》具有了深刻的人道主义性质。

但是，曹雪芹的这些"终极关怀"都是通过现实关怀表现出来的。贾宝玉是《红楼梦》中的中心人物。关于贾宝玉，作者重点描写了他的现实困境和对人生道路的选择。宝玉不愿意走家族为他安排的经济仕途，也不愿意走贾雨村那样自毁毁人的道路，也不愿意走贾琏、贾珍那样唯知淫乐的道路。宝玉选择的是一个美的守护者的角色，他身边的"通灵宝玉"使他凭直觉领悟到了其他人生道路的无意义。为什么宝玉对自己的这种选择有那么坚定的立场呢？贾政痛打无用，袭人娇嗔无用，宝钗、湘云劝说无用。宝玉之所以这样，是因为"性本如此"。如历史上的陶潜、阮籍、嵇康、陈后主、唐明皇、陆游、卓文君、红拂等等。是的，他们是"置之于万万人之中，其聪俊灵秀之气，则在万万人之上；其乖僻邪谬不近人情之态，又在万万人之下"。然而，中国社会与礼教规范却不允许多样化的人生道路选择。在这些人与现实环境的对抗与冲突中，他们毁灭了，也因此成为"卓异"的人物而彪炳史册。作者似乎是在询问：为什么那样一种"艺术人生"不被允许？为什么那样一种"诗性情怀"被笑为"痴情痴种"？为什么那样一种"赤子之心"遭人诟病？

不仅如此，这种由现实追问接通终极关怀的描写还有对于宝黛爱情悲剧的描写。如果没有宝黛爱情悲剧的具体描写，你是难以看到曹雪芹对于"自由"的价值理解的；如果没有曹雪芹直接对于青春美、风光美、人情美、女性美的描写，你是无法看到曹雪芹对于美的爱好和信仰，是怎样产生的，为什么那样执着；还有美好人生的对立面：如果没有曹雪芹对于丑恶现象淋漓尽致的揭露，你无法理解曹雪芹对于"美"的弥足珍贵。

还有一种文学与艺术，通篇是对"爱的呼唤"但是人们没有爱的感动，通篇是对"人的价值"赞誉但是没有价值的发现，通篇是"人是目的"的宣言但是没有感性的力量。这种只有"终极关怀"的"人学"不是曹雪芹的"人学"。

还有一种文学与艺术，通篇是人的七情六欲但是没有人的真挚之情与人的理想和向往，通篇是曲折离奇的故事但是没有心灵的共鸣，通篇是形形色色的行尸走肉而没有灵魂的焦灼、对人生与现实的"形而上"思考，通篇是市侩主义的展览但是没有赤子情怀的诗性抒发。这种只有"现实关怀"的"人学"也不是曹雪芹的"人学"。

通过《红楼梦》我们看到在封建社会的条件下，人性状况是纵欲与禁欲的丑恶结合，违背人性的自然本真，窒息了个性的自然要求同时也窒息了社会的创造性发展动力，突出表现是人性的强烈异化，即"反认他乡是故乡"。同时，我们也看到曹雪芹通过作品在寻求关于人性的新的"理性规范"的努力，试图在不同于封建礼教文化的基础上将人的自然要求和社会要求结合起来，探寻走向更自由、更符合人的幸福要求的理想道路。当然这种状态不是向"蒙昧"、"幼稚"、"本能"等低级阶段的回归。

研究《红楼梦》的学者，普遍注意到了它的理想性质。《红楼梦》的作者要求超越现实、摆脱困境的欲求、意图是明显的。中国的制度文化使家族、朝代的兴衰陷入恶性循环中，礼教文化使人性向纵欲和禁欲两极扭曲等，可怕的不是小说中千人一面、千人一腔，而是中国社会严重的自我重复、停滞不前。这种思考使《红楼梦》自然而然地具有了理想的性质。

从《红楼梦》对中国当时社会现实的逼真描绘上看，从《红楼梦》对具体的人的命运的描绘和关怀来看，我们可以说曹雪芹是一个伟大的现实主义者；从《红楼梦》对于人生、历史、价值、美的"形而上"追问上看，可以说曹雪芹对人的关怀超越了历史、国度、民族、具体人物的限制。如雪莱所说"诗人参与创造了永恒之物、无限之物、整一之物"。[1]所以，我们可以说曹雪芹是属于未来和全世界的。他的语言是一种"世界语"，体现了他对"永恒"、"无限"、"理想"的追问。

我们分析《红楼梦》将"现实关怀"和"终极关怀"结合起来用意是为当代文学创作提供借鉴。在我国不同历史时期的文学创作中，出现过不同的偏向。有时候，将现实主义当作是蛰伏于现实之下的"爬行主义"。只见现实描写，却没有精神空间；只见人物活动，却不见人物灵魂；只见情节曲折，却不见哲理意蕴。有时候，又是反过来：只见箴言宣示，不见艺术魅力；只见哲理转述，不见共鸣感染；只见刻意拔高，不见性格自身的逻辑。《红楼梦》的艺术描写，不是为我们的艺术家提供了一个值得借鉴的可贵范本吗？

（原载《纪念曹雪芹逝世240周年2004扬州国际学术研讨会论文集》，文化艺术出版社2004年版）

---

[1] 转引自吉尔伯特与库恩合著：《美学史》，上海译文出版社1989年版，第534页。

审美现代性与《红楼梦》的意蕴阐释

一、一个反复出现的意象：人与自然的和谐

阅读《红楼梦》，会有许多场景给你留下深刻的印象。在贾府和大观园的艺术画卷中，最美的场景是什么？显然不是贾敬的焚香拜佛、王熙凤的狠心毒手、贾琏的偷鸡摸狗、贾蓉的厚颜无耻、薛蟠的飞扬跋扈，也不是贾政的道貌岸然、心灵枯槁和贾雨村的穷凶极恶、恩将仇报。《红楼梦》中一个反复出现的意象是人与自然的和谐。同时，它们也是最美的意象和场景（这些场景已经成为许多绘画艺术家描绘的对象和题材）。这里，我们见到了宝玉和花草鱼虫的对话（第五十八回）；这里，我们见到了史湘云的花丛醉卧（第六十二回）；这里，我们见到了宝玉和宝琴琉璃世界的雪中同立（第五十回）；……处于《红楼梦》艺术画卷中心地位的是，宝黛之间摆脱了一切功利考虑和得失计较的、天情般的爱情[①]。自然美的最高结晶体是人，而男女之间的关系——爱情又是人间最自然的感情，只是这最自然的关系被蒙上了过多的外在因素的面纱，如门第、利害权衡、利益征服等，而日益丧失了其应有的光彩。

宝玉和黛玉之间的爱情，之所以美丽动人，一个重要的原因是他（她）们听从自然的召唤和对于爱情的忠贞不渝。宝玉和黛玉一见面，就恍若前世姻缘再世重逢。这里极容易产生神秘主义的解释，而我想指出的是，他们各自在对方身上看到了自己的梦想——最真实的自我本真。人人都有理想的美人存在于

[①] 关于宝黛爱情的性质，参见王蒙：《天情的体验——宝黛爱情散论》，王蒙：《双飞翼》，三联书店1996年版。

想象之中，而在现实中难以见到自己梦想的客观对应者，着实是人生的最大遗憾。宝玉和黛玉没有此种遗憾，这感情怎能不加倍珍惜？在宝黛爱情的发展中，两个人也是将目的本身作为手段，进入忘我状态，感情的自然发展和呈现使人们觉得脱尽尘俗。脱尽尘俗的爱情唤起了人们久已相违的神圣感，这神圣无比的爱情又转喻了生命个体的自由价值。

在作者后来的描写中，我们逐渐看到了两个青年男女为什么将对方引为知己的原因。这就是宝玉和黛玉都顽强地坚守着对于本真自我的忠诚，保持着自我美好的自然个性。宝玉为什么不顺从父愿，走光宗耀祖的阳关道呢？黛玉为什么不修饰自我，做到八面玲珑呢？戴上面具，伪饰自我，便可招摇过市，博得众人欢喜。这难不难做到？但是，对于我们的男女主人公来说太难了。他们互证情义的走访、探问，在那个社会显得赤裸而直接，真实而又难以言表。没有真挚爱情的关系将是轻松的，而宝黛关系的沉重和悲欢交织，在《红楼梦》中凝成了长河雾锁、天幕低垂的景象。

在《红楼梦》中，人性的美好都是在自然的背景下展开的。饯花会、结诗社等都是在美时美景中展现的。但是，曹雪芹为我们展现和谐美好的自然意象时，没有单向度地罗列美人、美物、美时，而是将其与对立的意象——既成社会与人的敌对相结合，展现了社会生活的全景画面。薛宝钗这一人物形象就可如此分析。薛宝钗作为自然之女，具有天生丽质的丰腻之美，她与林黛玉属于不同的类型，她的聪颖灵秀、学识教养也不在林黛玉之下。但是，她不像林黛玉那样忠诚于自我，在她美丽的外貌之下、灵魂内部，羼杂着社会的一些腐朽观念。在杨妃扑蝶的画面中，薛宝钗的自然之美得到了淋漓尽致的表现，同时，她的利己主义思想也有充足的暴露。薛宝钗金蝉脱壳，下意识地栽赃陷害了潜在的对手林黛玉。这样，在薛宝钗的性格上就形成了一个落差——自然自我与社会自我的严重不协调。作为一个完整的画面，这里包含了两个对立的方面，人与自然的和谐，以及人与既成社会的对立，同时，也显现出薛宝钗个性的两重性。这里，宝钗的美好的自然本性与社会关系中的利己本质表现出鲜明的对比。

这里，我们有必要分析一下薛宝钗的悲剧。薛宝钗的悲剧在《红楼梦》中有独特的价值：如果说宝玉、黛玉的悲剧所揭示的是个人与社会冲突的话，那么，薛宝钗的悲剧则揭示了人与自我冲突的悲剧。在自我和社会的关系上，薛宝钗是要竭力调和的，而这却使她越来越深地陷入了自我分裂之中。在薛宝钗参与大观园中的爱情角逐时，这种矛盾依然存在。一方面，宝钗对于宝玉的天性聪明、风采照人有感性上的依恋，另一方面，宝玉又不符合自己对于未来伴侣有文功武略的设想，宝玉在薛宝钗眼里不是一个"有为青年"的形象。一方面，宝钗立意要改造宝玉走人生正道，另一方面，我们知道，宝钗正是在这改造中丧失了宝玉，因为宝玉在这个过程中认清了宝钗的利欲熏心。一方面，宝钗在社会关系的衡量中，认识到宝二奶奶的位置是多么的令人艳羡，那是一个登高望小的去处，另一方面，当宝玉和黛玉的爱情成为自己实现目的的障碍的时候，她处心积虑地对于宝黛爱情关系的化解、阻挠，又进一步使自己失去了赢得宝玉爱情的条件——她在宝玉心目中丧失了崇高纯洁的地位。一方面宝钗通过对于贾母、王夫人、王熙凤甚至包括众奴仆等的迂回，终于赢得了实现自己目的条件，另一方面，却在完成迂回时失去了追逐的主体。薛宝钗在现实中得到了宝玉，但是在感情上却失去了宝玉。这没有爱情的婚姻无论如何是一个悲剧。这个悲剧，是薛宝钗自酿的。

我们可以设想，林黛玉得到宝玉的心理体验将是单纯的奉献，而薛宝钗得到宝玉则一定是患得患失的喜忧参半。这样来看，在生命历程中真正丧失欢乐的将不是真诚追求爱情的林黛玉，而是殚思竭虑、步步为营、到头来"竹篮打水一场空"的薛宝钗。

通过艺术画面的展现和真纯爱情的描写，曹雪芹突出了人与自然、人与自然自我的和谐和美好，反衬出人背弃自我、背弃自然的悲剧。在人与自然的和谐中，人性更完满、更美丽，而人在社会中，则折射出现实的扭曲。

在欧洲的浪漫主义文学中，人与自然的和谐关系是作为人与社会的不协和关系的对比，成为艺术描写的主要内容的。欧洲近代科学和近代工业的杰出成就是建立在对于自然资源的攫取、自然生命的控制、自然过程的人工化的基础上的，人类在最大限度地利用自然的同时，也最大规模地破坏了自然。人类来自自然，自然是人类的家园。在这个意义上，怎样高估人与自然的和谐关系都不过分。人类在社会生活中的异化感、孤独感、焦虑感等，在社会生活中——人与人之间，无法克服，无法补偿，于是，自然作为人类可亲近的对象，成为精神的寄托。在浪漫主义文学中，向自然倾诉具有浓郁的感伤情绪。在《红楼梦》中，也有一种感伤情绪，这种感伤和欧洲浪漫主义的区别是：曹雪芹在中国的现实中发现的是恶性循环，这不是人类占有欲望、扩张欲望无限膨胀的结果，而主要是封建社会体制对于个性权利压制和毁灭的结果。西方浪漫主义对于自然的归依是遁入自然，而曹雪芹则是从人与自然统一的角度，肯定了赤子人生与自然的和谐。

二、反认他乡是故乡：迷失的人性

人与社会的矛盾究竟是怎么造成的呢？社会的产生，在马克思看来是人类物质实践和精神实践相统一的结果，所以马克思认为社会的本质是实践。那么，作为实践的主体，人也是社会关系的主体，人的价值观、人生观在实践中起着什么样的作用呢？且来看一看贾雨村和贾政用行动所做出的回答。

贾政的目标很明确，人生就是读书（专读用来博取功名的八股文）、求仕、光宗耀祖。据说贾政小的时候很爱读书，可见他曾经立下过志愿，只是没有能博取功名实现夙愿。贾雨村就是走了这样一条道路，所以，在贾政的眼里，贾雨村是成功者，足以引为知己，足以成为宝玉的人生榜样和精神导师。

在中国封建时代，儒家理想是中国传统文人的主要追求。那么儒家理想又有什么命运呢？我认为在贾雨村和贾政身上，体现了儒家人格理想的彻底失败。贾雨村出身贫寒，按照封建社会所规定的人生道路，他只能读书求仕。赖他天资不薄，中举有任。可是，为什么官职马上就又丢掉了呢？书中的交代是恃才侮上，擅篡礼仪，而被人参了一本。实际上是"初膺外任，不谙吏治"（第一百零三回关于贾政丢职的评语）。贾雨村苦读圣贤，知识渊博，为什么对于官场却不能驾轻就熟呢？为官诡道，书本不传。中国社会的彻底虚伪化导源于中国官僚阶层和官僚政治的虚伪化。学到为官真谛，是在第四回的"葫芦僧乱判葫芦案"。贾雨村和贾政都被自己的属员上了一场生动的，也是让人恶心的

《红楼梦》与诗性智慧

第一课。在第四回、第九十九回中,门子和李十儿分别教训了自己的主子。贾政也是自幼素喜读书,可读出来的结果是什么?越来越显得与生活格格不入。贾政不仅灵气全消、呆滞不活,而且读书读得不会、不懂生活。贾赦不是借贾宝玉、贾环作诗尖刻地嘲笑了贾政吗?"多费了工夫,反弄出书呆子来。"在别人讲笑话时,贾政神经过敏,联想到家族命运(第十二回)。自己讲一个笑话,让人不能发笑,反而觉得粗俗不堪(第七十五回)。后四十回中,续作者几乎是重复地写了他与贾雨村第二次当官相同的经历。贾政和贾雨村可以说是封建社会理想的儒家文人的摹本,但是,这个摹本被现实嘲弄了,被历史抛弃了。

在中国这个传统的社会里,标榜的和实行的、理想的和现实的,是对立、背离的,任何一个进入这个魔阵的人,都是一个充当棋子的炮灰。当贾雨村自认可以驾驭官场的时候,他不再相信作恶必受惩的信条,而肆意逞凶、不可一世。可是恶有恶报,不是不报,是时候未到。当贾雨村炙手可热的时候,也是他恶贯满盈的时候,惩罚来了——褫职为民,回到起点——这是一个循环。贾政"失察属员",换言之是怂恿作恶。从本质上讲,贾政、贾雨村为官一方,实在是为祸一方。儒家理想是"修身、齐家、治国、平天下"。贾雨村、贾政做到了哪一条呢?这倒不在于他们没有能力和这样的理想,而在于现实让他们根本做不到。当理想与现实的矛盾不可克服时,首先唤起的是人们对于理想与现实关系的重新审视,而贾政、贾雨村深陷自我利益的陷阱,并没有登高望远的境界,所以,他们在世俗利益、虚名浮利的追逐中丧失了自我。在把自己变为追名逐利的概念化身的同时,对身外之物的执迷使他们受困于、物役于"他乡"之阵。

儒家理想本来是一种激进有为的人生观,但是,入世精神在充满悖谬的现实面前,演化出的行为往往又转变为一场荒诞的人生闹剧和生活闹剧。儒家思想何以丧失了它的自我调节功能了呢?儒家理想在它产生之初,就存在着手段和目的矛盾。一种带有普遍性的大同理想却没有现实性的实施手段(依靠帝王的仁政,而帝王对儒家理想常常是阳奉阴违)。在历史的运动过程中,儒家理想无法贯通现实、人生,逐渐沦落为欺骗性的虚假意识形态,成为表里不一的顽固堡垒。然而

"假作真时真亦假",虚假的意识形态与现实的敌对,最终造成了封建时代知识分子与现实人生的格格不入,在初期贾雨村和贾政身上所表现出来的感性与理性的分裂,正是封建意识形态落后、衰朽的标志。在中国传统文化用语言所编制的世界中,符号业已丧失了它的指示功能,公正忠诚、正义真理,早已幻化为博取功名的手段,丧失了其应用的意义。

宝玉的人生道路,是在这样一个时代背景下展开的。宝玉对于既定人生道路的否定带有先验性的特征。历来的"那些个须眉浊物,只知道文死谏,武死战,这二死是大丈夫死名死节。竟何如不死的好!必定有昏君他方谏,他只顾邀名,猛死一拼,将来弃君于何地!"(三十六回)看破中国传统价值观支配着的虚假做派,并揭露它,必将带来人生观的裂变。可是,现实没有为中国青年准备更多的道路选择。曹雪芹通过有机的、联系的生活画面,预示了宝玉的人生道路:宝玉如要走读书仕举的路,无非变成贾雨村第二或贾政第二。宝玉有没有第三条道路?从《红楼梦》中我们看到,宝玉试图寻找第三条道路——遵循生命自然的召唤,追寻自我实现的目的。但是,这条道路是被禁绝的。中国传统社会缺乏生机,是其自身扼杀、压抑着生机。这种自寻末路、自我毁灭性质的社会模型,其集中表现就是对于个体生命超常轻视。显然,这里(对于宝玉)没有用直接的扼杀方式,而是用间接的方式——对于自然生命的要求不给予满足,并公然蔑视这一与生命要求处于同等重要地位的自然要求。

从对于社会批判的角度看,从对于传统人生观、价值观的否定看,《红楼梦》文本的颠覆性是毋庸置疑的。曹雪芹明白无误地彰显了这一观点:在由传统社会所设定的人生道路上,个人运动的轨迹是不断毁灭的恶性循环,"乱哄哄,你方唱罢我登场,反认他乡是故乡"。曹雪芹《红楼梦》的深刻意义在于,他先知先觉地揭示了儒家理想在封建体制下的实践中,已经变得毫无价值,甚至在更多的时候,走到了自己的反面。同时,需要指出的是,《红楼梦》又不是这些社会问题的报告或报告集,而是以人为中心,展现了各类人物不同的悲欢故事和命运结局,以及作者对人生意义的思考。

三、生存的困境：人生的出路

我们在《红楼梦》中，大致可以看到如下三种矛盾：一是宝玉、黛玉作为自然纯真的自然个体与社会的矛盾；二是薛宝钗等作为谋求与社会和谐的异化个体与自我的矛盾，即自我分裂的矛盾；三是贾政、贾雨村等作为文化个体、工具个体、概念个体与整个现实的矛盾，又表现为感性与理性、手段与目的的矛盾。第一类矛盾的毁灭结局几乎是在一开始就被决定了的，《红楼梦》更为深刻的表现是，那些自觉认同封建价值观念和伦理体系的人，那些自觉充当走卒的卫道者也不配有好的命运。

那么，这是不是说人类社会永远地丧失了美好的时代了呢？的确，"世纪末"的问题也出现在曹雪芹那里。《红楼梦》的起始，曹雪芹就描写了英莲被劫、甄家大火、鼠盗蜂起、甄士隐遁世的"甄（真）家"兴衰史。一家风云，昭示了世事无常、沧海桑田。

匈牙利当代著名的美学家卢卡奇认为，科学和艺术都是人们把握世界真理、社会真理的方式，但是，审美反映和科学反映又有不同，其差别在于前者是拟人化的反映，后者是非拟人化的反映。把整个社会想象为一个有机生命体，对它进行降生、兴盛、衰落、死亡的描绘，宛若一个自然的新陈代谢的有机生命过程。在这个貌似纯粹自然的过程中，艺术画面的性质具有生活的原态性和原生性、原级性，它向生活的不同维度展现着相互制约的因果联系。毫无疑问，曹雪芹所创作的《红楼梦》具有这样的艺术画面的性质：通过贾府描绘了相当复杂的社会关系，同时又毫无疑义地展示了封建家族盛极与速败的辩证法。曹雪芹所作出的这种诗意的裁判，在《红楼梦》艺术画面上，显示着相悖的两个方面：一方面是作家对于人生困境、世事无常、必然悲剧的清醒意识，一方面是作家对于良辰美景、人生青春的反复咏叹和沉醉、赞美。

文学作品中的作家理性意识和作品客观呈示效果之间存在着矛盾，这点在许多优秀的艺术家那里都存在。塞万提斯的《堂·吉诃德》便是如此，作家要讽刺骑士制度，但在作品中又展现了骑士理想的崇高。托尔斯泰的《安娜·卡列尼娜》也是如此，作家对于安娜感情的缺乏自控始终有谴责的倾向，同时又把最大的同情和赞美给了安娜。在《红楼梦》中，人们也很容易发现这种矛盾，一方面是作者超脱于生活之上的哲学、宗教观照，表现出相当明显的出世思想，另一方面又是作者对于感性生活真切体验的传达，对于良辰美景的留恋赞叹，对于女性纯真美的热情歌颂。两个方面构成了相反的主题，互相牵制，互相深化。可以想象，一个对于人生体验肤浅、对于生活思考不深的人，出世思想的传达只可能是"少年不识愁滋味"而"强说愁"的隔膜感，同时，一个有浓重超脱意识的人，也必然有大劫大难的经历，在经历悲欢过程中，有对于过程本身的意义发现、回味和流连。《红楼梦》中，作者在小说开端的理性宣言和出世思想，与作品中对于感性生活的描写、对于人情美的深情体验等，形成了一定的对抗关系、矛盾关系。我们对于《红楼梦》主题思想的概括，不能只看到前者而忽视了后者。

对抗性的出世与入世的关系，再次将人的出路和精神困境的问题提升出来。《红楼梦》伟大的思想意义是由此而生的。20世纪中期，胡适认为曹雪芹的思想不够高明，指的就是曹雪芹通过作品所表现出来的男女观是矫枉过正的、价值观是有颓废倾向的、人生观是缺乏进取精神的[①]。按照思想论著的品格来衡量《红楼梦》，得出上述结论是不奇怪的。但是，《红楼梦》不是思想论著，而是文学作品。《红楼梦》的思想品格是按照艺术语言的逻辑形成的。西方有一种观点，艺术语言是指向人自身的矛盾语言，深刻地反映着人类心灵的真理。从这一观点出发，那么，我们就不会像胡适那样从思想的逻辑严整、体系的自在统一，指责曹雪芹和《红楼梦》的思想驳杂和不够缜密了。《红楼梦》艺术描写的感性力量所散发着的向生活各个角度、维度的穿透力，超越了固有思想框架所能达到的认识高度，将一个形而上的人生问题——如何克服人性的空前异化和

[①] 胡适对于《红楼梦》的评价，在晚年主要是从其思想意义的角度出发的。有学者认为大陆50年代的批胡适评红运动，导致了胡适强烈的对立情绪，胡适对于《红楼梦》的评价发生了些许转变。见《胡适文集》第5卷中《答高阳书》、《与苏雪林、高阳书》等文，人民文学出版社1998年版。

实现人的精神突围——突出出来。

我们还是从"女儿崇拜"的这个问题出发。一些论者认为曹雪芹有"女儿崇拜"的思想，我认为这种说法是似是而非的。"崇拜"一词，带有无条件臣服、绝对信奉的意味。宝玉说："这女儿两个字，极尊贵、极清净的。""女儿是水作的骨肉，男人是泥作的骨肉。我见了女儿，我便清爽；见了男人，便觉浊臭逼人。"这些观点，带有奇谈怪论的性质。确实，宝玉对于女性之美有特别的赞扬，但是，宝玉的这一观点和态度不是固定不变的。随着情节的发展，我们看到宝玉对薛宝钗疏远了，宝玉对史湘云存有微词，宝玉对出嫁后有强烈反差的女人尤为厌烦……原因何在？是因为这些人——女儿变得不尊贵和清净了，被禄蠹气、铜臭气腐蚀、因婚后生活艰难而变得穷凶极恶的女人，在宝玉的眼里丧失了值得赞美的品格。宝玉尤怕女人出嫁，这里存在着两个方面的原因，一是对于女儿的青春美、纯洁美，宝玉是大观园中唯一的欣赏者和爱怜者。出嫁，意味着女性单纯美的丧失。二是对于女性出嫁以后所受到的磨难和这些磨难对于女儿的改变，宝玉从自己的观察中，体味到了她们的不幸——在家庭的底层，她们必须承担超负荷的劳动和压力，因而一部分女性发生改变而趋向于变本加厉的极端。这些是《红楼梦》中情节发展所包含的内容，它所揭示的又是人生出路问题的具体化——女性的生存困境。

人生的困境和出路问题，也存在于西方社会中。德国美学家席勒在《审美教育书简》①中的一个重要思想就是，近代社会的生产方式是与人相敌对的。在席勒看来，人在劳动过程中被当作是工具、不能控制劳动过程、不能占有劳动果实等，造成了目的与手段、技术与人的本质、感性与理性的根本分裂。当现实的异化不能避免的时候，审美，也只有审美被席勒当作是弥合人性分裂、超脱人与现实敌对的唯一途径。席勒的这个思想不仅对马克思产生了巨大的影响，而且对当代的主要美学家也有根本的影响。或者说，当代美学是以席勒提

---

① 关于席勒的美学思想，我认为主要是提出了审美之于人的现代作用和意义的问题。席勒：《美育书简》，徐恒醇译，中国文联出版公司1984年版。

出的问题为哲学美学思考的出发点的。显然，当代美学的转向是走向了对于人的关怀，与传统美学将美学主题确定为美的本质与规律的研究、人类审美能力的研究不同，当代美学注目的是人的现实境况和对生存意义的追问。

曹雪芹没有也不可能像马克思那样从社会生产的方式——生产力和生产关系的性质来考察、思考、描绘一个社会的现实和前途问题。我们把艺术作品看成是艺术家对于现实把握的产物，而艺术家不同于科学家、思想家，他在把握现实时可能有完全不同的角度和评价维度。就艺术作为意识形态反映现实的特殊性而言，艺术画面往往具有有机统一性和深刻体验的情感性。曹雪芹不是从社会的物质层面——经济关系来展现历史现实的，而是从家族兴衰、人生归宿的角度发问：家族和个人如何才能从历史无情的重复循环中摆脱、超脱出来？

四、瞬间的永恒：人的完满性

曹雪芹期盼着中国历史超越历史的循环，因为这种循环使中国社会停滞不前。我们——为了使人们更清楚地认识艺术画面——不得不作一些条分缕析：从经济上讲，贾府的寄生性反映着这一家族与社会财富的创造永远无关，因而也就丧失了自我发展的现实根据，而只能仰仗皇权和仕举。从政治上讲，社会生活的官本位观念日益强势化，带来了贾府的官僚化，并无孔不入地向生活的各个方面渗透，造成了人生道路的单一化和选择的政治化。从文化上讲，贾府作为封建意识形态的堡垒，必然产生像贾母、贾政等这样的忠诚卫道者——曹雪芹令人惊异地描绘出了这些卫道士自身的乏力和悖谬，同样也描绘出了这个堡垒内部的分化——像贾宝玉、林黛玉等这样一些叛逆性人物的出现。曹雪芹是那样熟悉生活本身所具有的辩证法，从内部——分裂和外部——抄家的结合，描绘了贾府的衰败。是的，中国社会中家族兴盛衰败的恶性循环，既在毁损着固有的传统道德，又在强化着极权制下的僵死体制。

曹雪芹对于人生困境和现实状况的揭示（像席勒那样），对于人作为目的的摆脱物役和个体生命绝对自由的描绘（像萨特那样），对于传统价值的重估和反叛（像尼采那样），对于人生出路、心灵真理的思考（像海德格尔那样），使《红楼梦》具有了超越时代的意义。"不是所有人都存在于同样的现在,他们凭借他们在今天可以被看到这一事实而仅仅外在地存在于现在,但这并不意味着他们与别人正生活在同样的时代。"[①]是的,生存于当代游离于当代的艺术家并不少见,而生活于200多年前的曹雪芹,却超越了时代的限制。

曹雪芹也像席勒那样注意到了审美对于人生有解放和自由的意义:第一,人们在对于艺术和自然的审美中,与对象建立了形式观照的关系,可以摆脱功利主义的压迫。第二,人们在审美中,目的和手段的分裂不复存在。因为,人在审美中既是目的的设定者又是过程的执行者。第三,艺术创作的技艺性和创造性,让人的感性力量和理性力量同时得到发挥,从而赢得了个性的和谐发展。在《红楼梦》中,人的个性美、心灵美和智慧美在诗社拟题的创作中得到了鲜明的体现。大观园中超凡脱俗的生活,在于宝玉和黛玉等摆脱了物质困窘的压迫。宝玉和黛玉之所以个性鲜明、魅力四射,就在于他们的赤子之心和赤子之情显现着人性的本真与和谐。而处于对立状态下的人们,则各个或为名来,或为利往,匆促张皇,丑态毕现。

曹雪芹对于人与自然的和谐的描绘,显现了生命的本真。曹雪芹让贾宝玉摆脱功名利禄的诱惑、摆脱自我所可能出现的分裂,显现出生命本身的飘逸与颖慧,这些都是在美好自然的怀抱中获得、保持和生发的。曹雪芹和贾宝玉留恋美情美景以及对于良辰美景的赞颂,在作品中是表露无遗的。《红楼梦》的主要魅力之一是,作者以美对抗庸俗、以美反抗虚无、以美沐浴人生,不管青春怎样短暂、好景如何易失、希望如何微茫,但是曹雪芹都没有因此将美之于人生的意义予以抹杀。曹雪芹不可能将问题的解决提高到进行现实斗争的高度,但是,他通过现实中对立因素的转化展现了具有未来意义的人格理想:宝玉的精神境界是,物我相通、人我平等,不计功利、唯美是求。既然他在现实中产生,为何不能生长呢?既然他在现实中存在,为何不能永恒与永远?难道这是

[①] 德国恩斯特·布洛赫语,转引自王治河:《扑朔迷离的游戏——后现代哲学思潮研究》,社会科学文献出版社1998年版,第4页。

只开花不结果的生命吗？

马克思认为，审美对于人生有重要的意义，对于人性的片面性问题的克服有作用，但却是精神层面的，是有局限性的。人生出路的问题——精神归宿，可以还原为物质问题和现实问题。如果现实中的矛盾不解决，审美只能起到片时片刻的迷幻作用。重要的是，要将改造社会活动本身看作是人生的本来内容。人性的完满与完整不在于重新回到过分单纯的关系中，不在于把自己从历史的丰富中超脱出来，而在于使历史所形成的全部关系，具有更符合理想的性质。因此，参与社会物质财富和精神财富的创造，参与社会的改造、变革、革命活动，将使每一个生命个体获得丰富性、完满性和创造性等不平凡的意义。

曹雪芹没有在《红楼梦》中像马克思这样回答这些问题，他的回答显现出终极关怀的性质——人生的根本意义何在？由于曹雪芹没有意识到社会进步的现实机制，使作品中关于人与自然的和谐关系带有一定的假定性和传统继承性，在自然与社会的对比描写中，逃避社会、退回自然的倾向有明显的表露。但是，这不是说《红楼梦》没有现实关怀的维度。曹雪芹通过艺术画面的营造，无可置疑地揭露了既成社会形态对于个性生命力的扼杀以及由此所造成的社会衰退，从而也在客观上间接地提出了社会变革的政治要求。

（原载《红楼梦学刊》2001年第4期）

主题预设·叙事张力·意图转移

一、《红楼梦》的主题预设

一般认为，艺术家的智慧是感性的，包括对生活的敏锐感受性、情感体验性、思维与评价的具体性等。换言之，艺术家在抽象思维上是不擅长的。但是，艺术家对生活的丰富感受不应该是凌乱的、无头绪的，或者说，艺术家对生活的看法不能等同于生活本身。艺术家总要归结自己对于生活的看法，尤其是在形成艺术作品时，故事的相对完整往往体现了艺术家对于生活总的观念，或者叫世界观、人生观等。"一般说来，艺术家在创作的时候，同时也就表明了他对生活的抽象思考的倾向，这样一来，他也就在一定程度上成了理论家。"[1]有的时候，艺术家又往往会借助于传统的哲学智慧，用已有的话语、思想、箴言作为自己对生活的感悟和总结，从而使凌乱的生活、大河般茫无际涯的生活显得有头有尾、相对独立。

《红楼梦》的作者曹雪芹就是这样来处理生活与艺术的关系的。可以想见，曹雪芹是对于生活感受特别丰富、体会特别深、感触特别多、幻想特别奇特的艺术家，但是，愈是这样愈是不容易把握生活、结构艺术，形成相对独立的故事单元。可是，艺术又不能就是漫无边际的生活本身，它必须有开头、发展、高潮和结尾，所以，艺术家不能不对生活进行理性处理、技巧处理、结构处理。

---

[1] 波斯彼洛夫：《文学原理》，生活·读书·新知三联书店1985年版，第22页。

显然，曹雪芹借鉴了中国古代哲学的智慧。小说开头第一回中就说："假作真时真亦假，无为有处有还无。"从"假"与"真"、"有"与"无"的关系上，从某个角度讲，是将小说的有限性与生活的无限性的关系摆了出来。

加上凡例中的"悲喜千般同幻渺，古今一梦尽荒唐"，显示了艺术家在归结对于生活的认识时，接受了、借鉴了中国宗教哲学的智慧，准确地说是佛家"空"的思想。

对于艺术家来说，如果能够像佛家子弟理解教义那样真正将生活看成是"空"，将"明镜台"也看作是"空"，那么就没有必要再写作品这类"有"的东西了。从另外一个角度讲，既然已经被理论、教条说清楚的东西，为什么艺术还要重复讲呢？实际上，艺术家从生活中领悟到的"理"和已经表述过的、教条中"理"是不能相互取代的。艺术家提前提出"理"的问题时，往往在"理"中又融进了个人体会到的"味"，即不可言说的"味"。贝多芬有过这样一次经历。一次，贝多芬新做了一首曲子，他把它弹给朋友听。他的朋友听完了问他："你这曲的意义是什么？"贝多芬不答，坐下来把他的曲子从头又弹了一遍说："我的曲的意义就是如此！"[①]正因为曲子的"意义"是不可言说的，所以才必须创作曲子，曲子才有存在的价值。

难以言表的思想，需要立象尽意，这便是艺术的创作过程。在抽象的层次上，或者说在借鉴哲学智慧时，艺术家理解到，生活有时候像一个从起点又回到起点的循环过程，这类似于宗教中的"轮回"观念。任何人的努力、作为最终不过是零，在强大的命运面前，人显得无比渺小。"机关算尽太聪明，反算了卿卿性命。"这很容易使艺术家产生"空"的观念，于是宗教哲学的智慧很容易地就进入了艺术家的视野。在结构故事时，在布局连续的画面时，艺术家就运用了这个循环结构：这既是故事的结构，也是宗教哲学对人生的智慧总结。

这种循环包括：由甄士隐家族的毁灭到贾府的由盛到衰，贾雨村在人生道路

[①] 汪流编：《艺术特征论》，文化艺术出版社1986年版，第201页。

上从起点（穷书生）到位及人臣再到起点（有罪的穷书生）的故事，甚至包括薛蟠从开头的杀人官司到结尾处的杀人官司，等等，循环无处不在，并且是无意义的循环。

单纯从思想增值的角度讲，只有一个故事就够了。这个故事是对宗教教义的形象演绎或者叫图解。如果《红楼梦》只是这样一个图解概念的小说，那么它又会有什么价值呢？它不会有价值，只从这个角度讲，是绝对没有价值的。因为从思想史的角度，它没有提高和创新。就像威勒克在《文学理论》中所说的那样："如果我们对许多以哲理著称的诗歌做点分析，就常常会发现，其内容不外是讲人的道德或者是命运无常之类的老生常谈。"[①]

我们具体来看一看作家的主题预设：

一说《红楼梦》还可以叫《情僧录》。显然，他说的是贾宝玉"历幻"、风月债难偿而后出家的故事。第八回有这样的诗句："白骨如山忘姓氏，无非公子与红妆。"

一说《红楼梦》还可以叫《风月宝鉴》。正面是美女，反面是骷髅，还是说要看破红尘、戒色戒欲。

一说《红楼梦》还可以叫《石头记》。石头的神话故事，从石头（无情物）来又回到石头（无情物）的故事。第五回有这样的诗句："厚地高天，堪叹古今情不尽；痴男怨女，可怜风月债难尝。"

一说《红楼梦》还可以叫《金陵十二钗》。主人公似乎变成了"闺阁女子"，但也不过是香消玉殒、青春难继、好景不长的故事。

上面四种说法最终被总括在《红楼梦》的名下，而《红楼梦》不过是"悲喜千般同幻渺，古今一梦尽荒唐"的主题换词换句不换义的说法。

前几回，这样密集的诗句，讲的是一个主题、一个思想。这个主题和思想，就是俞平伯先生在新中国成立前对《红楼梦》的主题归纳："宿命论"和"色空观"。可以确凿地肯定，作家尽管"披阅十载，增删五次"，依然是"春梦随云散，飞花逐水流"（第五回）的预设主题，在预设主题上没有变。

[①] 威勒克与沃伦合著：《文学理论》，生活·读书·新知三联书店1984年版，第113页。

在"五四"时期,胡适、俞平伯都看到了作者预设的这个主题,但是胡适认为《红楼梦》宣传这种"喜荣华正好,恨无常又到"的颓废思想,非常不利于当时正在探求救国救民的民族进取精神和积极有为的个性主义,所以,胡适认为作者一涉及"哲学见解"就显得"幼稚"。

可是,我们能把作者的预设主题看成是作品的真正主题吗?

二、《红楼梦》的叙事张力

艺术家的世界观可以借已有的哲学智慧来表达,但是,真正影响艺术家创作的不是教条的世界观,而是具体的、从生活中而来的世界观。

俄国著名的批评家杜波罗留勃夫有过一个说法,认为决定艺术家世界观的不是教条的世界观,而是具体感受生活的世界观。[1]

是的,《红楼梦》就是如此。从故事结构来看,作者的理性意图非常明显:贾府没落,宝玉出家,红尘滚滚,转头成空,命运悲剧,无可避免。但是从描写叙事来看,作者"怀金悼玉",不忘忏悔之情、儿女之情、赏美之情、"大旨谈情"。细心的读者都会发现:作品的理性框架钳制不住、窒息不了作品含有的异质性的感性内容。

本来,写儿女之情、写悲欢离合只是手段,为的是服务预设主题。但是,当你进入阅读的时候,目的和手段调换了:儿女之情、悲欢离合之情控制了你,人物的个性使你"迷幻",使你沉浸其中。所谓"恨凤姐,骂凤姐,一日不见想凤姐"即是。本来作者是要你超脱生活,为什么效果恰恰是让你陷入生活的恩恩怨怨、爱与恨的悲欢情仇?可见,《红楼梦》的叙事与其预设主题之间存在着张力。

所谓张力,就是既相互吸引又相互排斥的力量。《红楼梦》一方面借用佛家话语否定生活的魅力,一方面又比任何一位历史上的作家都还明确地渲染生活

---

[1] 参见波斯彼洛夫:《文学原理》,生活·读书·新知三联书店1985年版,第105页。

的美好。一方面说生活的美好是幻觉，一方面又对这美好反复流连。这种内在的矛盾，就是艺术的张力、叙事的张力。

《红楼梦》中这种相援相抗、相反相成的张力比比皆是：一会儿说是末世，一会儿说是盛世(第五回说"才自精明志自高，生于末世运偏消"。第十八回说"盛世无饥馁，何须耕织忙")；一会儿毁僧谤道，一会儿以超现实为真；明明是写袭人藏奸，却偏偏说她贤惠；一会儿写宝玉聪颖过人，一会儿又骂他"腹中草莽"……你信哪一种说法呢？

还有一些学者则依据某一方面的说法，就轻易地给《红楼梦》定了主题。关于主题的争论，很多时候是偏执一端的强词夺理。其实，毛泽东同志早在1942年的《延安文艺座谈会上的讲话》中就说过，研究文艺作品，要将作者的主观动机、主观意图和作品的客观效果相结合。是的，王国维、胡适、新中国成立前的俞平伯等都是根据《红楼梦》作者的"主观意图"就给《红楼梦》定了主题，而没有看到它的客观效果。显然，《红楼梦》的客观效果相对于主观意图来说是异质性的。

更多的学者提醒我们，与其注意直接进入作品的思想本身，不如注意它如何进入。美国批评家威勒克在《文学理论》中指出："文学研究者不必去思索像历史的哲学和文明最终成为一体之类的大问题，而应该把注意力转向尚未解决或尚未展开充分讨论的具体问题：思想在实际上是怎样进入文学的。"[①]当这个问题被提出来的时候，我们会发现：预设主题是作为故事框架进入作品的，而在这个框架之内，作者装进了他真正想表达的，是别人较少表达的，也是值得表达的内容。

更为值得我们注意的是，《红楼梦》的感性描写撑破了原有的理性框架。细读《红楼梦》的人都会注意到，曹雪芹对生活的爱，爱到了具体的时间(良辰)、具体的场景(美景)、具体的人物(宝玉、黛玉)、具体的意绪(宝玉与花鸟鱼虫的对话)、具体的个性(王熙凤与史湘云)……。尽管在叙事时，作者不忘插进《南华经》、佛经、

---

① 威勒克与沃伦合著：《文学理论》，生活·读书·新知三联书店1984年版，第128页。

参佛等来提示预设主题，但是，还是掩盖不住作品自身所昭示的生活的力量和美好。即使生活是有矛盾的，但就是这矛盾的生活也是美好的。或者说，不表现出生活的矛盾，就无法表现出作者的所爱所恨。人们有理由相信，艺术家曹雪芹虽然说要超脱红尘，但是他比我们更爱生活、更懂得生活、更懂得生活的美、更懂得如何创造生活的美。是的，通过他对宝黛人格和爱情的赞扬，他分明在《红楼梦》中告诉我们如何选择生活才会更美好。

那么，这样具有内部张力的创作是不是艺术上的失败呢？不是。从思想形成和思想形式的本身讲，深刻的认识往往包含着对立面的相互转化，即有"此"必有"彼"。从接受美学的角度看，张力正好引起接受者的主动性，经过揣摩、比较、印证、分析，在多种可能中选择最大的可能性，这样的作品宛如一个值得探究的生命个性，可以和它对话。再次，从艺术创作的规律来讲，完全被理性、自觉性控制、支配的创作很可能是视域狭窄、意义有限、缺乏余韵的创作。

《红楼梦》的叙事张力往往让人想起恩格斯赞扬巴尔扎克的话，"多么了不起的勇气！在他的富有诗意的裁判中有多么了不起的革命辩证法！"巴尔扎克的创作是包含着深刻矛盾的创作，他对贵族的同情与他对资产阶级的憎恶没有妨碍他将贵族看成是被历史抛弃的阶层，没有妨碍他将资产阶级看成是社会的主宰和主人公。作家巴尔扎克主观的价值取向是贵族阶级身上那些人类共同珍视的规范、道德价值、文化追求，但是作者将客观的历史必然性放在了前者之上，从而赢得了貌似对立的，实际上是具有双重意蕴层次的诗性裁判。

三、作者的意图转移

如果我们认为，作品的感性描写更具诱惑力，比抽象的教义、哲理更有吸引力，那么我们可以认为作者的实际意图在他不知不觉的叙述中发生了转移。

创作中主题转移的例证不胜枚举，最典型的两个例子是：塞万提斯在《堂·吉诃德》中作者由诅咒骑士制度到赞美骑士精神的不自觉转变，托尔斯泰创作《安娜·卡列尼娜》由谴责安娜到同情安娜的转变。我国著名的例子是鲁迅的《阿Q正传》，由毫不留情地讽刺阿Q到同情他的不幸命运的叙述转变。

无独有偶，曹雪芹在《红楼梦》中也是这样。他不知不觉地将对生活的拒绝变成了对生活的执着。也许正是如此，曹雪芹才说："满纸荒唐言，一把辛酸泪！都云作者痴，谁解其中味？"

细细品味这首诗，我们会发现它与预设的主题是矛盾的。第一，预设的主题是明确的，没有什么模糊不清的地方。既然很明确，为什么作者还说大家不理解他呢？第二，既然他劝大家解脱，为什么他还"一把辛酸泪"不能解脱呢？要解脱，小说最好也不要写了，那才是真解脱。

其实，在中国古代，一直认为"味"和"理"是对立的两个概念。钟嵘在批评永嘉诗的时候说："于时篇什，理过其辞，淡乎寡味。"在《红楼梦》中，那些佛家教义、那些无常的感叹，往往是一种"理"，这种"理"作者已经说得很清楚了。与"理"对立的是"味"，难以言表的正是它。显然，作者将"味"的问题提出来，多少带有对于读者阅读的提示意味。

曹雪芹对生活的执着必然产生执着生活的结果。是的，众多读了《红楼梦》的人不是从情感中解脱出来，而是更深地沉入了各种各样的情感。按照"有什么样的功能就有什么样的本质"的观点来看，《红楼梦》所唤起的力量正是感性描写部分，而不是先验说教的那一部分。对的，"艺术不是用抽象的概念而是用活生生的个别事实去表现思想"[①]。

为了唤起大家对《红楼梦》感性描写的关注，我们试引下面一段文字："到了次日一早，宝玉……掀开帐子一看，虽门窗尚掩，只见窗上光辉夺目，心内早蹼蹬起来，埋怨定是晴了，日光已出。一面忙起来揭起窗屉，从玻璃窗内往外一看，原来不是日光，竟是一夜大雪，下将有一尺多厚，天上仍是搓绵扯絮一般。宝玉此时欢喜非常，忙唤人起来，盥漱已毕，只穿一件茄色哆罗呢狐皮袄子，罩一件海龙皮小小鹰膀褂，束了腰，披了玉针蓑，戴上金藤笠，登上沙

[①] 波斯彼洛夫：《文学原理》，生活·读书·新知三联书店1985年版，第23页。

棠屐，忙忙的往芦雪庵来。出了院门，四顾一望，并无二色，远远是青松翠竹，自己却如装在玻璃盒内一般。于是走至山坡之下，顺着山脚刚转过去，已闻得一股寒香拂鼻。回头一看，恰是妙玉门前栊翠庵中有十数株红梅如胭脂一般，映着雪色，分外显得精神，好不有趣！"（第四十九回中"琉璃世界白雪红梅"）

这是一个良辰，这是一个美景，宝玉看到了，也是作者看到的。作者将它描绘出来，让我们能够体验这"良辰美景"。我们又看到了宝玉所看到的，这个场景中又多了一个脱尽尘俗、一片赤子情怀的宝玉。我们与宝玉有没有相同的体验呢？宝玉沉浸在良辰美景之中，开始了一天美的"历幻"，这美情美景是幻觉吗？

是的，对于生活本身的热爱，使曹雪芹忘了自己的"主题预设"，而将意图转移到了感性生活本身。

著名作家王蒙曾说，他怀疑作家曹雪芹怎能收束住他展开的丰富的生活画面，作品越来越像生活本身，波澜恣肆，无穷无尽，相互环绕，剪不断、理还乱。是的，小说越来越像没有一个结局的故事，在到第八十回时，似乎是故事正在展开，又添进来一些前面没有写到的人物矛盾，而不像是挽结收束。其实，不要说是高鹗、程伟元，就是比曹雪芹毫不逊色的一个伟大作家，也难以在此时收束全文。从这一个角度看，后四十回不过是恢复了作品的理性框架，尽可能快地将"图解"的任务完成。因此，如果说后四十回，"用力"、"斧凿"的痕迹明显些，也是可以理解的吧！

当我们对《红楼梦》作出评价的时候，我们是更应该看重感性描写呢？还是应该更看重理性框架？如果是从美学的角度对《红楼梦》作出评价，无疑应该更看重感性描写。如果是从思想价值的角度来看，《红楼梦》所传播的思想是不是顶多可以和当时的佛家思想以及其他哲学家（包括反叛哲学家）的思想等量齐观呢？

不论是将《红楼梦》看成是佛家思想的演绎，还是将其看作是反叛哲学家思想的文学回声，这两种观点其实都没有真正认识到《红楼梦》的思想价值。这种思想价值不是从先验的、预设的主题中来的，而是从感性描写本身来的。这样认识，才能使感性描写和真实意图相结合，才符合艺术创作的规律。这样认识，必然会出现《红楼梦》的多主题现象，至少一个是预设的主题，一个是实际的主题，即艺术描写所"显示"和"呈现"的主题。如阿多尔诺所说："假如客观对象的要义完全是指艺术家所描绘的经验对象的要义的话，那么艺术的双重性就会荡然无存。"[1]

那么，通过感性描写所表现出来的作者的思想是什么呢？即：良辰美景如何永久永远？人间真情如何常在常新？个性生命的自然本真与自由怎样才能得到尊重？民族、家庭、个人如何超越历史的恶性循环，走出文化的怪圈，焕发新的创造能力、创新能力，走向理想的彼岸？这是否可以算作是对"其中味"的一个理解呢？

这个"其中味"，带有明显地超越了时代的理想性质，是的，作者将它写成了必然悲剧。在当时的现实条件下其悲剧性质显示了作者的现实主义的力量和现实主义的伟大胜利。尽管如此，曹雪芹还是通过强烈的主观力量和情感判断肯定了它的价值性，这是曹雪芹对世界人类文化的伟大贡献，具有永远不可磨灭的思想光芒和不可怀疑的价值。

（原载《红楼梦学刊》2004年第1辑）

---

[1] 阿多尔诺：《美学理论》，四川人民出版社1998年版，第543页。

历史缘起与功过得失
——五六十年代马克思主义方法在《红楼梦》研究中的应用

一、1954年马克思主义方法"评红"的历史缘起与自身策动

1949年,由中国无产阶级政党——共产党所领导的中国新民主主义革命的成功,带来了中国历史上空前的变革,社会的政治、经济体制面临着脱胎换骨的转型,在精神——文化领域,意识形态的变革也势在必行。毛泽东常常将中国的革命力量分为两个方面:武装的大军和文化的大军。武装斗争既然已经取得决定性的胜利,新的中华人民共和国已经诞生,那么应该有什么样的文化和意识形态与之相配合并巩固它的地位呢?新中国成立初期以毛泽东为核心的领袖们和领导集体不约而同地将目光聚焦在无产阶级的文化领导权方面——马克思主义世界观的推行与普及、树立与巩固。

可以将新中国成立初期对电影《武训传》、《清宫秘史》的批判,看作是毛泽东推行马克思主义文化艺术批评的尝试,成功与失败、经验与教训,都已经表明新旧文化无法避免的冲撞,新的无产阶级的意识形态登台亮相,带有武装斗争的战役性、你死我活的不可调和性,对文化界的大多数人来说甚至是猝不及防的。对这两部影片的批判也许只是一种前哨接触,稍后而来的"评红批俞批胡"运动,使这种思想斗争进入了新的阶段。

与前两次电影批判不同,前两次批判都带有自上而下的特点,毛泽东首先发现问题,并发动批判运动,而文化界、批评界是被动回应。对《红楼梦》的批评则是先由两个小人物(李希凡、蓝翎),向红学的资深研究者俞平伯先生发难,进而引发了毛泽东的介入并提高为无产阶级文化领导权的斗争。

《红楼梦》与诗性智慧

当时李希凡、蓝翎发表在《文史哲》1954年第9期、《光明日报》"文学遗产"第24期（1954年10月10日）的两篇论文分别是《关于〈红楼梦〉简论及其他》、《评〈红楼梦研究〉》。文中的主要观点是：(1) 以现实主义"倾向性"的理论批判了俞平伯关于《红楼梦》是自然主义的"怨而不怒"的艺术风格论；(2) 以阶级斗争的叛逆性主题否定了俞平伯的色空主题论；(3) 提出以马克思主义的阶级分析、毛泽东的政治标准和艺术标准相统一的原则，代替对《红楼梦》以"自叙传"为主的考证学研究。

李希凡等的观点得到毛泽东的赞同，除了文章具有符合意识形态变革的时代需求外，还与毛泽东长期以来对《红楼梦》的看法有关。早在井冈山时期，毛泽东就对贺子珍说过，不能将《红楼梦》看成是一群男女青年缠绵悱恻、打打闹闹、哭哭啼啼的爱情故事；延安时期，毛泽东又讲过《红楼梦》是了解中国社会的一把钥匙，至少要读三至五遍才能深入堂奥。1954年3月10日，毛泽东在杭州同工作人员谈起，多年来，很多人研究《红楼梦》，并没有真懂。它是讲阶级斗争的[1]。可见，毛泽东对《红楼梦》很早就依据马克思主义的观点和个人的感悟体验形成了较为成熟的观点。所以，当他读到李希凡、蓝翎的文章的时候，不能不将他们的观点引为知音，并看作是马克思主义方法在《红楼梦》研究中的初次尝试。更何况这种观点带有向胡适派"新红学"挑战的意味，毛泽东没有放过它对于当时知识分子思想改造的意义。"因此，在1954年10月16日写的那封引起轩然大波的关于《红楼梦》研究的信中，一开始就肯定了两位青年作者的文章'是三十年来向所谓《红楼梦》研究权威作家的错误观点的第一次认真的开火'。旧的错误观点，就是'胡适派资产阶级唯心论'。"[2]

《红楼梦》研究由学术问题升格为政治问题，转化为思想文化宣传领域内的思想斗争，毛泽东的目的是清除上述部门的"资产阶级唯心主义"。1954年

---

[1] 边彦军：《毛泽东论〈红楼梦〉》，《红楼梦学刊》1993年第4期。
[2] 陈晋：《毛泽东与文艺传统》，中央文献出版社1992年版，第142页。

第一编　观念与艺术

10月24日，毛泽东在修改袁水拍《质问〈文艺报〉编者》一文时，特地加上了这样的两句话："《文艺报》在这里跟资产阶级唯心论和资产阶级名人密切联系，跟马克思主义和宣扬马克思主义的新生力量却疏远得很，这难道不是显然的吗？"曾经拒绝发表李、蓝文章的、当时的《文艺报》主编冯雪峰11月4日在《人民日报》发表了《检讨我在〈文艺报〉所犯的错误》一文，说："在古典文学研究领域内胡适派资产阶级唯心论长期统治着的事实，我就一向不加以注意，因而我一直没有认识这个事实和它的严重性。""这完全表明我对资产阶级的错误思想失去了敏锐的感觉，把自己麻痹起来，事实上做了资产阶级的错误思想的俘虏。"

　　这只是争夺文化领导权的开始。毛泽东深深地失望于那些自称是学得了马克思主义，而一到用时却束手无策、无所作为的文艺界领导人，尽管这些领导人大多数来自于长期并肩战斗的营垒内部。此次和后来纷纷落马挨批的冯雪峰、丁玲、邵荃麟、林默涵、何其芳、周扬等，从20世纪20年代到五六十年代，他们的文坛地位和历史功绩是骄人的，然而他们却被毛泽东怀疑、抛弃了，他们的历史遭际固然有宗派主义、极左猖獗等时代因素在作祟，但是主要原因是他们对马克思主义的信仰没有达到毛泽东所期望的那个高度，或者说是对马克思主义的思想改造执行不力。毛泽东始终认为，无产阶级必须占领思想文化宣传舆论的主阵地，向被小资产阶级或资产阶级学者、文人、权威所把持的学术领域进攻，刻不容缓，任务艰巨，情况复杂，甚至会出现反复，因为，一些新的"变质分子"也会从内部产生。所以，马克思主义的思想洗礼绝不亚于武装斗争在全国取得胜利那样的艰难。众所周知，毛泽东过高地估计思想战线的严峻形势，发动了一次又一次"左"倾的大批判运动，错误的"文化大革命"被林彪、"四人帮"一伙利用，虽然周恩来、刘少奇、陈毅、邓小平、彭真曾进行过不懈的抗争，最终因为毛泽东个人的权力失控和明显偏左而使阴谋家们一次次得逞。

　　回眸20世纪50年代的这场红学论争，从大的历史方面讲，毛泽东明显犯了"操之过急"、"分寸失当"、"打击残酷"的错误。社会的意识形态在文明社会中具有阶级性，这是马克思主义的基本观点。但是，意识形态又具有独立性，它不可能随着社会经济基础的变化而迅疾改变，意识形态的复杂性也是不容忽视的，知识分子的思想改造也不是靠一场或几场运动就能解决问题的。意识形态中的文学离经济基础最远，在社会主义生产关系尚未完全建立、社会主义生产力还处于较低水平的情况下，要求文学迅速成长为纯而又纯的无产阶级文学，从描写对象（工农兵），到艺术风格（为劳苦大众所喜闻乐见），都与旧题材（帝王将相、才子佳人）划清界限，与外国的朱紫杂陈的文化遗产（毛泽东曾将积极推出外国不同时期的文学看成是不积极扶植无产阶级新文学，把一个时期的文化部戏称为"外国死人部"）划清界限。此外，毛泽东还错误地判断了当年中国知识分子的阶级属性和政治倾向。就当时由国统区进入新中国建设领域的知识分子主流和大多数而言，虽然他们中的许多人没有马克思主义的理论知识，但是，他们是容易倾向于进步的。目睹几十年来社会动荡、政治黑暗、吏治腐败、民族屈辱、独裁专制等，知识分子的思想困惑、学术困惑也走向了危机的边缘，他们迫切需要走出旧我，和新成立的中华人民共和国一起实现新生。遗憾的是，他们得到的不是和风细雨式的雨露滋润和潜移默化，而是一次又一次的批判和冲击。仅就俞平伯个人而言，把他死死地拴在胡适的战车上，是有失于明察和审慎分析的。在政治上，俞平伯没有像后来的胡适那样投靠蒋介石政府，在红学观点上，也与胡适的某些消极观点握手言别、分道扬镳。比如，俞平伯先生认为《红楼梦》具有"写实的、理想的、批判的"三种因素，承认现有一百二十回的《红楼梦》唯一保持悲剧结局的现实性文本，俞平伯的观点不断地自我演变、否定，正有越出胡适的框架之势。然而，历史用它的粗线条、大扫帚给俞平伯先生归了类，这样对俞平伯的批判因政治热度过高，多少打击了他学术上自我更新的热情。

从红学研究本身来看，红学变革也有自身因素的策动。自《红楼梦》诞生以来，红学索隐派占据盟主地位。中国旧文艺理论严重滞后，特别对小说这种文体的轻视，导致了小说理论的观念混乱。一方面认为小说不登大雅之堂，属于文艺末流，从而没有纳入精密的理论研究，对小说即兴感谈多；另一方面，又认为小说是野史逸趣，总是历史的一部分和附庸，可以在历史中求证。这样，个人趣味至上的感悟评点形成一派，索隐历史事件的又形成一派，两派在小说是否虚构上,在指谁家事、谁家人的问题上,产生了激烈的争论。纵观100年的论争,索隐派突入红学研究的大本营,一会儿是周春的《红楼梦》隐张侯家事说,一会儿是江顺怡的"作者自道其生平"说,一会儿是梦痴学人的说"道"谈"易"说,直至本世纪初,索隐派愈演愈烈,出现了自1916年到1919年的三部著作,王梦阮、沈瓶庵的《红楼梦索隐》,蔡元培的《石头记索隐》,邓狂言的《红楼梦释真》,影响巨大,使《红楼梦》陷于稗官野史的求证之途。

索隐派在红学研究方法上的先天失足,是将小说误置深陷于"求实指证"之迷魂阵而不能自拔。小说的真实概念与虚构概念纠缠不清,人物的原型性与概括性关系不明,情节的历史因素与创造因素相混乱离,导致了红学研究的歧途和低水平重复。

然而,20世纪毕竟是欧风美雨浸滋蔓绕的世纪,中国已无法闭门造车,无视西方文化包括小说观念的巨大引力。王国维便是在"红楼梦"研究中第一个从美学上引入西方哲学方法的国学大师。王国维认为《红楼梦》是概括的产物,犹如"雕刻与绘画之写美人也必此取一膝,彼取一臂而后可",批评了《红楼梦》乃"述他人之事"和"作者自写其生平"说。在此基础上提出了"悲剧说",从而在美学层次上演说了《红楼梦》的"义理"。王国维扭转红学之风的努力影响深远,但这是潜在的。在王、阮的"顺治与董鄂妃之故事"说,蔡元培的"揭清吊明"说、邓狂言的"明清兴亡史"的众声喧哗中,1904年王国维的那本力图将《红楼梦》纳入文学研究、美学研究和哲学研究的《红楼梦评论》陷入了"雾重飞难进,风多响易沉"的境地。

索隐派的红学研究不具有现代的学术品格,和"五四"后要求民主与科学的时代氛围背离,这引发了胡适的介入。与索隐派的玄思冥想、胡乱猜疑相反,胡适提倡有证据的讨论。胡适借重于考证的扎实功底和对新材料的搜罗整肃,澄清了《红楼梦》的作者之谜,进而确认了"自叙传"说,后被俞平伯、顾颉刚、周汝昌等发扬光大,成为20世纪50年代以前我国红学研究中的强势派。索隐派被以胡适、俞平伯为代表的新红学派给予重重一击,日暮西山之势无可挽回,虽然直至20世纪70、90年代还有海外的杜世杰、国内的霍国玲等人的顺治索隐说、雍正索隐说，但毕竟难以气候蔚然。

在新红学派运用乾嘉学的"考证"方法大获成功的时候，其自身的局限性也显山露水、浮出海面。"自叙传"处处求证作者自诉生平演义家事，违反了小说虚构与真实、概括与体验相统一的创作规律。仿佛是为了证明《红楼梦》的作者就是曹雪芹，考证派在红学研究中将作者与贾宝玉互相比附、将曹家与贾府相比附，甚至把红学变成了曹学，腰斩《红楼梦》前八十回与后四十回，否定在历史中实际存在并发生着影响的《红楼梦》的全本——现实性文本，陷入了自我幻想的探佚中，大有将红学重新引入歧途之势。问题已经历史性地被提了出来，红学的发展面临着一次新的挑战。

二、马克思主义方法在《红楼梦》研究中的历史功绩

50年代后，《红楼梦》研究中的马克思主义声音响遏流云，一尊天下，固然与新中国以马克思主义为主流意识形态有关，同时也与马克思主义在文学观点、美学观点上相比于以往的索隐派和胡适的考证派更进步、更科学有关。

第一，将《红楼梦》研究还原为文学研究。从周春到胡适，从张侯家事说到"自传"说，都未将《红楼梦》看成是文学（胡适认识到《红楼梦》是一部小说，但他只是将《红楼梦》研究看成是"有证据的讨论"），看成是文学的一种体裁样式，看成是文艺学、小说学的研究对象。小说的一般规律——虚构性、概括性、创造性被弃置不顾，而孜孜以求"历史真相"、"作者自况"、"家族史"。拒绝西方科学的文学观，强调红学的特殊性，以至于使特殊性背离文学的一般性，也就意味着红学脱离文学共性而成为历史学、考证学的附庸。胡适对新红学的贡献自不待言，然而不良的影响也是存在的，他的史料搜集、观点考证只是为了满足求证作者是谁、后四十回与前八十回不是一个作者等。胡适当时提出："我建议我们推崇这些名著的方式，就是对它们做一种合乎科学方法的批判和研究，（也就是寓推崇于研究之中）我们要对这些名作做严格的版本校勘和批判性的历史探讨——也就是搜寻它们不同的版本，以便于校订出最好的本子来。如果可能的话，我们更要找出这些名著作者的历史背景和传记资料来。这种工作是给予这些小说名著现代

学术荣誉的方式；认定它们也是一项学术研究的主题，与传统的经学、史学平起平坐。"[1]胡适当时将主要精力用于版本考证并强调版本考证的重要性自有其历史的合理性。但是，版本研究是基础，生长其上的应该是"义理"的阐发。胡适根本没有将《红楼梦》的"意义分析"与"审美分析"视为研究的主干。胡适在没有对《红楼梦》进行考证研究的情况下，1918年9月，在《文学进化观念与戏剧改良》中，说《红楼梦》打破了中国"大团圆"的文学模式，认为《红楼梦》是中国悲剧文学和白话文文学不可多得的代表并肯定了它属于中国"第一流小说"。胡适后来越来越轻视《红楼梦》，与他越来越陷入考据与考证有关。在没有史料就无法考证、没有考证就不能研究《红楼梦》的观念的制约下，俞平伯先生的红学研究主要是从文学角度来验证了胡适模式的"科学性"。从1925年发表《〈红楼梦辨〉的修正》以后，俞平伯愈对自叙传的观点发生动摇，但是到50年代，仍然坚持将贾宝玉看成曹雪芹是理解《红楼梦》的一把钥匙。由于《红楼梦》是未完成的小说，前八十回与后四十回"脱榫"，对《红楼梦》成就的评价也不是积极的。经过这次批判，俞平伯检讨了自己在《红楼梦》研究上的观点，这种自我批判也不能看成是纯粹的"自诬"之词，俞平伯直到晚年对《红楼梦》观点的彻底改变，是他不断否定自我、走向科学的真诚选择。

红学向考证的偏斜，势必将版本问题放在《红楼梦》研究的首位。而《红楼梦》历史性地存在着多种版本和抄本的现象，造成了红学研究中众多的热点问题。版本、抄本不同，固然与作品思想意义、艺术成就有着密切的联系，对于理解作者的创作思想有关，从某种意义上讲也不是细枝末节的问题。然而，版本研究无论如何只是《红楼梦》研究的基础，而非主体。更为令人难以认同的是，一些研究者乐此不疲，在考证了前八十回和后四十回的众多不切合之后，走向了彻底否定后四十回的道路，进而否定了已经成为中国文化和历史传统中的一部分的一百二十回本，即程高本。推崇脂本脂批，竭力要恢复后四十

---

[1] 《胡适口述自传》，华东师范大学出版社1993年版，第230页。

《红楼梦》与诗性智慧

回或三十回（周汝昌认为《红楼梦》八十回后只有三十回）的原貌，除了文献考证上能发现全本可以使《红楼梦》成为"全璧"之外，否则就必然会把《红楼梦》研究变成续书的人言言殊的探佚学研究。面对这样的偏斜，马克思主义的回答是，将《红楼梦》研究在尊重现实性文本的基础上，从烦琐的考证中摆脱出来，参照多种版本、抄本，拿出一个尽力恢复原貌的本子，以其他几个本子为参考，一方面进行《红楼梦》的普及和推广，一方面进行思想分析和艺术分析，将《红楼梦》由考证变为文学研究。

第二，现实主义创作论的引入，解决了生活——作者——作品三者之间的辩证关系。现实主义文学及理论在19世纪形成、成熟，经20世纪苏联文学界的进一步总结和阐释逐渐完备。中国50年代对苏联文学理论的借鉴的重要内容是对现实主义的引进和"拿来"，《红楼梦》既然是一部伟大的现实主义作品，那么，它就不可能是作家个人的生活实录。因为，现实主义强调的是典型的概括与本质的真实。当时，李、蓝直接搬用了恩格斯对巴尔扎克的小说分析特别是现实主义与作家世界观的关系的分析，认为《红楼梦》不是作家主观意图的直接产物，而是由于作家忠诚于生活的观察和感受，突破了主观局限的、反映了封建社会生活方方面面的、对封建社会的社会关系有深刻认识的"百科全书"式的作品。现实主义的文学观念，深深植根于这样的一种文学认识：生活是作家反映的对象，是艺术的唯一源泉，艺术作品与作家所生活的时代有着密切而复杂的联系，既不能将作品看作是时代生活的毫厘不差的镜子式写实映照，又不能将作品看作是作家个人的身世记录和智力游戏。换言之，艺术作品是艺术家创造性反映的产物，是再现与表现的统一。现实主义文学观敞开了文学与时代、历史、文化传统、民族心理、哲学、政治、宗教、美学、日常意识等的多重性、开放性关系，纠正了在作者与作品之间持单一性观点的自叙传偏至，从而使红学赢得了繁荣昌盛、活力激发的新局面。局限于自叙传的研究，势必把红学演变为曹学，使红学中心位移到作者一边，这种做法颇有舍本逐末的嫌疑，已超出了中国古代所讲的"知人论世"的合理性限度。将《红楼梦》研究还原为文学对象、美学对象，是红学发展的现代性诉求，它与"本土性"的索隐派决裂，显示了向西方文学观念、苏联等更为科学的文学观念的靠拢和接近。20世纪，整个西方和苏联的文学美学的主流，就是反对将文学视为作家"意图"的单纯实现，因为在创作中，作品的客观意义往往超出了作家的动机和前置性意图，经过创作，被物化了的语言作品接通了与文学传统"文学性"、与社会、与读者之间的关系。所以西方的俄国形式主义、英美新批评派、结构主义都认为：根据作家在创作之前、之中、之后的宣言和说明，来研究文学作品存在着意图谬误的普遍性。奇怪的是，20世纪西方的这一倾向对我国的红学研究在50年代之前几乎没有产生任何影响。而"本土性"的索隐派与"原创性"的自叙传日益合流，走向互援，一时间形成掎角之势。索隐派和自叙传在研究上的共性是方法与对象的脱离，拿历史的附会与作家的附会来阐释作品，显然是缩小了、狭隘了、弱化了作品的研究范围、社会意义、审美价值，这也是与马克思主义的美学观和现实主义的创作论格格不入的。因此，《红楼梦》研究在本世纪的传统性固守与现代性诉求就构成了红学研究的一对基本矛盾。

现实主义的美学原则之一是典型化。典型概念对于文艺本质的揭示，沟通了虚构与写实、个性化与概括化、个别与一般、原型与形象、真实性和假定性之间的关系。马克思、恩格斯在评价文学作品时，总是将文学作品是否达到了典型的高度，作为衡量一部作品（特别是在马克思和恩格斯所处的19世纪的叙事文学）是否成功的关键。过去，研究《红楼梦》在这样的两种观点中摇摆，根据作者自己的说法，一是据实描写，未敢稍加穿凿，二是真事隐去，作"假语村"言。何者是作者的本意呢？显然，按照马克思主义的文学观念，对作者的这种矛盾的说法，正应该采取辩证的观点。将《红楼梦》说成是某一段真实的历史，或某个人的传记，像把《红楼梦》仅只看成是"荒唐言"一样是不科学的。曹雪芹所说的真实，正是鲁迅所说的打破了"瞒"和"骗"的真实，而不是据实录用的真实和所谓贾家可以等于曹家，宝玉可以等于作者的真实。

第三，从人物的艺术形象分析、小说的结构艺术、作品的思想成就、文学史的角度，指出并证明《红楼梦》在我国乃至世界文学史上的卓越地位。胡适当年否定《红楼梦》是一部伟大的艺术作品的看法，一些原因来自于他对《红楼梦》的自然主义的"自传"定性上，另一些原因则是他没有从文学的角度来进行研究。胡适在致高阳的一封信中，曾说了一段令红学家异常不

《红楼梦》与诗性智慧

满的话:"我仔细评量《红楼梦》前八十回里的诗词曲子以及书中所表现思想与文学技术,我平心静气的看法是:曹雪芹是个有天才而没有机会得到修养训练的文人,他的家庭环境、社会环境、往来朋友、中国文学的背景等等,都没有能够给他一个可以得到文学修养训练的机会,更没有能够给他一点思考、发展的机会,在那个贫乏的思想背景里,《红楼梦》的思想见解当然不会高明到哪儿去,《红楼梦》的造诣当然也不会高明到哪儿去。"[1]胡适低估《红楼梦》的根本原因在于,他将《红楼梦》当作了一部思想性的著作来评价,看到曹雪芹儒释道不分,看到曹雪芹在男女尊卑的问题上矫枉过正、见解幼稚,看到曹雪芹流连于诗词谏赋而又不能超越前人(胡适没有看到小说叙事、情节因素对诗词的制约),于是就将《红楼梦》打入另册,这实在是没有将《红楼梦》当作小说、将曹雪芹当作文学家的缘故。然而以文学研究中审美标准与历史标准相统一的方法进行分析和评价,就不能不承认,《红楼梦》的思想成就和艺术成就不仅在中国就是在全世界都是一流的。虽然,当时的众多批评家对恩格斯这个美学与历史相结合的标准把握得不是十分准确,但是,他们毕竟在当时的历史条件下将文学批评推到了时代的高度。可以永远留给我们作纪念的成绩是何其芳的《论红楼梦》、吴组缃的《论贾宝玉典型形象》、蒋和森《林黛玉论》、张锦池的《论薛宝钗的性格及其时代烙印》等。这些成绩从文学的方面对《红楼梦》在全国的普及起到了前所未有的作用,它们盖过了红学在版本学方面的成就,将红学的中心切切实实地转移到了对于作品的感性把握和意义认识上,《红楼梦》研究被版本专家垄断的局面一去而不复返了。显然,说贾宝玉是一个典型形象,以作者的某些经历、事件、体验、思想等为原型,概括了众多桀骜不驯的、不合封建礼仪规范的贵族青年的一些叛逆特点,这种说法要比贾宝玉就是作者曹雪芹的观点科学。显然,说贾府的衰败是作者对传统价值观支撑着的社会大厦势将倾覆的本质揭示,要比认为《红楼梦》是自写自家兴盛枯败、哀怨身世、忏悔罪恶更为视界高远和开阔,典

---

[1] 王蒙:《双飞翼》,生活·读书·新知三联书店1996年版,第133页。

型论承认个别、经历、体验、心理对于创作的基础意义，同时，又将目光从有限指向普遍、社会、历史、文化的无限。尽管当时主要是从哲学认识论的角度来讨论《红楼梦》的，但传统红学研究所最缺乏的就是对《红楼梦》的社会意义、历史意义的认识和评价，看不到这些，也就无法评价曹雪芹那特立独行的审美情怀、深刻的悲剧意识以及对社会人生的表现力、透视力，和在此基础上所表露的人类理想——社会理想、爱情理想、人生理想等，这显示了曹雪芹不同于传统的文人一般的"愤世嫉俗"、"怀才不遇"、"放浪形骸"。显然，说宝黛钗的故事是一出爱情悲剧、婚姻悲剧，而不是什么贾瑞式的调情和"三角恋爱"，将贾宝玉的形象类比于《金瓶梅》中的西门庆玩弄女性的形象是一种飞跃。在《红楼梦》自1791年有印本以来，中国相当多的读者是不能正确理解其伟大意义的。而那些封建文人又依据个人趣味，对《红楼梦》进行的错误评价，加重了人们对于《红楼梦》的错误认识。比如，认为《红楼梦》是影射清代宫廷的，是康熙诸皇子争储的故事的隐写。《红楼梦》脱胎于《金瓶梅》，比《金瓶梅》更"黄色"，是诲淫诲盗之作等。显然，执着于研究《红楼梦》对纯洁的"人情美"、"女性美"、"自然美"的赞颂，比依据于故事框架、作者的主观宣示而说《红楼梦》是宣传厌世哲学要更符合作品的感性描写。

三、马克思主义方法在《红楼梦》研究中的历史经验

毋庸讳言，在新中国成立初期的这场"评红"运动中，也有不少需要总结的经验。回顾这段历史，总是令我们感慨万分。从1954年的评红热潮到1963年纪念曹雪芹逝世200周年，《红楼梦》在中国历史上从来都没有像那时受到重视和深入研究。尽管"文革"前的红学研究往往是学术与政治相纠结，但学术上的进步毕竟是主要的，这一时期与"文革"中的红学变成阴谋文学的一部分是不可同日而语的。当然，看不到五六十年代红学研究中存在的不足也是错误的。

第一，是将马克思主义的社会—历史学方法进行简单化的处理，忽视马

克思主义经典作家所倡导的美学标准和历史标准相结合的文学研究方法。将马克思主义方法简单化的做法首先表现为阶级分析法的简单套用和滥用上，于是，广义的社会学、历史学的唯物史观的观点，变成了一定社会制度形态中阶级关系一般描述。既然封建社会中的矛盾主要是地主阶级与农民阶级的斗争，那么，《红楼梦》也就成了阶级意识的政治文本。20世纪50年代，众多评论从作品中寻找阶级斗争的线索，人物评价也以此为准绳。于是，宝玉、林黛玉的叛逆性成了阶级斗争的"英雄"，晴雯、司棋的刚烈个性成了《红楼梦》中底层阶级进行反抗斗争、争取爱情自由的楷模，成为小说中举足轻重的人物。而薛宝钗成了王夫人、贾政等封建卫道者的"帮凶"，袭人则是被压迫阶级的叛徒。这种将《红楼梦》作为政治文本阐释，人物评价进行阶级性抽象，"好与坏"的一元化道德评价对审美评价的僭越，是和曹雪芹的认识不相谋的，这样的观点是脱离作品的感性描写和作家的圆形人物观的。应该说，《红楼梦》中是有阶级意识的反映的，作家的"末世意识"显然属于衰败、没落的贵族阶级的哀怨情调，阶级压迫也有触及，但这不是作品描写的主要部分。把《红楼梦》当成是政治意识的载体进行阶级斗争的分析，也是一种对象与方法的不适应、不相宜。应当指出，马克思主义的经典作家一开始就反对将文学纳入政治研究。恩格斯在19世纪40年代评价歌德的时候，反对评价歌德的文学成就用"政党的"或"人的"（即道德的）观点作为标准，而提出以美学和历史相结合的标准来评价。恩格斯这个说法在19世纪50年代评价拉萨尔的悲剧时得到了重述。美学和历史相结合的标准是建立在对象决定方法的基础之上的，既然文学作品是作家审美意识的凝结和物化，是渗透着作家政治评价、历史评价、道德评价等多种因素在内的、最终以审美评价为主的精神对象，那么凭什么不以审美分析为主同时辅以政治、历史、道德分析对《红楼梦》进行研究呢？为了通过阶级定性抬高作家的历史评价，将曹雪芹说成是农民阶级的代表、说成是"市民阶级"的代表，正是不顾事实的"天方夜谭"，要正确评价一个过去时代的作家，也不是以阶级性为唯一的标准。这些观点是在新中国成立初期文学理论被广泛地政治化、哲学化的背景上，当时许多学者在"文学从属于政治、服务于政治"的观念的制约下，主要是肯定了《红楼梦》深广的认识价值，这些思想与当年马克思、恩格斯、列宁过于强调文学的认识价值有关，但给人造成的印象是马克思主义美学只重视文学的思想性、认识性、阶级性、社会性，而忽视《红楼梦》丰富的美感层次，包括体验性、个体性、人类共性、象征主义、浪漫主义等，甚至不能谈《红楼梦》有超阶级性、超现实性、普遍的精神性的一面。这些做法显然不符合马克思主义的辩证法，在文艺的再现与表现、思想与情感、典型与个性、现实与观念、社会进步和个体自由之间等所造成了新的分裂，极大地损害了马克思主义在文学研究领域的声誉。

第二，把马克思主义在文学上的一些言论当作公式进行套用，是将马克思主义文学批评推向极端和教条主义的又一表现。恩格斯在分析巴尔扎克的创作、敏纳·考茨基《新人与旧人》和哈克奈斯的《城市姑娘》的时候，提出了现实主义与世界观、文学的真实性与倾向性的问题。巴尔扎克用现实主义创作方法战胜主观偏见的例子，成为我们当时分析旧时代作家及文学成就的一个放之四海而皆准的真理。马克思主义的经典作家喜欢现实主义作家，是因为当时的批判现实主义是时代最进步的文学，也带有马克思、恩格斯、列宁等的个人趣味在内，他们的论述和作家分析是我们研究文学的很好范例，但不是可以一劳永逸地对待一切旧文学的公式，也不能成为我们将现实主义创作方法定于一尊的借口。不幸的是，我们当初的马克思主义的信奉者，未能融通个别论点与整个学说、原理之间的关系，运用变成了套用，深入研究变成了浅尝辄止。虽然何其芳、吴组缃等一直呼吁要将艺术分析和社会分析结合起来，并反对庸俗社会学。但是，真正做到这一点的学者并不多，大量的文章是从概念到概念，知性分析代替了具体分析，政治分析代替了文学的审美分析，这就难免令人们对有些所谓的"马克思主义"分析失望。20世纪90年代，周汝昌先生把"百科全书"式的条分缕析讥之为"知识摆摊"，看来不是无根之谈。当时批评这种倾向的冯至指出："第一，很多文章是公式化的，以为把下边的这套公式在一个作家或一部作品头上一套，便可以解决问题。（一）作者生平；（二）作品内容；（三）作品的人民性（从书中找出一两段描写劳动人民的，便算是人民性）；（四）现实主义精神（有时把描写逼真就认为是现实主义精神）；（五）结论。如果作品有什么落后思想，不加分析，只说是'受时代的限制'。把这样一套公式到处套，是不解决问题的。读者读了，除了一些零碎的知识外不能得到什么，只是起一些茫然之感。"①何其芳也指出："典型被归结为一定的社会历史现象的本质，说典型问题任何时候都是政治问题，这样一些片面的简单化公式在不久以前的《红楼梦》问题的讨论中十分流行。"②

应当指出，《红楼梦》作为一部小说，其主要价值不在于是否描写了阶级斗争。和《水浒传》直接描写阶级斗争相比，《红楼梦》毕竟较少涉及社会生活的经济层次，关于社会关系的描写，也主要局限在一个贵族大家庭的内部。《红楼梦》不仅极少涉及阶级斗争，而且也极少涉及社会生活的物质层面、经济层面。唯有阶级分析才是马克思主义的分析的观点，至少在文学上是对马克思主义美学的根本误解。曹雪芹写的主要是精神层面的问题现象——贾宝玉的爱情、追求、反叛、困惑、绝望的精神转变历程，社会、家庭和个人的物质生活方面主要是他生活的背景，并不具有艺术画面的主体的意义。而他与林黛玉、薛宝钗、史湘云等的感情交往过程，也主要是从心理感受、性格塑造的角度来描写的，《红楼梦》的这种形而上的理想性质，在中国传统文学中是绝无仅有的。鲁迅说，《红楼梦》将中国传统的思想和写法都打破了，正说明了《红楼梦》的研究，需要有新的方法和角度。马克思主义关于文学是一种审美的意识形态的理论，关于意识形态的虚假性与真实性、独立性与统一性、现实性与超越性的关系的理论，统治阶级内部阶级思想不可避免分化的理论，正可以为我们研究《红楼梦》的复杂性和审美性提供重要的方法论意义。

用马克思主义方法研究《红楼梦》，解决历史和时代提出的问题，促进红学的学术转型和现代性发展，历史已经证明马克思主义美学具有强大的生命

---

① 转引自欧阳健等：《红学百年风云录》，浙江古籍出版社1999年版，第169—170页。
② 张宝坤编选：《名家解读〈红楼梦〉》上卷，山东人民出版社1998年版，第91页。

力。否认马克思主义在《红楼梦》研究中的成就,是缺乏历史主义和科学精神的表现。丢弃马克思主义至少意味着在思维方式上的倒退和在文学研究中再走偏锋。马克思主义美学的突出特征就是实践性和批判性,不深入到时代中解决它所提出的问题,不对模糊混乱甚至是错误的思潮进行积极而主动的批判,那么,坚持和发展马克思主义美学就成了一句空话。五六十年代马克思主义在红学研究中的实践,不管它有多少不成熟和不完善,但它运用马克思主义解决文学问题的大胆尝试,为我们提供了值得借鉴的经验。现在,总结过去,展望未来,即使是在《红楼梦》研究方面,我们也面临着拨乱反正、正本清源、迎接挑战、力求创新的相当艰巨而繁重的任务。

(原载《马克思主义美学研究》第4辑,广西师范大学出版社2001年版)

红学研究中一般方法与特殊方法之间的关系

红学中，人们分出了两种方法，即特殊方法和一般方法。由于历史的原因，人们过于重视考证这种特殊方法的使用，有意或无意地对文学批评的方法有所轻视或误解。一般方法和特殊方法的关系需要辨析，但是，不管怎样两种方法的使用都必须有助于人们理解《红楼梦》的艺术性，而不是得出结论说《红楼梦》是一部支离破碎、矛盾百出的小说。二书合成论的观点，否定了《红楼梦》是一部结构精严的小说，犯了将小说当作是科学考证对象的错误。

在红学研究中，人们习惯将考证方法叫做特殊方法，将文学批评叫做一般的方法。这种叫法体现了红学研究中重视考证、轻视文学批评或者以考证为主、以文学批评为辅的倾向。这种倾向的出现是有历史原因的，因为中国历史上向来将考证看作是真功夫和真学问，而将文学评论看作是谁都会也可以发一下的议论、感想和感言。把文学批评看得没有价值，有一种说法是找不到批评的普遍标准，既然没有普遍标准，那么就是公说公有理、婆说婆有理了，就不算学术研究。是的，艺术批评科学的落后导致了人们对批评的模糊、扭曲认识，而正因为批评学不够发达、不够充分、不够深入人心，所以文学批评对于《红楼梦》的研究才显得无比重要。批评的规律和批评的力度，在《红楼梦》的研究中应该得到总结，得到显现。之所以这么说，是因为《红楼梦》作为文学文本具有文学对象的复杂性和典型性。红学的目的是求版本之真、求文本之美，为读者提供导读《红楼梦》、助读《红楼梦》的服务，文学批评正可以在其中发挥重要作用，扮演重要角色。相反，如果刻意要将红学做成一门与《红楼梦》文本无关，甚至是通过版本比较拆毁《红楼梦》文本、与满足读者阅读《红楼梦》需求无关的学问，那么，红学研究也就失去了存在的价值。

一

在红学研究中，人们为什么会将方法分为一般和特殊两种呢？具体而言，人们为什么把红学研究中的文学批评方法叫一般方法呢？而把文献考证、版本考证和对家世研究、作者研究所采取的方法叫特殊方法呢？

一般方法即文学批评的方法究竟是指哪些方法呢？主题学的研究，人物形象的分析，艺术特色的总结，创作方法的归类，等等，这些来自西方的方法，被认为对所有小说都能用，所以人们就把它们叫做一般方法。本来，叫什么方法，并无褒贬之分，它完全取决于我们如何运用它。但是，一般方法在红学研究中的名声并不好，这是因为人们认为这些方法是一些公式、套套，得出的结论无非是主题思想进步、形象典型鲜明生动、结构有机统一、创作方法上是现实主义或浪漫主义或象征主义等。成为"文学常论"、公式化的一般方法对《红楼梦》的研究，固然是我们红学界的一种严重弊端。但是，有些人故意夸大文学批评方法在使用中的失误，进而丑化文学批评方法，由此带来了人们对一般方法使用的怀疑和厌恶。

为了说明文学批评方法不是一种"文学常论"，我们可以举对《红楼梦》的结构研究为例，来作些说明。在我国古典小说中，《红楼梦》的结构是独特的，既不同于《三国演义》历史编年体式的结构，也不同于《水浒传》、《西游记》单线索式、流浪汉体（用一个人物带出另一个人物、用一个故事牵出另一个故事或者用一个人物的活动线索串起所有故事）的文本结构。那么，《红楼梦》究竟是什么样的结构呢？我们可以说《红楼梦》是多线索式的，我们可以说《红楼梦》不是编年体式的，那么，《红楼梦》非A非B，是C。该怎样来描绘这个C呢？我国学者提出了网状结构说或织锦体结构说。我们认为这两种总结是创造性的，是我国学者对世界小说学的重要贡献。它不仅不是文学常论，而且是文学常论中所根本没有的。我们怎么能妄自菲薄，闭眼不看近20年来红学研究的重大成果，将自己的成就看得一无是处呢？过去，我们常常说《红楼梦》可以从任何一章一回进去读，将任何一个场合任何一个时段置于案头细读，可以将任何琐细的片段单独拿出来玩味，它的一枝一节的美反映着《红楼梦》整体之美。提出织锦式结构的观点，不仅解决了理论命名的问题，而且还很合理地解释了这个文学结构以及结构与美感的关系的重大问题。

再比如我们对于《红楼梦》主题的研究，突破了单一线索、单一主题说的格局，改变了非此即彼的思维方式，提出了主线副线交叉共进说，提出了多层次结构主题与多元共生的主题说，等等。《红楼梦》让我们一言难尽，具有永久魅力，其原因正在于，它的意蕴的多元性会随着时代的演进将不同的侧面展现出来，从而为不同时代的人们提供精神食粮和需求的满足。多线索的观点、多元主题说的观点，涉及《红楼梦》作为文学作品的审美本质的问题，即它不是任何一种先验理论能够掌握的问题，也不是一个简单的道德判断（简单的好坏判断、善恶对立）的问题。作为一种审美判断的结果，它不是概念概括的对象，解决的不仅仅是生活实践、道德理想的问题，而是人学的问题，从人存在的当下情况到人的自由本质的问题，更多的是关于人的困境与精神突围的问题。由于它对人的观照具有整体性的特点，所以不同的侧面提供着不同的认识价值和情感体验的价值。主题学的研究对于红学研究来说，具有先导性和前提性的意义。如果我们不能回答《红楼梦》是写什么的问题，我们的红学研究很可能就会失去方向，失去重心，失去多种选择中的价值立场。正如台湾红学学者潘重规先生所讲过的："作品的中心思想不能确定，则文学批评失去了基本的根据。""作品的主题没有认清，批评者也失去了衡量的依据。"[①]

以考证为主的特殊方法也在20世纪获得了丰硕的成果。如曹雪芹几位挚友诗作的发现，曹雪芹江南家世的历史，曹家辽阳的家谱发现，《红楼梦》其他版本的发现，等等，使得人们对于《红楼梦》的认识有了许多新的改变，《红楼梦》从一部孤零零的小说，变成了与清朝皇室有关的著作、与当时政治密切相

---

① 潘重规：《红学六十年》（1974年），张宝坤编：《名家解读红楼梦》下卷，山东人民出版社1998年版，第890、891页。

关的著作、与显赫家族有关的著作、与作者生平事迹有关的一部著作，并且不同的版本带来了对它不同的解释。这其中，文献的钩沉征稽与发现，考证法的广泛运用立下了汗马功劳，赢得了广泛赞誉。但是，红学的考证学研究中，也存在着许多问题。比如，通过对脂本与程高本的比较，用不完善的、仅只有可能性的本子代替现实性的《红楼梦》本子，即腰斩《红楼梦》；用贾宝玉的文学故事考证曹雪芹生平事迹；用实证主义的态度对待文学描写的多样手法，本末倒置地用考证代替文学批评；尤其是不能将《红楼梦》精神关怀的问题提出来并给予阐释；等等，由于考证方法的使用没有意识到其自身的方法的限度，而有时任意地僭越到价值评判的层次上，所以又给红学研究中的考证方法带来了巨大的消极影响。

　　细究起来，所谓红学中的考证方法，并不能叫特殊方法。而文学批评的方法也不能叫一般方法。因为，考证方法不仅在《红楼梦》研究中被使用，而且在凡是涉及版本、文献、作者家世等问题的著作（不光是文学作品）上，均有作为。既然不为红学研究所独用独专，那么就不能说它是红学研究中的特殊方法。文学批评的方法，在使用时因为总是要考虑到对象的制约性和特殊性（只能适用于文学对象），所以，切实恳切、深入肌理的文学批评反而应该被叫做是特殊方法。

　　其实，一般方法和特殊方法的地位、界限、关系不是固定的。说哪一种方法是一般方法并不意味着贬义，而说哪一种方法是特殊方法也不意味着褒奖。对于文学批评和考据考证的评价，完全要看如何使用这两种方法。如果文学批评的方法只满足于套用，那么就毫无疑义地成了文学常论，是应该受到贬斥的。如果考据考证方法对于"大旨言情"的"情本体"的《红楼梦》人物、语言、结构大肆科学考证，就必然会出现严重的错位，甚至错误的价值判断。尽管它研究的是特殊对象——文学作品中唯一的《红楼梦》，也不能说是特殊研究。如果我们的学者在使用考证方法时，连《红楼梦》是一部文学作品的这个起码研究前提都不顾，那么，这种考证研究越特殊，可能越是走火入魔，越是离题万里。做考证研究的学者，如果不懂文学的基本常识，不从小说写作的基本规律去理解《红楼梦》，对《红楼梦》的理解就是非文学性的，那么，你考证的对象，很可能根本就不是《红楼梦》中的问题和矛盾。拿着《红楼梦》中作为文学对象来说根本不存在的问题，考证来考证去，不是白费精神就是自讨无趣。同样，对《红楼梦》进行文学批评的人，如果连起码的版本知识都没有，如果对于作者的生平事迹一无所知，最新的考证成果不掌握，那么是很难作好文学批评的。

二

我们不能一般地说，红学研究中哪一种方法更重要。比如，对待与《红楼梦》文献有关的对象，当然是考证方法被更多地使用。而对于《红楼梦》文本来说，文学批评的方法当然显得更重要。这里，我们需要确定下来的原则是：对象决定方法。原因很简单，我们不能拿一种与对象完全不对位、不适应的方法长篇大论、絮絮叨叨。

因为《红楼梦》与历史文献有关、与社会政治有关、与审美观念有关、与文学传统有关，《红楼梦》作为文学现象的复杂性，使多种方法对它使用均有合理性，这也就决定了考证方法、社会历史学方法、美学方法、小说学方法都可以在红学研究中发挥作用。其多种方法之间存在着相互协作、互为前提、互相补充的作用和关系，同时，各种方法又都有其使用的限度。举例说，我们无法使用文学批评的方法对待非文学性的历史文献，同样，我们无法使用医学、历史学、政治学的方法来评价《红楼梦》的价值。如果《红楼梦》的药方没有开对，如果文本中人物年龄有些伸缩，如果说作者有浓郁的悲观主义情绪，就说《红楼梦》缺乏科学品格、破绽百出、趣味不健康等等，这些都是将方法使用超出其使用限度的结果。

现代红学研究史上，方法和对象的不适应在胡适那里表现得最为突出。

20世纪初，胡适研究《红楼梦》有两个鲜明的意图：一是想借《红楼梦》来演示一下自己所理解的科学方法——如果从中国传统经学的角度看，胡适所推崇的是朴学中考据的方法，而对辞章结构、义理阐发却不予重视甚至弃置不顾。换个角度说，即从现代学科分类方法看，胡适重视的是实证主义方法，而不重视哲学和美学的方法，甚至将后者诬为是不着边际、无补世用的清议玄谈。二是想从《红楼梦》中找到对现实、时代进步有促进作用的观点和观念。就"五四"前后的情况看，胡适将《红楼梦》推崇为白话文学的杰出代表，根据自己所掌握的大量的相关于《红楼梦》的文献材料而进行的推断，确实体现了他作为一代文化伟人的远见卓识和不凡气度。但是，在上述两个主观意图的制约下，胡适认为《红楼梦》的悲剧结局有利于打破人们的守旧思想，打破对于传统文化的迷信，因为有这样的实用效果，所以胡适才对《红楼梦》的悲剧性大加赞赏。在今天看来，这样对于《红楼梦》悲剧价值的分析还是太有局限性了一些。抱着科学眼光来衡量《红楼梦》，《红楼梦》中也有许多令胡适扫兴的话，什么女孩清、男孩浊，什么衔玉而生的议论和描写，胡适很是光火。胡适认为作者矫枉过正，又误导人们，给人们灌输了错误观念。用科学性衡量《红楼梦》中的"情感话语"，这不是方圆不分、圆凿方枘吗？由于胡适没有文学的目的意识，甚至排斥对《红楼梦》进行文学阐释，将义理阐释等同于宋明理学的纯粹思辨，进而也没有对文学作品作合理的审美分析，所以他在评价《红楼梦》时频频出错。

　　胡适坚持科学方法，但是在评价《红楼梦》时，结论却不科学。这是为什么？就是方法不适应于对象。考证方法，在胡适那里的失误就在于，他没有将《红楼梦》当成一部艺术作品看，而只是将其当作了科学的对象。胡适看不到《红楼梦》的真正思想意义在哪里，而将作者的愤激之言当作是作者的科学见解，将《红楼梦》的悲剧性直接拿来为自己全面否定传统文化和"全盘西化"的思想而服务，进而认为作者缺乏文学训练、见解幼稚，进而否定它之于未来的意义等。显然，这些见解在今天不难看出其荒谬性。指出其结论的荒谬性已不重要，重要的是我们要总结胡适的教训。其中最重要的一点是，考证方法如果脱离了文学对象前提的制约，那么就会弄不懂文学创作中的最基本的关系，就会看不到文学作品的基本价值是什么，就会对作者的主要目的产生隔膜，看不到文学表现思想的特殊方式是什么，也会自觉不自觉地混淆两种使用考证方法（对于历史文献和文学文本）之间的区别，它们之于不同对象所受到的限制。

　　胡适指责"衔玉而生"的情节，王蒙说："我想这与他（胡适）处于五四那个时代，沉浸在一种启蒙主义的热情中有关。他希望能看到体现民主主义和科学主义的文学作品,能够找到受过正规学术训练的那样一些作家。""'衔玉而生'是《红楼梦》里一个关键的情节,是不可或缺的。你只能从妇产科学的角度说这是胡说八道。你如果愿意用病理学、生理学、医学的观点研究《红楼梦》,也是完全可以的,但你不能用这个方法进行价值判断。不能说符合我这门学问的就是有价值的,不符合我这门学问的就是无价值的。科学的方法是为了认知判断,不是为了进行价值判断。"[1]

考证方法的使用一直受到材料发现的限制。考证方法的使用,确实如胡适所说,有多少证据我们才能说多少话。由于,新材料的稀见,最近些年来,考证研究主要从文献转向了《红楼梦》文本。这些研究中,有许多问题谈论的是文学文本,但却不把《红楼梦》当文学看。例证之一就是提出了林黛玉的年龄问题。其实,在文学批评者看来林黛玉的年龄问题就是考证学中的一个伪问题。有的说林黛玉进贾府是6岁,有的说是9岁,有的说是13岁。正确答案只能是13岁。作者没有明明白白说她是在其母死后一年去京的,为什么说她进贾府是6岁呢?从15岁倒推林黛玉是9岁,按的是《红楼梦》纪年纪历。我们说《红楼梦》不是纪年体作品,所以也没有必要按照纪年体去计算林黛玉的年龄(受"以史入文"观念的影响,我们有些学者总认为《红楼梦》中也有一部严格的历史)。说林黛玉6岁,看一看文本中对林黛玉进入贾府的一举手一投足,她的行为活动与心理活动,就完全可以说明她不是一个6岁的女孩。为什么不看重文学文本描写的林黛玉,而非要对文学作品进行靠不住的"严格的"、"科学的"计算、推算不可呢?况且,作者明明说了宝玉与宝钗的年龄,又说林黛玉比宝玉小一岁,我们为什么不重视作者的这个交代,而非要找出一个与作者交代相左的年龄呢?如果我们将文本的审美感悟放在文学研究、文本研究的第一位,那么上述问题就不会存在。

接着,我们可以反问一下,作者数次修改,数次增删,前后花费10年时间,为什么偏偏连年龄问题、方位问题、季节顺序问题都改不好呢?这正说明

---

[1] 王蒙:《红楼梦的研究方法》,《红楼梦学刊》1996年第2辑,第9页。

作者对此是不重视的，或者说没有将它们看作是小说的主要部分。作者在每一回上标明主人公的年龄并不难，在每一回上写明叙述的事件纪年也不难，但是作者没有这样做。原因就在于：作者对于将小说写成是一个什么小说十分关心，而不关心它的年代顺序是否合乎编年纪历。作者自由地穿越于春夏秋冬之间，并不以季节的顺序变换为羁绊，并不以人物的年龄为写作刻度，反映了作者灵活掌握写作技法、以心理时间为参照系、以人物精神历变为艺术对象的写作方法。

《红楼梦》文本的特殊性就在于它是一个文学文本，而不是一个纪传性文本。阅读中过分关注人物年龄问题，会阻断文学欣赏中的一气呵成和读者对于文脉的把握。在文本考证中，有许多是我们研究者自己没有解决好的自己的问题，重要的是没有解决好对于《红楼梦》的总体观念——属于文学性质的观念问题，进而有意或无意地将那些自身问题强加给了作者，也强加给了读者。

笔者无意站在文学评论一边，对考证方法的红学研究说三道四。笔者追求的是，研究方法与对象的密切合一。而不是抽象地站在一个立场上，否定对立面的一切。实际上，如果有道理，想否定也是否定不了的。如，版本考证得出了两个不同的尤三姐的形象，如发现了不同版本之间有"冷月葬诗魂"与"冷月葬花魂"的差异等。当然，究竟孰优孰劣，读者可以根据自己的审美感悟得出结论，我们也不必强加于人。但是，如果一个《红楼梦》的文学批评者，对此一无所知，则是不可饶恕的。实际上，关于版本知识，我们确实有不少专事文学批评研究的人不知道，甚至不愿意知道。这也带来了红学研究中不能克服自身局限所造成的研究低水平重复的问题。

我们不想单方面地说，考证学者应该去多读文学批评的研究论文，也不想说文学批评者应该多去读考证学的论文。但是，现实情况是，我们两类学者之间的相互学习确实是少了点。红学发展处于一个继往开来的关键时期，我们不应辜负时代的殷殷期待。如果我们不能在新的基础上综合创新，如果我们满足于老问题、老方法、老理论、老结论的重复，满足于非此即彼、偏执一端、强词夺理的争吵，那么读者就会舍我们而去，红学研究满足读者审美需求的目的也将无法实现。

三

最后，我们来说一说《红楼梦》的"精严"问题。小说的"精严"问题是由金圣叹提出的。何谓"精严"？金圣叹认为，《庄子》之文放浪，《史记》之文雄奇，但是二书的根本特点又都是精严。为什么这么说？因为精严不是风格特征，也不是结构严谨，而是内容与形式的完美结合。用金圣叹的话说，《庄子》放浪，只是表面现象，道出了"庄生意思"才是精严。而"盖天下之书，诚欲藏之名山，传之后人，即无有不精严者"。[①]

庄子尝自谓："以谬悠之说，荒唐之言，无端崖之辞，时恣纵而不傥，不以觭见之也。"用荒诞无稽的话、用大而空的话、用没有来头没有边际的话、用十分主观随意而没有直接所指的话、用不能一端视之的话来叙事，是因为在庄子看来，事物的精微之处，只能意会不可言诠。不拘局于事物的时空秩序、表面事理，在充分的主体自由中，才能将自己所领悟到的"至情"、"至理"讲清楚，即便如此它也是以"味"的形态存在的，而不能用常见之理说清楚，而只能"品之"不能"证之"。而如果我们偏偏要对无端崖之辞、谬悠之说来科学衡量之，岂不是正中了作者之叹："谁解其中味，一把辛酸泪"吗？成为作者的知音，是我们每一个研究者的追求。不能成为作者的知音，又如何能确定当地研究作者的作品呢？

《红楼梦》作为文学文本的特殊性，正在于《红楼梦》是一部"诗性"文本。而诗性文本就要求我们用诗性掌握或诗学的方法来研究它。换言之，就是从"诗性"的角度看它是不是严整、精粹。

我们认为，《红楼梦》的确应当如此看，只要作者描写的主要目的达到了，写作意图实现了，就应当允许作者有跳跃叙事的自由，有个别细节虚拟的自

[①] 金圣叹：《读第五才子书法》。

由，有超现实地安排故事情节、人物命运的自由。如果仔细分析《红楼梦》，我们会发现许多细节不符合现代科学的结论，如衔玉而生，如吞金而死，等等，我想这些叙述与细节即使被科学证明了是"虚妄"的，也没有，并且不会影响《红楼梦》本身的价值。

这里，我们提出两个论断来说明文学表达的基本特点：

第一，文学的诗性表达不是单义的直接表达，而是多义的间接曲折表达。

第二，文学的诗性表达不是陈述性的证伪表达，而是拟陈述性的情感表达。

脂评中，多次提醒我们不要被文本的字面含义所蒙蔽。"事则实事，然亦叙得有间架、有曲折、有顺逆、有映带、有隐有现。"又多次说《红楼梦》所使用的手法是背面傅粉、一击双鸣、云龙雾雨、千皴万染。其实，这些都是在提醒我们不可将《红楼梦》的文本看简单了、看实了、看直了、看呆了。中国古人说到，诗的创作有别才别趣，诗格"过浅过露则卑"，曹雪芹所推崇的汤显祖说，"凡文以意、趣、神、色为主"，[①]等等，都是这个意思。既然说，《红楼梦》是"情本体"的对象，那么我们考察的只能是作品的"气"充不充盈，作品的"情"浓不浓郁。这里，我们应该关注的是小说叙事的情感线索、情感起伏、情感高潮、情感间离与其效果等等，而不是人物的年龄表、人物的行走路线。作为文学文本，它的主要价值和目的不在于细节的真实与分毫不差，而在于精神氛围的渲染与营造。《红楼梦》经常会出现场面、人物、事件的重复，或两次或三次，两个或三个"神话"，两次葬花，刘姥姥三进贾府，等等。重复手段的运用，只有在强化感情的时候，拍击出情感的节奏时，升华出脱俗的感情时，才是"特犯不犯"的。所以，作者没有去过多地修改文本中的年龄问题、方位问题，而是在不断地用浓墨重彩往感情的强度、浓度上加力着色，正说明这些才是作者的旨趣所在。我国古代不就是有这样的例子吗？杜甫有诗："霜皮溜圆四十围，黛色参天三千尺。"而后世的一位诗评家却说，这样的树不是太细

[①] 汤显祖：《答吕姜山》，《中国历代文论选》第3卷，上海古籍出版社1980年版，第149页。

太高了吗？用太细太高的观点衡量杜甫的诗，不是就误解了作者的情感表达了吗？又如何与作者的情感相接通呢？这样做，确确实实使"诗人之意扫地矣"。所以，我们不得不再用西方的语言来重述一下上述两个观点，就是再次提醒学者们不要用实证主义的态度对待《红楼梦》文本，不要忘了作者的主要目的而去做"坐实"的考证。

有人说，运用西方理论不过是想用《红楼梦》证明一下西方理论的正确与卓越。我们不这样看，虽然实践中有人是这样做的，但是，我们的做法与此不同。我们的观点是，正是西方关于艺术的一些正确观念，可以使我们在艺术研究中少走弯路，少犯违背文学常识的错误。针对现实来讲，就是"二书合成论"在90年代的重新抬头和兴起。由于是拼合，而作者又没有修改完，所以《红楼梦》矛盾百出、支离破碎、处处破绽、即使是前八十回也未完成等等。先是认为后四十回补得不好，与前八十回接榫不上，将后四十回否定了，现在又认为前八十回也是接榫不好，这必将带来对前八十回的否定结论，至少是说《红楼梦》不是一部精严的小说。《红楼梦》的主旨被我们不断揭示为"大旨谈情"，为什么又非紧紧抓住非主干部分的矛盾不放呢？许多人从《红楼梦》中找到了许多破绽，许多没有来得及修改的部分，如人物的年龄，如地点问题，如人物的对话和出场等。我们认为有些问题确实存在，有些问题则是子虚乌有。后者是先有了二书合成的思想，戴着有色眼镜去文本中寻找的，带有相当的主观性。后者的趋向与取向越明显，就越是接近于否定《红楼梦》是一部精严的小说。我们的价值立场是《红楼梦》是一部精严的艺术作品。如果不在这一前提下立论，将《红楼梦》文本考证得支离破碎，实际上，这违背了"大旨谈情"的小说宗旨。

我们认为，研究《红楼梦》中的矛盾是细读《红楼梦》的必然结果。因为《红楼梦》是一部艺术上的杰作，熟读细读就不可避免。但是，如果熟读细读得出结论说它不是佳构之作，相反，说《红楼梦》是二书合成、多书合成的，并且还没有合成好、处处矛盾，则可能是众多研究者所始料未及的。两书合成或多书合成的观点，至少在命名上，是站不住的。从创作学的角度讲，这更是一种奇谈怪论。因为一位艺术家即使是再被眼前的作品感动得无以复加，也不会将不同人的作品或已有的作品，拿来花10年时间来增删、改编，并且据为己有。比如一位卓越的诗人，自己不写一首诗，而拿着别人的一首或几首诗修改一辈子，还修改不好。脱胎换骨的创作有，唱和的创作也有，但那都是新的作品、新的诗了。即使主题相同，即使题材相同，即使意趣也相同，但我们至少能确知有这样的两首或几首诗存在。可是，我们现在找不到与《红楼梦》可以相比的小说存在，或者说独立于《红楼梦》之外的《风月宝鉴》和《金陵十二钗》存在，我们怎么可以遽下结论说它是二书合成的呢？

如果这种假设存在或成立，那么我们就会得出结论：类似于抄袭（包括抄袭自我以前的作品）的"合成"也能创造伟大的艺术作品。实践证明，这样抄袭别人的一部作品或多部作品，成书是不可能的。凡是这样的抄袭与合成，除非我们能够找到先作品而在的本子，我们才能下这个结论。否则，这种假设就是一种凌虚蹈空的假设，是一种高山滚鼓之谈，对红学研究来说是一种可怕的理论冒险。一位艺术家，如果有10年时间，有高超的创作才能，有不可抑制的创作激情，怎么会不创作而是只去修改、增删自己过去或别人已经存在的作品呢？居然，这样抄袭、合并的结果是产生了我国最伟大的文学作品。文学创作的经验证明，这样的创作不是创作，更不可能产生成功的文学作品。如果说《红楼梦》是特例，那么这个特例也太特别了，特别的已不是文学创作了（恐怕谁都举不出第二个这样的例子）。如果这是"特殊方法"研究的结果，那么，这将是对考证这一"特殊方法"的最具毁灭性的一击。

当然，还有几种可能：

构思两部书，或多部书，并且有多种书名，最后拿出来的是一部书，既可以叫这个书名又可以叫那个书名，这是可能的。但是，这不能叫两书或多书合成。艺术家在构思阶段，想象活动异常丰富，原有的计划不断被推翻，书稿完成后，多次修改，甚至改得面目全非，已如一部新书，也是可能的。但是，这也不能叫两书合成或多书合成。合成，是指将业已存在的两部或多部不相干的书，变成一本书。

艺术家可以跳跃着写作，先写中间，后写开头，再写结尾，也是可能的。也可能写了多个故事单元，最后才将多个故事单元勾连起来。但是，这也不能叫二书合成或多书合成。所以，在成书过程的研究上，我们认为作者不断地变更书名是可能的，一书多改也是一种可能性的存在，而多书合成或二书合成的观点是站不住脚的。

种种可能是对创作过程的猜测和推理，任何猜测和推理都带有我们不可避免的主观性，但我们不要把创作过程看成是《红楼梦》，更不能用主观性的猜测和推理代替业已存在的客观性文本。

2004年12月30日改定

（原载《红楼梦学刊》2005年第3期）

"缘起"何需再"揭秘"
——1954年红学运动再评述

1954年那场由毛泽东发起的关于古典名著《红楼梦》"批俞评红"的运动，其缘由究竟是什么？为什么是由"两个小人物"的文章为导火索的？为什么将批判的锋芒既指向了作为权威作家的俞平伯，又指向了文坛作为共产党的领导刊物的《文艺报》及其领导冯雪峰？其间的复杂历史纠葛与一封问询信有多大的关系，这场运动与后来红学发展的关系等，都是需要重新定位与评述的。

山东大学王学典先生一篇以"揭秘"1954年红学大批判"缘起"为题的文章在《中华读书报》2011年9月发表后，引发了争议，也引起人们的普遍关注。李希凡于2012年4月先后写了两篇文章予以答辩，初步澄清了问题。那么，1954年"批俞评红"运动的"缘起"究竟为何，其中除了当事人的陈述，还有需要"揭秘"的秘密吗？实际上，"小人物"李希凡那封给《文艺报》的问询信有无，虽然曾经属于重点调查的对象，但对毛泽东要发起一场以批判胡适为主的思想改造运动无关。从微观说，1954年红学运动的缘起，今天也和历史上已经调查处理过此事的结论一样，断定任何一方言辞不实，即认为发信人李希凡撒谎或接受者杨志一（《文艺报》负责通讯的工作人员）蓄意撒谎，在技术细节上都无法推定、都欠妥帖，任何推定都将是不明智的臆断。时间到了当下，重返历史现场，也无须伤害其中任何一方。这里，与其发问一个历史细节，不如看清整个画面，了解真正的"缘起"。而这，无关"揭秘"。王学典文章表面看来置疑的是一封信有无的问题，实际上是将对那场思想文化运动闹剧化之后，进而否定其背后所包含的历史必然性。

1954年，注定是红学发展需要不断回首瞻顾的一年。

将近60年过去，一些前尘往事，仿佛隔了一层不太透明的花玻璃，变成了万花筒,在不同的角度上、视角里,呈现出"乱花渐欲迷人眼"的姿态。

人们要问,"两个小人物"李希凡、蓝翎为什么会如此幸运?他们小小的蝴蝶翅膀是如何掀起一场思想风暴的?这场波及全国的思想风暴为什么会起于"青萍之末"——对一部古典作品的学术研究会触及深远,回声不断?

认为个中有阴谋的猜测一直不断。海外的说法更可笑,有说法是毛泽东安排了小人物文章的发表,文章也不是小人物写的,一切都是事先布好的局,目的是向国内知识分子发起围攻,排除异己,攻城拔寨。

还有种种猜测,这些猜测都试图使1954年这场"评红批胡"的运动传奇化,以惊人视听,增广闻达。

为了还原这次运动,还是让我们再来一次历史梳理。

1954年,新中国刚刚成立5年不到。而在1953年,虽然朝鲜战争停战,但国际上两大对立集团(社会主义阵营、资本主义阵营)的矛盾进一步加剧,意识形态的分化和对立更加鲜明。在领导新民主主义革命胜利之后,通过武装力量夺取政权,毛泽东认为这只是一方面的胜利。除了武装的大军,还有文化的大军,文化上的斗争还刚刚开始。

文化上的斗争,首先是马克思主义的文化领导权的问题。新中国成立后,各中央媒体是共产党担任领导的,或者说担任领导的都是党的高级干部,来自于革命营垒内部,但在毛泽东看来,他们不得力。

不得力的原因,是此前的几次文化批评的草草收场。两部电影《清宫秘史》和《武训传》,刚出来上演时国内舆论一片叫好声,而毛泽东则认为,理论界糊涂得可以!《清宫秘史》写清代末年皇室内部光绪和慈禧的矛盾,把光绪当作是改革派寄予变革与新生的期望,这是因为看不到光绪和慈禧实际上是一体的,本质上是相同的,他们都是腐朽统治阶级的代表,不可能给中国带来新生!《武训传》则写的办义学的故事,真实历史人物武训出身贫寒,靠行乞筹钱办学,穷人子弟靠读书博取功名,这种靠知识改变命运的说法,实际上包含着对封建意识形态和价值观的顶礼膜拜,在毛泽东看来是投降主义的。武训,卑躬屈膝,自我丑化,摇尾乞怜,这与毛泽东所想象的"文学新人"截然不同。

毛泽东所想象的文学新人是什么?

毛泽东不认为自己领导的革命胜利，是一次改朝换代的农民起义，换汤不换药。毛泽东的浩茫思绪联系着整个中国历史。在毛泽东看来，中国新生，就是"中国人民从此站立起来了"，中华民族必须以一种全新的风貌展现在世人面前，这就是自己当国家的主人，自己是社会生活的主人公，自己是历史的创造者。社会主义的文学，也应当以这样的人物为主人公，塑造豪情激越、精神高昂、顶天立地的新人。革命的目标不仅是改变一个政权，而且要改变一个民族的精神——这得从新文化的建设入手。

按照毛泽东的如此要求，文学的难度和高度可想而知。它要求艺术家必须有新的生活体验，写新的生活，塑造新生活中真实的主人公，他们是从事生产实践活动中的工人和农民。虽然挑战出现了，但新的作品毕竟产生了，李准的《不能走那条路》，1953年底在《河南日报》发表以后受到关注，被《人民日报》转载，也引起了批评。至于李准后来创作的《李双双小传》，则可以说是达到社会主义"文学新人"的标准之一，成为新中国社会主义的文学经典。

与《清宫秘史》和《武训传》对比，李准的创作具有明显的新文学特点。主人公是生产生活第一线的"工农兵"，他们生龙活虎，信心满怀，他们是新生活的主人，他们创造着生活，他们在与旧的思想或旧的人物斗争着。小说中的主角不再是王公贵族，不再是屈辱的、苦难的、肮脏的、病夫般的中国人。这与毛泽东所要求的重新塑造中国人的精神，暗相吻合。

密切关注"文化大军"队伍和文化状况的毛泽东，对文艺界的情况看来是洞察秋毫的。李准的小说稚嫩，但在《人民日报》转载了。李希凡、蓝翎批评俞平伯的文章也稚嫩，却不能在《人民日报》上转载，在《文艺报》上转载了，还被特意加上"编者按"，说是"不太全面、不太成熟"。

毛泽东与"编者按"的意见几乎是对抗性的，你说"不成熟"，我说"成熟得很"。

毛泽东为什么会如此重视李希凡、蓝翎领的观点呢？回头一看，不难明白。与前两次对《清宫秘史》、《武训传》的文学批评不同，前面两次的批判是"自上而下"的，即文艺界一片叫好声，只是毛泽东看出了问题才布置下去要批判的！而对《红楼梦》的批判则是"自下而上"，由"两个小人物"将事情做起来了,毛泽东不仅是遇到了知音的问题,而是感到了群众革命的力量。

毛泽东对行动起来的群众,非常重视,也视为是最可贵的。因此,毛泽东毫不犹豫地站出来支持"小人物"的观点,而与拒绝他们的《文艺报》分庭抗礼!

李希凡等批评俞平伯的主要观点,包括:(1)以现实主义"倾向性"的理论批判了俞平伯的自然主义的"怨而不怒"的艺术风格论;(2)以阶级斗争的叛逆主题说否定了俞平伯关于《红楼梦》主要观念是"色空观"的定位;(3)提出以马克思主义的阶级分析、毛泽东的艺术标准与政治标准相统一的原则,代替对《红楼梦》以"自叙传"为主的考证学研究。

这意味着一场学术变革。不再以自叙传为中心,不再以文献考证、版本校勘为双翼,而是以《红楼梦》的思想性、艺术性为中心,以现实主义创作方法、反封建的政治倾向为支点,重新定位《红楼梦》伟大的文学价值。

作为事主的俞平伯受到了冲击,他感到措手不及。如何完整地看待他呢?俞平伯是一个一直偏向左翼、追求进步的知识分子,新中国成立后,通过自己的诗歌由衷地歌颂了一个伟大民族在共产党领导下的新生。有必要提一下的是,他的得意弟子胡乔木、乔冠华(俗称"二乔")此时都已居于共产党领导的高位,并在文化思想界起发言人的作用。在红学观点上,俞平伯也在进行着艰难的蜕壳,力图挣脱胡适"自叙传"的影响,摆脱自传说对红学的制约,重新省视《红楼梦》的伟大意义。从1951年到受批判前俞平伯发表的《红楼梦》研究文章看,他的变化是惊人的,他甚至由衷地说新历史阶段的《红楼梦》研究应该以马克思主义为指导。然而,这个惊人的变化,被一部未及彻底修改、急于填补文化空白的旧稿给遮蔽了。

新中国成立后,百废待兴。剧烈动荡之后的和平时期,人们的精神文化需求异常强劲,可以说是文化渴求。俞平伯关于《红楼梦》的研究的文章很多,但只有《红楼梦辨》是一部系统的著作。为了满足、迎合社会需求,俞平伯没有来得及细改稿子,只是删掉了小说中的叙述与作者生平互为对照的时间年表和改换了其他部分的个别字句,即被付梓,进入社会。

俞平伯的矛盾与变化,批评者——小人物是否洞烛幽微?俞平伯的左翼倾向,毛泽东是否体察到了?然而,历史再次以粗线条,完成了一次风卷残云、剑扫烽烟。对于俞平伯个人来说，从整体上看，俞平伯划不到对立阵营中去。

毛泽东也是《红楼梦》的爱好者，或者说是痴迷者。从毛泽东能在不同场合信口、脱口说出《红楼梦》中人物的对话和叙述的句子看，他对《红楼梦》的熟悉达到了出神入化、为我所用的地步，《红楼梦》中的一些情景、人物经常成为他类比当下情景和人物的例子，这有助于人们更深刻、更形象地理解他所说的对象。那么，关于《红楼梦》的整个观点呢？毛泽东显然不会同意自传说——只是从个人身世来理解一部伟大作品广泛而深刻的意义，以考证学为主要方法研究《红楼梦》，将《红楼梦》变成某些传统趣味的延续。把《红楼梦》放在更广阔的时代背景下、放在复杂的社会关系中来理解，从历史发展规律和革命的意义上理解大家族的悲剧命运，李希凡等所定位的现实主义（当然是从马克思主义经典作家的论述中引申出来），才能开辟这条通途。

1954年上半年在杭州时，毛泽东还在与身边的服务人员谈论着《红楼梦》。这些谈论，一如既往，显示了完全不同的眼界和角度。毛泽东从历史学角度，认为其中包含着深奥的历史知识，需要多读几遍（至少五遍）才能读懂，要读出其中爱情描写掩盖下的阶级斗争来。毛泽东不认为这是一部单纯的爱情小说，在"谁解其中味"的慨叹中，包含着作者对于后来人读懂小说的深深期待和深切呼唤！毛泽东自认为他是曹雪芹的知音之一。但是，毛泽东没有可能去撰写一部论红著作，或者为学术界"论红"、"研红"写出指导意见，但他在寻找着破土而出的"苗头"。

李希凡、蓝翎等的文章，作为弱小的"苗头"，毛泽东寄予了希望并期待着！在毛泽东的强力干预下，他们获得了茁壮成长的阳光雨露。这也是李希凡等一生感念毛泽东的缘由之一。

如果没有毛泽东的关注，李希凡、蓝翎和白盾等这些"苗子"会不会被冷藏、弃置？答案不言自明。李希凡、蓝翎的稿子投书到《文史哲》被当作校友的稿子，1954年第9期发表出来，而白盾也是批评俞平伯投寄给《文艺报》的稿子，在1954年毛泽东干预之前，就没有那么幸运了。他收到了《文艺报》的退稿信。白盾能收到退稿信，而李希凡没有得到回音，原因就是李希凡不是投稿，只是去信问询能不能发表批评俞平伯的文章。显然，《文艺报》对批判俞平伯毫无兴趣！或者说，《文艺报》相关方面更了解俞平伯——全方位的俞平伯。

有人说，《文艺报》不发批评俞平伯的文章，是冯雪峰慑于二乔（胡乔木、乔冠华）的地位，不敢轻举妄动！这，又误解了冯雪峰；当然，这也是对一生坚持真理、秉性耿直的冯雪峰的侮辱！因为，不要说"二乔"的党内地位不一定高于冯雪峰，即便是高于冯雪峰，按冯雪峰的脾气也是要言发由衷、言为心声的。

作为坚定的革命者，作为马克思主义现实主义文学的理论家，作为新中国文艺界的领导人，《文艺报》的主编冯雪峰不也是现实主义文学的倡导者吗？为什么偏偏不喜欢李、蓝、白等用现实主义观点看《红楼梦》的文章呢？

冯雪峰担任主编，《文艺报》颇有点"犯颜直谏"的意味。李准的《不能走那条路》在《人民日报》上转载以后，《文艺报》居然发表（李琮）文章说这篇小说有公式化、概念化的倾向。当然这是切实而深入的文艺批评，并非乱扣帽子。其实，这才是冯雪峰的心声。冯雪峰对紧跟时事、图解政策、即学即用的文学创作和文学批评，一直持抗拒的态度，冯雪峰一直不愿意助长教条主义、投机主义的文风。他甚至在年度总结中，对当前文艺极度不满，说如此的收获乏善可陈，与时代的要求不相称，文艺界应当反思对文艺的领导。

在冯雪峰的眼光里，李、蓝、白的文章确实属于"幼稚"，不属于投机，但属于马克思主义的小儿科，只是应用了一些马克思主义的词句而已，这大概够不上冯雪峰所要求的批评的"格"。《文艺报》给白盾（《〈红楼梦〉是怨而不怒的吗？》，此文后来刊登在1954年11月12日《人民日报》上）的退稿信，说俞平伯的《红楼梦》研究，优点多于缺点，无须批评，读者自会分清，等等，显示了冯雪峰领导下的《文艺报》对那时红学的态度。也许，冯雪峰还认为，支持或发表李、蓝的文章，容易助长教条主义的毛病。而李、蓝高昂的论战姿态，也容易造成对马克思主义横扫一切的误解，造成文艺界万马齐喑的局面。冯雪峰为转载李、蓝文章所写的"编者按"充分显现了他的态度，"试着"运用马克思主义的观点，"不够周密、不够全面"等，如此定位，此前所发生的拒之门外之事件在所难免。不要说是在古典文学领域了，即便是在更敏感、更具当下性的当代创作领域，冯雪峰都秉持着与当时许多文艺界领导人不同的观点。

其实持这种观点的人，当时不在少数。当时，李、蓝的文章不能在《人民日报》上转载，何其芳也持"不够成熟"的观点予以支持。这种秉持"不成熟"的观点在以后的发展中，还会再次表现出来。当然，这些观点李、蓝当时是不知道的，他们对大主编冯雪峰亲自修改他们的文章和纠正错别字、标点符号，感到受宠若惊，更感到冯雪峰值得尊敬！如此，李、蓝就更无理由编造"问询信"为冯雪峰主持的《文艺报》罗织罪名了！

对一篇文章产生"异见"，属于文学批评范围内正常的争论和认识差异。但是，报纸是阵地，《文艺报》是文艺界的主阵地，不让马克思主义的"苗子"成长，一开始就要求他是成熟的，这在毛泽东看来很奇怪！和名人权威相比，他们是不成熟；但就他们所坚持的主要观点看，是属于马克思主义性质的，"很成熟"。

李希凡发没有发过那封"问询信"，刻意追究，只能落实到事务工作是否细致负责的责任上。据说《文艺报》在被批判时对这件事调查过，但因涉及很多技术细节，轻言任何一种结果，或者根据一方之词妄断，都将是不负责任的，因此追究责任也是不明智的。李希凡说发出过，而接受者杨志一说没有收到过，如此争论必然分散批评的焦点，这显然也不是冯雪峰领导上的主要问题，也不是毛泽东批评文艺界的主要目的。毛泽东需要的不是《文艺报》严明内部纪律和工作秩序，整顿来信登记制度，而是要迅即将批判矛头对准学术上流行的胡适唯心主义——红学上执着于事件比附的"考证论"。所以，1954年10月28日《人民日报》发表的袁水拍的《质问〈文艺报〉编者》，并不再从一封信入手，或者说忽略了"问询信"的问题。

今天看来，在所持的马克思主义立场上，毛泽东、冯雪峰、李希凡没有对立，没有分歧，但在如何运用适当策略，使马克思主义迅速走向前台上，是和缓地对待"权威"还是言辞激烈地对待权威，毛、冯、李立场各异。换言之，毛泽东希望吹响激越人心的冲锋号，李希凡则急于在敌对的碉堡上插红旗，冯雪峰则在阵地上说他作为共产党人占领着阵地、掌控着阵地呢！他们三个人在一个营垒内部，只是对马克思主义如何运用、在何种程度上理解马克思主义，出现了严重偏差。

毛泽东的那封信——《关于红楼梦研究问题的信》，矛头主要是对准党内的，是党内占着阵地的人，对准的是党对文艺领导的不力状态。1953年，毛泽东即批评文艺界主要领导人周扬在文艺斗争中政治上不展开。现在毛泽东旧事重提,《清宫秘史》、《武训传》批判得不彻底,直到这次《红楼梦》事件,充分暴露了问题的严重。这就是只知道团结"大人物",阻拦"小人物";对"权威"有求必应,对"小人物"摆出"老爷态度"。为了加强批判的力度,毛泽东在不断地提高着调门。我们知道,毛泽东在黎之《〈文艺报〉编者应该彻底检查资产阶级作风》的文章发表之后,自己批阅该文时干脆说冯雪峰不是对马克思主义不敏感而是"反马克思主义"了。这导致1958年冯雪峰被划为"右派"和开除党籍。

那么,李希凡、蓝翎的投稿是文化投机吗?

李、蓝在山东大学时,都是文艺理论课的爱好者,该课程的主讲教师是吕荧。吕荧对马克思主义深有研究,在课堂上一直坚持运用马克思主义观点解释文艺现象,这与李、蓝形成了共鸣,他们也紧跟着时代的步伐,接受着主流意识形态的塑造,潜心阅读着马克思主义的经典著作,也试图运用它来重新解释文学和文化现象,包括他们所喜爱的古典小说。山东大学当时形成了一种求新求变的气氛,让积极分子李、蓝也跃跃欲试。

从李、蓝两人对山东大学中文系的生活回顾看,当时的情况也是复杂的。马克思主义在高校的命运并不因为执政党是共产党而幸运。他们的老师吕荧就是一例。吕荧讲课,全然以马克思主义的观点解释文艺现象,由于过多地引用马克思主义经典作家的词句,被认为是脱离实践,脱离当前的政治政策,贵古贱今,这种观点还被《文艺报》1951年11月以群众来信的方式在专栏中反映出来,批判吕荧犯了教条主义的错误。因此,吕荧在校内受到不公正待遇。这导致吕荧最终愤而停课辞职。吕荧的曲折道路,隐藏着一个马克思主义理论工作者在中国的命运。李、蓝、白盾等坚持马克思主义的人,后来在文艺界都有类似的讽刺性的曲折命运。李希凡在20世纪80年代纪念吕荧的文章中,反思道:"根据我的体会,那时在文艺学教学中普遍存在的问题,并不是什么对马克思主义的'教条主义的态度'(当时整个学术界学习马克思主义的风气还刚刚开始),而是形形色色资产阶级唯心主义的文艺观,还在继续传播。"[①]

[①] 李希凡:《苦乐人生的轨迹》,南京师范大学出版社2011年版,第179页。

当然,在山东大学的生活中也有受到鼓励的方面。在古代文学的考试中,蓝翎运用马克思主义的观点反驳流行于红学中的自传说观点,甚至和老师的部分观点产生了分歧和老师进行了争辩,这还得到了任课教师的好评。冯沅君给了他91分,如此高分,对于学生来说该是多大的鼓励!蓝翎怀着充分的信心,一心要拿着新武器在文学疆场上扬鞭奋蹄、驰骋千里。

这个机会在他们毕业来到北京后不久即来临了。俞平伯的红学著作发行广泛,影响深远,古代文学也正是他们关注的中心,但俞平伯的色空论主要观念说,不符合这部小说的实际,更不符合马克思主义,论战的靶子一下子被竖立了起来。他们的青春锐气对准的正是学界"权威"!

李、蓝的文章发表后,先说是拿到《人民日报》转载,后来是《文艺报》给予转载。尽管加了"编者按",但由此为他们带来的殊荣,两个小人物还是感到惊奇,感到不可思议。事后,他们才知道他们的观点居然在毛泽东的视线里,此前,俞平伯被印刷6次、印数达25000册的《红楼梦研究》也在他的视线里。他们怀揣的只是成功的文学梦,而被托举到的却是20余年的介乎文学与政治之间的高位——人民日报社,这里紧靠党中央,既有高处不胜寒的严正肃然,也有赢得鲜花与掌声的无上骄傲和光荣。

毛泽东要通过大众介入的大批判运动解决指导思想问题,但也变成了对学术问题的解决。前者通过更换文艺界领导人达到了,但后者实际上没有做到,因为通过"大批判"解决不了学术问题。据说由批俞平伯到批胡适前后9个月,发表了129篇文章。李希凡、蓝翎后来被加码,文章被催生,越来越失去自控力、言不由衷,在这场运动中后期撰写的文章乃授意应制,生气渐少,棍棒影动。这使这场以学术批评开始的正常争鸣,变成了泥沙俱下的激流险滩,严肃的学术探讨具有了大众喧哗的闹剧性;俞平伯一个回合的答辩都没有,体现不出学术讨论的平等性质。李、蓝自学术始,以政治批判终,文风也跋扈起来,首尾断作难以自我说明的判然两截。1957年3月16日毛泽东在一次会议上,再次为另一位"小人物"王蒙及其《组织部新来的年轻人》辩护,顺便这样谈到李:"李希凡现在在高级机关,当了政协委员,吃党饭,听党的命令,当了婆婆,写的文章就不生动,使人读不下去。"这话当时虽然李希凡并不知情,但政治,

89

已将文学青年李希凡绑在了红旗猎猎、黑白分明的战车上，拉拖曳拽，时而波峰时而谷底，对他来说，不知是耶非耶，荣耶辱耶，福耶祸耶。运动结束后，以后来定性始初，令人百口莫辩。但人们最看重效果。后来，我们在许多场合看到，李希凡一再地解释他们初始的自发性质和学术目的，但总被人不解。甚至有人怀疑他所说的所有的话，包括那封投向《文艺报》的"问询信"，是否存在。

俞平伯接受了观点上放弃自传说、色空论的矫正，这促进、加速了他的观点"质变"，彻底从考证派变成文学本位派，但对运动中罗织罪名、恶语相加、群言围攻却一直耿耿于怀。错与非错，一言难尽。后来在各种场合被反复追问，人们力图挖出"异闻"，特别希望被访者诉苦，这使俞平伯极其反感，到了"倦说"（历历前尘吾倦说）的地步。俞平伯出于对现实中国的热爱，出于对《红楼梦》的热爱，没有在新时期翻身以后以"还乡团"的心态秋后算账，添油加醋，或反攻倒算，或叫屈连连！

下面一段记述很有价值，还是与大家分享一下吧！

俞平伯1980年在"国际红楼梦学术研讨会"召开之际，曾对记者的穷追不舍说：

"有什么好谈的？我犯过错误。毛主席批评了我，文艺界批判了我。我的问题谁都知道，事情就是这样。"

"我的问题"是什么呢？

"我的书写于1922年，确实是跟着胡适的'自传说'跑。"

"那次运动不是没道理的，但是过了头。"

什么过了头？

"但那时我还不知道共产党，不知道社会主义，怎么反党反社会主义？"

俞平伯"不愿意再往下说"。[①]

俞平伯没有对毛泽东、何其芳、李希凡等有怨言，尽管他被当作是红学中胡适派代表是冤枉的，但对于既往历史和汹涌的波涛，他看到的是"人心似

---

① 王湜华：《红学才子俞平伯》，北京大学出版社2006年版，第255页。

水，民动为烟"，当静处之，任其纷扰。"缘起"既非阴谋，也不是虚构！刻意求深的人，不愿意去研究真实的历史关系，而是着意于是非恩怨的挑拨和张扬，这令俞平伯无比失望！毕竟，那场运动也与后来的"文革"不同。毛泽东指示对待俞平伯要"团结"，承认他有"真才实学"。1956年，在何其芳的主持下，俞平伯被中国科学院评为当时凤毛麟角的一级研究员。这与俞平伯挨批前一个多月被毛泽东提议成为全国人大代表（占浙江名额）一样，说明了早期思想斗争"对事不对人"的基本政策。

认为李希凡等"不成熟"，在当时何其芳也是其中之一，他也是当时的文艺界领导人之一。1956年，何其芳撰写了数万字的《论红楼梦》，他既要继承俞平伯对《红楼梦》的艺术感受，又要运用马克思主义的观点，微观与宏观相结合地阐释《红楼梦》。在何其芳的叙述中，我们发现，他分析作家的阶级意识十分慎重，他较少用典型、阶级性、世界观等概念，而使用了共名、阶级反叛、文化传统等字眼，力图　尽照搬马克思文论词句的痕迹，试图达到真正马克思主义的批评水平，即在灵魂上的马克思主义，羚羊挂角，盐入水中，不露声色。冯雪峰、胡风等一贯反对的庸俗社会学和简单化，一直是被他所警惕的。对于李希凡对俞平伯关于《红楼梦》的主要思想是色空论观点的批判，何其芳也是有所保留的。何其芳认为，色空观虽然不是《红楼梦》的主要思想，但这在《红楼梦》确实是存在的。他还认为，将曹雪芹说成是市民阶级的代表，并不符合中国历史的实际情况，也不符合所引述思想出处的上下文意思！这对于纠正当时马克思主义方法一统天下所出现的庸俗社会学倾向，是十分有益的。如果说，1954年红学运动有什么成果，那么，何其芳的这篇经典长论，也应该是这场运动催生的。

有些人认为1954年那场红学运动，李希凡、蓝翎、白盾等都是被利用的工具，在今天看来其写作毫无学术价值。此论又犯了"否定一切"、不尊重历史的错误！如果真的如此，看来毛泽东对《文艺报》的指责，就毫无道理了；俞平伯的观点也无须修正和提高了！胡适的考证红学依然可以以压倒的优势只研究版本和家世问题了，红学可以止步于作者个人身世和家世的考证与《红楼梦》故事之间关系的比附、印证上了。事实并非如此，新红学派的自传说、"色空"

主题说、"二美合一"说、"怨而不怒"的风格论，都是应该被质疑的，或被否定的。对这些问题的讨论，是学术研究的"分内事"，各种意见的充分展开，也极大地推动了学术的进步。这在红学史上，无论如何是不可以缺少的一笔！

那场运动的"缘起"，至少三个方面的描述是不可缺少的。第一，文化领域的文学批评演化为最高领导人主持下的文化战线的思想斗争，已经上升到无产阶级文化领导权的问题，具有了无可置疑的政治性和前沿性。第二，《文艺报》负责人作为当时文艺界的代表，被毛泽东定性为"对资产阶级投降"，而受到撤职的严重处分。其"贵族老爷"的态度，主要指的是对"自下而上"的群众评红力量不敏锐、不扶持！这里的主要错误是斗争策略的、思想方法的，而不是事务性的收发登记问题。毛泽东在信的一开头就提问询信的问题，加重了语气，展开了气势，实质上针对的是文艺界的"政治上不展开"。通过改变领导人可以实现指导思想的扭转和提高，但将冯雪峰甚至和丁玲一起打成"反革命小集团"，则是错得离谱，犯了残酷斗争的错误。毛泽东想以此展开更迅猛、更彻底的思想批判运动，但从现在的情况看，即使是周恩来、刘少奇、陈毅、周扬等都没有跟上他的步伐，遑论有什么可观的实效。第三，红学中"自传说"的难以为继，必然表现为红学发展的自我否定和革命。换言之，马克思主义美学的典型论必然在红学中应运而生，取代陷入"范式危机"、"技术崩溃"、缺乏视野、"总不长进"的"自传说"。如果没有1954年"接力性"的对于红学的"大批判"、"大继承"，那么红学在20世纪后半期就难以为继其"显学"地位。

（原载《中华读书报》2012年9月10日，发表时有删节）

《红楼梦》的悲剧性演成
——《红楼梦》第三十三回分析

《红楼梦》是一出悲剧。而悲剧的概念，却来自于西方。从现有的文献资料看，第一个使用"悲剧"概念来说《红楼梦》的是王国维。1904年，王国维在《红楼梦评论》中称《红楼梦》是悲剧中的悲剧，对《红楼梦》给予了很高的评价。实际上，要掌握《红楼梦》，不了解它的悲剧性与悲剧生成是不行的。而抓住了悲剧性，也就在相当的意义上实现了对《红楼梦》的美学把握。首先要提出的问题是，悲剧的主人公的问题。一般认为，这悲剧的主人公是贾宝玉和林黛玉。但是，作者对于他所说的女性人物，都是持一种悲剧眼光的，所以有了金陵十二钗、千红一窟（哭）、万艳同杯（悲）、怀金悼玉的说法。曹雪芹要写一出众多人物的悲剧，这看来是无可置疑的。

贾宝玉处于《红楼梦》整幅艺术画面的中心，他的命运是作家也是读者最为关心的。就现在的一百二十回本来看，宝玉失去和林黛玉的爱情，遭遇了和薛宝钗的婚姻不幸（没有爱情的婚姻），最终在敷衍完个人使命——光宗耀祖地考取功名之后，离家出走，成为了他常常说的"和尚"。贾宝玉从人间俗世出走，带有拒绝生活与人生的意味。对于生活的这种决绝态度，符合作家刚开始的《好了歌》设计：好便是了，了便是好。这个悲剧结局，昭示给我们的有两个相关的内容，一是生活的残酷和主人公的无奈，二是主人公贾宝玉拒绝生活态度的坚决，忍心丢下怀有身孕的宝钗及年迈的父母，"出家当和尚"，即所谓的"情毒"之极。

分析贾宝玉的人生悲剧，有一些难度。这就是现在大多数的红学家认为，后四十回不是曹雪芹写的原因所在。那么，这样一个结局，符合曹雪芹的原意吗？这个问题过于复杂，我们先避开这个问题，看一看《红楼梦》前八十回中，悲剧性是怎么生成的。

我认为，第三十三回，在《红楼梦》悲剧性生成中具有特殊地位。

一、谁挑起了事端？

第三十三回，人们简称为"宝玉挨打"。

宝玉挨打有三个基本原因：一是说他流荡戏子、表赠私物。这被忠顺王府的长史官在贾政面前质证。二是贾环向贾政告密，诬告宝玉淫逼母婢，致使金钏跳井自杀。三是荒疏学业，敷衍交际，不留心仕途经济，在与贾雨村会面时使贾政败兴。

宝玉不似大观园题对时灵光和聪慧，宛如失魂落魄的木偶呆鸡。贾政问话，他"只是怔呵呵地站着。"这让贾政"原本是无气的，这一来倒生了三分气"。宝玉怎么会一下子在贾雨村和贾政面前变得灰头土脸、笨嘴拙舌了呢？当然，主要原因是宝玉不喜欢与贾雨村这样禄蠹之徒交往，所以兴致不高。实际上，这不是全部原因。往前追溯，第二十九回宝玉与林黛玉言语不合，导致砸玉风波，惊动贾府上下；第三十回因在母亲午睡时与金钏调笑使金钏遭王夫人掌脸，宝玉灰溜溜逃走，颜面尽失；唐突宝钗，惹得宝钗"大怒"。急慌慌回怡红院时淋雨被丫头耽误而踢倒袭人，致使袭人半夜吐血。第三十一回心绪不宁的贾宝玉拿晴雯煞气，反被晴雯抢白而"气黄了脸"；第三十二回金钏自杀，这消息如惊雷炸得宝玉魂飞魄散、神出窍外。此时此刻，心里乱极了的贾宝玉怎可能对答如流，令父亲满意呢？

宝玉，貌似在贾府中优渥闲适，实际上在心里却是不痛快。而上述的一连串的不顺意，终酿成了大祸。

宝玉挨打的直接原因之一是金钏的自杀。这就不能不说说他和金钏的关系。金钏是王夫人的贴身丫头，但是可以看得出她对于王夫人的脾性并不了解。在第二十三回中，宝玉急着要去见贾政和王夫人，而站在门外的金钏却拦住宝玉说："我这嘴上是才搽的香浸胭脂，你这会子可吃不吃了？"宝玉要吃鸳鸯嘴上的胭脂，看来已经成为贾府中人人皆知的笑谈，金钏当然是在这个前提下调笑、讥讪宝玉的，但是，先不说调笑宝玉时机不对，而且，她对宝玉的这种调笑和讥讪换来的是宝玉对她的"用心",要将她要到怡红院去。

金钏不去,却说"去拿彩云去"。

金钏为什么让宝玉去拿彩云呢?也是在这一次的遭遇中,彩云劝金钏不要瞎闹,"人家正心里不自在,你还奚落他"。可见,彩云却是给金钏留下了"关心"宝玉的印象。

彩云不是不能要,而是她涉及一种关系的敏感性。彩云是王夫人身边的人,独与贾环交好,宝玉要彩云,分明夺"兄弟之爱",这必然给已经非常紧张的嫡庶关系,火上浇油。当然,这是金钏意识不到的,但是王夫人意识到了。所以,她觉得金钏十分可恶,后来执意要撵走金钏,所以才酿成人命之祸。

贾环是贾府中最不堪的人物。他的这次诬告,先是夸张性地描绘金钏死的惨状,再说这是宝玉所为,他是从母亲赵姨娘那里听来的:宝玉逼死了金钏。贾环与贾宝玉的矛盾,是嫡庶之间的矛盾,是财产继承人之间的你死我活的矛盾。既然是你死我活,当然就不会放过一切机会陷害宝玉。贾环的话语里,描述金钏之死有夸张不实之词,至于说宝玉强奸金钏,则属于诬告。宝玉和金钏的玩笑顶多是调笑,说不上调戏。金钏之所以让宝玉去拿彩云,也是根据宝玉其他时候的一贯表现而说的。如果宝玉一直道貌岸然,假模假式,故作威严,给金钏分出了等级,恐怕金钏也不会如此"挑唆"。

二、喜剧性的因子

宝玉避免这次挨打,只有一次机会,就是贾政出去送人,宝玉赶快通知贾母或母亲来保护自己,但是他遇到了一个聋子,硬是将宝玉十万火急的求救,将"要紧"听成了"跳井",还说:"怎么不了事的!"

(宝玉)正在厅上干转,怎得个人来往里头去捎信,偏生没个人,连焙茗也不知在哪里,正盼望时,只见一个老姆姆出来。宝玉如得了珍宝,便上来拉他,说道:"快进去告诉:老爷要打我!快去,快去!要紧,要紧!"宝玉一则急了,说话不明白;二则老婆子偏生又聋,竟不曾听见是什么话，把"要紧"二字只听作"跳井"二字，便笑道："跳井让他跳去，二爷怕什么？"宝玉见是个聋子，便着急道："你出去叫我的小厮来罢。"那婆子道："有什么不了的事？老早的完了。太太又赏了衣服，又赏了银子，怎么不了事的！"

在暴风骤雨来临之时，这段文字够滑稽的了。这段喜剧性的文字，让悲剧性得到了映衬。这种美学上的令人忍俊不禁的喜剧性，使得《红楼梦》的艺术风格表现为向生活原态的趋附，具有现实主义不拘一格、斑驳陆离、恣肆汪洋的特点。

关键时刻，为什么宝玉第一得用的人焙茗不在了呢？为什么在这个时候——需要人的时候，宝玉总是孤独的？

犹如五十七回中，大家在太医与贾母的对话后哈哈大笑，笑声中宝玉最是孤独，因为发笑的人并不理解宝玉的真正病因。

三、宝玉挨打真正原因

第三十三回的人物语言，可以说是《红楼梦》中最精彩的对话之一。贾环的诬告，四两拨千斤，天衣无缝，不容申辩。贾宝玉请求帮助，正好碰上了聋子。关于宝玉和聋子的对话，如上所述，从某种意义上说是喜剧性的。

贾政的心理轨迹，作者描绘得最为详备。首先是宝玉与贾雨村的会面，贾政失望已极。再次是他遇见宝玉，看见他不似往日口齿伶俐，更有失魂落魄、呆头呆脑之相。复次是长史官来要人，直逼贾政。再复次是金钏自杀。接连而至的坏消息，都预示着贾宝玉往下发展下去要"杀父弑君"了。对于贾政，作为一个家长而言，可以说到了忍无可忍的地步。"不肖种"的贾宝玉，令他万分痛心。正是在这种心境下，他的下手到了失去理智的地步。

避免挨打，宝玉有声辩的可能吗？

为了避祸，宝玉曾经努力过。这就是首先否认自己和琪官有往来，但这被长史官揭破了。这次狡辩之后，父亲贾政还会听信他吗？可见声辩的机会已经没了。

更重要的是，贾宝玉的精神世界对于别人来说，就是一个暗箱。即便对贾政,也是如此。知子莫若父,但是在贾政眼里,贾宝玉就是一个好色之徒。贾府中的好色之徒不少,如贾赦、贾琏、贾珍、贾蓉等,宝玉在父亲那里,无法将自己与他们区分开来。在薛蟠看来,他们都是专在女人身上下功夫的人。贾宝玉的精神追求,和琪官的友谊,和那些女孩子的交往,在别人看来都是不正当的,今天看来那是一点也不过分的友谊。何谓不正当?就是做了不该做的事。表赠私物,是友谊的延续,有什么不正当的呢?而宝玉用情,只是为她们好,欣赏她们青春、清纯、美丽、善良,仅此而已。当然也有与女孩子的调笑,至于吃胭脂等,行为更是怪异,即得了"下流痴病"。但是,别人认为这都是宝玉要"强奸"她们的前奏——犹如强奸金钏。

宝玉的精神世界,是一个不易走进、难以接近的世界。所以,在《红楼梦》中才有"混世魔王"、"无事忙"、"痴人"等称号。

所谓痴,就是过于执迷。执迷女性,宝玉是在放弃了主子地位后与她们平等交往的,宝玉是在放弃了暴力、诱骗之后,以赤子之心真诚以待的。宝玉的兴亡之叹是青春为什么不能常驻?宝玉的心灵之忧是怎样才能常聚不散?但这些都被人们——贾府的人们忽略了。作为父亲,不能与儿子沟通,不能了解儿子的趣味与追求,可以说是贾政为人父的失职。至于因材施教,正确引导,就更是我们对贾政的奢望了。这种精神上的错位,才是宝玉挨打的真正原因。

四、板子打在谁身上?

先看王夫人。贾政情急之下,峻颜厉色,完全失控。王夫人不难从贾政极端的表情上看到贾政的"歹意"——要打死宝玉的决心。这使得王夫人马上意识到宝玉被打死后自己的命运。失去贾珠后,不仅李纨成了孤儿寡母,自己也成了孤儿寡母。贾宝玉已像一根生命的稻草,王夫人可以说命悬一线。而这一线眼看正要断掉。王夫人对于赵姨娘的心防和警惕,是不如王熙凤敏感敏锐的。那次贾环故意用灯油烫伤宝玉(贾环的目的是烫瞎宝玉的双眼),王夫人是在王熙凤的暗示下才意识到赵姨娘是最危险的。因为贾环背后的撑腰者是赵姨娘。所以,当王夫人要骂贾环时,王熙凤提醒道:"老三还是这么慌脚鸡似的,我说你上不得高台盘。

赵姨娘时常也该教导教导他。"(第二十五回)正是在王熙凤的这一提醒下，王夫人才将矛头指向了赵姨娘。这里，假如宝玉被打死，王夫人的损失，何止于是失去唯一的儿子啊！以后连赵姨娘都可以凭着贾环在她头上拉屎拉尿了。

而这些，王夫人是无法言说的。她才智平庸，无法制止赵姨娘对自己母子的加害，而贾政也是个糊涂虫。更为悲惨的是，王夫人无法平等地对贾政说。就是在这个关系重大的时刻，她只能苦苦地哀求，而这哀求对于自己的夫君可能完全没有效果：

>老爷虽然应当管教儿子，也要看在夫妻分上。我如今已将五十岁的人，只有这个孽障，必定苦苦地以他为法，我也不敢深劝。今日越发要他死，岂不是有意绝我？既要勒死他，快拿绳子来先勒死我，再勒死他。我们娘儿们不敢含怨，到底在阴司里得个依靠。

王夫人为了儿子，愿意自己被打死100遍。心疼之至，到了无以复加的地步。王夫人毕竟是贾政的夫人，难道她痛苦、悲苦，贾政自己会高兴吗？

王夫人来劝，说要与宝玉一起死，死也无怨。这话让贾政"长叹一声，向椅上坐了，泪如雨下"。这个场合里，是哭声一片。李纨听王夫人一声声喊贾珠的名字，满面泪光，呜咽不已。

其次是贾母。贾母与王夫人有相似的心路历程。不过，贾母的指责，包含着对于贾政偏爱赵姨娘的指责。贾母与贾政在言语中说："我猜着你也厌烦我们娘儿们。""我和你太太宝玉立刻回南京去！""你分明使我无立足之地，你反说起你来！"贾政，是贾母十分失望的儿子。贾母对宝玉的袒护，包含着对贾政的无比失望。对比之中，贾母未必没有这样的潜台词：我看，将来宝玉一定比你强！贾母对贾政的不喜欢，在书中是暗写的，但却久蓄心中，这时已到了不能不爆发的地步。事实上，贾政也是"一代不如一代"中的一个。

>只是可怜我一生没有养个好儿子。

第一编 观念与艺术

接着是责怪儿子根本不会教育儿子:

> 你说教训儿子是光宗耀祖,当初你父亲怎么教训你来!

这些突发之词,难道是贾母的愤激之词?不!贾母对贾政的不满,在这一回里,已溢于言表。贾母对宝玉的溺爱,符合老年人更重视亲情的普遍心理,而贾政严厉笞子又符合中年人更重视责任的普遍心理。

贾政打了宝玉,被母亲抢白。可怜的是,贾政、贾母都得忍受接下来的事实:宝玉浑身青肿,生死未卜。还是贾母先说话,她让贾政走,给他台阶下:

> 你不出去,还在这里做什么!难道于心不足,还要眼看着他死了才去不成!

贾政也有难言苦衷。教育儿子,是责任,但不能顺利执行,因为有贾母袒护。贾政的话虽是对下人讲的,但里面包含着泛论的指责:"素日皆是你们这些人把他酿坏了,到这步田地还来解劝。"

贾母为什么只爱护孙子,却不心疼儿子呢?贾政为后继乏人而犯愁,比起贾环的形象委琐、心智平庸来说,宝玉是唯一寄托、唯一希望。但是,宝玉的所作所为却让人无比失望,这次忠顺王府那长史官不客气的言语,使贾政颜面扫地。而金钏自杀,使贾政觉得辱没祖宗,改写了"宽柔以待下人"的家世传统。宝玉不仅使贾政没有了寄托,而且还可能会"祸及于我"。(关于贾宝玉和贾环的描写,在搬进大观园之前,在第二十三回中,有这样一段文字:"贾政一举目,见宝玉站在跟前,神采飘逸,秀色夺人,看看贾环,人物委琐,举止荒疏;忽又想起贾珠来,再看看王夫人只有这一个亲生的儿子,素爱如珍,自己的胡须将已苍白,……")

贾政打宝玉,既是理智之举,又是冲动之举。要打是必然,而情不自禁打重,则是不计后果的冲动。当贾政清醒过来,"自悔不该下毒手打到如此地步"。

如果深入分析贾政、贾母、王夫人的深层心理,则不难看出,虽然他们的出发点不同,有的是恨铁不成钢,有的是溺爱,有的是视为命根子,但是他们都在通过贾宝玉担心着家族的命运。一代不如一代与后继无人的阴影,是几个人共同的挥之不去的头顶阴云。正是这阴云，让个人站在个人的立场上，发生了可以说是《红楼梦》中家族成员内部最严重的言语对撞。

五、叛逆者的誓言

贾政要打掉宝玉的好色，而宝玉不是好色之徒。贾政要打掉宝玉的荒疏学业，带来的是变本加厉的袒护和溺爱。在贾母的保护伞下，宝玉在大观园中，不仅无人能管，而且身边还环绕着更多的青春艳丽的女孩子。

宝玉发誓说，为了这些女孩子：

> 我便一时死了，得他们如此（怜惜悲感），一生事业纵然尽付东流，亦无足叹息，……

就是对宝玉知根知底的黛玉也说话了。

> 黛玉说："你从此可都改了罢！"
> 宝玉回答说："你放心，别说这样的话，就便为这些人死了，也是情愿的！"

宝玉对父母是恭敬的，为何却不愿意听父母之言呢？把自己的趣味当作是信念，对于年龄尚幼的宝玉来说，而且信念如此的坚定，令人感到不可思议。

难道宝玉就是有一种天生的执拗品性？不是的。这里，作者将自己对于人生的价值信仰寄寓在了宝玉身上。但是，宝玉才13岁左右，却负担着一种新的价值观、人生观，按照一种新的价值观、人生观行事，显得有些"人小鬼大"。

就第三十三回而言，贾宝玉和贾政的情绪都到了一个极点。先是贾政看见宝玉葳葳蕤蕤，再是忠顺王府的长史官来告状，再次是金钏的自杀，居然都是宝玉所为。贾政从不觉得"有了三分气"，到"又惊又气"，到"气得目瞪口歪"，直到"气得面如金纸"，在打宝玉之前，已是"满面泪痕"。而宝玉呢？从被晴雯、宝钗抢白，到被史湘云、王夫人教训（史姑娘教训他学些仕途经济），到金钏自杀的消息传来,"五内摧伤","恨不得此时也身亡命殒,跟了金钏去"。宝玉为情而生,愿意为情而死。此时与贾政冲突,是极点与极点的对撞,宝玉可以说早已将生死置之度外。

虽然第三十三回里写的是宝玉与贾政的冲突,但是,这并不是说宝玉和王夫人之间不存在矛盾。王夫人打金钏的耳光,是对贾宝玉的间接惩罚。不能认同贾宝玉与女孩子的厮混,王夫人出于私心,使金钏付出了生命的代价。是的,由于王夫人始终将她和宝玉的荣辱与命运视为一体,使得她在和宝玉沟通时,在教育宝玉时,首先是遮丑,其次是惩戒,因而显得扭曲,难见效果。

六、冲突的性质

按西方的悲剧理论,悲剧的形成离不开冲突。《红楼梦》第三十三回的冲突是什么冲突呢?是性格的冲突,也是小人捣乱的冲突。

小人捣乱其间,形成冲突。贾环在这一回里,有小人捣乱的意味。贾环,当时是为了避祸,因为他在院子里疯跑撞上了贾政,贾政正是心情不好,所以喝住了贾环。贾环说是受到了死人的惊吓才跑的,遗祸宝玉,正是金蝉脱壳之计。这一反应,与薛宝钗扑蝶时的金蝉脱壳是相似的,贾环也没有要故意加害贾宝玉的意思,至少碰上的情景不是贾环所能预料的。贾环不是蓄谋已久,也不是主动告状,但却完成了栽赃陷害和诬告的目的,该如何解释呢?显然,贾环对宝玉的仇恨已经深入骨髓,变成了一种无意识。这种无意识深埋于生命深处,只要一有机会,只要当自己受到威胁或情景不利时,立刻就会本能地、不需要意识调节地攻击下意识中的敌人或对手。贾环貌似小人,实际上这反映的是根深蒂固的家族内的矛盾。所以,小人捣乱是表面的形式,而内在的、深层的原因,还是家族制度中妻妾矛盾、嫡庶之争的矛盾。我们知道,家族内的矛盾冲突,最终造成了贾府的败亡,是贾府败亡的内因。

忠顺王府与贾府的矛盾,也是值得关注的。在封建时代,大家族之间的矛盾,是不同政治集团之间的利益之争。忠顺王府长史官对贾政、贾宝玉的不客气言行,暗示着倾轧与冲突,这是不是导致贾府败亡的、被作者隐写的外因,不能不令我们思考。

　　说到性格，宝玉那难以被人理解的性格则是造成他挨打的重要原因。被人误解，是宝玉这种"爱红"、"爱博"的必然结果。宝玉袒护琪官，只是不愿意出卖朋友。况且，一个戏子，经济独立后置办田产赢得自由，正是宝玉的期望。宝玉和这些戏子在本质上是一类人，就是既非大奸大忠之人，又非平庸小辈遭人驱遣之人，而是法度之外的、正邪两赋的灵秀之人。在男女之间，除了性爱，还有情爱，但人们普遍认为二者是统一的。宝玉的情爱，毋庸讳言，渗透着性爱，但是又超越了世俗中所理解的性爱。正是这超越，是人们不能理解的。大多数人认为，宝玉就是皮肤淫滥之徒。甚至贾政作为宝玉的父亲，都不能理解。不能理解，但是各自又非常坚定自己的看法，所以冲突在所难免。

　　宝玉有充分的坚持自己的信念的理由，而贾政也有管教"不肖种"的权利和责任。他们的行为各有理据，难以分出谁善谁恶。

　　超越了道德判断，作者所写的矛盾冲突的深刻意义就可以理解了：

　　　　《红楼梦》里边，没有大凶大恶的角色，也没有投机骑墙的灰色人……悲剧之演成，既然不是善恶之攻伐，然则是由于什么？曰这是性格之不同，思想之不同，人生见地之不同。在为人工说，都是好人，都是可爱，都有可原谅可同情之处，惟所爱各有不同。而各人性格与思想又各互不了解，各人站在个人立场上说话，不能反躬，不能设身处地，遂至情有未通，而欲亦未遂。悲剧就在这未通未遂上各人饮泣以终。这是最悲惨的结局。在当事人，固然不能无所恨，然在旁观者看来，他们又何所恨？

　　　　　　　　　　——牟宗三《红楼梦悲剧之演成》(1935—1936年)

　　张天翼在《贾宝玉的出家》一文中说：

　　　　第33回宝玉被笞："我觉得这段描写，是全书中最悲剧性的东西。不瞒你说，我看到别的那些极惨伤的场面——甚至像晴雯之死，黛玉之死，也不及这里使我感动。"

宝玉给打得太惨了。而同时——我又同情贾政，要是我做了他，我也会把这样的儿子痛打一顿。

上文说，贾政打，有打的充分理由，宝玉以死相抵，也有充分的思想准备。宝玉挨打，充分体现了"通常之道德、通常之人情、通常之境遇为之而已"(王国维)。换言之，贾宝玉的挨打，具有不可避免的性质。

七、余 波

接下来的一回里，紧接着是宝钗与黛玉的探视。通过这探视，作者凸现了宝玉"爱博"与"情痴"的性格，以及他对这一性格的坚守。这预示了贾政和宝玉的矛盾还会存在，还会有激化的可能。

宝玉在这次痛打之后依然故我，在贾母的庇护下变本加厉，不仅不将学业放在心上，而且学会了装病、代做等敷衍手段。贾政没有征服宝玉，宝玉反而更加"恣性胡为"，这次冲突，可以说贾政不是胜家。但由于贾母的作用，使二者的矛盾延宕了激化、可能交锋的时机。

在人物描写上，前三十三回中，宝玉的"顽劣"、"玩性"一面较为突出，在宝玉挨打之前，有"恋风流、闹学堂"，"饮酒观花"，"吃胭脂"，"踢袭人"等。而在后面的叙事描写里，明显地，宝玉"赤子童心"，"颖慧聪灵"的一面得到了强化。宝玉的"爱博"渐渐转化为对黛玉渐趋专一的爱情。这爱情，依然具有叛逆性，依然不能被人理解，依然具有与世俗社会相冲突的性质。

需要指出的是，在前三十三回中，宝玉的生命已经两次受到威胁，一次是第二十五回赵姨娘让马道婆施魔魔法，差一点治死贾宝玉和王熙凤。这一次，从回目上看，是"手足眈眈小动唇舌"让宝玉历此劫难。赵姨娘和贾环的目的很明确，就是拔除宝玉这个绊脚石。赵姨娘的加害是蓄意已久的，而贾环的加害则是顺手牵羊的、移祸于人的，如在二十五回中，贾环用灯油烫伤宝玉。本来，贾环对宝玉有怨恨，情景的造成则是宝玉和贾环丫头彩霞的过分亲热所激起的贾环愤怒。

一方是欲置人于死地，一方是心无挂碍、茫然无措、息事宁人。宝玉的怕事态度，再次表现出来。

贾环和赵姨娘之所以目的明确、方向一致，在于这个矛盾的尖锐、积蓄、持久和难以排解。对于赵姨娘和贾环的挑战，宝玉的态度是不予应战。是宝玉懦弱，还是不记恩仇，超越于俗世的利害计较？不管是哪一种，都使宝玉没有将贾环看成是对手。这会不会缓解嫡庶之间的矛盾呢？你在小说后面的叙述里，可以自己作出判断。

（原载《人文社科论坛》第1辑，云南大学出版社2007年版）

宝黛爱情悲剧的一次预演
——《红楼梦》第五十七回分析

宝黛的爱情是不是《红楼梦》的故事主线呢？然而《红楼梦》却是一个作者没有完成的名著。从前八十回的描写来看，宝黛的爱情线索却是既连续发展又若有所断的。宝玉是小说中的中心人物，与黛玉的感情发展也似一条红线耀眼眩目，但是，如果把宝黛爱情的发展看成一条主线，这条主线却常常延宕。中国读者读惯了《水浒传》中林冲、武松、鲁智深等情节紧凑连贯、故事集中完整、人物性格突出鲜明——动作性强的一类小说，面对《红楼梦》这样一部传统的写法被打破了的艺术作品，人们该是怀着怎样急迫的心情来看待这一动人心魄的爱情故事的结局呢？

遗憾的是，现行一百二十回本的《红楼梦》，并不是全部出之于曹雪芹之手。有大量的事实证明，《红楼梦》没有被彻底完成（按脂砚斋的说法，红楼梦是百回大文，曹雪芹基本上完成了全文，并且脂砚斋还瞩目过全文，只是不知出于什么原因后三十回散失了）。现在红学界普遍认为后四十回是他人续补的，本世纪初胡适考证出后四十回是高鹗所作（程伟元、高鹗说，他们从民间藏书家那里先搜求到二十余卷，后于鼓担上购得十余卷，前后可以接榫，对溻漫之处细加厘剔，截长补短，遂成现在的一百二十回本），现在这一观点受到了挑战。据美国学者、威斯康星大学教授周策纵先生考证，高鹗从程伟元那里拿到书稿，可以进行从容写作的时间只有4个月，而这4个月要完成23.7万字的写作，又要照顾前面的伏笔引线，又要模仿曹雪芹的文字风格，能使后四十回成为今天的模样是难以想象的。[①]不管怎么说，《红楼梦》没有完成，宝黛的爱情线索中断了。

---

① 参见周策纵：《弃园文粹》，上海文艺出版社1997年版。

阅读《红楼梦》，我们就会关心主要人物的命运结局，特别是贾宝玉和林黛玉的爱情结局，不同于程高本的这后四十回，那么，宝黛的爱情悲剧曹雪芹是怎样设想的呢？"脂评"向来被红学界的红学家们所看重，但对宝黛爱情悲剧只说是黛玉先亡，可谓语焉不详。

那么，从前面的八十回中，我们能否了解到最终形成宝黛爱情悲剧的原因呢？我认为可以，其中第五十七回是关键。

第五十七回之前的描写是这样的：黛玉一到贾府，宝玉就与她相亲近，行则不离，卧则同榻，一个是贾母的嫡外孙女，一个是贾母的嫡孙，备受贾府权力宝塔顶上的贾母的宠爱。宝玉的姨妈携女儿薛宝钗来至贾府，薛姨妈向王夫人言说金玉姻缘的事，薛宝钗向宝玉出示金锁，黛玉流露出排他性的嫉妒之意，这是在第八回，可以说是宝黛爱情的开始。第十六回黛玉回南葬父返还，宝黛爱情遂有所定，从"误剪香囊袋"到宝玉"亲不间疏，先不僭后"（第二十回）的表白，两人互证情义，感情在恩恩怨怨中绵延、发展。第二十五回，宝玉因马道婆施巫术遭魔魇，黛玉为他祈祷，两人的爱情在众人面前渐成公开。宝玉挨打，宝钗、黛玉相劝言语有别，宝玉引黛玉为知己，对宝钗染"禄蠹"气深为不满，遂生嫌隙。从三十五回开始，宝黛的爱情虽已成熟但一直延宕，因为没有在形式上有所突破，使得二人内心承受煎熬的痛苦。特别是林黛玉在心理上变得异常敏感。

一、风波突起

爱情线索经过数十回的沉寂，让人感觉似有所断，这时，风波突起。宝玉素有"痴性"，对黛玉情有独钟，紫鹃却告诉宝玉"早则明年春天，迟则秋天"，黛玉就要回苏州老家，"终不成林家的女儿在你贾家一世不成？"这话有理有据，触着贾宝玉的病根。待宝玉从潇湘馆回去，两眼发直，口角津流，人事不知。奶妈李嬷嬷来看，大声惊呼，惊动贾府上下。

二、紫鹃的良苦用心

如贾母所言,紫鹃"素日最是个伶俐聪敏的",今天却逗引得宝玉死去活来,看来被贾母埋怨几句并罚她没日没夜地伺候宝玉几天是应该的。然而紫鹃毕竟是"慧"紫鹃,她惹起的风波,在某种程度上说是有意为之的。因为她无法忍受黛玉再痛苦下去,刻意刺痛宝玉,试看宝玉的表现。果然,宝玉为黛玉而"疯"而病,真情已袒露无余,这也把黛玉逼到了必须直接面对的地步。又是"万两黄金容易得,知心一个也难求",机会怎能错过?紫鹃劝黛玉乘贾母在,早定大事。紫鹃这样督促林黛玉,自然是一副良苦用心,但是,这大概不是让黛玉去找贾母说自己的婚事吧!紫鹃明明知道贾府上下黛玉没有可以依赖的人,没有为自己做主的人,缘何又拿这些话来惹黛玉焦躁、烦恼呢?难道她不知道自己的主人是一个性格幽闭、即使别人(包括宝玉)提起也羞羞答答、不肯承认的小姐吗?也许紫鹃是在提醒黛玉用更积极的态度与宝玉不说是结成攻守同盟,至少是少与宝玉生气或者形成一种默契吧——这可以让大观园里的人们对这一对情人的关系充满一点信心。紫鹃把伺候宝玉那几天所"刺探"的情况(即宝玉对黛玉的一片真情)汇报给黛玉,对黛玉的触动一定不小,难怪她"直泣了一夜"。然而除了哭,紫鹃的主人是不会有其他作为的。

三、贾母的态度

紫鹃惹起的风波,也把贾母将了一军。面临如此景况,贾母还是采取了一贯的鸵鸟政策。说贾母压根儿反对宝黛爱情,看来没有根据。那么,贾母是不是持赞同态度呢?也难如此看。贾母采取鸵鸟政策的原因大致如下:第一,贾母有可能对宝黛的爱情看不惯。第五十四回贾母不是借评戏的机会批评了那样一种人吗,"只一见了一个清俊的男子,不管是亲是友,便想起终身大事来,父母也忘了,书礼也忘了,鬼不成鬼,贼不成贼"。难说贾母这话不是对当时就坐在她身边的林黛玉、薛宝钗、史湘云等讲的。第二，贾母虽然处于高高在上的地位，但她能否完全依着自己的意愿行事，看来还大有问题。至少在宝黛的婚事上，王夫人、薛姨妈，以及与她俩结成一党的王熙凤，特别是贾元春的意见和倾向，贾母是不能不顾的。那么，贾母是不是倾向于有金玉良缘之说的薛宝钗了呢？看来也不是。贾母是时时刻刻操心着宝玉的婚事的，第五十回见宝玉和薛宝琴在雪中同立，就问起她的生辰八字，欲与宝玉求配。这就奇怪了！眼前有热辣辣等着的人偏不考虑，而对初来乍到的却兴趣盎然。第三，紫鹃说贾母是黛玉唯一可以信赖的人，这应该是有充分根据的，那就是贾母平日里疼黛玉还来不及，将来更不会加害黛玉。说到她与宝玉的婚事，也许贾母真的认为时机未到。

四、薛姨妈的表演

在五十七回中，薛姨妈是一个活跃人物，正可谓是进进出出、上蹿下跳、真真假假、虚虚实实了。她先是向贾母、王夫人等抹平风波，把宝玉、黛玉那明白无误的爱情表白给加以模糊，"宝玉本来心实，可巧林姑娘又是从小来的，他姊妹两个一处长大，比别的姊妹更不同。这会子热辣辣的说一个去，别说他是实心的傻孩子，便是冷心肠的大人也要伤心"。接着，薛姨妈和宝钗又来看黛玉，并向她讲述了这样一个婚姻道理："我的儿，你们女孩子家那里知道，自古道：'千里姻缘一线牵'。管姻缘的有一位月下老人，预先注定，暗里只用一根红丝把这两个人的脚绊住，凭你两家隔着海，隔着国，有世仇的，也终究有机会作了夫妇。这一件事都是出人意料之外，凭父母本人都愿意了，或是年年在一处的，以为是定了的亲事，若月下老人不用红线拴的，再不能到一处。比如你姐妹两个的婚姻，此刻也不知在眼前，也不知在山南海北呢。"

的确，薛姨妈对宝玉的婚配对象究竟是谁确实心里没底。贾母那一次当着她的面问薛宝琴（也是薛家之女）的事，不是给薛姨妈一个很明确的信号吗？实际上，这个信号薛姨妈接受了，她向人散布金玉良缘的说法至少贾母是无动于衷的，或者说是不形诸于颜色、置之不理。宝玉和黛玉的爱情在延宕，延宕的原因也许正在这里，即薛姨妈、王夫人弄不清贾母在这一件事上的态度，所以未敢贸然行事。贾母平时对宝黛的关心总是超出于其他晚辈之上，这对薛姨妈和王夫人也是一个信号，也许贾母心里已有主张。这就是紫鹃说贾母是唯一可以依赖而促成宝黛婚事的原因，这也是紫鹃说除了贾母之外其他人只会欺负黛玉的原因。

然而，薛姨妈并未因此而放弃努力。她在要把自己的女儿嫁给宝玉这一件事上可以说是处心积虑、费尽心机。薛姨妈在大观园里的活动不外有两种，一是帮自己的姑娘"拉选票"，包括金锁的自圆其说，包括对王夫人做工作等。一是干扰宝黛爱情的发展。上面的那一段"红线"说，是针对宝黛"年年在一处"而言的。这无疑是说年轻人的自定终身和私约密盟无效。薛姨妈还不死心，又把贾母给她的信号转给黛玉：贾母有意思将薛宝琴说给宝玉而无心他人——当然包括你黛玉。这的确让黛玉痛苦而失态，她差一点儿跟不上薛姨妈后面的话，"我想着，你宝兄弟老太太那样疼他，他又生的那样，若要外头说去，断不中意。不如竟把你林妹妹定与他，岂不四角俱全？"

薛姨妈这段话所表达出来的意思，如果是发自肺腑的真情义，那么谁说薛姨妈是贾府大观园中最奸巧伪善的人，可以说是缺乏论据的。可是，薛姨妈偏偏就是虚情假意。她大概料到黛玉此时只会含羞逃避或矢口否认，却没有料到半路杀出一个紫鹃来："姨太太既有这主意，为何不和太太说去？"一句话，问到了薛姨妈的痛处，狐狸的尾巴再也藏不住了。不过，反击紫鹃是不费吹灰之力的，薛姨妈倚老卖老的一句话就把紫鹃打得由攻入守，哑口无言而去。这里紫鹃虽然受了委屈，而世人却看清了薛姨妈的真面目。

这一回里，宝黛那弄得满城风雨的爱情风波，使得许多人难以安坐。薛姨妈开始由被动转为主动，她声言要管黛玉和宝玉的婚事，只是要等她闲了。而她什么时候会闲呢？恰恰在这一回里，薛姨妈指责紫鹃"急什么"之前，急着办了一件不急的终身大事，将邢岫烟说给了薛蝌，并找贾母做保山。三下五除二，薛姨妈雷厉风行地办妥了此事，真是该急的不急，不急的却急啊！薛姨妈的司马昭之心，可谓路人皆知矣！

薛姨妈的整场表演至少达到了如下一些效果：第一，缓解了宝玉"疯"闹给贾母和王夫人造成的心理压力，面对迫切需要解决的宝黛爱情婚姻问题，薛姨妈的冷处理，使得宝黛爱情关系再次延宕。第二，打击了紫鹃为宝黛爱情关系的被认可而积极奔走的热情，从而排除了妨碍自己目的达到的障碍。第三，虚意关心黛玉，骗取了黛玉的信任。

五、可怜的黛玉

这次风波，让黛玉那受伤的心再次经受箭穿的痛苦。本来，宝玉的"疯"闹，确证了他对自己的爱情，可黛玉没有来得及欢心，就被对宝玉"人事不省"的担心给击倒了。"哇的一声，将腹中之药一概呛出，抖肠搜肺、炽胃扇肝的痛声大嗽了几阵，一时面红发乱，目肿筋浮，喘得抬不起头来。"除了对宝玉的真挚爱情而为心爱的人伤心外，黛玉还知道是非是因己而起，并且是自己的丫头挑起的。黛玉寄人篱下，心理敏感，更兼这里是是非之地呢！

黛玉始终没有意识到这次事件对自己的有利的方面，当然就更不会去利用它了。即使是紫鹃的善意提醒，也没有使黛玉醒悟。不仅如此，黛玉还轻信了薛姨妈言不由衷的骗词，要认薛姨妈做妈，宝钗偏偏又不让。紫鹃的话很明白，除了贾母是不可能有人来帮她的，其他人只可能与她为敌。可惜黛玉连这一点儿觉悟都没有。实际上，黛玉是这样的一个矛盾体：一方面，她内心里强烈地爱着宝玉，多次在宝玉那里求证，却不允许宝玉直白的表达；一方面，又在现实中缺乏行动，甚至出于害羞心理也反对别人的帮助，在行动上否定了自己的心理要求、爱情要求。因此，在这一回里，紫鹃是受了莫大的委屈的。紫鹃的善意提醒黛玉骂作是嘴里嚼蛆，薛姨妈对紫鹃搞人身攻击，黛玉又说是活该。由此看来，黛玉在实现爱情目的的道路上，自己难有作为，也难以找到同盟军。

黛玉在大观园过着"一年三百六十日，风刀霜剑严相逼"的日子。这在一般人的眼里是难以想象的，有贾母的宠爱，有宝玉一日三番的探访，有丫头的伺候，温饱无虞，可以无所用心，面对大观园的良辰美景，岂不是优哉游哉！实际上，问题并不如此简单。黛玉自从寄居贾府以后，已经不是一个单纯的寄居者了，她的身份在众人的眼里，已悄悄地发生了变化。薛蟠、贾琏、兴儿不是已经把她看作是宝玉的人了吗？但是，宝黛的关系从未得到过正式认可，这就使黛玉处于进也不能退也不得的境地，黛玉的迫切愿望当然是与宝玉结成秦晋之好，可黛玉却感到举步维艰。如果黛玉和宝玉的事不成，就意味着黛玉在贾府处于十分尴尬的境地，对于一个贵族少女来说这里将无她的立足之地，而黛玉是无路可逃的……黛玉敏感地觉得这种危险正在向自己逼近。黛玉说过，一年里，她只能睡好十几个觉，可见她怎样忧心如焚。如此这般，再回头看那诗句，当不属夸张之言。

这一次，黛玉确确实实感到了宝玉的心意，而自己居然不知所措，无计可施，束手无策。环顾四周，可以倾诉、寻助、依赖的人竟无一个，怎不令人感到孤寂而悲愤呢！黛玉那么认真地要认薛姨妈为妈，不正是黛玉那颗孤独无助、渴求慰藉的心灵的反映吗？只是，黛玉还太善太嫩，把薛姨妈的表演当了真。而薛姨妈却忍心和自己的女儿一起来欺负这样一个心灵如水向她寻助、归依的姑娘。

六、被搁置的婚姻

问题越来越清楚，宝黛的爱情众所周知，而作为婚姻却被搁置了。为什么会被搁置呢？这是我们要探究的中心议题。

表面上看，贾宝玉的婚姻被一拖再拖是有这样一种说法，即贾宝玉命里不适合早婚，这是贾府拒绝别人提亲的一贯说法。可是，海面上的冰山只是海中的八分之一。巨大的矛盾隐藏在貌似平静的海平面之下。

第一，贾母与王夫人、薛姨妈在贾宝玉的婚配问题上存在着究竟是选择林黛玉还是选择薛宝钗的矛盾。这种矛盾并非剑拔弩张，而表现为一种暗暗的心理较量。如果没有贾母对林黛玉的偏爱，以及贾母对宝黛的特殊关心，那么恐怕王夫人早已在薛姨妈的唆使下定下了宝玉的终身大事。王夫人和薛姨妈的顾忌是什么呢？第二十九回，因宝黛拌嘴，贾母急得抱怨，说了这样一段话："我这老冤家是那世里的孽障，偏生遇见了这么两个不省事的小冤家，没有一天不叫我操心。真是俗语说的，'不是冤家不聚头'。几时我闭了这眼，断了这口气，凭着这两个冤家闹上天去，我眼不见心不烦，也就罢了，偏又不咽这口气。"贾母的态度是贾府上下的人都知道的，王熙凤是最爱揣摩贾母心事的人，她对黛玉的一次打趣："你既吃了我们家的茶，怎么不给我们家作媳妇？"后来又指着宝玉对黛玉说："你瞧瞧，人物儿，门第配不上，根基配不上，家私配不上？那一点还玷辱了谁呢？"(第二十五回) 这，可以看作是对宝黛关系倾向的一种反应，也不能说没有贾母的影响。王夫人、薛姨妈也是深知贾母的这种态度的，并且贾母还明确地暗示过不娶薛宝钗的态度 (她能想到刚来的薛宝琴而对久候身边的薛宝钗没有兴趣，况还有金玉良缘说在流传)，因此她们姐妹俩只能持观望、等待的态度，只是到了这一回，薛姨妈再也坐不住了，开始对弱小无助的林黛玉"大打出手"。

第二，既然贾母在宝玉的婚配问题上有弃钗娶黛的潜在倾向，那么，贾母为何迟迟不采取行动呢？回过头来考虑，贾母虽然对黛玉偏爱，但要下决心提出宝黛的婚事，恐怕也有诸多顾忌。上文我们已说过，贾母是不能把王夫人、贾元春等的意见弃之不顾的，更重要的是，贾母对宝黛关系本身的忧虑。贾母似乎看到了宝黛关系的异端性，由此对黛玉而生不满之情。后四十回续者把贾母的这种看不惯的心理表露得淋漓尽致 (红学家认为是过分了)，不能说完全毫无道理。第三十五回，贾母当着众人的面说："提起姐妹，不是我当着姨太太的面奉承，千真万确，从我们家四个女孩儿算起，全不如宝丫头。"在对实际生活的观察中，黛玉经常与宝玉生气，黛玉体弱多病，黛玉不如宝钗得人心，特别是，在贾府一代不如一代的男性子孙中，唯有宝玉是全家的希望，婚姻之事更是关系到家族的命运。宝玉崇尚自然，追求个性，不愿意走学而优则仕的道路，黛玉处处与他默契，实际上在助长着宝玉的叛逆性，而宝钗却能对宝玉的异端倾向起到抑制作用，可能使宝玉"浪子回头"归于正路。这符合贾母的愿望，符合家族的利益，也就有极大的可能最终使贾母改变自己的态度，由弃钗娶黛转变为弃黛娶钗。在程高本中，就是这种结果。应该说，程高本的后四十回对宝黛爱情的处理大致上是符合曹雪芹的原意的，至于会不会用掉包计，其悲剧会不会那么充满戏剧性则又另当别论。程高本把贾母对林黛玉的态度写得过冷，也出人所料。

我们不能认为贾母的态度是一成不变的。相反，当事体关系到整个家族的利益和命运时，个人的好恶必将退到幕后，取而代之的是对整体利益的权衡与取舍。由此看来，宝玉和黛玉的爱情悲剧，包含着诸多的社会因素、政治因素、文化因素，所以，宝黛的爱情悲剧有着深刻的社会意义，不容等闲视之。

七、宝玉的"病"

这一回是由宝玉的病引起的，我们就不能不来说一说这"病"。宝玉的病完全是一种心理病，在爱情方面，在精神上。这一点是所有明眼人一望而知的，用不着多说。奇怪的是，对宝玉的"病"，贾母和王夫人煞有介事地请来了太医院的王太医，并煞有介事地给宝玉治起了病。故事渐渐演变成一出众人欢笑的闹剧，王太医说是急痛攻心，"不妨不妨"，贾母说治不好要派人去拆太医院，王太医答非所问地说"不敢不敢"，闹得众人一片大笑，惊恐浓雾烟消云散，王太医的话真让人释然。

看来，别人关心的与宝玉的"病"关系不大。贾母、王夫人也是只愿治末而不愿治本。宝玉是贾府众目所归的一个中心，表面看来，他受长辈宠爱，在同辈中独领风骚，不要说为所欲为，就是要天上的星星也有人去摘。细读《红楼梦》，宝玉在贾府中的地位远非如此，不管在贾母、王夫人眼里，还是在贾政和其他长辈眼里，宝玉必得符合他们对未来家族利益的考虑，不符合他们的既定标准就意味着是叛逆，贾政情急之中不是已经把宝玉排在"可杀"之列了吗？这一点宝玉感受得最真切，他的生命只是这一家族用来赌未来的一个筹码，至于个人的志趣、爱好、爱情，凡不利于此一大赌的，皆须根除。

据上文分析，宝黛爱情的叛逆性已昭然若揭。既然这一爱情关系不符合家族的利益，当然就可以充耳不闻。病了就治病，心病是无人管的。贾府里的人际关系被血缘、宗法关系的薄纱遮掩、美化着，而赤裸裸的功利关系、人情冷漠只有局内人才有切肤之痛。宝玉最后离家出走，不正是冷漠的人际关系所逼吗？

八、叙述的技巧与"不写之写"的结局

在五十七回里，曹雪芹那高超的叙述技巧再次得到尽情的挥洒。曹雪芹依

然退居幕后，让人物登场自我表演，使得小说具有客观呈示的效果。所有的意趣、情致、人物心理、潜藏动机、行为后果都要靠你的细心观察、积极想象、反复揣摩、前后比较、小心论证才能获得。即便如此，由于人物语言、行为及其发出的环境因素极其复杂，使得你的理解只具有相对的意义，并不能把某一种理解看成是唯一正确的。这就使红楼梦的故事成为一个意义的开放结构，就像流动不居的生活本身一样，你看到的只是浮在表面的现象，而底层的意蕴是需要借助于你的生活经验、知识阅历、审美情趣来填充的。因此，我们不知道贾母的真正内心所想以及对宝黛爱情的评价态度，不知道王夫人和薛姨妈可以进一步落实的实际意图，不知道宝黛为什么那么软弱、听人摆布而不知反抗，不知道王熙凤在以后的情势发展中究竟会扮演什么角色。她果真是掉包计的献策者吗？所知甚少，而联想无穷。

第五十七回后，宝黛的爱情再次进入延宕阶段。在前八十回里，这是宝黛爱情的最后一次波澜。情节的延宕并不是曹雪芹的败笔，而是向读者显示了生活本身的逻辑。宝玉挚爱黛玉，王夫人、薛姨妈不能不有所顾虑；薛姨妈执意将女儿推向宝玉，薛宝钗更符合贾家的媳妇模型，使得贾母即使宠爱黛玉也不能不犹豫彷徨。各种矛盾的交错，各种心照不宣的利益较量，它们的僵持不下造成了宝黛爱情关系向前发展的停滞，而两人内心的痛苦却在与日俱增。

第五十七回里，影响宝黛爱情、阻滞宝黛爱情的各种矛盾、各种因素得到了充分的展示，而宝黛的无能为力也如历目前。各种矛盾、各种因素都在向着于宝黛不利的方面发展、演化，看来，他们的爱情难以开花结果，最终成为悲剧是必然的。对于今天的我们而言，虽然看不到曹雪芹在后数十回里关于宝黛爱情悲剧的奇妙文字了，但这悲剧却在第五十七回已确定无疑地预演了一次。

（原载《红楼梦学刊》2001年第4期，又载于贵州省红学会《红楼》2001年第3期）

红学与红楼美学
——评刘再复"红楼四书"中的美学思想

刘再复的"红楼四书"是近年来从美学、哲学研究《红楼梦》的新尝试，其功过得失急需予以及时评价。作者依据现代哲学观念对于《红楼梦》的美学分析，既有许多有价值的观点，也有许多脱离人物形象分析、脱离作品实际的肤廓之论。学界从贾宝玉形象、名著比较分析、美学思想归纳等三个方面，针对刘再复理论上的失误之处展开论争。

刘再复是我国当代有影响的文艺理论家，20世纪八九十年代曾经有《性格组合论》、《文学主体性》等著作、论文出版、发表。1989年，刘再复开始旅居美国，在国外著述繁多。2009年，他又出版"红楼四书"，即《红楼梦悟》、《共悟红楼》（与刘剑梅合著）、《红楼人三十种解读》、《红楼哲学笔记》，由北京三联书店出版。刘再复在理论上对李泽厚的主体性哲学钟爱有加，推崇备至，也试图在文学理论中推广运用，以获得创新性的成果。此前，刘再复也曾研究鲁迅，有关于鲁迅美学思想与传记专著问世。新时期伊始他写作的《性格组合论》也曾论及《红楼梦》，现在又进一步推进《红楼梦》研究，值得关注。

作为古典小说的巅峰之作，刘再复对《红楼梦》有高度评价。比如他曾说"曹雪芹身为贵族，深知宫廷斗争内幕，但他没有把《红楼梦》写成政治小说，也不把社会批判作为写作的出发点，而是选择一条呈现生命存在状态、憧憬诗意栖居的创作之路，并获得超越社会形态和超越时代的永恒价值"[1]。

---

[1] 刘再复：《天上的星辰　地上的女儿》，刘再复、刘剑梅：《共悟红楼·自序一》，生活·读书·新知三联书店2009年版。

《红楼梦》与诗性智慧

曹雪芹不是贵族，虽然刘再复一开始就在曹雪芹的身份上犯了定位的错误，但他批评《红楼梦》的政治分析，试图上升到生命哲学或存在哲学的高度重新解读《红楼梦》的意图则是明显的：寻找《红楼梦》更普遍的哲学美学意义。对于自己的研究，特别是"红楼四书"中的第一本，即《红楼梦悟》，刘再复有极高的期许，上升到了红学史的高度。如果说，一部红学史是由具有标志性的红学著作显示其历史的阶段性和里程碑的话，那么，刘再复认为《红楼梦悟》具有和王国维《红楼梦评论》、俞平伯《红楼梦辨》一样的历史地位。

刘先生在前言中有一个解题，主要是关于"悟"的解释，即他声言自己研究《红楼梦》的方法是"以心传心，以悟读悟"。这种"悟"，是对于学术、学问的超越。"我不是把《红楼梦》作为学问对象，而是作为审美对象。""我读《红楼梦》和读其他书不同，完全没有研究意识，也没有著述意识，只是喜欢阅读而已。"其实，不仅是阅读，刘再复还试图从"精神整体"上把握《红楼梦》。连续数本红学著述相继问世，也不能说没有著述意识。刘再复"给拙著命名为《红楼梦悟》，与俞平伯先生的《红楼梦辨》作一对应"。俞平伯属于文学考证派，他讨论的重点也是《红楼梦》的文本。俞平伯之所以与文献考证派不一样，也是以对《红楼梦》的文学趣味的研究——也可以叫审美鉴赏，而写出《红楼梦辨》的。

虽然是"悟"，别才别趣，不作依傍，直指文心，但刘再复先生却有明确的学术史意识的。"两百年来《红楼梦》的阅读与探讨，有三种形态：一是《红楼梦》论；二是《红楼梦》辨；三是《红楼梦》悟。"

刘再复先生所说的"论"的对《红楼梦》的研究，以王国维为代表，有哲学背景和方法论自觉，"是有观点，有逻辑，有分析，有论证"。虽然王国维达到了相当的高度，但当年写作《红楼梦评论》的缺点显然是"未能开掘贾宝玉和其他少女的生命内涵"。

"辨"的对《红楼梦》的研究，以胡适、俞平伯、周汝昌为代表，国学根底深厚，文献功夫充足。"辨""乃是指辨析、注疏、版本清理"等一番的"考证"功夫。这一派囊括的人物和成果更多，可以说包罗万象。

"论"和"辨"之外，通过"悟"，可以开辟研究《红楼梦》的"第三条道路"。"悟的方式乃是禅的方式，即明心见性、直逼要害、道破文眼的方式，也可以说是抽离概念、范畴的审美方式。"红学文献与成果积累连篇累牍，陷入其中不能自拔者，往往望而却步。挽救的方法之一是"悟"。因为只有"悟"才能"点穴"，抓住《红楼梦》的"精神之核"。选择"悟"的方法，此外还是因为"太逻辑的表达""难以充分表述自己对此巨著的诸多感受，无法尽兴"。

因为是"悟"，所以刘再复先生自谦地说自己能"点着一个穴位"足矣。刘先生夫子自道曰："阅读《红楼梦》，我大约经历了4个小段：(1) 大观园外阅读，知其大概；(2) 生命进入大观园，面对女儿国，知其精髓；(3) 大观园（包括女儿国与贾宝玉）反过来进入我自身生命，得其性灵；(4) 走出大观园审视，得其境界。"①

那么，检视一下观点，刘再复先生"悟"得怎么样呢？

一、形象分析与哲理感悟

贾宝玉是《红楼梦》的第一主人公。对他的形象塑造的把握、分析和评价，涉及对小说内容的领悟，涉及对作者匠心的体会，涉及对作品思想性质的分析。

刘先生在《论〈红楼梦〉的忏悔意识》中说："曹雪芹在小说中写了一个基督式的人物，他就是贾宝玉。他具有爱心、慈悲心，处处为别人担当耻辱和罪恶。"②

悲凉之雾，遍被华林，独能呼吸领悟者，唯宝玉也。鲁迅有过这样的论证。贾宝玉看到了许多死，许多寂寥，许多无奈，许多幻灭，所以宝玉感怀伤时、悲愤不已。宝玉确实比其他任何男性角色更有悟性。但，刘再复却想把贾宝玉往神的高位上拉。刘再复在《〈红楼梦〉悟》中的第[一二六]节说"贾宝玉

---

① 刘再复：《尝试〈红楼梦〉阅读的第三种形态》，刘再复：《红楼梦悟·自序二》，生活·读书·新知三联书店2006年版。

② 同上，第166页。

《红楼梦》与诗性智慧

身上有神性"。①他的神性体现在"他有广博的爱一切人宽恕一切人的大慈悲"。在刘再复将贾宝玉拉向偶像地位的时候,我们问:宝玉是宽恕一切人吗?在《芙蓉女儿诔》中,我们能看到,贾宝玉不能宽恕那些害死晴雯的诐奴悍妇,贾宝玉丝毫不向那些志趣不同者让步,贾宝玉并不迁就经济仕途的道路。

生活在俗世的贾宝玉,假如真的能宽恕一切人,那么他就不用出家了——他可以做现世菩萨。虽然我们不能说贾宝玉是主动出家的——在很大程度上可以说宝玉是出于无奈出家的,但归彼大荒,就是对人世的告别。这告别,含有怨愤和绝望。体验过情真,也看到了情幻情灭,今天遇到了情冷(婚后遇到薛宝钗与袭人的无情),所以贾宝玉表现得异常绝情——不辞而别,可谓情毒之极。从有情走向无情,所以宝玉不再留恋这个世界。

如果我们的这个分析是对的话,那么,还能说宝玉有大慈悲吗?他的出走,不仅对宝钗、袭人是伤害,对其父母也是伤害!后一个方面,小说中的薛宝钗早就指出过。慈悲,作为伦理评价是有立场性的,不是所有的人都对某个对象持同一评价。薛宝钗不认为宝玉是慈悲的,其他人呢?如紫鹃认为宝玉是负心人,他是黛玉之死的罪魁,与慈悲也不沾边。

刘再复说贾宝玉的"情不情"是一种"菩萨心肠"、"基督释迦胸襟",应该说符合小说中宝玉形象的品格——"爱博"。贾宝玉身上的新质,包括叛逆、博爱、赤子之心等,让这个人物迥异于中国小说中的其他主人公,确实是值得我们重视的。接着,刘再复说"从人品上说,贾宝玉却可称为极品","他的绝对的善,完全出乎天性"。②

宝玉有"绝对的善",这判断我们却难以苟同。贾宝玉是一个大家子弟,带有一些纨绔的习气,如大闹学堂、踢袭人、吃胭脂、赏花喝酒、流荡优伶等,这些虽然不是绝对的恶,但却有恶的结果或后果,这样看宝玉就不是绝对

---

① 刘再复:《尝试〈红楼梦〉阅读的第三种形态》,刘再复:《红楼梦悟·自序二》,生活·读书·新知三联书店2006年版,第77页。

② 刘再复:《红楼梦悟》,生活·读书·新知三联书店2006年版,第78页。

第一编 观念与艺术

的善。他的流氓气虽然盖不过他的赤子心，但毕竟是存在着一些不良气息和习惯的。吴宓早在1920年总结《红楼梦》的艺术成就时，就在《红楼梦新谈》中说，红楼人物塑造的一个突出特点是："至善之人，不免有短处；至恶之人，亦尚有长处。各种才具性质，有可兼备一身矣。"所以我们说，贾宝玉的形象是纨绔气与赤子心的有机统一。虽然后者是主导的一面，但缺少前一面则宝玉形象就会显得单薄，显得缺乏现实感。但是，刘再复却把他片面化了，看不到这个性格的复杂性。刘再复把贾宝玉"圣化"了，甚至是"神化"了，也可以说是概念化了。这种拔高，使宝玉的性格失去了现实性、发展性、过程性，变成了一种偶像与信仰。这种拔高，对于文学形象而言，是以损失其审美性和审美价值为代价的。

"他对林黛玉有负罪感，对薛宝钗也有负罪感。"[①]贾宝玉对林黛玉有愧，我们容易理解，说贾宝玉对薛宝钗也有负罪感，则显勉强。好在，刘再复先生有下面一段论证。

刘先生引用了第一百一十八回宝玉与薛宝钗关于"赤子之心"的争论。宝玉说赤子之心就是"无知、无识、无贪、无忌"。而宝钗却认为是"忠孝"和"救民救世"。刘再复正确地评述道：这是"贯穿全书的灵魂冲突——名教与性情的冲突，人伦本体的良知责任与生命本体的良知责任的冲突"。我们认为，正是这种冲突的不可调和，导致了宝玉的离家出走。但是，接下来刘先生却进行了如下的推论：宝玉对于宝钗指责他"忍于抛弃天伦"，不但"不答"，反而"仰头微笑"。把此看作是宝玉"对她的理解和负疚感切入其中"，"是对自己罪责的一种默认"。[②]我们认为，宝玉笑而不答，不是理屈词穷，不是让步自悔，而是感到了分歧的不可调和、决裂的不可避免。接下来的博得一第，不是难事，"走求名利无双地，打破樊笼第一关"，这是对俗世人伦的彻底了结，这是宝玉对妻子宝钗的告别，而不是对论敌宝钗的认输。宝玉以"嘻天哈地"的"疯傻

---

① 刘再复：《红楼梦悟》，生活·读书·新知三联书店2006年版，第169—170页。
② 同上，第185页。

之状"前去应考,是悲愤的诀别,而不是回归本我的释怀。

为了强拉宝玉入于"教主"的行列,将宝玉"圣化",因此这里有刘先生的故作曲解。

刘再复先生文本"细读"的功夫确实值得赞佩,抓住这一段描写,正可以看到分歧——这实际上是木石前盟与金玉良缘矛盾的继续,进而寻绎到读解文本正确渠道——冲突的必然性。但,为了先入之见,刘再复先生扭曲了认识,让宝玉和宝钗调和了。调和之后,宝玉出走的理由则出了问题。

为了强调宝玉是一个大慈悲者,刘再复接着说:"大慈悲者,总是天然地集人间大苦恼于一身"。宝玉的大苦恼是青春如何常驻,美景如何常青,瞬间的美好如何永恒。这里,宝玉要对抗的是无情的时间和万物化育的规律,显然这些东西是不可抗拒的,其悲剧性是注定的。宝玉是不是天然地集此苦恼于一身呢?小说的展开是证幻的过程,就是贾宝玉精神历变的过程。如果没有这个过程,证幻就不是证幻了。宝玉是慢慢走出来的,从顽皮走向沉重,从泛爱走向痴情,从"情不情"走向绝情,从沉醉走向幻灭。

我们常常说《红楼梦》是一出悲剧。王国维则说《红楼梦》是"悲剧中的悲剧",是"彻头彻尾的悲剧",是"第三种悲剧"——自律的悲剧。人人都有罪,人人都无罪。刘再复称赏宝玉具有担荷罪恶之心。假如我们说贾宝玉愧对人多,替他人担荷罪恶,那么贾宝玉该做什么忏悔呢?我们认为,宝玉这个情种的"至爱"都停留在"意淫"的水平上——思想的巨人、行动的矮子。忏悔依然是精神性的,担荷依然是"不动"。他甚至在金钏挨打时逃走,在尤二姐尤三姐绝命时烧纸祭奠。宝玉缺乏个性作用于社会的实践能力,人格上的不完整形成了宝玉自身的悲剧:只是等待、只能等待,而等待来的是无情的命运,爱情找不到实现的形式,与薛宝钗的婚姻因始终等待林黛玉"魂魄入梦"而貌合神离。贾宝玉在《红楼梦》中仅只停留在一个观察者阶段,尽管他是事主,但他的行动只是逃遁。小说中不仅金钏、晴雯的悲剧有罪魁,而且宝黛的爱情悲剧、玉钗的婚姻悲剧,应该说也是有罪魁的,但这罪魁却不主要是贾宝玉。刘再复说:"我们在那些伟大的作品里找不到明确的'凶手'"。我们可以说,贾政、贾母、王夫人对宝玉、黛玉、宝钗没有恶意,但他们不给子女自由选择的个性权力，或者蔑视他们的个性权力就是造成悲剧的原因。确实如刘再复所说"《红楼梦》没有世俗视角中的好人坏人之分，不把悲剧视为几个'蛇蝎之人'作恶的结果"[①]。但《红楼梦》的高明在于，写"凶手"，不是"凶手"，胜似"凶手"。

那么，刘再复先生为什么对找凶手深恶痛绝呢？"政治阅读者追究'谁是凶手'，一会儿追到贾政，一会儿追到薛宝钗与王夫人，这种追究全是白费力气。以往的佛典用因果观念解释万物万有，世界无非一因缘；今日的'红学'用阶级因果法解释万物万象，又说世界无非一根源（阶级斗争）。"[②]原来，刘再复先生是不满意对《红楼梦》进行政治学分析。原则说来，如果一部作品涉及了政治，就无法指责运用政治学的观点来分析。我们先不谈该不该对《红楼梦》进行政治分析，只说悲剧冲突问题。《红楼梦》所描写的金玉良缘与木石前盟的矛盾以及父与子的矛盾、冲突是小说发展的动力，和贾府衰败相联系，是小说发展的主要线索，虽然双方各有行动的理据，但这并不表明作者没有倾向性，取消了冲突。而这种对"至情至性"推崇的倾向性，使作者的立场明显地站在了贾宝玉和林黛玉的一方。

如果从更细致的艺术感受出发，那么我们会发现，我们不能将作者等同于主人公，包括他们的主体情怀。作家没有一股脑地将自己的思想和悲悯塞给、赋予主人公贾宝玉。宝玉有很多懵懂，不识"人情分定"，需要"龄官画蔷"给予提醒；不识稼穑艰难，需要村姑"二丫头"来示范；不识庄禅佛理，需要黛玉调教。他的纨绔气也是比较充分的。宝玉吃胭脂、死金钏、踢袭人、闹学堂等等，都是小说中比较写实性的笔墨。贾宝玉作为一个独立的人物形象，其性格的完整性、特殊性不能类比于生活中的曹雪芹。

将宝玉定位于一个护花使者，而不是教主，也许更符合小说中的艺术描写。宝玉没有救赎谁，所以他不是基督；宝玉没有度人，所以他不是释迦。人

[①] 刘再复：《红楼梦悟》，生活·读书·新知三联书店2006年版，第305页。
[②] 同上，第42页。

们注意到，小说中第九十三回《占花魁》中的秦重形象是宝玉的精神镜像。白先勇在分析九十三回宝玉观看《占花魁》时指出，正因为台上的秦重和宝玉相类，所以唤起了他的共鸣。他不看"花魁"，而注目于秦重，这同样是一个"意淫"者。"……果然蒋玉菡扮着秦小官伏侍花魁醉后神情，把这一种怜香惜玉的意思，做得极情尽致。以后对饮对唱，缠绵缱绻。宝玉这时不看花魁，只把两只眼睛独射在秦小官身上。更加蒋玉菡声音响亮，口齿清楚，按腔落板，宝玉的神魂都唱了进去了。直等这出戏进场后，更知蒋玉菡极是情种，非寻常戏子可比。因想着《乐记》上说的是'情动于中，故形于声。声成文谓之音。'所以知声，知音，知乐，有许多讲究。声音之原，不可不察。诗词一道，但能传情，不能入骨，自后想要讲究讲究音律。宝玉想出了神……"

循此描写，我们是不难看到的，宝玉更多的是"意淫"，而不是悲悯。作家有充分的悲悯意识，但小说中的人物——贾宝玉，作为被作家悲悯的对象，他不完全占有悲悯。小说人物由于处于特定的关系中，视角受"限知"的规定，感知的眼光存在着盲区。宝玉将目光专注于女性，或者带有女性特征的男性人物身上（如秦钟、北静王、蒋玉菡、柳湘莲等），没有将其他的人物和事件纳入眼帘，或者予以关注。宝玉有这样的盲区，作家不仅没有，而且也是作家表现的重点领域之一：贾珍、贾琏、贾蓉、贾瑞、薛蟠等"俗"、"浊"、"丑"的世界。他们被注定的寄生虫命运，随着大厦的倾覆，他们也是悲剧性的。所以作家对袭人、薛宝钗、王夫人、贾政等也有悲悯——虽然这些人造成了贾宝玉的绝情，是其出家的主要原因。

贾宝玉从"情不情"到"绝情"到"无情"的发展，是对地陷东南、天缺一角、人情幻灭——"情天"已破——的抗议。宝玉的爱，在决绝俗世时，既指向薛宝钗、袭人诸如此类的特定个人，又不完全停留在这一步。他体验到了人生的一种"大虚无"——以美的全部毁灭为象征。宝玉的告别表现了一种超常的"情毒"，以横眉对冷面，犹如和薛宝钗、袭人关于赤子之心的争论。从有情到无情的发展，证明的不是宝玉有什么基督精神、释迦精神，而是告别和义无反顾。宝玉的主体世界不能和曹雪芹的主体世界相提并论、等量齐观，宝玉更偏向于不能迁就、调和的情毒之极。

宝玉执于情、痴于情、困于情、绝于情，是小说中情的化身。曹雪芹如果也是这样一个走向大荒的情痴，能创作《红楼梦》吗？宝玉的"情种"形象，是作家审视的对象，作家能入其灵魂，也能出其躯壳。

刘再复写作《红楼梦悟》，并"不把《红楼梦》研究当作政治工具和夤缘求进的阶梯"，而是出于"对《红楼梦》的爱可说是一种酷爱"的热衷。"从《山海经》到《红楼梦》，中间又有魏晋风骨、唐宋诗词、明末性情"，其间所贯穿的"自由文化气脉"，"正是中国文化的未来指向"。有这段自白，我想没有人会怀疑刘再复对《红楼梦》的热爱不是出于真诚，没有人会不赞叹刘再复对《红楼梦》思想意义的开掘是一种"为芹辛苦"，没有人会怀疑刘再复试图通过《红楼梦》阐释所表露的赤子情怀的可贵。刘先生"圣化"《红楼梦》的倾向，有许多可以理解的个性因素。"在海外，有《红楼梦》放在案头，就根本不会失去故乡和祖国。"（《红楼梦方式——与剑梅的通信》）刘先生的女儿刘剑梅对父亲说："你因为拥有《红楼梦》而赢得一种幸福感和排除孤独的力量"。刘先生曾说写《红楼梦悟》是对聂绀弩先生遗志的继承，因为聂先生去世前说自己一个未了的心愿就是，想写出一篇"贾宝玉论"。正因为如此，我们郑重其事，将不同的观点奉献出来，不知是否有益于贾宝玉形象的认识和评价。

二、名著比较和价值评判

《红楼梦》在我国古典小说中，占有特殊的地位，在读者中有特殊的人群。这些特殊的人群是一群群红迷，数量巨大，热情高涨，论坛笔会，切磋交流，气象非凡。在读书界，也确实有些人是执迷《红楼梦》的，表现之一就是将《红楼梦》抬高到其他古典名著之上，通过褒贬之论，显示自己无可侵犯的纯正趣味性和神圣倾向性。刘再复也是如此。刘说："文学的金光大道就在《红楼梦》之中。"[①]

[①] 刘再复：《红楼梦悟》，生活·读书·新知三联书店2006年版，第9页。

刘说《红楼梦》是"生命之书",而《三国演义》和《水浒传》是"反生命之书"。这是他们之间的"巨大差别"[①],不可同日而语。

《三国演义》的作者确有玩味权谋、推崇权谋、启人心窦的嫌疑,而"权谋、心机最没有诗意。""其精神内涵不代表人类的期待。"刘再复先生以赤子之心对抗权谋机心,显示出去圣绝智、师法自然的庄子风范。

刘再复借鉴《西方的没落》一书中斯宾格勒所使用的概念,将《红楼梦》定性为"原型文化",因为它展开的是"中国原始的健康的大梦"。而《三国演义》和《水浒传》则"远离了本真本然的文化","是造成中华民族心理黑暗的灾难性小说","是中华民族的伪形文化"。[②]

在刘再复心目中,《红楼梦》与《水浒传》、《三国演义》不仅不是并列的,而且是对立的。"有《红楼梦》在,中国人才不会都去崇尚刘备、李逵、武松等变态英雄。"因为他们"是充满暴力、布满心机的伪英雄"。[③]

权谋,确实是中国封建文化的一个毒瘤。它之所以在今天重新被拾起,是因为当代人崇拜"成功"——实际上是"事功"而不是成功。有些人把不能成功错误地认为是自己不懂和不会运用权谋。把名著权谋化、公案化,批判权谋文化,确实是当前一些人的现实需要。有些人阅读古典名著,确实也是从"学习权谋"的主观意图出发的,目的在于要活学活用权谋。他们希望在古典名著中看到的是"权谋大全"。

读者对待古典名著的这种实用主义态度,我们需要警惕:它会有意或无意地启导我们错误地判断自己的研究对象。

从作品出发,而不是从读者的某些偏好出发,这是我们判断古典名著价值的客观立场。刘再复有后一个倾向——从读者的某些偏好出发。刘再复的论证是,《水浒传》、《三国演义》等描写了打打杀杀、滥杀无辜,描写了尔虞我诈,

---

[①] 刘再复:《红楼梦悟》,生活·读书·新知三联书店2006年版,第102页。
[②] 同上,第123页。
[③] 同上,第8页。

描写了机变权谋，描写了波诡云谲，所以会助长人们对巧智的兴趣、对权变的嗜好、对残忍的麻木，甚至因此而漠视生命。从对个体生命价值的珍惜与珍视而言，《红楼梦》确实超越了《水浒传》和《三国演义》。个性价值、个人权力以及个人的人格尊严与自由，随意地被剥夺，甚至这个问题，有没有进入作家的眼帘，等等，确实是前后两类名著之间的区别。但是，关注不同的社会问题，一个是历史问题，一个是个性价值问题——当然这是很粗略的分类，不雷同不是更好吗？——正像有的读者有历史癖一样，有些读者特别关注个人精神生活——何谓纯正的文学趣味，先不申辩。文学名著产生于不同的历史发展阶段，一部作品当然不能满足所有人的需求，但不同的作品则可能满足不同趣味的要求。

再从对权谋的描写来说。问题不在于作家描写了权谋没有，而在于作家对权谋持什么态度。认为《水浒传》、《三国演义》血淋淋，崇尚权谋，那么《红楼梦》是不是就没有这些东西呢？仔细分析，《红楼梦》也有这些东西。几十条人命，金钏死了，晴雯死了，司棋死了，等等，不也是血淋淋吗？贾雨村、王熙凤等也是枭雄式的人物，所以人们说王熙凤是"女曹操"。贾瑞、尤二姐不就是死在王熙凤那天衣无缝的权谋运用之下吗？作者一方面夸奖王熙凤是脂粉英雄，一方面又说她是笑面虎。一方面说"裙钗一二可齐家"，一方面又说"机关算尽太聪明，反算了卿卿性命"。嘲笑了那些权谋的运用者。

《红楼梦》中有没有权谋的描写呢？有的，并且有时候还很集中。刘再复先生说："一部作品的时代容量，《红楼梦》几乎达到了饱和状态"。换言之，就是说《红楼梦》是一部"百科全书"。百科中，有权谋的内容。在王熙凤"计杀"尤二姐的连环步骤里，用尽了心机和诡计，可以说是权谋大全，我们不能因此就说作者是在宣扬"计谋害人"吧。

应该说，不管是《红楼梦》还是《三国演义》，都有权谋、杀戮的描写，有的是间接的，有的是直接的；有的是间断的，有的是连续的；有的是大量的，有的是些微的。就对权谋的态度而言，有的是肯定的，也有是否定的。

由于这些古典小说都有相当的现实主义"写真实"的特点，所以作家对权谋、机心的主观态度——主要是赞赏的态度，受到所遇到的历史和现实的否定,也被真实地表现出来。他们可以得逞一时,不可能得逞一世。曹操尽管擅长权谋,也未敢弑君篡位,而司马氏家族对曹氏家族的效仿,不就是对玩弄权谋者一种强烈的讽刺和否定吗?他们耍阴谋得逞而不可一世时像英雄,但这些英雄在历史面前渺小得犹如一个棋子、一颗沙粒,他们一样有不能自己支配自己的时候,并最终被历史所决定。对于那些玩弄历史的人,历史最终嘲弄了这些漫漫时光中的可怜小丑。一生的抱负和宏图伟志,"古今多少事,都付笑谈中"。尽管一时风流或千古风流,毕竟"大江东去浪淘尽"。在"分久必合,合久必分"的大势之下,个人的意志臂膀最终拗不过历史的巨轮,权谋无法战胜历史的逻辑。由此看来,《三国演义》不是同样显现了历史的辩证法吗?和《三国演义》相比,《红楼梦》对权谋的否定更直接一些,更明确一些。王熙凤运筹帷幄,最终连自己命运都无法控制、自己的女儿都保护不了,这不是人算不如天算吗!贾雨村谙熟官场诡道后飞黄腾达,不依然摆脱不了被褫职为民的循环吗!

尖锐地嘲讽这些权变者,这样的意蕴包含其中——不仅是《红楼梦》,还包括《三国演义》和《水浒传》,还包括《金瓶梅》。因此,说《三国》、《水浒》是"权谋"、"诲盗"之书,实际上是一种皮相之论。《三国》、《水浒》写了大量的计谋,也有对计谋实施成功的赞叹,但小说的现实主义价值在于,计谋、权谋无力回天,人算不如天算,历史的规律所显示的严正法则,嘲笑了自作聪明者,他们与王熙凤一样,避免不了"机关算尽太聪明,反算了卿卿性命"的结局。就此而言,小说本身也包含着否定权谋的力量。至于说到这两部小说的文化价值,似更多体现在"豪迈英雄败亡于以奸狡无赖手段夺得天下的政客之手的悲剧描写"上,体现在作家对英雄末路的悲慨上。

我们认为,《水浒》、《三国》写的是生活里的坏女人,而不是一律说女人坏。人们容易有后一个方面的观点,是因为这两部小说没有写多少女人。艺术和生活的界限要分开。即没有选择生活里的好女人为艺术对象,不一定就是作家认为生活里没有好女人。刘再复认为"都把女人写得很坏"的论断,很容易将作家推向道德的审判台。

如果把话题扯开,我们应该采取更科学、更智慧的方式比较古典名著,不要采取贬低一个抬高一个的方式。各美其美,美美与共,不更好吗?当前,有些读者对过分抬高《红楼梦》的做法不满,我们没有必要授人以柄、落下口实。况且,在价值评判上,古典名著之间的价值,确实是不能相互取代的。

三、《红楼梦》与美学研究

刘再复先生一再强调,要把曹雪芹当"艺术哲学家"来看。为什么?"曹雪芹不把《红楼梦》写成政治小说和社会批判小说,而写成人的小说,呈现人类生存困境、人性困境和心灵困境的小说。它呈现两大题旨,一是人的尊严,二是人的诗意栖居。它为天地立的心是'女儿',立的旨是青春生命的美与尊严。"①

在刘再复看来,《红楼梦》讨论的是形而上的问题,属于哲学。所以,刘再复还说《金瓶梅》是典型的现实主义作品,与之相比,"《红楼梦》无因无果,来去无踪,自成艺术大自在"。《红楼梦》是宇宙之作。何谓宇宙之作?就是面对的是世界的最根本问题。

那么,《红楼梦》还涉及了哪些哲学问题、美学问题呢?

"我觉得,美是什么?美的本质与根源在哪里?《红楼梦》的全书已作了回答。答案异常明确:美是生命,美是青春生命,尤其是少女的青春生命。'女儿'二字,就是美的根源,美的本质。可以这么说,曹雪芹的美学论就是女儿本体论,即青春生命本体论。"②从这句话出发,围绕着刘再复的相关论述,我拟从如下几个方面进行探讨。

第一,可以说曹雪芹认为青春生命是美的,女儿是美的,但能不能反过来说,美就是女儿,就是青春生命?我们类比一个:假如我们说"蝴蝶是美的",但能不能反过来说,"美是蝴蝶,蝴蝶是美的本源"呢?

在《红楼梦》中,作者的确是把女儿放在了一个特殊的位置上,借贾宝玉和甄宝玉之口,提出了"男浊女清"说,极其类似于女尊男卑。这种价值观

---

① 《红楼梦的题旨选择》,刘再复、刘剑梅:《共悟红楼》,生活·读书·新知三联书店2009年版,第46页。

② 同上,第100页。

念,具有叛逆性质,已被许多学者论述。但是,从美的本体论出发,认为曹雪芹解决了美的本质问题,我认为有刻意拔高之嫌。曹雪芹始终没有脱离女儿的青春美、纯情美、诗情美、悲剧性的价值毁灭来赞美女儿、使闺阁昭传。换言之,曹雪芹总是没有离开具体的对象来谈美,更没有在哲学第一性的意义上谈论美。当然,这不是说我们不能提升,即提升到哲学高度来分析曹雪芹的美学思想和女性观点。那么,能不能将一个具体对象美的原因当作是所有对象美的原因呢?如果可以这样,那么我们是不是也可说"蝴蝶是美的本质或本源"呢?这种论述的荒谬性,不言而喻。

　　接着,刘再复继续论道:"他把'女儿'彻底地放在历史中心和宇宙中心的位置,完全改变男人创造历史的观念,林黛玉所作的《五美吟》和薛宝琴所作的《怀古十绝》都在说明:世界史不仅是男人的世界史,而且是女人尤其是青春女子的世界史,《红楼梦》的整个结构也都呈现这种历史观和宇宙观。"①刘再复很关注《红楼梦》中关于女儿崇拜的问题。并且上升到美学本体论,提出了女儿本体论的思想。"女子是宇宙的中心,世界的精华,美的价值源头,这是本体论。女娲石本体,警幻仙境的众仙姑是本体,是美的本质,美的根源。"②

　　《红楼梦》从女娲神话开始,作者开宗明义立意为金陵十二钗作传,男主人公又有"男浊女清"的女儿崇拜论,等等,似乎可以支持刘再复的论述。但是,刘再复有引申,引申的结论是:"完全改变了男人创造历史的观念"。一部《红楼梦》能否改变中国人的历史观尚有疑问,更遑论"宇宙观"?我觉得这段话貌似很新颖,实际上是一种高蹈之论、肤廓之论。女性在相当长的历史时期里争取的平等权利,即使到今天,平等也还是一个理想,不用说高于男性了。"完全改变"之说,也不符合小说的实际,在《怀古十绝》和《五美吟》中,作者所抒发的感情是从客观的历史情况出发的,在尊重历史的情况下,诗中透露出的依然是女性不能自主的依附地位和这种地位给她们带来的悲剧。西施是

---

① 刘再复、刘剑梅:《共悟红楼》,生活·读书·新知三联书店2009年版,第68页。
② 同上,第69页。

这样，王昭君也是这样，她们分别是美人计中的工具与城下之盟的交换物。《五美吟》中，最具主动性的是红佛，她的价值实现是主动选择了李靖，和他私奔，事后协助李靖，其个人价值依然是通过李靖的事业成功获得实现的。历史是人类的历史，人类由男人和女人组成，阴阳互依，负阴抱阳，缺一不可。刘再复要替女儿翻案，被强调的是"青春女子"。这就弱化了女子被推崇的情感力度，再次将女子的"貌"和"色"放置在人本之上，虽然这与女人祸水论观点相反，但思想方法上相类。

我们强调女人是世界、历史的创造者，不能单纯地站在男性立场上。夸大女性地位，不一定就是平等的观点。让女性承担不能承担之重，依然是没有女性本位的观念。比如，那些赞美女儿青春之美的爱情至上论者、女性至上论者的言论，是过犹不及的偏执之词，依然是男性"以我为主"的立场表达。这实际上是"男人中心"观点的延伸，这是男权主义"看"的结果，女人被摆在"被看"的位置上。

把"青春女子"看得高出于女子，高出于男子，甚至认为是她们左右了历史。这与战争因她们而起，比如和特洛伊战争欧亚之间为海伦而战的观点，似乎没有什么分别。显然，美貌海伦、青春海伦不是持续10年的欧亚战争的真正原因。如果把女性和女性的青春美貌看成是战争的原因，这和"女人祸水"论没有多大区别。

至于刘再复先生说"天地之心"是女儿，我认为意义不明。即使是放在人文学科内，这个观点都是有问题的，更遑论在自然科学中。这种观点类似于用金木水火土中水的观点，来解释世界的本体。如果说水是万物之源，那么有的人说，金是，土是，火是。能不能用女性或女儿解释美的原因，这是一道柏拉图的难题，女儿是美的，但不能说美是女儿。美是什么？从集合的概念上说：美=女儿+汤罐+竖琴+母马+n……，是无穷无尽的。其实，《红楼梦》中也写了许多青春少女不美（女儿不美）的东西。比如，薛宝钗的禄蠹气、小红的钻营机心、秋纹、晴雯的恃强凌弱（骂小红那一段）、袭人的牢荣固宠之术等。可见，曹雪芹的"女儿思想"也是驳杂的。

我们想以两个不那么令人瞩目的情烈之人为例，即龄官与林四娘，通过细读文本看看其中的含义。龄官和林四娘，是曹雪芹和贾宝玉都无比赞扬的人物。

龄官敢于拒绝为贵妃唱戏、拒绝为宝玉唱戏，龄官让贾蔷懂得自由的含义,龄官让宝玉懂得了人情分定。龄官的美,在个性独立上,晴雯也是这样的。但林四娘不具有个性独立的意义。

林四娘的美在于钟情上,到了情痴的地步:为报君恩,不惜以卵击石。"胜负自然难预定,誓盟生死报前王。"如果林四娘仔细分析形势,兵力情况,制定战略战术,那么就不会有攻其不备的突然反击,甚至会踟蹰彷徨,也就不会有反击的短暂胜利。当然,终是寡不敌众,敌人很快知道林四娘的底细,林四娘战败了。拼死一搏,是林四娘作战的特点。这有点像前文所批判的"武死战"的特点,目的是博名。"作成了这林四娘的一片忠义之志。"褒扬为报君恩而死的忠义,不太符合宝玉的思想,不太符合曹雪芹的思想。姽婳词是宝玉的应制之作,反映的不一定就是宝玉的真实思想。所以,我们说《红楼梦》对女性的观点在文本的不同位置上,前后比较是有不一致的一面的,是朱紫杂陈、陆离斑驳的,不可轻易地一概而论。即使是对林四娘以赞扬为主,其中难道就没有一点微词吗?

第二,《红楼梦》不是美学,没必要这样拔高《红楼梦》,似乎《红楼梦》可以代替美学。《红楼梦》没有解决美的本质问题,这不是《红楼梦》的什么缺憾和遗憾,而是曹雪芹不(需要)担负这个使命。

《红楼梦》没解决美的本质问题,也不可能说明美的本源。《红楼梦》中涉及美的问题,比如建立在虚构艺术基础之上(真事隐)的忠于生活的真实观,为小才微善的女子立传的人生价值观,写"千红一窟、万艳同杯"的普遍悲剧观——悲剧中的悲剧,将审美判断建立在超越世俗道德之上情感判断,等等,都是非常具体的。《红楼梦》是一部文学作品,不是一本形而上学的书。《红楼梦》的哲理性,主要表现在对佛教智慧的借鉴上,体现在对庄禅精神的体会上,表现在对生活现象(真与假、性与情、正与邪、色与空)的辩证认识与表现上。在《红楼梦》中,谈论美都与具体的美的对象结合在一起,形而上的哲学思辨、议论并不多。我们在《红楼梦》中看到的美的对象都有哪些?良辰美景+诗性人生+情烈女性……,再具体化一些,《红楼梦》中的情烈之人有:金钏、晴雯、黛玉、尤三姐、司棋、鸳鸯等。其中所包含的时空观、历史观、审美人生观等,都是需要在准确的形象分析、结构分析、意蕴分析之上才能恰当把握的,不宜拈出一个个别现象作整体概括。《红楼梦》中有这些美的具体对象,但美的

"终极原因",《红楼梦》中没有。

我们没必要在《红楼梦》中寻找美本体的思想,对《红楼梦》提出这样的要求也是不恰当的。当年胡适从《红楼梦》中寻找科学与民主的思想,不就是碰了一鼻子灰吗?《红楼梦》没有胡适所需要的"科学与民主"思想,胡适因此产生了贬低《红楼梦》的观点,也是将艺术作品的思想性和思想著作相提并论的结果。

探讨《红楼梦》的美学问题,将女儿美说成是本体论,不仅将《红楼梦》的美学研究,而且会将普通美学研究(美学原理)引向死胡同。我们的美学书能围绕着女儿、女性美来展开吗?能以女性为美学的逻辑起点吗?这种浪漫的情绪,有点中世纪骑士精神的味道。但是,骑士精神早已被堂·吉诃德证明了行不通。曹雪芹对于良辰美景的赞叹,不能说,良辰美景就是世界的本源。"女儿审美本体论"是一种比喻和比拟,不能解决科学意义上的美的本质问题。

全面研究《红楼梦》的美学思想,当然不是本文所能完成的。应该说,《红楼梦》中的美学思想是复杂的、丰富的。但要探讨《红楼梦》的美学问题,只能以艺术美为中心、以艺术形象为基础。历史上对《红楼梦》美学的探讨有许多历史的经验和教训,在深化这一问题时我们不必重新陷入另一种无实证价值的凌空之论。

在"红楼四书"中,刘再复先生有许多精彩之论,涉及曹雪芹和《红楼梦》的方方面面。由于采取了笔记的方式,所以尽情的主观抒发让刘再复无拘无束、自由舒张、挥挥洒洒,这也带来一些其他方面的问题,主要问题就是论证不足、缺乏深辩。又由于刘再复先生声言不读其他人论述《红楼梦》的著作,没有将观点建立在已有的认识成果之上,所以超越性不足,片面性更大。至于是否站在了学科的前沿,值得思考慎断。总之,其对《红楼梦》的哲理阐发和归结,具有相当强的主观性,一定程度上脱离了文本。显然,为了直达文心,即便是"悟",也应该将哲理阐发建立在形象感受与分析之上,也就是不能跳过文学分析直接宣示哲理。文学产生的首先是形象,是情感,形象和情感都不是可以和思想、哲理直接合二为一的,再说形象大于思想,情感体验大于认识。所以,如果没有较为深入的形象分析和比较整体的感性把握,任何哲理阐发都会产生强加于人的感觉。

(原载《红楼梦学刊》2010年第5辑)

《红楼梦》中石头神话的问题

中国神话的记载是零散的、片断的,比起印度神话和埃及神话、特别是希腊神话来说,它显得不够系统,似乎没有显示出史诗的性质。神话起源于人类文明的早期,当人类开始用文字将它记载下来的时候,往往受到了当时文化观念、价值观念、主流意识形态的影响。在我国,则主要是受到了儒家思想的影响。孔子"子不语怪力乱神"的思想,被普遍认为是中国神话记载不全、神话文化不够发达的主要原因。

《红楼梦》的作者曹雪芹,在小说中利用了女娲炼五色石补天的神话(见《淮南子·览冥训》记载)。作者为什么要编撰、利用这个石头神话呢?第一,我国长期将小说看成是末技小道,不给予重视,这样做可以使小说具有神话才有的神圣性,使它显豁起来,引起人们的重视。除此之外,更有暗示小说有补天的功效(《红楼梦》,揭示了中国社会缺乏创造力的问题,描写了社会发展中恶性循环的问题,并试图为摆脱这个恶性循环提出了自己的看法,即尊重个性和恢复生命自由本质的问题。这种探索却有补天意义的真知灼见。这个天,当然不是什么封建社会的"天",而是民族血脉延续的"天")。第二,借石头为叙事的主体或叫叙述者,增加小说的客观性,同时还具有象征性,使小说故事不仅具有客观呈现的性质,还有多义曲折表达(相对于单义的直接表达)的隐喻的性质。从小说后来的描写看,作者退居到故事背后,变成了"隐含叙事",而从不轻易站出来进行主观评价、好坏判断和道德说教,这就使《红楼梦》这部小说具有了不同于以往中国小说伦理化叙事的形态特征。

但是,这块石头却没有用来补天,而是三百六十五块之外多着的一块。它没有"上天"却被遗落在大荒山无稽崖青埂峰下。

那么,是它"无材补天"吗?不!作者说它经过"锻炼"之后,灵性已通。否则,它怎么会怨叹悲号呢?

这里，我们需要注意作者这样的几点交代：

第一，此石可大可小，可幻形入世。

第二，此石"历尽离合悲欢炎凉世态"。换言之，它完成了一次生命的循环，历幻后又复归于石头。

第三，《红楼梦》是被写在此石上的，所以，《红楼梦》又叫《石头记》。

第四，既然它已经被记载在石头上，所以，"曹雪芹于悼红轩中披阅十载，增删五次，纂成目录，分出章回"。

上述几点，可以让我们反驳红学研究中的如下几种观点：

第一，宝玉衔玉而生是不可能的，作者这样描写不真实，不符合现实主义细节真实的要求。既然这块石头可大可小，可以幻形，尽管书中说"衔玉而生"就是嘴里叼着一块石头出生的，但这不一定非要理解为可靠叙述不可（不可靠叙事还包括：作者让书中的一个人物通过对话说出某些隐含的、不确定的内容，但这并不一定是真实的事实。它可能受了说话人视角、情感、利害关系的限制，是不客观的）。它完全有在宝玉出生的刹那间幻形入世（不必和宝玉一样在王夫人肚中怀胎十月）的可能。要之，我们不能这样来"刻舟求剑"似地理解小说，非要考证任何一个细节是否符合生活常识不可。作者要求的不是形似，而是神似，换言之是为了神奇化叙事的需要，制造惊奇效果。这犹如中国的绘画、戏曲艺术，在审美追求上，"不过只取其事体情理罢了"——审美经验中的真实，并不拘拘于实。相反，徒有形似而缺乏灵魂写真的作品，无论中国、西方，都不被称为是现实主义文学。

香港的宋淇先生曾对概念化地理解现实主义提出过批评。"我们不必说《红楼梦》是自然主义或写实主义的小说，因为《红楼梦》并不是西洋文学的现成范畴所能容纳的。在这一点上，曹雪芹倒是和希腊史诗作者荷马相接近。小赫胥黎曾经指出：荷马之所以伟大，就是因为他有勇气将事物的整个真相全盘托出。"[①]显然，现实主义的概念使用，如果抹杀了研究对象的特殊性，那么也就失去了使用这一概念的意义。其实，《红楼梦》的现实主义命名的问题依然值

---

① 《红楼梦识要——宋淇红学论集》，中国书店2000年版，第49页。

得研究。有人说《红楼梦》不是现实主义的,因为它不像《包法利夫人》也不像《人间喜剧》,曹雪芹不像福楼拜也不像巴尔扎克。这一否定句式的逻辑令人惊诧!我们需要先反问一句的是,难道巴尔扎克像福楼拜吗?如果托尔斯泰不像他们两个,托尔斯泰就不是伟大的现实主义作家吗?要之,今天的现实主义文学概念不专指某一思潮(批判现实主义)中的文学现象,而是对在处理艺术与生活的关系时坚持真实性原则的作家和作品的总称,至于作家采用什么样的艺术手段达到生活真实基础上的艺术真实则可以有民族的区别、国度的区别、时代的区别、审美传统的区别、经验心理的区别等。如果在此基础上,根据《红楼梦》对于中国社会本质的表现,根据小说所具有的巨大的真实感和历史感,将曹雪芹归类为现实主义作家,是大致不错的,也没有什么值得怀疑。

第二,注意上述第二点,就会发现人们争论贾宝玉的最后结局是不是出家了的问题,是一个不存在的问题。宝玉被一僧一道挟走,这是宝玉的结局。那块美玉,幻形成石,复归如初,这就是石头的结局。其实,石头的结局何尝不是宝玉的结局呢?

石头故事,为我们提供了一个故事框架,使小说相对于生活成为一个撷取生活浪花的故事单元。这个"先验结构"可以使作者能够"抽刀断水",确定了艺术之于生活像舞台一般的假定性,将生活之河流的剖面能够分层次地展现出来。虽然不能说这个框架不是艺术描写的一部分,但是这个框架中的感性描写、艺术描写是最重要的。

第三,它说明了《红楼梦》之所以叫《石头记》的缘起,说明了石头是不开口的叙述者,也说明了书中的主人公不是那块在大荒山无稽崖青埂峰下的石头。第二个超现实叙事中的神瑛侍者——贾宝玉才是主人公。那么,贾宝玉和他所佩带的玉究竟是什么关系呢?我们认为,书中的贾宝玉和衔玉而生的玉即他佩带的玉具有二而一的身份和功能,贾宝玉失玉即失性,佩带玉则神采飞扬,宝玉上的"莫失莫忘"和宝钗金锁上的"不离不弃"具有"互文性"。这种互文性也说明了主人与"玉"之间的关系,作者充分显示了二者之间的隐喻关系。所以,我们不可将二者区别得泾渭分明、在两者之间划一条不可逾越的鸿沟。

书中时而说那块石头是顽石,时而又说那块石头是美玉、通灵宝玉,可见

第一编　观念与艺术

一块石头具有双重属性。表面看来，顽石意象和通灵宝玉的意象是对立的：一个是不肖种，一个是栋梁材；一个是混世魔王，一个是艳冠群芳甚至怀才不遇。二者看似对立，实际上二者之间是统一的。作者运用"背面傅粉"的方式塑造人物、叙述故事，是我们必须充分注意的一个"艺术特点"，即人物或作者的特异秉质和特异见解正是在议论纷纷的俗见和目光的背景下、底色中、视线里显影显形的。对小说的艺术掌握缺少任何一个方面的理解，都将失去对于关系的把握，都将带来研究的片面性。

第四，否定曹雪芹是《石头记》的作者。有人以此为论据，说石头（或化名石头的人）才是真正的著者，曹雪芹只是编撰者、修改者而不是原始作者等观点，这种推论不足为据。前面既然已经说《石头记》已刻画在石头上，这里作者只能是一个披阅者、增删者、编撰者。否则，叙述（或者代叙述）马上就失去了文理（就像石头失去了纹理一样）。在一个叙事单元中，作者必须将假定的对象在性质上统一起来，否则，写小说也就变成了胡编乱造。举例来说，你既然说他是一个神，就不能不让他有人所不可能有的壮举，你既然说他是人间英雄，就不能说他能"七十二变"，并且要顺着这个文理（纹理）叙述，坚持到底。

最后，我们不妨来谈一谈石头"神话"在小说中的功能。

神话，一般是对于宇宙起源、生命起源、自然现象、社会现象的幻想性的拟人化解释。石头神话来之于女娲神话，但是作者将这个故事发展了。中国古代神话中并无炼了多少石头的记载，而曹雪芹所说的多炼了一块石头，已经属于文学创作，越出了神话的范围。文学创作中对神话故事进行利用或推演发展，依然有发挥神话功能的效用。石头的历程，预示了生命在《红楼梦》中轮回，也包含了对于一定人生观的体认。那么，作者所体认到的人生观是什么呢？第一，生命是永恒的。既然生命在神界、凡界有不同的形式，那么生命的代谢不过是其形式的自我转化而已，它在一个地方消失了，而又在另一个地方出现了，并不是彻底化为了乌有。而一个轮回正好是作者结构故事开端和结尾。这里，作者展开了生活无限性和艺术有限性的关系，作者不过是采用了一个具体和个别展现了一般和普遍。所以，《红楼梦》虽然写的是一个家族的故事，我们不能仅仅将它看成是一个家族的故事，而实际上是对于中国社会的景观"微缩";虽然写的是宝黛的爱情故事,我们却要透过爱情看到其复杂社会时代背景和民族文化心理。第二,既然作者(或石头)超越了生命的生死,可以俯瞰前生今世未来,那么,作者也就获得了和"上帝"一样的俯视视角,可以在更广大背景下来审视芸芸众生,进而引发人们对社会人生进行理性思考和把握。

脂批中说"无材可去补苍天"是《红楼梦》的"书之本旨"。多数人将它理解为是作者的忏悔之情,而李希凡也认为此话关乎《红楼梦》的主旨。不过,李希凡认为这恰恰不是作者的忏悔之言,而是作者的愤激之言。"无材补天的悲愤,概括了《红楼梦》的主题。对于封建制度的'苍天',充满了愤怒、诅咒和仇恨,对被毁灭者,却唱出了热情的颂歌。在封建社会里,做一块不同流俗的顽石,虽然造成了曹雪芹一生坎坷遭遇的悲剧,却体现了作家的孤傲不屈的精神。"[①]"顽石的自我褒贬、自我嘲讽,表面上是抒发着对'天'道不公的不满和牢骚,实际上又是象征着、隐喻着对现实黑暗的愤懑与控诉。"[②]从文本分析来看,作者将顽石写得灵性已通,晶莹剔透,将宝玉写得神采飞扬,不仅艳冠群芳,而且赤子情深,确有赞美之意。"世人皆醉我独醒"和"谁解其中味"的愤慨和孤独,作者确实感怀尤深。在理解《红楼梦》的主旨时,我们认为这是值得重视的一极,因为在价值学的意义上它是最积极理解小说意蕴的一种方法。

与石头"神话"相连的是另外一个问题,即神瑛侍者与绛珠仙草的故事与前一个"神话"故事的关系问题。有些人将这两者都看成是"神话",并且看成是不相容的。我们不同意这种观点。首先,"十年删改"作者没有将石头"神话"改掉,就说明石头在小说中是一个不可忽视的意象,具有特殊的叙事功能。沈治钧在《红楼梦的成书研究》中认为,尽管"从版本角度看,石头的叙事功能在逐渐弱化"[③]。但是,它依然有这样两个功能:"一是追求新颖别致

---

① 李希凡:《悲剧与挽歌》,《红楼梦艺术世界》,文化艺术出版社1997年版,第3页。
② 李希凡:《"神话"与"现实"》,《红楼梦艺术世界》,文化艺术出版社1997年版,第27页。
③ 沈治钧:《红楼梦的成书研究》,中国书店2004年版,第81页。

的叙事效果；二是扩充和加强对贾宝玉形象的塑造。"①我认为，石头叙事的存在，一方面弱化倾向反映了我国古典小说向现代叙事转变时的不成熟性和不坚定性，另一方面，其不能删掉毕竟显示了小说叙事的多元化倾向。完全去掉一个神话，使内容很统一，小说就变成了单一的直接表达，而不是多义的曲折表达，小说的意蕴就不再是意蕴而只是"意思"了。消除矛盾的方法是逻辑的方法，不是小说叙事的方法；黑格尔说："艺术家创作所依靠的是生活的富裕，而不是抽象的普泛观念的富裕。"②我们可以接着说，推动小说情节发展的力量是情感不断蓄积、酝酿、醇化、交错、高潮化的力量，而不是逻辑推理、概念纯洁化的力量。正是前者，而不是后者，正是"情本体"而不是"理本体"产生了艺术作品的意蕴。那么，究竟什么是"意蕴"呢？"艺术作品应该有意蕴，也是如此，它不只是用了某种线条，曲线，面，齿纹，石头浮雕，颜色，音调，文字乃至于其他媒介，就算尽了它的能事，而是要显现出内在的生气，情感，灵魂，风骨和精神，这就是我们所说的艺术作品的意蕴。"③其次，说顽石故事和神瑛侍者的故事是神话，这是不准确的。准确地说，这两个故事都不是神话，我认为只能叫做是超现实叙事。如果这样定位，那么太虚幻境的问题也就解决了。因为太虚幻境不是神话，引者也不必每次引用时在神话上加一个引号。第一个故事是作者借了神话的缘起，而内容却是作者敷衍演绎的，第二个则完全是为了象征宝黛的爱情关系而创作的，在小说中是甄士隐的一个梦。个人创作性质的艺术作品，与民族文化集体记忆的神话不能等同，艺术作品的产生是作家的在一定民族文化背景下的书面写作，而神话则是特定民族形成时期口头流传的史诗性叙事，两者之间有不可混淆的界限。我们这样讲，是为了让人们能更清楚地理解文学创作与神话的关系，而不要轻易地将范围确定、功能特殊的神话给泛化，引起人们

---

① 沈治钧：《红楼梦的成书研究》，中国书店2004年版，第88页。
② 黑格尔：《美学》第1卷，商务印书馆1979年版，第357页。
③ 同上，第25页。

的误解——认为神话什么时候都可以被创造、什么故事都可以叫神话。既然二者都不是神话，也就没有了二者相容不相容的问题。更进一步地讲，即使是作者使用了两个完全不同的"神话"来描述小说的主人公，也是没有什么不可的。从叙述学的角度讲，一人双谓或多谓的现象在《红楼梦》中比比皆是；从创作学的角度讲，个人创作性质的艺术作品其作者有权力自由使用各种文化遗产（包括神话传说和民间故事）来表达自己的思想和情感，况且在小说中，作者已经将石头历幻和宝黛的爱情故事作了完美的、有机的融合，并不存在思想或形象上的巨大裂痕。

2004年12月改定

（原载《河南教育学院学报》2004年第3期）

艺术的假定性类型与《红楼梦》的超现实描写

胡适在20世纪20年代的时候，曾用"自然主义"来评价《红楼梦》，认为它的写法是"老老实实"的"自叙传"，写了一个"树倒猢狲散"的家族衰败的悲剧故事。50年代红学大批判的时候，胡适将《红楼梦》定位为自然主义的说法受到了猛烈的抨击，认为这是对《红楼梦》的贬低。光阴荏苒，时过境迁，我们来重新考察胡适的说法，不能不有所新发现。因为，从胡适一生的言论看，它对于《红楼梦》作"自然主义"这样的评价和定位，并不是要贬低《红楼梦》，相反，胡适用这些概念还包含着赞扬《红楼梦》的意思。因为胡适认为中国传统文学多是"瞒和骗"的文艺，多是先验概念即"文以载道"的产物，缺少正视社会人生的写实文学和传记文学。像胡适对于易卜生的推崇一样，那时自然主义和写实主义的混用，说明胡适把《红楼梦》看作是区别于中国传统文艺，甚至可以和西方现代文艺相通的一种全新的小说类型。新中国成立后，人们又普遍认为《红楼梦》是一部伟大的现实主义作品。对于《红楼梦》的现实主义定位，在那个特殊的历史时期，意味着对《红楼梦》崇高地位无与伦比的肯定。本来，《红楼梦》在中国传统文人知识分子中就享有较高的地位，而新中国成立后由于这一肯定，《红楼梦》享受到的殊荣就更不是其他名著所能比肩的了。

新时期以来，对于《红楼梦》现实主义的创作方法，有些人提出了一些质疑。于是，《红楼梦》是一部象征主义、浪漫主义、"象征现实主义"[①]、超现实主义作品的观点纷纷推出，一时令人耳目一新。从多个角度和方法去观察《红

---

① 这一提法见周思源：《红楼梦创作方法论》，文化艺术出版社1998年版。

楼梦》的多种艺术成分，无疑可以深化我们对《红楼梦》的认识，应该说这是一个历史的进步。那么，为什么会产生上述这些看法呢？发生转变的主要原因是，教条主义的思想作风严重地窒息着红学发展，人为设置雷区造成了极大的时代局限性。显然，仅仅用恩格斯关于世界观与创作方法的矛盾、细节真实、典型环境、典型人物的现实主义理论难以完全说明和概括《红楼梦》的叙述风格和艺术成就。当然，也包括当时思想解放的冲击波，人们不能忍受将现实主义定于一尊的文学"专制"。但是，这也产生了一些混乱，《红楼梦》究竟是不是现实主义？尽管人们普遍承认《红楼梦》中有浪漫主义、象征主义、神话、梦境、巫术等成分，但人们还是难以接受《红楼梦》不是现实主义作品的结论，从总体上、形而上的精神把握上，人们还是认为《红楼梦》是一部伟大的现实主义作品。

　　显然，用教条主义的"现实主义"已经不能解释《红楼梦》了。现实主义文学概念的本身发生着变化。新现实主义、大现实主义(卢卡奇)、技术现实主义(布莱希特)、无边的现实主义(加罗蒂)、心理现实主义、魔幻现实主义(南美)等[1]，这些提法的出现，不仅说明现实主义本身在不断地发展，而且说明现实主义概念的内涵和外延都在发生着变化，即人们把凡是能够加深、强化、提高对于社会历史人生感受、体验和认识的文学作品，凡是给人以巨大真实感的作品，把凡是突破教条束缚和模式化的作品一律称之为现实主义。显然，《红楼梦》无论是在文化、社会、政治、宗教、历史、人生、民族心理等方面上的认识价值是无法抹杀的，并且随着时代的发展其各种价值将日益彰明。

　　《红楼梦》产生于东方文化的土壤中，用西方的文学范畴体系很难给予全面而合理的解释。比如，在细节真实上，曹雪芹的处理和西方的福楼拜、左拉、巴尔扎克等是完全不同的，福楼拜等对于细节真实的讲究达到了可以用实验验证的高度，但同样是现实主义大师的曹雪芹却并不是如此。譬如，《红楼梦》中曹雪芹是这样描写尤三姐自杀的：尤三姐听说柳湘莲找贾琏退亲，从里

---

[1] 关于现实主义的种种提法见程代熙：《时与潮》下卷，当代中国出版社1997年版，第678页。

屋拿着柳湘莲相赠的雌剑,"出来便说:'你们不必出去再议,还你的定礼。'一面泪如雨下,左手将剑并鞘送与湘莲,右手回肘只往项上一横。可怜'揉碎桃花红满地,玉山倾倒难再扶',芳灵蕙性,渺渺冥冥,不知何方去了。"(第六十六回)这种描写是很笼统的,细节上推敲也是有问题的。著名作家王蒙写道:"柳湘莲把鸳鸯雌雄剑赠给她做定情之物,后来柳湘莲悔婚退婚,尤三姐一激动,说我把剑给你,顺势往脖子上一抹,立即倒地,死了。让人看了觉得不太可能,因为自杀也是不容易的。'文革'中有人自杀拉断了气管,原先我以为人拉断气管会死,其实人死不了,而是在脖子上冒泡儿,三天都不会死。医生有时为了抢救病人还要通过割断气管直接往里输氧。割断动脉人才会死,人的动脉在什么地方?如果没有学过解剖学的话,一刀拉下去,手再一软,人不会立刻死,一小时之内死不了。柳湘莲很有武功,他援助薛蟠大战土匪获胜。尤三姐自杀时,柳湘莲、贾琏两个男性在旁边,他们看着竟连个鱼跃扑救的动作都没有,描写死前挣扎的话一句也没有,宰一只鸡也不能这么容易。再说柳湘莲把剑作为结婚的礼物送给尤三姐,磨得那样锋利,不是作为装饰性的如练武的太极剑那样,而是到了吹毛断玉削铁如泥的程度,这不可思议。"[①]王蒙认为,尽管《红楼梦》中有虚构、细节描写失真、主观色彩、幻化等,但"一般我们称《红楼梦》是部现实主义的著作大致是不差的"。

  曹雪芹并不追求艺术经验向生活经验、艺术真实向生活真实的还原,虽然曹雪芹说"至若离合悲欢,兴衰际遇,则又追踪蹑迹,不敢稍加穿凿",但《红楼梦》没有将细节真实当作是艺术创作的旨趣。在总体风格上《红楼梦》的叙事是偏于诗化的,它没有被生活的真实所钳制,灵动跳跃的叙事,遵循着情感真实的逻辑,依然给人巨大无比的真实体验、无可替代的认识价值。周思源在《红楼梦创作论》中曾经提出一个问题,《红楼梦》中是否存在着大量的非现实主义成分?为什么会长期忽视这些非现实主义成分的存在?也许仅从创作方法的角度,已经不能解释《红楼梦》本身的复杂性了。如果说《红楼梦》所带给

[①] 王蒙:《双飞翼》,生活·读书·新知三联书店1996年版,第294—295页。

我们的真实性是无可怀疑的话,那么,我们需要了解一下《红楼梦》是如何赢得真实性的。这里,我们试从艺术的假定性的角度,来谈谈《红楼梦》的超现实描写之于艺术真实性的意义。

什么是艺术的假定性?实际上就是一种"约定",是作家与读者、演员与观众之间建立在一定的审美经验基础上、为了达到艺术真实的而设置的桥梁。在现代,人们用主体间性和文本间性来说明这种"桥梁"的特点。现实主义艺术的假定性特点是什么呢?现实主义就是按照现实时空关系和过程来展现事件客观性。过去对于现实主义最表象的理解是"按照生活本来的样子"去描写,据说这是由文学的反映本质所决定的。但是,有人"按照生活本来的样子"去描写了,却不能成功。于是,反过来责怪反映论(哲学意义上的反映论不能代替创作论,这应该是文学理论中的一个常识,但却容易被忽视)。其实,"按照生活本来的样子"去描写就能达到艺术真实的神话,早在法国古典主义时期就被打破了。那时的法国古典主义理论家布瓦洛曾说,"有时候真实的事演出来可能并不逼真"。实际上,生活里大家常常说的,"按生活本来的样子"去描写,是一种艺术假定。要想充分地了解它,还必须从艺术的假定性类型出发。

一般地说,叙事艺术的假定性有两个类型[①]:

一是常态类型的艺术假定性。"按照生活本来的样子"去描写,在处理时空顺序、过程、位置时和日常经验相吻合。它对于生活的再加工、遴选、组合虽然是强化的却同时又是隐蔽的,以符合事物的客观性为特点,通过形似达到神似,从而造成像生活本身一样真假难分、身临其境的纪实效果。

二是特定类型的艺术假定性。如寓言、象征、幻想、神话等,它是突破了物理的真实、表象的真实,乍眼一看,就能发现其虚假,如动物、植物会讲话,人会变成各种各样的物体、会变成无所不能的神等等。这类假定性在形神关系上是离形得似,在对日常经验的冒犯中,造成陌生化和惊奇效果。它给人

[①] 此处对艺术假定性的类型划分采用了钱中文先生的观点。钱中文:《艺术假定性的类型和文学的真实性形态》,《现实主义与现代主义》,人民文学出版社1987年版。

的突出感受是不合理处有合理、不合情处亦合情。

《红楼梦》为了达到高度的艺术真实，这两种艺术的假定性都有运用，可以说是第三种类型，即上述两种艺术假定性的混合，我们姑且把它叫做混合形态的艺术假定性。总的说来，《红楼梦》的描写是按照生活中的一般经验、时空关系的一般顺序来描写的。如先由冷子兴向贾雨村也就是向读者介绍贾府及其中的主要人物，然后再由贾雨村带林黛玉入贾府，贾府的故事展开时也由季节的春夏秋冬、人物的由小到大、心理活动的由外到内、情节发展的起承转合来描写的，这类描写给读者的主要印象是这是一个真实的、由盛到衰的家族故事。似乎是记录了一个实际发生了的故事和事件。这样的描写和叙述，尽管作者一再强调是"假语村"言，但还是迷惑了不少历史上的研究者和读者，他们坚持《红楼梦》是写"明珠家事"、"顺治皇帝"出家的故事等。这类索隐派的红学研究，上世纪初胡适曾给予有力的痛击，这里恕不赘述。

除此而外，《红楼梦》中还有大量的超现实描写，如关于石头的神话故事、绛珠草的还泪故事、贾宝玉梦游太虚幻境、可卿托梦、马道婆巫术应验等。关于《红楼梦》中的这些超现实描写，我们主要依据个别个例，从特殊形态的艺术假定性来分析。

首先，艺术家的描写可以不完全按照科学态度来展现生活、塑造人物、安排情节，而是可以根据当时人们的日常生活的一般经验，包括在我们今天看来是迷信的观念来写作。因为审美经验不等同于科学经验，审美经验包含着日常经验。实际上就是用现象学的真实代替科学认知的真实，用幻觉的真实代替、强化日常经验的真实。这类描写我们很难断定作家是不是迷信的，或者说作家是在宣传迷信，但有一点我们可以断定，即艺术家采用了生活经验的形式，采用了更容易为一定时代的读者所接受的方式，为一定的艺术目的而服务。马道婆施巫术、凤姐宝玉应验就可如是观。从今天科学的观点看，这是不可能的，也是虚妄的。但是，人们却拿来用它来解释生活中难以理解的生活现象和人的精神现象。《红楼梦》中马道婆所施行的巫术在中国社会中有相当大的普遍性，《红楼梦》中的这一情节，最容易让我们联想到康熙朝大阿哥对太子的手段——魇魅巫术。太子作为储君的性情暴躁、行为失常等等反常举动好像是验证了巫术施行的效果。不用说,日常思维中遗留着原始思维,而原始思维的互渗律、神秘联想依然支配着人们对于吉凶祸福的预感趋向和因果认识。当然,在今天的科学思维看来,这些吉凶祸福的因果关系是错误的,但是即便如此,在今天的特殊时刻甚至是日常生活中人们还是将专属于自己的东西如名字、生辰、头发、影子、相片等,看作是与自己甚至自己的身体、灵魂、病祸、命运有着特殊的联系,甚至是直接的联系。在古代,人们更相信有些人是有特殊能力——拥有魔法的,他们所操作的某种仪式既是一种特殊的权力,又具有特殊的效力。符号——仪式——效果之间的偶然联系,被当作是魔力的发挥和必然应验,它以超验的因果代替、超越生活中的必然因果,而这些联系的偶然应验强化了这种神秘联想。施巫术者在刻有、写有生辰八字的木头人或纸布人头上或胸口上插上铁针,念以咒语,巫术即可发生作用。曹雪芹没有具体地描写这一过程,但却从凤姐宝玉的应验上暗示了整个过程。

"这里宝玉拉着林黛玉的袖子,只是嘻嘻的笑,心里有话,只是口里说不出来。此时黛玉心里也有几分明白,只是自己禁不住把脸红涨起来,挣着要走。宝玉忽然'嗳哟'了一声,说:'好头疼!'林黛玉道:'该,阿弥陀佛!'只见宝玉大叫一声:'我要死!'将身一纵,离地跳有三四尺高,口内乱嚷乱叫,说起胡话来了。……只见凤姐手持一把明晃晃钢刀砍进园来,见鸡杀鸡,见狗杀狗,见人就要杀人。众人越发慌了。周瑞媳妇忙带着几个有力量的胆壮的婆娘上去抱住,夺下刀来,抬回房去。……曾百般医治祈祷,问卜求神,总无效验。……合家人口无不惊慌,都说没了指望,忙着将他二人的后事衣履都制备下了。……赵姨娘、贾环等自是称愿。"(第二十五回)

王夫人和赵姨娘的矛盾、贾宝玉和贾环的矛盾实际上是嫡庶之间的矛盾,一个家族内部的矛盾斗争达到了你死我活的地步,《红楼梦》中的描写不多,但是通过这一笔将它们毫无遗漏地暴露了出来,这样的描写除了可以避免情节的平铺直叙、收到一波三折的效果外,还撕去了往日笼罩在礼仪之家表面温情脉脉的虚假面纱。需要指出的是，艺术家在描写这些荒诞事件的时候，也是现实人物与故事的再次展开和延续，宝玉的反应和凤姐的反应完全不同，他们各自的反应又是各自性格的展现，宝玉在疯痴状态下说出了心中的郁结，展露出对于林黛玉的一片真情，而凤姐平日嬉笑怒骂的泼辣与不可一世的张狂也得到了充分展示。尽管是不可能发生的事，但事件的不可能中却蕴涵了性格的可能与逻辑。这说明假定性的运用，不等于胡编乱造，不等于为所欲为，它是小说所描写的人物与故事的逻辑发展。至于说到艺术作品的认识价值，有些人认为只有那些对于生活的正面、正确反映才有认识价值，而我们认为，艺术的认识价值不等于科学价值，艺术对于生活的反映具有感性特征，而这种感性特征在认识价值上有全息性、原生性、原态性，诸如像这一类的迷信情节是对于当时人们普遍的迷惑认识的反映，反映了生活中人们的信仰形式，它所具有的民俗学、历史学价值是难以估量的。

其次，艺术家的描写可以用想象的真实或情感的逻辑代替现实的真实，作为对于生活经验强化的形式，诸如神话、荒诞等满足了人们在想象中把握现实对象的要求，实际上就是用虚构的真实代替、强化生活的真实。林黛玉绛珠草的还泪故事就可如是观。宝玉和林黛玉的爱情故事带有"天情"的成分，他们一见钟情，似乎是前世因缘。作者在第一回有这样一段描写："只因西方灵河岸上三生石畔，有绛珠草一株，时有赤瑕宫神瑛侍者，日以甘露灌溉，这绛珠草始得久延岁月。后来既受天地精华，复得雨露滋养，遂得脱却草胎木质，得换人形，仅修成个女体，终日游于离恨天外，饥则食蜜青果为膳，渴则饮灌愁海水为汤。只因尚未酬报灌溉之德，故其五内便郁结着一段缠绵不尽之意。恰近日这神瑛侍者凡心偶炽，乘此昌明太平朝世，意欲下凡造历幻缘，已在警幻仙子案前挂了号。警幻亦曾问及，灌溉之情未偿，趁此倒可了结的。那绛珠仙子道：'他是甘露之惠，我并无此水可还。他即下世为人，但把我一生所有的眼泪还他，也偿还得过他了。'"在《红楼梦》后来关于宝玉与林黛玉爱情的描写中，他们的感情是超越了世俗的、超越了功利的、超越了生死的，仿佛这感情不能容下半点杂质，表现得是那样的单纯、那样的真挚、那样不可更移，尤其是林黛玉。但是，林黛玉的感情表现却是以怨、以怒、以屈、以狭表现出来的,至少给贾府中其他人的印象是两人不能结合,因为由怨生恨、由狭生怒、由爱生悲必然导致两人今后生活的不幸和难以善终,以至于果真有一些读者被情节的描写所蒙蔽,认为是宝玉和林黛玉的感情性质不现实,宝玉应该爱薛宝钗。作者也许是为了提醒读者认清究竟什么是爱情,所以需要在阅读故事之后回溯到这些描写——绛珠草的神话故事才能了解。林黛玉可以为爱而生而死,这里的神话故事强化、昭示、提高了她的情感的性质和逻辑发展。固然,宝黛的爱情悲剧有两个人个性上的原因,但是作家的批判目的是指向造成这个悲剧的社会、文化、制度和民族心理的方面。显然,作家这样描写,并不是为了验证前世因缘,而是为了提供一份最真挚、最天然、最向往自由的感情在中国社会文化背景下的悲剧遭遇的摹本。也许,通过这些,可以突出地反映中国社会、文化、家庭等制度的病根和痼疾,以及它们与自然人性的敌对性反人性。

再次,艺术家的描写用游戏的真实代替生活的真实,使对生活的认识可以达到哲理的高度。实际上就是用设定的真实代替、强化生活的真实,但这不等于是概念化或主题先行。石头的神话,预示了小说的故事框架,预示了小说主人公的命运结局。有人说,石头的故事就是《红楼梦》小说的主题,即看破红尘、无为出世的色空观。我们不同意这种分析原因是因为作者没有看到作品感性的描写部分。我们认为主题不能光看作者在创作之前、之中、之后的宣言,而且还要看作者在作品中的"写什么"和"怎么写"。作者对于良辰美景的留恋赞叹、对于女性美的热情赞扬、对于纯情美的执着追求,对于人世丑恶的抗议、对于扭曲人性的文化的批判又反映了什么呢?那么,究竟怎样来看作者带有设计性的前置意图呢?现在再来看一看石头的故事。宝玉本来是补天之材,但在现实中却一无所用;宝玉是外界之物,来人世无非是在"红尘"中"历尽离合悲欢炎凉世态";宝玉在外为石头,在世为宝玉,在外灵性已通,在世则被视为痴呆;宝玉又戴在宝玉的脖子上和胸前,失则成为无根的生命——形若槁木、人事不省,得则成为丰神迥异钟灵毓秀——艳冠群芳、众星环绕。石头——宝玉——玉佩,真(甄)宝玉——假(贾)宝玉,使小说构成了回环之链,将神界——凡世——府外(甄家)勾连起来,从而造成了真真假假、亦真亦幻、扑朔迷离的艺术境界。但丁在《神曲》中，运用了天堂、炼狱、地狱之说，地狱是人世的活现，作者可以在这里将自己对现实的批判用感性的图景显现出来，从而赢得理性的力量。《红楼梦》的巨大的感染力量在历史上是有显著记载的，这主要是因为作者的感性描写显现了生活本身固有的悲剧力量，但是作者的目的很难说是为了让读者无限制地感伤，虽然我们还不能说这出悲剧的目的是让读者振奋起来，改造社会人生，但是作者先入为主的悲剧宣示，有助于读者从真实的故事情节中摆脱出来，仿佛作者只是在强化一种生活观念，这种运用艺术描写方式的强化，带有游戏的性质，如作者在写宝玉撰《芙蓉诔》的情节中，刚开始是《芙蓉诔》内容中所反映出来的宝玉悲痛欲绝的，但很快演变成宝玉与林黛玉之间关于用词的玩味和推敲，一片愁云早已烟消云散。西方当代的戏剧家布莱希特认为，艺术家、表演者要在艺术进程中不忘提醒和唤起读者、观众的理性态度，不让读者沉溺于感官的刺激和感性的感动，通过距离感，造成审视的态度，从而使两者之间能顺利地完成对于剧目的表演和欣赏。我们不能说曹雪芹有这种意识，但是，神话故事的先验提示和故事情节的亦庄亦谐，显然有这种效果。那么，这样的描写还有没有另外的效果？换言之，作者的这一笔是不是多余的呢？神话，马克思曾认为是人们借助于幻想和想象的对于世界的把握，想象力——这是人类的主体能力在一定的社会实践的基础上高度发展的结果，没有想象力就没有神话，而在艺术中，人类的想象力又得到了集中的表现。那么，在《红楼梦》中除了这可以证明作者伟大的想象力之外，还说明了什么呢？神话的掌握，就是以浓缩了的形式对于生活的一个完整过程的掌握。在生活中，生活之流犹如曲折蜿蜒的长江大河，波涛汹涌、绵延不绝，极目望去，茫无涯际，渺无止境。但是艺术把握生活时，却要将生活看成是一个有始有终的整体——往往用富有哲理意味的故事来概括生活，那么，神话的叙述是否起到了这样的一个作用呢？

综上所述，关于《红楼梦》中的超现实描写的作用总结如下几点，一是超现实的描写使艺术真实超越了生活的真实，从而在更高的层次上实现了对于生活和人生本质的揭示。二是超现实的描写使情节的发展，出人意料，跌宕起伏，摇曳生姿，并造成了陌生化的惊奇效果，增加了小说的可读性，激发了读者的想象力，调节了欣赏中感性"入迷"与理性"出悟"的关系。三是超现实的描写可以将作者的意图和创作思想直接地显现于读者面前，造成一定的间离效果，让读者沉浸于故事人物的悲欢离合之时，不忘理性地审视自我、调节自我，不忘领会这样描写的意义。换言之，即以审美的态度看待艺术作品的全部叙述和描写。如果说《红楼梦》是现实主义的，那么《红楼梦》的现实主义颇有令人揣摩回味的现代意味。

2001年3月25日

2005年7月15日修改

（原载《艺术与审美——艺术美学论集》，中国文联出版社2001年版）

脂砚斋批语的语体特征

脂批是脂砚斋研读《红楼梦》时的"幻出幻入"之文，是"幻笔幻体"。所以，它的考证价值须严格定位。脂批可以在研究《红楼梦》时发挥重要的积极作用，也会给《红楼梦》阅读带来负面影响：脂砚斋作为所谓的知情人或创作"参与者"实际上与作者的观点并不统一，并不能被看作是合著者。所以，重新认识脂砚斋批语的语体显得十分必要。脂砚斋领会到了作者的许多匠心，也有相当的误解。对脂砚斋的定位还是放在鉴赏者的角度比较好。

脂砚斋批语，在红学研究中具有重要的价值。人们往往认为，脂砚斋的特殊价值在于它具有考证曹雪芹家事、创作过程、成书等的意义，与一般的评点家不同，他深知曹雪芹创作的底细。

关于曹雪芹，我们能够知道的历史情况（包括其身世、生卒年、生父等）确实不多。脂砚斋批语的出现，不仅是版本的问题，还有作者的问题，似乎一下子有了许多新发现。曹雪芹的著作权得到肯定，曹家的某些家事被当作素材成为小说描写的对象，曹雪芹最初命名此小说为《石头记》等，并且有与印本后四十回不同的"真本"三十回，实际上的《石头记》与《红楼梦》有两个故事系统等。

但情况并不总是令人乐观。脂砚斋一方面肯定了曹雪芹的作者地位，另一方面也似乎总是在说曹雪芹也是一个听命的删改者，作者的地位常常被模糊，并且把他和自己并列，似乎脂砚斋自己是一个不可或缺的合作者。至于说到家事原型，脂砚斋批语常常标有20年前、25年前、30年前的往事记忆，那时曹雪芹处于何年龄段、居于何地、与谁交往，脂砚斋却滴水不漏。关于曹雪芹个人身世，我们想要知道的，比如曹雪芹在现实生活中的交游与亲朋，比如家庭成员的名字等，脂砚斋没有确定地告诉我们一条。

这并不奇怪。很明显，脂砚斋是一个隐身人。脂砚只是一个斋号，他并不想让我们知道他的相关情况。

一、当前对于脂批的过高评价的问题

将脂砚斋说成是曹雪芹的合作者，是过高评价脂批倾向的反映。

其中一条是"脂砚执笔"的批语，似乎脂砚斋介入了写作、创作，还是执笔者之一，至少是某些段落的执笔者。如果这一条批语成立，那么脂砚斋肯定是"合作者"之一了！

那么，这一条批语究竟怎样理解才是合理的呢？

来看一看这一条批语：

凤姐点戏，脂砚执笔事，今知者（聊聊）寥寥矣，[宁]不怨（悲）夫！

这条脂批出自庚辰本第二十二回眉批。

"凤姐点戏，脂砚执笔"这句评语，似乎是在说明凤姐是脂砚斋亲见的原型，脂砚斋就是小说中事件的见证者。凤姐是书中的人物，脂砚是生活中的人物，怎么能串在一起、并置在一个时空中呢？假如凤姐是有不折不扣的生活原型的，那么脂砚斋在小说中成了哪一个人物形象？假如脂砚斋在生活里是一位和王熙凤原型关系密切的人，那么脂砚斋又是曹雪芹家世中的哪一位亲属或朋友？这些，通过脂批我们并不确知，脂砚斋也不愿意告诉我们。我们当然没有责备脂砚斋的意思，因为脂砚斋不知道我们今天会遇到这样的认知困境。

其实这个困境是我们自己设置的。

脂砚斋通过幻觉进入作品是可能的，而凤姐来到生活中是不可能的。脂砚斋和小说之间的关系，是欣赏者与作品的关系。这次，脂砚斋再次幻入。

这种可能是：曾经在众人（批者诸公、欣赏者）玩味《石头记》时，书中写到凤姐点戏之时，脂砚斋执笔作了评语。现在，脂砚斋是在向其他批书者回忆当年批书的情况的。这件事,其他批者不在了,所以今知者寥寥,令人无限感叹。

这种猜测、推论不错。接下来果真有畸笏的批语:

前批知者寥寥(聊聊)。不数年,芹溪、脂砚、杏斋诸子皆相继别去。今丁夏只剩朽物一枚,宁不痛杀

因此,可以肯定是批书的事,知者寥寥;而不是书中事,知者寥寥。

"脂砚执笔"之谜,合情合理的解释是执批书之笔,而不是创作之笔,仅此而已!这个谜不需要揭破,因为这是一个不难看到的事实!因为,早在第二回甲戌本眉批就有这样的字眼:"后每一阅,自必有一语半言重加批评于侧,故又有与前后照应之说等批。"(郑辑校,第27页。)

可见,脂砚斋或脂砚斋们,常常是作为阅者在一起相互切磋的,面对已经抄成的小说在发议论,很多对话是在批阅者之间展开的,根本不能说明是什么合作者!

还有一条批语是"命芹溪删去"的话。这条批语,见于甲戌本第十三回后。论证者想以此证明脂砚斋介入了创作,知道创作秘密,和曹雪芹关系密切。怎么解释这个问题呢?其实,在《红楼梦》成书的过程中,流传着这样一个说法,就是曹雪芹是将《风月宝鉴》和《金陵十二钗》增删、修改、合成为《红楼梦》的。这种传闻看来也肯定流传到了脂砚斋的耳朵里,脂批是这种说法的信奉者。通过不同版本的比较,是不难看到在某些版本中有秦可卿"淫丧天香楼"的情节,而有的版本中则删去了这个内容。从当时能够看到的抄本中,发现众多抄本之间的差异,脂批不难参悟到作者的修改情况。作为幻入

---

[1] 此批语见第二十一回,朱一玄:《红楼梦资料汇编》,南开大学出版社2001年版,第353页。
本文所引脂批,均见此二本:郑红枫、郑庆山《红楼梦脂评辑校》,北京图书馆出版社2006年版;朱一玄《红楼梦资料汇编》,南开大学出版社2001年版。分别在文中以郑辑校、朱辑校标出,并随注页码以便于查对。

者，脂砚斋又一次与作者在想象中对话！今天的红学家，往往以为这是一个秘密，也许在《红楼梦》早期以抄本形式流传时并不是秘密，是公开的秘密。脂批如此批书，我们认为脂砚斋知道这个"秘密"。我们假设的前提是没有介入，或不是合作者，是难以知道这个秘密的。其实，在印本出现之前，抄本众多，抄本之间的差异，抄本之间的前后变化是不难觉察的。

我们认为，过高地评价脂批，必然带来如圣旨般地对待脂批：认为每一句话里，都隐藏着创作秘密，可以失禁地进行联想，进而得出符合自己需要的结论。将这种结论放置一段时间，其中的不合理水落石出，依然破绽宛然！

当然，十几年来也有过低评价脂批的问题。过低评价脂批和过高评价脂批都是不对的！过低评价脂批，就是认为脂批是伪造，脂批不可信，脂批全是无聊的呓语等。鉴于本文的主题所限在于指出脂批的语体特征，鉴于批评过低评价脂批的文章已连篇累牍，这里就不枝蔓了。

二、"囫囵语"的脂批

我们发现，在对脂砚斋的研究中，有许多不同的结论。将多种结论摆在一起，结论之间甚至相互矛盾。他们都是根据脂批，都是论有所据、"实事求是"的。为什么会产生这种现象呢？

原因在于，脂砚斋的话不适合考证。因为，脂砚斋没有这种准备，他只是在很自由地欣赏着《红楼梦》，并不管前言后语的照应，也不服务于我们今天的考证。脂砚斋，应该叫"脂砚斋们"，我们不能完全分清哪些话是哪一个人的。换个角度，从外在形态上说脂砚斋批语都是囫囵话。它一会儿是透露一个时间，一会儿是透露一个方位，一会儿是透露一句老话，其间并不能构成一个完整的事件过程。

那么，什么是囫囵话呢？

先看看脂砚斋自己是怎么说囫囵话的。第十九回脂批："此等搜神夺魄至神至妙处，只在囫囵不解中得。"(朱辑校，第303页)

元妃省亲之后，贾珍处设宴酬宾，请人看戏，宝玉也在邀请之列。趁着这

第一编　观念与艺术

当空儿,茗烟与卍儿"干那警幻所训之事",被半途出来寻清静的宝玉撞见,宝玉并不发火,而是对卍儿跺脚道:"还不快跑。"至此,脂砚斋作了上述批语。

这里的囫囵语指向的是哪里?宝玉作为主子,对茗烟和卍儿"青天白日"所干的"好事",又是打断,又是回护,其真实的态度是遮掩、宽免。佯为指责,实为包庇。这里体现着宝玉的性格,属于"人性的深度"。囫囵语直指人心。这是小说中的囫囵话。而脂砚斋批语,囫囵话的意思是指:没有时间、没有地点、没有前因后果、横空出世。

第十九回的批语中,多次用到了"囫囵语"一词,是使用"囫囵语"作评最多的一回。接下来,脂砚斋再次用囫囵语评价宝玉和黛玉:"其囫囵不解之处实可解,可解之中又说不出理路。合目思之,却如真见宝玉,真闻此言者。"

换言之,囫囵语的真实含义,是可以直觉到的、领会到的,而不是能推论出的。

再有一例:

第二十六回,在"好好的又看上了那个种树的什么芸哥儿雨哥儿的。"有侧批语:"囫囵不解语。奇文神文。"(郑辑校,第316页)

小说中真正的妙文,是囫囵不解之语。这里的脂批,说的正是,有贾芸,而根本没有什么"贾雨儿"。"雨哥儿"是顺嘴之说,并不需要你去问:"雨哥儿是谁?"

"雨哥儿"谁都不是。寻根究底,不辨虚实,愚不可及!

其实,脂砚斋的批语,也是叙事莫辩的囫囵语。但正像脂砚斋能够理解曹雪芹的囫囵语一样,我们也能理解脂砚斋的囫囵语。

在成书研究中,脂砚斋、棠村、畸笏、立松轩、孔梅溪等"查无此人"均属正常,即便"查有此人",正像是小说中或可能在一种抄本上冒出了一个"贾雨儿"一样,也不足为奇。既然他们不过是虚构的人物,多一个,少一个,并不影响《红楼梦》小说的整体,也不影响我们对小说艺术成就的分析。

脂批的许多话,就是这样的"囫囵语",寻根究底,将是徒费词力、自寻烦恼!

那么,囫囵语究竟有什么特点呢?

第一,属于"荒诞不经之谈"(第十六回脂批)。"愈不通愈妙,[愈]错会意愈

153

奇。"（庚辰本第十六回双批，郑辑校，第180页。）

正像小说是"真实的谎言"一样，是"向荒唐演大荒"的。小说的虚构本质，与鉴赏者对虚构情景的兴会，都是"心灵与心灵的对话"，目止神遇，幽微洞触，即"云烟渺茫之中，无限丘壑在焉"。（甲戌本第十五回双批）

第二，"脂斋之批，亦有脂斋取乐处。"（甲戌本第二回眉批。郑辑校第27页。）脂批多次说自己批书是为了取乐，这是典型的鉴赏者的态度。

饯花辰不论典与不典，只取其韵致生趣耳。

饯花节的民风民俗，少有听闻。脂砚斋说，"典与不典"，是无关紧要的。重要的是，写大观园中的女儿在"良辰美景"中的聚会，在聚会中写中女儿的烂漫性情。饯花节在小说中的描写，在虚不在实。

第三，囫囵语还要从反面看。曹雪芹有一种技法，就是明明是奸险之人，偏偏说是"慈姨妈"。明明是争荣邀宠之人，却偏偏说是"贤袭人"。明明是"赤子"之人，又说是"不肖种"。

尽管小说可以从技巧、寓意做多方面理解，但是其性质则是被文本"大旨言情"的整体所决定的，并不是可以不受制约，无限引申，完全主观化地理解。

这类描写，是一种笔法，算是一种文学修辞。但这种笔法，也不宜神秘化。有人说小说里"布满了暗道机关"，似乎《红楼梦》是"秘技大全"，底下隐藏了重大的家世隐情和作者的难言苦衷，要表现的越是要隐藏，如此理解不符合《红楼梦》小说的文本性质，也脱离了修辞手法的界限。

正是因为脂砚斋批语属于囫囵语，所以脂砚斋对所熟悉的所谓"内情"也是语焉不详的，寥寥数语，指东说西，婆娑摇曳，充满歧义。我们的一些红学家偏偏把"西堂"、"南直召祸"、"树倒猢狲散"等事往曹雪芹的家事上联系，甚至不惜牵强附会，给人一种强拉硬扯、勉为其难的感受。即便是"借省亲写南巡"，无非是说银子花得像淌海水似的，至于省亲的细节，恐怕与康熙光临江宁织造毫无关系。总体衡量，这些研究对于研读《红楼梦》，并无助益。

对脂砚斋批语的研究，当止则止。不应当刻意求深，乱下结论，无限引申。

第一编　观念与艺术

三、"幻出幻入"的批书人

脂砚斋是一个合格的鉴赏者,也是一个十分投入的鉴赏者。在一边阅读《红楼梦》时,他一边作批,发表了许多真知灼见,这些都在鉴赏的范围内。第二回甲戌本眉批:

余批重处。余阅此书,偶有所得,即笔录之。非从首至尾阅过,复从首加批者,故偶有复处。且诸公之批,自是诸公眼界;脂斋之批,亦有脂斋取乐处。后每一阅,亦必有一语半言,重加批评于侧,故又有与前后照应之说等批。

(朱辑校,第102页。)

为什么脂砚斋的批语能超出一般的欣赏者呢?这倒不是因为所谓的他与作者共同经历过什么,而是他能"入迷出悟"。

出与入,脂砚斋做得很好。对于《红楼梦》这部复杂叙事的作品来说,没有体验深刻的"入迷",是难以对作品有"出悟"的卓见的。脂砚斋批语中"大旨言情"的主题揭示,对宝玉所谓"说不得善,说不得恶"的形象揭示,对史湘云"美人方有一陋处"的评价等,鞭辟入里,直探底蕴,切中肯綮,都可以说符合审美批评原则的经典批语。

关于幻入幻出,脂砚斋曾明确说:

"若观者必欲要解,须自揣自身是宝、林之流,则洞然可解;若自料不是宝、林之流,则不必求解矣。望不可记(将)此二句不解,错谤宝、林及石头、作者等人。"(庚辰本第二十回双批。郑辑校,第250页。)

"回思自心自身:是玉颦之心,则洞然可解,否则无可解也;身非宝玉,则有辩有答,若(是)宝玉,则再不能辩不能答。何也?总在二人心上想来。"

(庚辰本第二十二回双批。郑辑校,第273页。)

由此,我们可以看出脂砚斋在理解作品时,时而要泯灭自我,完全进入作品;时而要拉开距离,审视欣赏过程。艺术欣赏,既是一个感性的感受接受过程,又是一个以此为对象的理性审视过程。脂砚斋说得很明确,有时候他就是宝玉、林黛玉，有时候又不是。有时候他可以是凤姐，有时候他可以是贾赦。唯此变幻，均为理解小说而生，也就是设身处地。脂砚斋有时候是书中人，有时候是书外人，目的都是为了在"面面观"时能出则俯临，入则化身。

所以，我们可以看到：脂砚斋时而离作品故事很远，时而离作品故事很近。时而是故事的亲历者，时而是茫然懵懂者。脂砚斋的高明，就在于它把自我意识也当作是认识对象，而这常常为我们的研究者所不察。

"以幻弄成真，以真弄成幻，真真假假，姿（恣）意游戏于笔墨之中。"（甲戌第8回眉批，郑辑校，第112页。）

写稻香村是"幻笔幻体"。（第十七、十八回脂批，郑辑校，第210页）

黛玉的应制诗"盛世无饥馁，何须耕织忙"是"以幻入幻，顺水推舟"。（第十七、十八回脂批，郑辑校：第210页。）

"以幻作真，以真为幻，看书人亦要如是看为本（幸）"。（甲戌第二十五回侧批，郑辑校，第310页。）

"幻笔幻想，写幻人于幻文也。"（庚辰本第二十五回眉批，郑辑校，第311页。）

这不是脂砚斋的夫子自道吗？脂砚斋是能出能入的"幻人"，他的批语是"幻笔""幻文"。

因为"幻"，所以有"一芹一脂"之说、"余二人"之说。批书者完全可以和作者、和人物处于自由的关系中，他们只存在于想象之中，进入共鸣状态的幻觉中。将"一芹一脂"的说法，理解为脂砚斋与曹雪芹有密切的关系，甚至是一定是合作者的关系，并且相依为命地完成了《红楼梦》，等等，均属不顾语境的妄猜臆断。脂砚斋阅读非常投入，常常处于幻觉状态，在幻听幻视中与作者进行着无障碍的对话交流，所以，会出现"一芹一脂"的说法。我们对此不能作过度引申，更不能作为求证什么亲密关系（情同夫妇）的证据。幻出幻入，是脂砚斋在欣赏小说时，经常出现的精神异常状态（在艺术欣赏中属正常）。幻入时，脂砚斋似乎与作者亲密无间，似曾相识，宛若知己，情同手足。这是小说唤起艺术共鸣时经常出现的情况。了解这一点，我们就不必将脂砚斋所说的话，全部看成是现实生活中的"底里事"。至于将脂砚斋看作是小说中的原型之一，更是一种错误的推演。

四、鸿沟：脂砚斋与曹雪芹之间

研究脂批，我们知道脂砚斋对曹雪芹的误解，也是满篇涨目、比比皆是的。比如：

"方经二十四丈"照应"二十四节气"。"二十四"是周天之数另一种表述，而脂砚批语则说："照应副十二钗。"茗烟为宝玉找来《西厢》戏文，"自古恶奴坏事"。(第二十三回脂批，朱辑校，第367页。)《西厢》等是宝玉的启蒙读物，宝玉爱不释手，茗烟深懂主子之心而不是什么恶奴，宝玉有爱情也不是什么"坏事"；宝玉吃胭脂，行为上荒诞不稽，"宜乎其父母严责也"。(第十九回脂批，朱辑校，第318。)可见脂砚斋不知宝玉作为"古今未有之人"，其"情痴情种"的"癖性"远不是什么教育能够起效的；宝玉的"不肖"不是教育或家庭教育的问题。宝玉大观园题诗，"畸笏"站在贾政的立场上骂宝玉是"不学纨绔"。甚至说在袭人面前，"宝玉罪有万重矣"。(庚辰本第三十六回脂批)

"通部中笔笔贬宝玉，人人嘲宝玉，语语谤宝玉，今却于警幻意中忽写出此八字来，真是意外之意。"(第五回甲戌本眉批)这八字是"天分高明，性情颖慧"。虽然脂砚斋对宝玉的形象有误解，总的来说，脂砚斋对宝玉形象的分析，并不流于俗见，有点醒读者的作用。在人物塑造上，脂砚斋与曹雪芹一样，持"情理至上"的观点，"恶则无往不恶，美则无一不美，何不近情理之如是耶？"(第四十三回庚辰本脂批)脂砚斋与作者是相通的，可谓作者的知音之一。

但是，脂砚斋对晴雯、袭人、龄官等的评价，则大背作者之意。说晴雯是尤物："自古及今，愈是尤物，其猜忌妒愈甚。"(第二十回脂批，朱辑校，第329页。)晴雯作为直烈之人，快人响语，光明磊落，是可以和鲧、贾谊相类比的，是作者同情、赞颂的人物，而脂砚斋却说是"尤物"，更骂其妒，不无轻慢、亵渎之嫌。

脂砚斋不可能是曹雪芹的合作者，还因为脂砚斋在批书时，常常是看了后边的，才知前面自己批错了。合作者是不会出现这种情况的！比如，前骂贾芸与小红"奸淫狗盗"之人，看了后文的侠举义行，后悔前面的作批。合作者不可能不

《红楼梦》与诗性智慧

了解作者的意图、不了解作者塑造人物的爱憎取向、不了解作者的运思。

何以脂砚斋会骂小红与贾芸,无非是因为他们密约私盟,因自由恋爱,行为越礼。脂砚斋还大骂过小戏子,"大家蓄戏,不免奸淫之陋"。第十八回批语说龄官拒绝演戏,是"技业稍优",即"拿腔作势,辖众恃能",对龄官的描写效果是"乔酸娇妒,淋漓满纸","余历梨园子弟广矣,各各皆然"。

脂砚斋看到的,是"种种可恶"。这大约相当于是王夫人的眼光。赞同这种评价,推演下去就应当承认王夫人赶走金钏、晴雯、芳官等是合理的。

红楼中的戏子,不奸不淫,相反,在作者笔下是有情有义、心性高傲、人格独立的人物。

龄官,是作者着力刻画的一个社会底层人物的形象。痴情到含泪画蔷,淋雨到不自知的龄官,让宝玉知道了什么叫"人情分定"。"远非本角之戏,执意不作",拒绝元妃的点戏,可见其胆量;敢于向贾蔷说出自己的屈辱、要求放鸟归林的龄官,其直烈之性、热爱自由是小说中最重要的一笔,含有可贵的思想价值。梨园生活,脂砚斋说自己也曾经历过,是"迷陷过乃情"。对戏子"实不能不爱",而结果是看到了她们的"种种可恶"。作者对于这些戏子,浓墨皴染,赞扬他们的人格美!这些差别,正说明他与作者之间,在认识上有巨大的、不可逾越的鸿沟,根本不可能是合作者。

对晴雯、袭人、宝钗的态度,脂砚斋与作者也是大相径庭的。

"足见晴卿不及袭卿远矣。余谓晴有林风,袭乃钗副,真真不错。"(甲戌第八回双批,郑辑校,第119页。)

"世人有职任的,能如袭人,则天下幸甚。"(蒙府批,朱辑校,第135页。)

第十九回批语评价袭人,认为"花解语"令人"可爱可敬可服"。(朱辑校,第318页。)

袭人(应包括宝钗)与宝玉的巨大分歧,在第十九回里得到了细致逼真而显著的表现。这种分歧导致了他(她)们的分道扬镳,是宝玉婚姻悲剧的主要内容,是宝玉幻灭的主要原因。诸如此类,脂砚斋与作者之间存在着巨大的认识反差,可以说是南辕北辙。这种反差说明,抱有脂砚斋那样态度的人,是塑造不出晴雯、袭人、宝钗这样的人物的,是写不出《红楼梦》的。

没有证据表明，曹雪芹创作时，以脂砚斋等为"创作顾问"；没有证据表明，"这些批语起码都得到了曹雪芹的认可"。①也没有证据表明，曹雪芹的手稿是作者自己亲自交给脂砚斋等，并请他代为转播的；更没有证据表明，脂砚斋拿到的抄本，就是作者的手写本（即稿本）；至于"合作者"之说，也是轻率浮谈。

五、简短的结语

由于与曹雪芹相关的文献太少，曹雪芹其人的行迹缥缈，如曹雪芹生卒年几何，曹雪芹生父是谁，曹雪芹在北京的哪里写作了这部伟大的小说，等等，对于当代读者都是谜语。而脂砚斋提供了一些信息，所以人们很重视脂砚斋的评语，乃势所必然。脂砚斋批语，似乎证实了作者的卒年，似乎是说贾府的事就是曹家的事，比对两家之事，考证脂砚斋批语所指的"实事"，蜂拥而起，但其中的失察之处，硬伤累累，宛然在目。

重视脂砚斋，无可厚非。但是，我们要怎么对待它，才算是重视？

脂本的复杂情况有如下一说：

不难想象，当乾隆年间《红楼梦》以抄本流传起，一直往后，其数量一定是很可观的，应以千万计。时至今日，已发现的只有11种，真应了"存什一于千百"这句老话。由于传播链条失去了绝大部分的环节，要一一弄清楚各本畸变的原委，是很困难的，有一些问题的解决，还恐怕是根本不可能的；我们只能得其大概。而为了校订《红楼梦》，化脂本为普及本，有了这个"大概"，也还是可以找出一个办法的。我的想法是，凡甲戌本存有的，都用作底本；甲戌本缺的，先用己卯本。己卯缺，再用庚辰本。不论哪个底本有欠缺之处，则会及所有本子，从众，从善予以厘定，务求存真。这样做，是不得已的。不管你说它是"混合本"也罢，"杂烩本"也罢，为了尽量存真，只有这样才能够以最佳

---

① 邓遂夫：《关于〈红楼梦〉作者是墨香的问题答记者问》，《红楼梦学刊》1999年第1辑。

的形态接近曹雪芹的原著。①

我们不能把仅只是署名脂砚斋的批语,看作是脂批;我们往往把附在脂砚斋评本上批语,笼统地称为脂批。当然,也有学者对此作了更为细致的研究,试图分清其中哪些是脂砚斋的批语,哪些是畸笏的批语等;更多的是无法分辨批主(诸公)是谁的批语。由于这些批语混乱,自相矛盾之处很多,有的研究者在"大胆假设"的基础上,撷取只言片语,为我所用,六经注我,于是歧见纷披,群雄割据,热闹非凡,但无法掩饰的却是曹雪芹与《红楼梦》的失落!在著作权方面,曹雪芹被剥夺,成为合作者之一;《红楼梦》文本上,先是后四十回不行,再是前八十回也矛盾百出,真本伪本,先改后改,先出后出,你说我说,不见了断。原因何在?我们没有止于当止。历史的真实状况是:关于曹雪芹、脂砚斋、抄本、流传、畸笏之间什么样的关系,我们连历史大幕的一角都没有撩开,一些人就在幕前不分青红皂白、急不可耐地粉墨登场了!

我们不该迷信脂批。脂批对于《红楼梦》来说,有时不过是"腐儒一谤"。将脂砚斋的话,一根鸡毛当令箭,看作是字字珠玑,分毫不差,言听计从,进而微言大义,申论立说,不足取!

脂批,有许多价值,主要看我们如何利用。对它采取正确的态度,严谨审慎,是必不可少的。尽管脂砚斋的话,大多是囫囵话,但只要我们不让它僭越,它就会发挥其正面价值。红学界已有许多这方面的著述,不一一罗列。

是脂砚斋欺世盗名?还是我们的一些红学家不审慎?显然是后者。在说不上是证据的情况下,当作证据遽下结论;在似是而非的情况下,臆断可能性之一种,罔顾他论,不作周全参验,为疑问者留下更多的疑问,遂使更多的论断无法周延。"听风是雨"、"望文生义",也是学术研究中需要避免的。

(原载《红楼》2012年第3期)

---

① 杨传镛:《红楼梦版本辨源》,北京图书馆出版社2007年版,第184页。

第二编
红楼人物

红楼人物如贾宝玉、林黛玉、薛宝钗、王熙凤等都是读者最熟悉的对象，即便是次要人物贾政、袭人等也是备受瞩目的热议对象。红楼人物形象分析，是红学中最接近读者接受的部分，也是红学中最热闹、争议最多的领域，同时也是遭遇到困境、难以创新的领域。新时代红楼人物不仅要进行原型研究，更需要作为体现作者意图与态度的人物形象的分析以及作为理论研究的美学分析。

红学中人物评价的方法论评析

　　成功的艺术作品往往是因为有成功的人物形象塑造，同时文学作品的人物形象分析与评价也是文学研究的重要内容。《红楼梦》的人物评价与研究经历了漫长的历史发展，有索隐派的"本事追寻"的原型研究，也有评点派的道德评价；有新红学的"自传性"钩沉，也有社会学观念基础上的阶级分析和现实主义美学评价。当前，以人性论为主的人物研究与分析不自觉地渗透到了各个方面，它在还原人物的日常性方面显得唯真是求、经验至上，但也经常忽视作家的理想寄予和价值取向。每一种人物评价的方法都有利有弊，时代需要我们站在更高的视角予以恰切的评价。

　　人物研究，对于小说的文学分析来说，向来是重要的。一部作品，给人们留下深刻的印象的往往是它所塑造的人物形象，人物个性独特、亲切真实、卓异生动，令人挥之不去、萦回脑际。通常说来，成功的艺术作品没有成功的人物塑造是不可想象的。当然，现代艺术包括现代叙事艺术放弃了将人物塑造看作是艺术中心任务的观点，虽然现代主义中也不乏成功的作品，但它为此所付出的代价也是触目惊心的：现代主义不管是流派还是作品如过江之鲫，虽然令人目不暇接，但却如快餐消费，没有营养，没有回味，没有痕迹，来得快去得也快！其中的一个重要原因就是没有成功地塑造出优秀的人物形象。

　　毫无疑问，《红楼梦》可以说是以写人物为中心的，或者说你不同意这个观点，但是《红楼梦》所塑造的人物是无比成功的则不会有任何异议。贾宝玉、林黛玉、薛宝钗、王熙凤在中国文学史上被认为是塑造得最为成功的典型形象，业已成为一种文学常识。

　　既然人物是《红楼梦》的中心，那么对人物的评价分析就不可避免。从历史的角度看，不管是任何一个学派对《红楼梦》的研究，人物评价都是一个绕不开的话题。人物评价背后隐藏着不同的评价方法，这是本文所研究的对象。

一、索隐派的原型分析

索隐派认为《红楼梦》中的主要人物是有原型的。索隐派不认为小说就是小说，而认为它是一部借"假语存"隐写的一段真实历史，事件有原型，人物也有原型。

其实，《红楼梦》的原型分析是十分困难的。一部文学作品，借助仅有的几个或几十个人物塑造概括了多少社会现象，概括了多少人物的命运，从有限走向无限，是无法计数的。索隐派一会儿张侯家事，一会儿明珠家事，莫衷一是；小说主人公一会儿顺治皇帝，一会儿纳兰性德；甚至金陵十二钗是秦淮河畔的十二个妓女；等等。其实，索隐自身关于不同原型说法之间的对立就已经瓦解了各自的原型观点。

那么，索隐派为什么又会广布流传呢？这与索隐派独特的文艺观有关。比如蔡元培认为，《红楼梦》的结构是复合结构。第一层是谈家政而斥风怀，尊妇德而薄文艺。第二层纯乎言情之作。第三层言情之中善用曲笔。蔡元培认为别人谈的都是上述三个层次，上面这三个层次他不感兴趣，他感兴趣的是故事背后的所谓"本事"。即，蔡元培要研究的不是上面三个层次中的任何一个方面，而是《红楼梦》本事的来源。蔡元培《石头记索隐》是胡适的论敌，但胡适还是夸奖蔡元培在该书"引书之多和用心甚勤"。

蔡元培有一个重要观点是，宝玉的形象是为影射复立复废的太子胤礽而塑造的。为什么蔡元培坚信宝玉就是胤礽呢？蔡元培有这样的比较：

宝玉衔玉而生，喻胤礽生而有太子之资格。

宝玉遭魇魔与庶嫡之争有关，太子胤礽也是被兄弟所害遭魇魔。

宝玉结交姣好少年、逼淫母婢，正是康熙皇帝所指责太子的"暴戾淫乱"。

宝玉失玉即失性——呆傻，隐太子行为常常神志不清、言动失常。

这些相似，或者关联，在蔡元培看来是"轶事有征"。这使蔡元培深信宝玉就是对废太子的影射。

曹雪芹在写宝玉时是否概括了像皇太子胤礽这样的形象，我们不得而知。但是，一个成功的艺术形象往往涵盖广大，言近义远，隐曲委婉，见微知著，却是不争的事实。鲁迅的阿Q有很多人对号入座，以为是以自己为原型塑造的，进而指责鲁迅，不是闹出了不少笑话吗？而实际上他们都不是原型，鲁迅也没有刻意要讽刺哪一个人的用意。一个典型形象，往往是艺术家广观博察、筛选集中、叠加化合、熔铸提炼的结果，所以也不能一定说当时的一些重要事件比如太子胤礽被废复立再废的事件，作为历史上的重大事件，没有进入曹雪芹的视野、没有对曹雪芹酝酿人物形象起过作用。但即便如此，也不能说贾宝玉的原型就是皇太子胤礽。如钱静方所说："作者第由其兴会所至，随手拈来，初无成意。即或有心影射，亦不过若即若离，轻描淡写，如画师所绘之百像图，类似者固多，苟细按之，终觉貌似而神非也。"[①]

其实，贾宝玉的言动失常是不能和皇太子胤礽的行为颠倒的遭遇相类比的。同样是怪异人物，有许多怪异言论，贾宝玉的怪异表现在男女观念上、仕进观念上、爱情观念上、人生价值观上等，怪异得有系统性，突出的特征是贾宝玉对传统价值观和人生观的叛逆，宝玉所面临的人生道路选择和皇太子胤礽也完全不一样。皇太子胤礽继承皇位的种种遭遇，确有生活中不可理解的一面，其严酷性当然不亚于宝玉所面临的人生困境。再则，宝玉所看到的众女子的悲剧，也绝不能等同于宫中女子的具体经历。

索隐派的人物研究，与其叫原型研究不如叫本事索隐。找人物的相似事件，是索隐派所关注的，而不是为了研究生活人物或历史人物在作品中的变异和怎样转化，作家在赋予人物形象的全新意义的匠心，也被忽视了。

索隐派的人物研究，也可以说是"前科学"阶段的研究。它的人物研究离开了作品，或者说离作品中的人物越来越远，客串到历史或野史中去，实际上也就是离开了对作品人物的评价，变成了历史人物的评价。索隐派将人们的目光不是深入到作品中，而是转移到作品外。另外，索隐派还严重地误解了作家

---

① 胡适：《红楼梦考证》，张宝坤编：《名家解读红楼梦》，山东人民出版社1998年版，第12页。

的创作性质,似乎艺术家的才能或天才就是如何巧妙地在作品中将真实的人物隐藏起来,又蛛丝马迹地暴露出来,给你猜谜。由于对小说艺术的根本误解,由于对艺术创造过程的简单化理解,使得索隐派不知艺术和艺术形象为何物。他们津津乐道的"本事",基本上可以说根本不是小说的"本事"。更重要的是,在大多数情况下,作品的母亲——作家也难以说清"本事"系何。某一件事或某一个人是"原型",作家的言说往往是十分有限的。质而言之,作家不希望你去关注生活或历史中的哪个人物,而是希望你去关注、研究他(她)所塑造的作为文学人物形象的那个人物。正如鲁迅所说:"然而纵使谁整个的进了小说,如果作者手腕高妙,作品久传的话,读者所见到的就只是书中人,和这曾经实有的人倒不相干了。"[①]

二、新红学的自传性分析

自传说并不起源于胡适,但自传说大行于世、蔚然可观则始于1921年胡适发表的《红楼梦考证》。

曹雪芹出身世家,书中主人公贾宝玉也是世袭望族的大家子弟;曹家由汉入满,贾家也满汉不清;曹家有王妃与皇室有葛藤,贾家则直接出了一个皇妃;曹家曾世居江南南京,贾家也自金陵而来,曹家在江南接驾四次,贾家在江南也接驾四次;曹家经历了由盛到衰的沧桑巨变,小说中的贾家也是由荣而枯、富贵不再,其共同的重要原因是被皇帝抄家……有太多的理由让人相信,书中的贾家就是曹家,贾宝玉就是曹雪芹。有太多的理由让人们相信,曹雪芹是在写自己的家族的历史。

但把贾宝玉看成是曹雪芹的自传,是一个极大的错误观念。今天重新审视胡适的《红楼梦考证》,我们可以看到,胡适在推导"自传说"的时候,相当轻率。胡适不过是整理了一下"著者曹雪芹的个人和他的家世的材料",就得出

[①] 鲁迅:《〈出关〉的"关"》,《作家》1936年第1卷第2期。

《红楼梦》与诗性智慧

"大概可以明白《红楼梦》这部书是曹雪芹的自叙传了"的结论。都是世家，都来自江南，曹雪芹的祖父曹寅富有文化艺术修养等，就可证明《红楼梦》的作者写的是自家事吗？胡适在文本所找到的证据是：《红楼梦》开端作者用了第一人称"我"，小说中的女子是我半生的亲见亲闻。南巡接驾四次，和曹家接驾的次数一样，两家的世系世次一样。其实，两家的世系比较，胡适是挂一漏万的。如果严密地推究、细致地思考起来，为什么贾家来自金陵而曹家也来自金陵就一定是一家呢？为什么都是世家就一定是一个世家呢？其实，曹雪芹将那么多罪恶、污秽、不堪集中于宁国府和荣国府，不可能是为了什么"自曝家丑"，或者说以"自曝家丑"为乐。胡适有大胆的假定，但切实的考证做得极不充分。设若贾宝玉就是作者，贾政是曹頫，那么，贾赦、贾珍、贾琏、贾蓉又是曹府中的谁？接下来胡适说："《红楼梦》只是老老实实地描写这一个'坐吃山空'、'树倒猢狲散'的自然趋势。"胡适这里所强调的重点，联系上下文可以说是对贾府败家原因的推测——是"坐吃山空"，欠账甚巨导致抄家。其实，抄家并不是结果，而是曹家败家、小说中贾府败家的原因，是小说中"瘦死的骆驼比马大"的贾府"死而不僵"之后的致命一击。

胡适在定位《红楼梦》的自叙传性质时，相当矛盾犹豫。他似乎是找不到更好的描述语言和概念来定位《红楼梦》一书的性质，所以无法将虚构与写实的关系正确表述出来。把《红楼梦》纳入经学的传统中，胡适有考证，但义理、辞章研究却跟不上。如果经学的方法能全面地使用，那么考据、义理、辞章分析的各个部分之间应该在相互制约、相互促进的情况下，观点得到升华，概念渐趋清晰，观念也将接近客观正确。实际情况则相反，胡适关于《红楼梦》的自叙传观点越来越模糊。如1959年胡适仍然说："经过我的一点考据，我证明贾宝玉恐怕就是作者自己，带一点自传性质的小说。"同时又说"实人实事总是最基本的主体"，"王熙凤一定是真的"，薛宝钗、林黛玉、秦可卿等人，曹雪芹也"的的确确是认识的"，否则写不出来[1]。自传说所形成的矛盾，就是坚持这样的观念：没有

---

[1] 参见周策纵：《胡适的新红学及其得失》，《红楼梦学刊》1997年第4期。

亲身经历过的，就写不出。曹雪芹出生太晚不行，赶不上江南盛世于是偏偏编造出一个乾隆"中兴"说，于是再有败家。难道作家竟是这样的低能儿，非得追随在个人身世、家族盛衰之后不可，没有的就写不出来吗？其实，这种观点不值一驳。俞平伯先生最早是相信自传说的，但是这给他的《红楼梦》研究带来了极大的困难。在1923年的《红楼梦辨》中，俞平伯的有关结论十分犹豫，1925年他就告别了自传说，到20世纪40、50年代时，他就成了自传说坚决的反对者。

自传派的研究，最后变成了本末倒置的"文本——作者"研究。周汝昌先生以《红楼梦》为传记材料，替曹雪芹立传，提出了诸如曹雪芹生于四月二十六日、曹雪芹先娶薛宝钗为妻后续弦史湘云、史湘云就是脂砚斋等观点，他可以毫不费力地在叙述中将"曹雪芹——贾宝玉"的位置互换，这样做就把自传性的观点推向了不顾常识、凭空玄想、龙门玄谈的谬误和极端。

自传派的研究，将作者看成是作品主人公原型，与索隐派在原型的猜度上，具有相似的思维方式。他们共同的错误在于，将人物研究的重心从作品移位到了主观想象中。不值一驳的观点大行于世，是因为有些人把"自叙传"说当成了不可动摇的信仰，刻意要在原型和文学形象之间画等号。从文学研究的旨趣上讲，自传说的观点也是令人迷惑的：设若文本的虚构性超越了写实性，如何衡量作为自传的《红楼梦》的价值呢？自传性的价值在于其生活真实性上，而《红楼梦》则大多数情节和场景是虚拟的、虚构的，是否可以因此说《红楼梦》不真实、没价值呢？我们甚至可以如此假定：如果《红楼梦》越是写实，甚至据实录用，不增不减，不加修饰，小说中的贾宝玉分毫不差的就是曹雪芹，那么它的文学价值是什么呢？

退回来说，一方面《红楼梦》的人物研究难于定位于原型的基点上，困难在关于作者、作品创作过程的资料的严重匮乏。《红楼梦》中家族、自我的原型研究，大多数充满了猜测，没有多少可以深信的论断和结论。包括说宝玉的原型是作者、贾政的原型是曹頫等等。另一方面，我们细致地研究《红楼梦》就会发现，《红楼梦》不可能是一家严格写实的自传，更不可能是哪一个人生命历程完整实录的自传。自传的价值在于其真实性上——有一说一，而《红楼梦》则是以虚写为主的，它的艺术真实不能和生活真实画等号。

三、评点派的道德分析

　　评点派对红楼梦的研究是感悟式的，类似于今天的读后感，但也带有研究的性质。为什么这么说呢？比如，三大评家之一的张新之，说自己花了30年时间，才写出了30万字的评注。张新之的评点附在《妙复轩评石头记》上，印于道光三十年（公元1850年），张新之自称"太平闲人"。评点派可以说是趣味至上的。比如三大评家之一的王雪香认为：平儿比王熙凤"尤奸"。这完全是个人趣味，不具有普遍性，令广大读者难以接受。但评点派的趣味，也是不断深入、不断演进的。比如关于贾母，三大评家都有观点。王雪香认为："福寿才德四字，人生最难完。"而贾母可称"四字兼全"。除了贾母其他人都是有缺陷的，所以都归了"薄命司"。而张新之则认为贾府的罪恶全得由贾母来负责，即"史为罪魁"。姚燮的看法比较正确一点："贾母第一会寻乐人，亦第一不解事人。"今天看来评点派的观点陈腐了一些，不能令人满意。但是，这不是说评点派的观点不值得重视和研究。评点派的观点长期依附于《红楼梦》文本在读者中广为流传就是证明。

　　评点派的观点带有导读性质。评点派的观点深入到了文本肌理之中，指示作者的寓意、行文的特点、文本的结构、语言的特色等，但这些研究没有前后一贯的方法的指导和使用。评点派之所以在红学中不受重视是因为有些人认为那不过是"文学常论"，实际上就是没有致奇揭秘的效果。当然，评点派也不是一般地将《红楼梦》当小说看的。比如张新之就认为："《周易》、《学》、《庸》是正传，《红楼》窃众书而敷衍之是奇传。"所以"《石头记》乃演性理之书。"（《石头记读法》）把《红楼梦》提高到理学的高度，实在是为了拔高《红楼梦》。这不能不说是作者偏爱《红楼梦》的原因所致。张新之还针对后四十回与前八十回不是一个作者的说法，批驳道：

　　　　有谓此书止八十回，其余四十回乃出另手，吾不能知，但观其中结构，如常山蛇首尾相应，安根伏线，有牵一发全身动之妙，且词句笔气，前后全无差别，则所增之四十回，从中后增入耶？抑参次夹杂增入耶？觉其难有甚于作书百倍者。虽重以父兄命，万金赏，使闲人增半回不能也。何以耳为目，随声附和者之多？①

说到评点派的人物分析，则往往与作者的道德态度有关，实际上站在一定的道德立场上评价人物的倾向十分明显。如道光年间的王雪香在《红楼梦总评》中的评论："福、寿、才、德四字，人生最难完全。""王熙凤无德而有才，故才亦不正；元春才德故好，而寿既不永，福亦不足；迎春是无能，不是有德；探春有才德，非全美；惜春是偏僻之性，非才非德；黛玉一味痴情，心地偏窄，德固不美，只有文墨之才；宝钗却是有才有德，虽寿不可知，而福已见；妙玉才德近于怪诞，故深陷盗贼，史湘云是旷达一流，不是正经才德；巧姐才德平平；秦氏不足论，均非福寿之器。"王雪香的观点显然是以道德为中心来评价人物的，实际上是道德至上的批评。

评点派骂得最凶的一个人物是袭人。如涂瀛说："袭人约计平生，死黛玉，死晴雯，逐芳官、蕙香，问秋纹、麝月，其虐肆矣，而王夫人且视之为顾命宝钗依之为元臣。"把那么多的罪恶加于袭人身上，是不符合书中的描写的。那么他对于袭人的态度是什么呢？"何以蓄袭人也？"曰："蛇蝎之。"另一个评点家陈其泰在《红楼梦》回评第三回中，说袭人与宝钗是一类，都是乡愿小人。"若宝钗、袭人则乡愿之尤，而厚于宝钗、袭人者无非悦乡愿，毁狂狷之庸众耳。""乡愿德之贼也。"②哈斯宝在第五回回批中曾说："读《红楼梦》的人都说袭人是第一等好人，我看，再没有比她更精通奸计诈术的人了。"③"写宝钗、袭人，全用暗中抨击之法。粗略看去，她们都像极好极忠厚的人，仔细想来却

---

① 张新之：《红楼梦读法》，朱一玄：《红楼梦资料汇编》，南开大学出版社2001年版，第703—704页。
② 朱一玄：《红楼梦资料汇编》，南开大学出版社2001年版，第717页。
③ 同上，第779页。

是恶极残极。"①

袭人这个满脑子正统观念的人，一个与王夫人、贾政、薛宝钗等思想一致的人物，怎么会遭到如此之骂呢？一个服膺于封建主流观念、维护传统价值正统性的人，为什么会受到封建文人的如此恶骂呢？

这与小说文本中关于袭人的描写有关。

第一，袭人在宝黛爱情与金玉良缘之间，扮演了与作家感情取向相反的角色。毫无疑问，作家曹雪芹将无限同情、赞美寄予宝黛爱情，同时也揭露了金玉良缘的虚假、庸俗和不堪忍受，如果把前后二者都看成是悲剧，那么显然，前者的悲剧是爱情不能实现，后者的悲剧是婚姻的实现（因为没有爱情但有家族的安排）。细心观察袭人的活动，她都是金玉良缘的赞同者。

第二，袭人貌似笨嘴拙舌，实际上却是巧舌如簧，言语里透着要强，她大胆的言论具有犯上的性质。袭人敢于在王夫人面前指责"姊妹们"没有分寸礼节，袭人敢于骂贾赦不顾廉耻地纳妾，巧言令色地娇嗔宝玉、以骗词压制宝玉，袭人敢于指责王熙凤放高利贷等，都是下人的妄为之举。尽管袭人遵循着封建的"理"，但却不为封建道德或者说封建的"礼"所允许。

第三，人们往往错估了她与宝玉感情的性质。袭人为了争荣夸耀而竭力向上爬，宝玉作为她伺候的主子，是她绝对服从的对象。虽然两人之间也有感情——儿女情态，但袭人很快弄清了这种感情的性质。"远着宝玉"的原因，不仅是知道了自我尊重，而且还懂得了僭越的虚妄。封建文人让一个女奴一样的人为宝玉离家出走而守节，这种想法不是很奇怪吗？袭人的僭越让人不满，而她被放逐，为什么也让人不满？

第四，袭人不愿离开贾府、因宝玉出走而死去活来，最后嫁给蒋玉菡所遭到的嘲笑讽刺让人们忽视了这样的事实：袭人是被薛宝钗母女赶走的，袭人的迫离开，是一种更严酷的现实。

如果把脂砚斋的评点也看作是评点派的观点，那么脂砚斋的道德观点则是

---

① 朱一玄：《红楼梦资料汇编》，南开大学出版社2001年版，第778页。

值得一谈的。脂砚斋评贾宝玉"所谓说不得好,说不得不好也","所谓说不得聪明美良,说不得呆痴愚昧也","亦不涉于恶,亦不涉于淫,亦不涉于骄"(庚辰本第十九回);对湘云的咬舌则说:"可笑近之野史中,满纸羞花闭月,莺啼燕语,除(殊)不知真正美人方有一陋处,如太真之肥,燕飞(飞燕)之瘦,西子之病,若施于别个不美矣。今见咬舌二字加于湘云,是何大法手眼,敢用此二字哉!不独(不)见(其)陋,且更觉轻俏娇媚,俨然已娇憨湘云立于纸上,掩卷合目思之,其爱厄娇音如入耳内,然后将满纸莺啼燕语之字样填粪窖可也。"(庚辰本第二十回)他说香菱:"呆头呆脑的,有趣之至。最恨野史有一百个女子皆曰聪明伶俐,究竟看来她行止也只平平。今以'呆'字为香菱之评,何等妩媚之至也。"(庚辰本第四十八回)他说尤氏:"所谓人各有当也,此方是至情至理,最恨近野史中,恶则无往不恶,美则无一不美,何不近情理之如是耶?"(庚辰本第四十三回)脂砚斋的评论表现出如下特点:第一,脂砚斋有超越道德论评价人物的趋向。第二,他的道德态度与主流评点派有重大区别,其形成的原因值得辨析。究竟是他与作者共同经历了小说中所描绘的事件,因为熟悉这些人物事件所造成的近距离——身在此山中——过于微观而难于辨析的结果,还是他的道德观是特立独行的结果?总起来看,脂砚斋的道德感优越于大多数评点派人物,而落后于作者。或者说,曹雪芹的道德观是激进的和超前的,而脂砚斋则显得带有陈腐气。其他评点家对小说人物的评论,则与作者的真实态度、文本的客观显现距离更大。

道德评价,在以往的分析中,表现出了充分的对立,往往"好则皆好、坏则皆怀"。作家在《红楼梦》的文本叙述中,用世俗的声音和暗藏的声音,发出了两种声音,交错着混合着但不混乱、主次分明。当王夫人、王善保家的等指责晴雯时,另一种声音却是对晴雯的肯定和热情赞美;当叙述中一再说袭人既善且贤时,另一种声音是对这种评价的怀疑。评点派的道德评价,正好是遮蔽了这种审美评价——双声性,变成了捧杀或恶骂,看不到《红楼梦》"至善之人,不免有短处;至恶之人,亦尚有长处"(吴宓《红楼梦新谈》,1920年),而有些人则诚如脂砚斋所说,是"说不得善说不得恶"的,如第一主人公贾宝玉。评点派比如骂袭人是弄狐作猿、恶极残极、不贞不节,宝钗是乡愿小人、淫雨狂风(哈斯宝)等,比如捧鸳鸯的死重于泰山、夸紫鹃是智人志士等。之所以说评点派是道德至上的，还因为他们总是想到了教化。赵之谦在《章安杂说》中推测"人人皆贾宝玉，故人人爱林黛玉"。硬充宝玉的角色，阅读起来就不能很好地评价林黛玉。他指出"试思如此佳人，独倾心一纨绔子弟，充其所至，亦复毫无所取，若认真题思，则全部《红楼梦》第一可杀者即林黛玉。"林黛玉有罪，在于"毫无所取"。林黛玉对宝玉的作用，不符合从教化出发的理想，可谓功利至上，气息鄙俗，不尊重个性生命到了无以复加的程度，与作家的审美情怀境界就是霄壤之别了。

阅读文艺作品，辨析人物的好与坏，也是人们在当下的生活实践中对于生活理想的追求，因此作出爱憎分明的评价，是感情需求得到满足的应有之义。就此而言，道德分析将永远存在。道德评价必须避免的倾向是从过分实用、狭隘的当前需求看待文学人物的存在价值，要么捧为生活的理想模范，要么把文学人物还原生活经验中的是非人物。人们虽然说道德分析在某种程度上遮蔽了人物的审美判断，但是审美判断并不与道德评价相矛盾。实际上，审美判断中包含着道德判断，只不过，一般读者在更直接的意义上，将好与坏的判断，借助于自我体验的真实，给予当下即时的直觉定义。

四、社会学分析的阶级方法

一部文学作品的价值，不光是特定历史的、作家个性心理的、道德的，而且还是社会学的。社会学的价值，在更高的层次上抽象、演绎作品的认识价值，甚至上升到社会真理、历史规律的高度，来评价作品。

社会学的方法，有的是以时代、民族、宗教等角度为主来分析作品的，有的是以地理环境、家族史、谱牒学的角度来分析的。只有马克思主义，是从生产力与生产关系所形成的历史具体性角度来分析作品的，其中最主要的方法是阶级分析法。它的基本观点是人类文明史上的任何文艺作品是一定阶级意识的表现。马克思对社会发展动力的描述和对社会的结构分析，即经济基础与上层建筑的关系比喻，被认为是社会历史学中的伟大变革。

这种革命很快带来了唯物史观由观念向方法论的转变，它很快成为研究社会发展历史规律性与观念问题的指南。即，观念背后的深刻根源与经济关系有关，被生产关系所决定。作为一部文学作品的《红楼梦》，"要把这部作品置入艺术科学的宫殿，也只有依靠马克思主义的美学原理"①。

从历史的角度看，1949年后马克思主义的《红楼梦》研究，是《红楼梦》产生以来最具有理论性的一种研究。但是，以唯物史观的观点研究《红楼梦》特别是评价人物，早在30、40年代就开始了，1943年下半年至1945年上半年大约两年的时间里，王昆仑（太愚）在《现代妇女》杂志上连续刊出了一系列《红楼梦》人物的分析与评价，依次为袭人、晴雯、探春、鸳鸯、司棋、尤三姐、妙玉、惜春、紫鹃、芳官、凤姐、可卿、湘云、宝钗、黛玉、贾宝玉等，于1948年结集为《红楼梦人物论》，可以说是解放前"史的唯物论方法"的杰出代表②。今天来纵观使用马克思主义方法的红学著作，包括新中国成立前的王昆仑的著作，还有何其芳的《论红楼梦》、蒋和森的《红楼梦论稿》、吴组缃的《论贾宝玉典型形象》等，都可以说是其中的优秀篇章。索隐派的微言大义，评点派的即兴感谈，考证派的挂一漏万等，在理论形态的完备上都是不自觉的：他们没有系统研究《红楼梦》人物、结构、意蕴、语言的自觉意识。更重要的是，他们对《红楼梦》作为小说创作的意识是严重不足的。我们以考证派为例，考证派习惯关注的领域是作者和本子问题，而《红楼梦》的文本是小说，这就直接制约了考证方法的使用……作者在凡例中关于创作缘起的迷离恍惚的说辞，是不能按"说一是一"来对待的。考证的方法，胡适清晰地将它定位于作者和本子上，而俞平伯先生将它推演到文本上，反复考证后四十回与前八十回的一致与矛盾，因而得出的结论犹豫徘徊、前后不一。就《红楼梦》

---

① 蒋和森：《红楼梦论稿》，人民文学出版社1981年版，第206页。
② 王昆仑所使用的阶级分析法接近于后来的马克思主义的阶级分析法。与王昆仑几乎同时，李辰东则认为中国有阶级的差别，但没有斗争。相反,中国阶级状况的特殊性是奴隶主阶级对奴隶没有压榨，两个阶级之间没有仇恨，甚至奴隶阶级更值得谴责。"在中国奴隶制中，显出两种现象，一为主人对奴隶的宽厚，一为奴隶藉主家的势力，在社会上狐假虎威，胡作胡为。"李辰东：《红楼梦研究》，正中书局1942年版，第76页。

《红楼梦》与诗性智慧

　　作为文学创作而言，作品是作家想象力的展开，而极具个性的作家想象力是不可考证的。

　　为什么新的文学理论特别重视人物评价呢？"因为任何一部成功的文学作品都是通过人物形象来反映社会生活的，它绝不是一对社会史料的集合。"[①]马克思主义的对于《红楼梦》的研究，并不是只有阶级分析的理论资源，而且还把现实主义当作是文学分析的美学理论。实际上，在创作论上现实主义的美学原则正是马克思主义美学的突出特点。因为"现实主义艺术无不以塑造现实生活中真实的人物形象为能事，无不以塑造具有丰富深刻的社会内容和巨大艺术感染力量的人物形象为能事。作品中写的场面、情节和无论什么事物与生活细节，离开了人物形象的塑造，就失去了意义。作品的思想主题，社会和历史的特征内容，也总是从人物形象表现和反映出来的"[②]。

　　今天我们重去翻读五六十年代我国的《红楼梦》论文，是难以用"斗争红学"去一笔概括的。就其功绩方面来讲，也可说是有红学史以来最大的、人物研究最全面的。早期运用马克思主义方法的幼稚与简单，也一直在不断的修正和提高中，特别是对套用马克思主义的方法的教条主义，反思和批判也是不断展开和逐步深入的。人们往往认为阶级分析是一种概念化的分析，与文学的审美趣味无关，事实并不如此。且看推崇马克思主义方法的蒋和森对《红楼梦》人物所作的描述：

　　　　那一朵火红的、野气未脱的山茶，是晴雯；那"有刺扎手"的"玫瑰花儿"，是探春；那直茎大叶、色彩明快的风荷，是史湘云；那有着清冷的白色，喜欢开放在僻静角落里的雏菊，是惜春；那弯弯曲曲、攀着柱子往上爬的紫藤，又是袭人；而那有着丰姿艳色，可使玉堂生春的牡丹，自然

---

①刘世德，邓绍基：《评"红楼梦是市民文学说"》，《北京大学学报》1957年第2期。
②吴组缃：《论贾宝玉典型形象》（1956年），张宝坤编：《名家解读红楼梦》，山东人民出版社1998年版，第282页。

是薛宝钗；至于林黛玉的"风露清愁"和"孤标傲世"，则又浑似摇曳在霜晨月下的竹影兰魂。……

这些以花喻人的比附，恰切无比。可见，文学人物的阶级分析与传统趣味品评并非势若水火、冰炭不容。

当然，更多的时候，以阶级定性为主的人物分析，最终演化为两大对立阵营的划分。贾政、王夫人、贾母、薛宝钗、袭人、王熙凤是一个阵营，属于卫道者，是逆历史而动的，是反动的；而贾宝玉、林黛玉、晴雯、尤三姐、鸳鸯、司棋等属于另外一个阵营，属于叛逆者，是顺应历史潮流的，是先进的。"以往，评论《红楼梦》人物形象，总是从维护封建制度还是反对封建制度这个标准来画线，以此分出谁是正面人物，谁是反面人物。"[①]蒋和森在其分析文章中明确地将"贾赦、贾珍、贾琏、薛蟠、贾雨村"等命名为"反面人物"，把"林黛玉、晴雯、尤三姐、鸳鸯"命名为"正面人物"。[②]"对这些人物形象，必须透过他们各自复杂多姿的表现，去作深入的阶级分析。"[③]因为文学人物"一定都带着阶级性"[④]。

人物两大对立阵营中宝玉的形象，是《红楼梦》人物研究的中心。贾宝玉作为"文学新人"，为什么具有新的因素呢？吴组缃先生的分析，典型地代表了这种分析的出发点：

> 我国封建社会内要是没有资本主义萌芽的孕育，要是当时生产关系在原有的社会基础之上没有发生一些显著的变化，那就不仅不可能出现贾宝玉这样的典型形象，首先应该是不可能出现作品所描绘的那样形态的典

---

① 蔡义江：《理性看待红学研究的现状》，闵虹主编：《百年红学》，文化艺术出版社2007年版，第166页。

② 蒋和森：《红楼梦论稿》，人民文学出版社1981年版，第371页。

③ 同上，第385页。

④ 鲁迅：《三闲集·文学的阶级性》，人民文学出版社1973年版，第102页。

环境、那样形态的人与人间矛盾对立的关系，更为重要的是不可能出现那样种种不同典型的具有光彩耀人的内心精神的女子们。①

阶级分析习惯于将人物进行定性分析，而一定程度上失去了审美判断上的"度"的把握。比如，由于阶级定性，而将薛宝钗的思想本质定位于市侩主义时，似乎她与王熙凤已经别无二致，可以等量齐观了。

如吴组缃先生曾经这样描绘薛宝钗：

> 薛宝钗是实利主义者。薛宝钗要的是宝二奶奶的宝座，走的是封建主义道路。她虽然很年轻，因为是生长在皇商家庭，所受的教育是讲实利的；她没有什么别的理想。她的诗尽管文辞不错，但内心也是讲实利的。②

张锦池在《论薛宝钗的性格及其时代烙印》中对这种市侩性人格产生的社会环境根源做了如下分析：

> 薛宝钗性格中的这种市侩性，其所以是封建型，而不是近代资产阶级型，这是因为：（1）薛府是皇商，皇商是封建宫廷在工商界的代表，当时它是纯封建性的，这种经济地位决定了薛宝钗的思想特色；（2）发财致富之后，把经营所得主要不是用以扩大再经营与再生产，而是转入农村，购买土地，成为新兴地主，这是我国封建社会里封建商人的理想前途，从宝钗的买田置地的算盘上，不难看出她的经济思想与前者是一致的；（3）积极拥护封建政治，并不见她有近代市民的思想素质，即向往自由平等的生

---

① 吴组缃：《论贾宝玉典型形象》（1956年），张宝坤编：《名家解读红楼梦》，山东人民出版社1998年版，第330、331页。

② 吴组缃：《中国小说研究论集》，北京大学出版社1998年版，第280、320页。

活方式。[①]

上述吴组缃、张锦池的分析方法，典型地代表了唯物史观和阶级分析法对人物的研究，这就是紧密联系当时的社会生产关系状况，研究人物在社会生产关系中所处的位置，来确认人物的阶级属性，对其相应的阶级立场和阶级意识进行分析。

薛宝钗、花袭人、贾探春、王熙凤等这些都是争论比较大的人物，人们的意见当然也不是一边倒的。她们被当作是封建主义的信徒和卫道者是一致的，但是对于她们本身的悲剧性、她们个性上被扭曲、毒害，人们还是寄予了深刻的同情。"比如袭人，她屡次规劝贾宝玉走封建主义的道路，用阴柔的手段对贾宝玉进行无休止的斗争，但贾宝玉并没有在这些方面接受她的思想影响。可是她的社会存在，或者说她在社会关系上所处的地位、所遭的命运等等，总是不幸的，可悲的。"[②]对于将薛宝钗"骂倒"的倾向，何其芳曾这样为薛宝钗辩护："如果我们在她身上看出了虚伪，那也主要是由于封建主义本身的虚伪。她得到了贾府上下的欢心，并最后被选择为贾宝玉的妻子，也主要是她的这种性格和环境相适应的自然的结果，而不应简单地看作是由于她或者薛姨妈的阴谋诡计的胜利。"[③]何其芳的目的是想恢复薛宝钗作为文学形象的地位和价值，而不是把她变为政治批判的对象。

但是，否认薛宝钗人物本身的市侩性，有些论者又不同意。张锦池认为，"薛宝钗性格为市侩化了的封建淑女"，"这位望之如春的少女，就是这么一个春行秋令见利忘义的巧妙的利己主义者"。张锦池针对何其芳的说法，这种观点"是不对的。认识社会的人，既然薛宝钗体现了封建主义的虚伪，那么，也就

---

① 张锦池：《论薛宝钗的性格及其时代烙印》，张宝坤编：《名家解读红楼梦》，山东人民出版社1998年版，第412页。

② 吴组缃：《论贾宝玉典型形象》（1956年），张宝坤编：《名家解读红楼梦》，山东人民出版社1998年版，第290页。

③ 何其芳：《论〈红楼梦〉》，张宝编坤：《名家解读红楼梦》，山东人民出版社1998年版，第113页。

是她本性的虚伪。宝钗的虚伪不单单是体现了封建礼教的虚伪，还糅合着封建市侩的虚伪。社会是人的社会，对社会的批判必须通过对人的批判来实现。"①

何张之间的争论，体现了对薛宝钗这个人物认识的深入。对比何、张、吴三篇关于薛宝钗的分析文章，我们可以发现，张锦池不同意何其芳对薛宝钗市侩性的否认，又没有完全认同吴组缃关于资本主义生产关系的分析，不同意吴组缃关于薛宝钗不是淑女的论断，在薛宝钗这一人物形象的分析上可以说是对"市侩性——封建淑女"关系做了一种深化的辨析，力求贯彻辩证法的要求。

到1982年时，辩证法的应用已经超越了阶级的固定界限，而是发现了"你中有我、我中有你"。"以贾宝玉为例吧：在思想实质上，他的确具有资本主义萌芽时期的某些意识特征，但却又烙上了封建阶级浓重的印记；在人生道路上，他鄙夷仕途经济、世俗传统，含有明显的封建叛逆者的特点，但却又安于那种锦衣玉食、纨绔车马的公子哥儿生活现状；在人生态度上，他严肃地对待生活道路、婚姻问题，但却又轻浮地狎戏嬉戏、感情多用；在爱情问题上，他追求平等自由、志同道合、纯洁高尚，但却又禁不住形体美的诱惑，甚至对村姑二丫头也会神往；在家庭生活中，他不满于现存的一整套封建秩序，但却又随意踢丫头、骂奶妈；等等。"②宝玉的形象是一个文学新人，而这个新人身上也有旧人的烙印，实际上，宝玉是介于新人与旧人之间的过渡人物，是两个阶级之间的"中间物"。无疑，宝玉形象的闪亮特点是其身上的新人特质，但是他的旧人痕迹使他显得更真实——逼真生动，符合他出身的家世特点、成长的家庭环境和受教育的文化背景。

尽管马克思一再告诫不能将"阶级分析法"变成一个不变的公式去套用，但这种套用在不同时期的文学分析中的表现却比比皆是。但这只能说是演进中的不成熟，而不能因此全盘否定。《红楼梦》研究中这种套用的突出表现是，要

---

① 张锦池：《论薛宝钗的性格及其时代烙印》，张宝坤编：《名家解读红楼梦》，山东人民出版社1998年版，第418页。

② 魏同贤：《论〈红楼梦〉人物形象的丰满复杂性》，张宝坤编：《名家解读红楼梦》，山东人民出版社1998年版，第458页。

么说其中的思想冲突不是农民阶级与地主阶级之间的，要么说是新兴市民阶级与封建卫道者之间的，非他莫属、概莫能外。关于作品思想的复杂性，也类似于马克思对巴尔扎克的分析、列宁对托尔斯泰的分析，毫无疑问地来自于世界观与创作方法的矛盾。这样一种套公式的做法，显然取消了对特殊对象的历史具体性的研究，是不符合马克思主义的要求的。

五、"人学"观的人性论方法

文学是人学，这是一种比拟性的说法，并不能作为文学的定义。但是，它却确立了以人的普遍心理和欲求来同情式地理解、评价人物的方法。在这种观念的支配下，文学的认识价值主要可以归结为是一种人生经验的总结或人生体验的一种深化。"人们对《红楼梦》的兴趣就是对于世界、对于生活、对于人自身的兴趣，'话题'是什么？话题就是问题，就是人们在自己的人生历程中不可避免地面对的种种问题。"①

"五四"时期，我国文学界为了反对封建文学，反对封建旧文学，把文学看成是载道的工具，反对旧文学对人的忽视和蔑视，提出过"人的文学"的口号，带有西方人道主义色彩的人性论哲学、人的个性价值和权利一度得到张扬。到了20世纪30年代"左翼"思想盛行以后，阶级论成为"人性论"的劲敌，40年代以后，直至新中国成立后的十七年时期，"人性论"的文艺观成为敌对思想和反动思想的同义语。1977年，何其芳在《毛泽东之歌》一文中，引用了毛泽东的讲话："各阶级有各个阶级的美，各个阶级也有共同的美，'口之于味，有同嗜焉'。"②这句话的公布，标志了一个数十年来被严厉批评的人性论与人道主义问题的解禁，这之后，关于人性、人道主义的探讨也就热烈起来。

新时期关于人性论与人道主义的思想必然地也反映到《红楼梦》的研究中

---

① 王蒙：《红楼启示录》，生活·读书·新知三联书店1991年版，第259页。
② 何其芳：《毛泽东之歌》，《人民文学》1977年第10期。

来了。

　　作为对政治分析的反拨，人性论的分析，更重视从普通心理出发来理解人物，分析人物的欲求和行为。人性论的分析是以反对对《红楼梦》进行政治上的上纲上线为出发点的。"如果曹雪芹死而复生，见到这些高论，特别是例如毛泽东主席的'阶级斗争史''四大家族兴衰史'的高评，不吓晕过去才怪！"①放到日常经验中理解人物，不作更高的提升，反对政治性的概念分析，目的是归结对生活经验的总结和还原。钗黛评价问题是《红楼梦》人物评价的最重要的问题，钗黛优劣的划分，与解析的角度和方法有直接的关系。历史上曾经有"钗黛合一"的说法，它最主要的价值立场是两人双峰对峙、双水分流，都是作者赞颂的对象，没有好坏之分。在思想解放的新时期，王蒙就是这种"钗黛合一"论的继承者。王蒙在评价既往的"钗黛合一"论时，运用了人性论的方法，实际上他的大多数人物分析的论文都可以看作是人性论分析的典范。在他看来，林黛玉和薛宝钗是人性中不同的两极，既是作家对生活经验的智慧总结，更是作家对人性体验的美学深化。她们一种是理性的，一种是感情的。"她们代表了人性最基本的'吊诡'（悖论），人性可以是感情的、欲望的、任性的、自我的、自然的、充分的，它表现为林黛玉；同时，人又是群体的、道德的、理性的、有谋略的、自我控制的，它表现为薛宝钗。"②"只有承认薛宝钗式的心理机制同样也是人性的一个层面，有它存在的必要性、合理性、可能性，才能解释古今中外为什么会有那么多道德家、谋略家、智者、禁欲主义者，也才能解释我们为什么说薛宝钗也是理想了。"③

　　从审美趣味上讲，喜欢林黛玉、薛宝钗可以各有理由，甚至是个性的理由和极端化审美经验的理由，因为在趣味上是无需争辩的。但是上升到审美认识上，上升到一定的观念层次，价值观的分化和对立就不可避免。陈熙中认为，

---

①　王蒙：《红楼启示录》，三联书店1991年版，第27页。
②　王蒙：《心有灵犀》，人民文学出版社2002年版，第7页。
③　同上，第73页。

王蒙的观点貌似允中，实际上是在偏袒薛宝钗。

陈熙中批评王蒙道："我认为，脱离了具体的社会的时代的乃至个人的内容，把人性抽象为理性的薛宝钗精神和感情的林黛玉精神，表面上古今中外，概莫能外，实际上则是什么问题也不能说明。"从王蒙的理论出发，"在逻辑上必然导致更推崇薛宝钗精神"。陈熙中显然不同意抑黛扬钗，并且推演出这样的结论否定王蒙的观点：假如，将薛宝钗看成是认同精神的代表，将林黛玉看作是自我精神的代表，那么贾政比薛宝钗更有认同精神，薛蟠比林黛玉更"欲望"、更"任性"、更"自我"。为什么不说他们俩分别是这两种精神的代表呢？[①]

其实，早在1954年蒋和森就对林黛玉和薛宝钗作过上述与王蒙类似的分析，但他强调："评论人物不能离开在当时所起的历史作用，要看它沿着什么方向发展，是否与时代前进的步伐一致。"[②]蒋和森在《薛宝钗论》中明确地将批判的锋芒对准了薛宝钗精神。他接着说，如果薛宝钗的命运也是悲剧，那么是"一种缺乏感动力量的悲剧"。

把薛宝钗和林黛玉等量齐观是否符合作家的意图？曹雪芹的意图应该说也是一个猜测的对象，是有待商榷的。尽管人们想根据文本或脂评来支持、论证自己的说法，但是所使用的方法依然是各取所需、六经注我的局部归纳法。

人性论分析的价值，不在于恢复了薛宝钗、袭人等的名誉，看到这些人物身上也有善处、好处、贤处，而在于它将人们审美心理的复杂性凸现出来，把审美心理过程中感受阶段的认识归结出来，以此来反对政治分析的定性判断和单一判断，或者说是概念化的判断。人性论者认为，应当写出人本身所具有的复杂性来，凡是漫画化对待人物的艺术描写，都是和审美相敌对的。因此，人性论的分析对作家丑化地描写赵姨娘、贾环等不满，认为这些人物被概念化了，认为作家这样做可能与作家特殊的身世阅历有关，漫画化地处理人物不是曹雪芹正常的创作心态，而正是作家局限性的表现，这些人物的审美价值也是

[①] 陈熙中：《"钗黛合一"的是与非》，闵虹主编：《百年红学》，文化艺术出版社2007年版，第90页。

[②] 蒋和森：《红楼梦论稿》，人民文学出版社1981年版，第160页。

有限的，或者说被主观性遮蔽了。"唯赵姨娘、贾环、贾赦、邢夫人、王善保等嫌脸谱化或简单化，几个人物一出现就尴尬，一出现就丢丑，而且一出现就失败。显然作者不待见她们，倾向性过于明显。"①人性论的分析与阶级论的定性不同，贾政王夫人等也不再是阶级敌人，宝玉和贾政王夫人也不再是紧张的斗争关系，对宝黛爱情的不赞同得到了更多的理解。贾政也不是没有慈父心的家长，王夫人也不是极端自私的、不是伪善的，而是非常有局限性的父爱和母爱的文化表达。不能怀疑，他们都是为了宝玉好才不得不如此选择的，尽管他们意识到了可能会有的毁灭结果，但却不愿意直接面对。人性论者认为，这样来写人物，显然更真实。

　　同情人性的弱点，这种同情在人性论那里很容易失去界限。书中必须批判的见利忘义、见色忘义之徒，纵一己之欲者如王熙凤，甚至是贾珍、贾琏、贾蓉等，也在某种程度上被宽容了。他们的道德缺陷如王熙凤的极端自私，似乎也是一种人性之常，特别是在当时的历史环境中，似乎不值得过分指责，甚至觉得这样写作才真实。如袭人因有种种缺点而显得生活化，"宝钗太'净化'了，袭人同类性格，由于'初试云雨情'，由于被李嬷嬷痛骂，由于挨了宝玉一个'窝心脚'，由于常被晴雯嘲弄挖苦，就显得真实得多"②。如此一来，《红楼梦》的现实针对性和社会批判性就完全丧失了。作家所赋予作品的诗意与理想在这里完全被忽视了，作家的高视点被移植到了地面上，蛰伏在人性的普通心理上和普遍欲望上，作家通过宝黛爱情悲剧在道德和人生两方面所肯定的自由理想和人格理想，也被抹杀了或故意忽视了。人性论的批评反对刻意拔高人物，但是，作家在创造理想性的人物时确实就存在着拔高的倾向，使其立足于现实又超越于现实，使之成为超凡脱俗的诗性人物、理想人物等，使其成为不同一般传奇人物或英雄人物等，这不是文学创作中的常见现象吗？《金瓶梅》的缺点不就是没有一个人物是理想性的、是诗性的吗？

---

① 王蒙：《红楼启示录》，生活·读书·新知三联书店1991年版，第191页。
② 同上。

就读者的阅读心理和美感需求来讲，也并不是越说越复杂就越好。尽管在审美心理过程中曾经经历了一个莫可名状的复杂阶段，但心理辨析不是止步不前的，人物是非判断的清晰性是审美判断的趋势，也是值得重视的。其实，人们在阅读时，在对人物作出评价时，审美判断也是从混沌到清晰不断往复的过程，不能说越说越糊涂，或者结果就是混沌。阅读经验表明，审美判断不等于"亦此亦彼"的"模棱两可"，而是"愈辨愈彰"、"明镜照物，妍媸必露"的。

（原载《红楼梦学刊》2008年第6辑，又入《马来西亚马来西亚大学红楼梦国际学术讨论会》）

宝玉，意欲何为？
——贾宝玉文学形象的审美读解

一

读懂贾宝玉，理解贾宝玉文学形象的意义，并不是一件简单的事。在某种程度上可以说，读懂宝玉，像理解曹雪芹一样有诸多困难因素。这些困难因素并不全在历史资料的匮乏和史迹的湮灭，而在于曹雪芹和贾宝玉在世俗人眼中是难于理解的。

生活在宝玉身边的人，血缘上靠他最近的是王夫人和贾政。在他俩眼中宝玉专在淫词艳赋上下功夫，混迹于裙钗之中，是一个不务正业的混世魔王。位置上靠他最近的是丫头袭人，评价宝玉有三：一是动辄言死，不珍惜生命和尊重自我。二是非但不读书上进反而骂读书人是禄蠹。三是毁僧谤道，调脂弄粉，任情失正。宁国府里的尤氏也像王夫人、贾政一样是有眼无珠之人，她也曾经这样评价过宝玉："谁都象你，真是一心无挂碍，只知道和姊妹们顽笑，饿了吃，困了睡，再过几年，不过还是这样，一点后事也不虑。"(七十一回) 无疑，宝玉在这些人眼中成了浑浑噩噩的行尸走肉。

至于在傅秋芳家的两个嬷嬷眼里，宝玉则更显可笑了："大雨淋得水鸡似的，他反告诉别人'下雨了，快避雨去罢。'你说可笑不可笑？时常没人在跟前，就自哭自笑的；看见燕子，就和燕子说话；河里看见了鱼，就和鱼说话；见了星星月亮，不是长吁短叹，就是咕咕哝哝的，且是一点刚性也没有，连那些毛丫头的气都受的。"(三十五回)

宝玉在庸常人眼中，即是如此这般一番景象。

在大观园里，具有兰心蕙质的人不少。宝钗、探春即算第一类，走正统之路；王熙凤也算一类，走极端利己之路；林黛玉是这种人的第三类型，和宝玉默然认同，表现为在众目睽睽之下走向异端，且不思己"过"，不谋与世人相偕。这三种人都没有轻率地骂过宝玉，她们或深或浅地窥见和走进了宝玉的精神世界。

在宝玉所处的那个时代，"人不为己，天诛地灭"，而宝玉在利害关头却总是先想起别人。人生事业，是需要时时盘算的，而宝玉却不问生活在大家族中自己的使命是什么。芸芸众生，上下内外，尊卑有序，而宝玉却偏偏不守繁文缛节，唯求怡情悦性。与异性交往，重在真情真义，绝非皮肤淫滥之徒。袭人曾说宝玉是"无事忙"，宝玉忙饯花、祭花、葬花，忙结社、吟诗、作赋，忙黛玉、晴雯、妙玉。这就是宝玉的精神世界：物我相通，人我平等，不计功利，唯美是求。

然而，在那个社会里，追求这些是不会有什么结果的，更与世俗的价值观念相背离。春天的花美，女孩子的青春美，人际关系的纯洁美，这些算得了什么？随着光阴东逝了，随着秋风飘零了，随着物事湮灭了，只有"读书是极好的事，不然就潦倒一辈子"。袭人如是说。

就宝玉所处的内外环境而言，科举取仕，被众人视为他唯一的"阳关道"。而宝玉却决绝此道，这与曹雪芹在书中对贾雨村人生道路模式的彻底否定，相谋相合。

贾雨村出身贫寒，却仪表堂堂，才智不凡。虽中科举得来一官半职，却因不识仕途诡道被人参了一本，削职为民。夤缘贾府贾政之后，又巴结王子腾，复旧职。从此深懂圆通之术，见风使舵，金蝉脱壳，出卖良心，恩将仇报，丧尽天良，于是官越做越大，直到吏部侍郎、兵部尚书，可谓位极人臣，炙手可热。对雨村而言，除了有"伴君如伴虎"的战战兢兢之外，还有"多行不义必自毙"的惩罚，"意悬悬半世心"，在人格毁灭之后，又被削职为民，这次是险些丢了性命。

书中宝玉，厌恶雨村，骂此类人为禄蠹，并坚决不与此类人为伍。这表明了宝玉对科举道路的否定，相对于宝玉的小小年纪而言，这一选择带有直觉性甚至先验性的特征。而曹雪芹否定此"阳关道",则是建立在对封建社会复杂关系的冷静观察和反复思考基础之上的。宝玉虽未沐官场的凄风苦雨,雨村却成了一个样板,两相对照,谁能说宝玉决绝仕途的思想不是曹雪芹分析人生社会的结果呢?贾府中只有贾政,久在险途,却盲人瞎马,在抄家时欲求雨村又被踹了一脚,是可怜可悲还是活该呢?

曹雪芹通过贾雨村的人生道路,虽未明言而明言,虽未宣言而宣言:贾雨村式的那条自毁毁人之路不可走。宝玉走科举之路,难免雨村的结局和下场。至此,我们大概对宝玉的"不务正业"有了些许赞同,这正是作者运用"写此注彼"的手法,在对比性的艺术描写中所期以达到的效果。宝玉没有走封建大家庭为他安排的光宗耀祖之路,而是从此走上了反叛的不归之途,任凭贾政棍棒交加,任凭袭人娇嗔箴劝,任凭宝钗、湘云絮絮叨叨,宝玉不为所动。如此坚定的信念,因为坚定而显得成熟,显得耀眼夺目。

不走科举取仕之路,那么,宝玉意欲何为?

二

仔细观察宝玉在贾府内外的活动,我们会发现他与贾府内部的男性角色保持着谨小慎微的关系。你见过宝玉和贾环、贾兰一块嬉戏、玩耍吗?你见过宝玉和贾琏一同做事吗?你见过宝玉对于贾赦、贾政的主动依赖和敬畏吗?宝玉可以和秦钟交游,可以和薛蟠、冯紫英共饮,决不会寻机会和贾赦、政、珍、琏、蓉多说半句话。甚至,贾宝玉对于荣宁二府还保持着一种局外人的心态,似乎贾府的荣辱枯败、兴衰交变与己无关。一个有意义的场面是,十六回元春晋封贵妃,这是贾府兴隆盛事,当大家欢乐无比时,宝玉却无动于衷。至于"贾母等如何谢恩,如何回家,亲朋如何来庆贺,宁荣两处近日如何热闹,众人如何得意,独他一个皆视有若无,毫不介意。"

实际上,宝玉的这种局外人心态,实在是无可奈何的、舍此无他的选择。贾府内部的紧张关系,王熙凤曾有一段"好评":"你是知道的,咱们家所有的这些管家奶奶们(爷们也一样——笔者注),那一位是好缠的?错一点他们就笑话打趣，偏一点儿他们就指桑骂槐地抱怨。'坐山观虎斗'，'借剑杀人'，'引风点火'，'站干岸儿'，'推倒油瓶不扶'，都是全挂子的武艺。"(十六回) 难怪一遇是非纷争宝玉总是采取息事宁人的态度，不是往自己身上揽责任，就是模糊敷衍，不愿追根到底。宝玉在贾府貌似地位很高，实则是无半寸权力，甚至他连插言说话权利都没有。更不用说其他了。试问，宝玉能指责贾珍贾蓉父子聚麀尤二姐吗？宝玉能干涉贾赦欲收鸳鸯、强夺石扇吗？宝玉能劝说贾琏珍惜平儿、不渔猎女色吗？宝玉能反唇相讥贾政既然少小"酷爱读书"、喜欢诗文，却为何每到用时又黔驴技穷、斯文扫地吗？宝玉能阻止贾琏、王熙凤放高利贷吗？

依宝玉的个性、志趣而言，宝玉不会充当管家婆的角色。排除年龄尚小这一点，还因为他并不强而有力。那么换一个角色是否就可以挽狂澜于既倒呢？且看凤姐，不可谓不精明强悍，不可谓不心狠手辣，不可谓不尽心尽力，到头来不过如鸳鸯所评"治了一经损一经"(七十一回)，最终"机关算尽太聪明，反算了卿卿性命"。

宝玉没有混迹于贾珍、琏、蓉辈之中，是因为志趣迥别；宝玉不屑于贾政训子的堂皇说辞，是因为他别有追求。那么，宝玉的志趣、追求是什么呢？宝玉，又欲何为？

三

贾府内外充斥种种丑恶、罪恶，贾宝玉与它们拉开了距离。而在大观园中，宝玉却深深地被种种美景、美人、美时所吸引，留恋于此，忘情于此，陶醉于此，伤感于此。

被美所吸引的不仅是贾宝玉，还有曹雪芹，且看他们如何赏美：

[杨妃戏蝶] 宝钗"刚要寻别的姊妹去，忽见前面一双玉色蝴蝶，大如团扇，一上一下迎风翩跹，十分有趣。宝钗意欲扑了来玩耍，遂向袖中取出扇子来，向草地下扑。只见那一双蝴蝶忽起忽落，来来往往，穿花度柳，将欲过河去了，倒引的宝钗蹑手蹑脚的一直跟到池中滴翠亭上，香汗淋漓，娇喘

细细,……"

[宝玉泣杏]"宝玉便要去瞧林黛玉,便起身拄拐辞了他们,从沁芳桥一带堤上走来。只见柳垂金线,桃吐丹霞,山石之后,一株大杏树,花已全落,叶稠阴翠,上面已结了豆子大小的许多小杏。宝玉因想道:'能病几天,竟把杏花辜负了!不觉倒'绿叶成荫子满枝'了!因此望杏子不舍。"

还有黛玉葬花、龄官划蔷、晴雯撕扇、平儿理妆、琉璃世界白雪红梅、芦雪庵即景赋诗、湘云醉眠芍药裀……

我们有理由相信曹雪芹是美的观察者、欣赏者、表现者、崇拜者。在大观园中,宝玉是这些美景、美情、美人的享受者、赞叹者、沉醉者,其他人或为名来或为利往,绝没有宝玉这样的闲暇和心情。就此而言,宝玉没有被虚名浮利所俘虏、所异化,依靠受之于天的自然本性,和大自然同呼吸,和同样没有受到尘世污染的女孩子同悲欢,谁又能说宝玉不是贾府中最幸福的人呢?至少宝玉没有辜负这人间的良辰美景……这里的美情美景都不如林黛玉的美,她没有宝钗赤裸裸的功利心和莫测深浅的城府,她没有湘云的憨直浅露和缺乏含蓄,她不像晴雯那样锋芒逼人,不像袭人那样步步为营、精心图划。所以宝玉深爱着纯净得像水晶人儿一样的黛玉。可以说,黛玉出于同样的原因也深爱着宝玉,他们之间演出了一场感天动地的、绝唱般的爱情悲剧。

可是,曹雪芹并没有把《红楼梦》写成"美人画廊"、写成"四季风景图"、写成"美物博览会"。在对美的描写背后,曹雪芹和贾宝玉一样,对于美的好景不长、稍纵即逝而无限伤感。本来,春花秋败,青春易老,人情莫测,是生活常识而人人知之的,但宝玉却偏偏弄词作赋,欲求挽留,最终落得对空长叹!《红楼梦》的魅力之一正在这里,曹雪芹以美对抗庸俗、以美反抗虚无、以美沐浴人生,是有一种"知其不可而为之"的精神的,虽然这一理想如黑夜中的摇曳的星星之火,在别人眼里微茫难求,而曹雪芹、贾宝玉都有一种顽强的执着,执着于对美的强烈追求,执着于一种至死不渝的美的信仰。

随着抄检抄家,美离大观园而去;随着宝钗熏心利欲的滋长,美离杨妃而去;随着人情分定,探春、湘云之美再不能为人共享;随着倾轧日烈,晴雯、黛玉香消玉殒;尊重现实的曹雪芹看到了美的悲剧的时代必然性,然而《红楼梦》何尝不是一首美的挽歌,曲终人散,残月一轮,"白茫茫一片大地真干净"。但是,人是万物之灵,智慧却承受着美被毁灭的痛苦。至此,我们似乎理解了宝玉在默默中的祈求:来生"再也不要托生为人"。面对丑恶人世,贾宝玉义无反顾,这是对现实扭曲美、压抑美、毁灭美、销蚀美的强烈抗议。

四

宝玉是"向死而在"的。

《红楼梦》中的宝玉的主要活动是在他的15岁左右,这样的小小年龄却常常言及死。最显著的是在三十六回向袭人说的那次:"人谁不死,只要死的好。……比如我此时若果有造化,该死于此时的,趁你们在,我就死了,再能够你们哭我的眼泪流成大河,把我的尸首漂起来,送到那鸦雀不到的幽僻之处,随风化了,自此再也不要托生为人,就是我死的得时了。"看来,宝玉是不怕死的,甚至他还希望死在姐妹们离散之前,他仿佛已参透人生,达到了大彻大悟的境界。那么,宝玉的生命是否受到了严重的威胁了呢?不能说没有。一次是贾政立意要打死他,虽然是在情急之中,贾政的意识却明晰,决心也坚定,与其他来日"杀父杀君",不如今日一绳勒死他。这里贾政实在是高估了宝玉存在的异端性和叛逆性。另一关是宝黛的爱情考验。如果说前者的危险是一种外力的强加,那么后者则有可能从内部、内心摧毁两个脆弱的生命个体。

宝玉的数次或"疯"或病,均已危及生命,原因大多与黛玉的去留、婚配有关。贾母是明眼人[①],却故作不知,实际上是内心反对。王夫人、王熙凤,为了能和将来的宝二奶奶结成一党,当然希望王夫人妹妹薛姨妈的女儿宝钗入选,有八面玲珑的宝钗在,当然不能首先考虑外姓人兼性格孤僻的林黛玉。薛

---

① 比如,贾宝玉在一般人眼里是一个好色之徒,但贾母却不这样看,"也未见过这样的孩子,别的淘气都是应该,只他这种和丫头们好,更叫人难懂。我也为此耽心,每每的冷眼查看。他和丫头们闹,必是人大心大,知道男女的事了,所以爱亲近他们,及至细细查试,究竟不是为此,岂不奇怪?"

姨妈虽说要给黛玉的婚姻做主，却到处散布金玉良缘说。在第五十七回中，更是虚情假意地安抚黛玉，用缓兵之计把宝黛那已闹得满城风雨的生死依恋在处心积虑中大化小、小化了。

宝玉生命中的最大阻滞因素终于演化为爱情失败的沉重打击。这打击是致命的。试想，宝玉在这个世界上除了爱情之外还有什么可留恋的呢？所谓事业，不过是封建社会所规定的千篇一律的人生道路，是从虚幻走向毁灭的恶性循环；所谓家庭，父母、兄弟心灵相隔、志趣迥异、人情冰冷；所谓良辰美景，也如"落花流水春去也"，好景不长，徒增遗憾、伤感！这就难怪宝玉也对人生持决绝态度了。联系第三十四回宝玉挨打之后所说的"我便一时死了……亦无足叹息"和常对黛玉说的化灰化烟的话，宝玉是愿为美为爱情而殉身的，这也并非一时的冲动之言，而是经过深思熟虑的。

并不能说，宝玉和林妹妹的爱情体验是纯粹的愉悦，这是一种真正的爱情，而其中所夹杂的难于相互理解、相互沟通、不能自由实现的痛苦也是不言而喻。他们爱情悲剧的原因如下：一是社会因素。宝玉和林妹妹的关系难以被认可，不能完全看作是"金玉良缘"的说法在干扰、阻挠，更重要的是，宝玉和林妹妹的那些相同的异端思想、行为相汇合、凝聚，极有可能给贾母、贾政、王夫人、王熙凤等所竭力维护的家族利益造成难以估量的冲击。所以，不管宝玉和林妹妹在园子里怎样几起几落的大闹、怎样明白无误地向人显露，均不能被上述诸人认可。所以，把宝玉和林妹妹与贾母、王夫人的关系看作是两种不可调和的思想对立即异端和正统的对立一点也不过分。正因如此，林妹妹才感到"一年三百六十日，风刀霜剑严相逼"，宝玉对此也有共鸣，他们的生存意志受到了严重压抑。二是文化因素。林妹妹的个性和心理品质是传统文化的结果，一方面，从需要的角度她有一种抑制不住的感情要表达、要求证、要印证、要回应，一方面，又在现实中竭力掩饰、掩盖、模糊、隐藏这种感情，甚至把宝玉的回应和真情的表达看作是对自己的轻慢、欺侮，所谓"求近之心，反弄成疏远之意"即此是也（二十九回），这就堵塞了两人由心心相印到团结一致、共图良策期以成功的可能性。就此而言，谁能说这不是我们民族传统文化心理的一个苦果、一种悲剧呢？三是个性因素。黛玉的过分闭锁、多疑的性格带有自我摧毁的性质，而宝玉"爱博"(鲁迅)的难改习性也让黛玉无所适从，黛玉不是抱怨宝玉"只是见了姐姐就把妹妹给忘了"吗？

爱情失败的打击对于宝玉来说并不是最后的打击。在后四十回中，宝玉在骗局中和宝钗成婚，两人貌合神离、同床异梦，这无爱情的婚姻又建立在黛玉冤死怨魂之上，对于宝玉来说婚姻更无幸福可言，这也许是对宝玉的最后一击。

宝玉离家出走了，被一僧一道挟走，这就是宝玉故事的结局。如以前宝玉所言，当和尚了吗？宝玉平日里可是毁僧谤道之人呀！与其说宝玉因情悟道，看破红尘，遁入空门，倒不如说宝玉是追随美而去。宝玉的故事并不是演绎了佛家的教义真理，也不像本世纪初王国维依据叔本华哲学对《红楼梦》所作的评论，所谓"灭绝生活之欲"、"寻求解脱之道"，"自犯罪、自加罚、自忏悔、自解脱"是宝玉形象的意义，这两种说法的以偏概全是明显的。若仅以宝玉出家为立论根据，那将更明显地沦为一种皮相之论。

五

透过宝玉，我们可以更全面、更深刻地了解那位伟大的文学家、诗人曹雪芹。

在"曹学"研究中，由于曹雪芹在可信的正史中和官方资料中没有记载，而民间记载又多有分歧、矛盾之处，以致我们连曹雪芹的父亲是谁(曹頫还是曹顒?)、曹雪芹的生卒年及婚姻、子嗣等情况都无法确切知道。这为我们研究曹雪芹的身世经历、人生经验、审美理想可能给《红楼梦》创作所发生的影响，带来了困难。但曹雪芹毕竟给我们留下了《红楼梦》，"世远莫见其面，觇文辄见其心"(刘勰)，这种"沿波讨源"(刘勰)的方法不也是一种非常有效的研究曹雪芹美学思想的途径吗？

周汝昌先生在《曹雪芹新传》中，这样塑造了曹雪芹的形象："第一是他那放达不羁的性格和潇洒开朗的胸襟，能使他的谈话挥挥霍霍，嬉笑怒骂，意气风生。这就是古人所谓'雄睨大谈'，听之使人神往、色动的那种谈话。第二是他的素喜诙谐，滑稽为雄，信口而谈，不假思索，便能充满幽默和风趣，每设

《红楼梦》与诗性智慧

一喻、说一理、讲一事，无不使人为之捧腹绝倒，笑断肚肠。第三是他的自具心眼，不同流俗，别有识见，如鲠在喉，凡是他所不能同意的，他就和你开谈设难，决不唯唯诺诺，加以他的辩才无碍，口若悬河，对垒者无不高树降幡，抑且心悦诚服。第四是他的傲骨狂形，嫉俗愤世，凡是他看不入眼的人物事件，他就要加以说穿揭露，冷讽热嘲，穷形尽相，使聆者为之叫绝称快！"[1]美国威斯康星大学教授周策纵先生也有相似的见解，认为曹雪芹颇像魏晋时期的阮籍，才华卓异，自命不凡、遗世独立。[2]

　　两位周先生从传记学的角度对曹雪芹的研究与我们对贾宝玉的分析有很多叠合之处：宝玉的似疯似癫，是不是曹雪芹的豪放不羁呢？宝玉的似痴似呆，是不是曹雪芹的大智若愚呢？宝玉的万人皆谤是不是曹雪芹的不合俗流呢？宝玉的万物互答是不是曹雪芹的一片诗情呢？宝玉的命运遭际是否包含有曹雪芹的人生缩影？回答无疑是肯定的。换言之，宝玉的形象意义不仅是整部《红楼梦》的思想纽结，而且还是解开曹雪芹美学思想、社会理想之谜的一把钥匙。在宝玉身上，凝聚着曹雪芹对社会、历史、现实、人生的反思，作者赋予这一形象以理想的形式和色彩，不幸的是作家又看到了这一形象在封建时代、在现实重围中的力量弱小和无法突围，以至于最终归于毁灭。从宝玉形象的意义看，作为现实主义作家的曹雪芹期待着社会的新生，期待着有别于传统价值观念的新的人生追求的实现，而这样一种追求由于彻底摆脱了现实中的功利主义、贵贱等级观念、自我独尊等落后意识，而显得与封建主义的意识形态格格不入，曹雪芹也被看作是难以与时代合拍的如陶渊明、阮籍、嵇康、苏轼一样的人物。实际上，从宝玉形象塑造的更深刻的意义上看，曹雪芹与那些前代与现实发生龃龉的历史人物有一个重大的不同，就是曹雪芹超越了中国传统文人怀才不遇、愤世嫉俗的心理局限和文化性格，从对现实关系的深刻洞察、分析、思悟，进而在小说的描写中给予中国封建传统文化扼杀个性自由、创造

---

[1] 周汝昌：《曹雪芹新传》，外文出版社1992年版，第228—229页。
[2] 参见周策纵：《弃园文粹》，上海文艺出版社1997年版，第77—81页。

精神以深刻的抨击。曹雪芹认为自己处于一个社会末世时代，旧的社会大厦行将崩溃，往日的辉煌已荣光不再，处于生活浊流中的人群，个个嗜痂若癖，唯利是图，蝇营狗苟，物欲横流，面对江河日下的世事人生，曹雪芹以先知先觉的敏锐触觉，在小说中深刻地暴露了末世社会大厦的蛀梁蛆虫的种种丑形并通过艺术描绘呈现了它必然崩溃的内在逻辑。而《红楼梦》之所以不同于其他暴露小说、讽刺小说，重要的是在于他成功地塑造了贾宝玉这一人物形象，作家对于宝玉那样一种唯美唯情、平等待人、向往自由的精神境界的肯定，显示了作家对于未来社会人生的期望。与同时代一样优秀的小说作家如吴敬梓、李汝珍等相比，曹雪芹对正面理想的描绘无疑更全面、更具体、更深刻、更生动。尽管小说是以悲剧为结局的，但作者对这一理想境界的核心人物——贾宝玉的一腔热情，业已由一种精神力量转化为一种物质力量，成为鼓舞人的力量。因此，我们说宝玉文学形象的意义不是逃遁，不是忏悔、不是解脱，而是一种昭示，一种希望，一种抗议。在这里虽然作者没有直接提出社会变革的政治要求，但这一要求潜在地寓于作者对传统价值观念体系的无可置疑的否定中。

宝玉之所为，乃作者之所扬也。

1998年5月18日第一稿
1998年6月12日修改

（原载《云南艺术学院学报》1999年第1期）

关于袭人形象的评价问题

袭人是《红楼梦》塑造得最成功的文学人物之一。袭人的形象被误解为耍奸、奴性和虚伪，其实袭人是敢作敢为的，也是大胆直露的，她的大多数言论具有犯上的性质。袭人没有得到好评的真正原因在于：在《红楼梦》的两大矛盾——父子矛盾、金玉良缘与木石前盟的矛盾中，她都站在了作者所崇扬价值的反面上。缺乏牢荣固宠之术使她失去宝玉，而类似于雪雁似的效忠主子又导致了薛宝钗对于她这个贰臣式人物的扫地出门。袭人的悲剧性正是一个个人"向上爬"的典型，换个角度说是大观园中个人奋斗者的典型，是不可能逾越社会阶层严格界限与鸿沟的悲剧人物。

一

当前，红楼人物研究与分析遇到了困境。这种困境的中心问题是创新的艰难。似乎关于红楼人物人们都说尽了，没有什么值得再重新说一说了，再说也是重复一遍过去的见解。这是问题的一个方面。另一方面是，人们又对当前关于人物评价的种种结论不满，认为那些结论性见解陈旧了，过时了，不能满足当代读者特别是当前青年读者的要求。人物分析的困境依然，但是突破困境的任务和使命却显得刻不容缓、不容推卸。人物塑造是小说艺术的中心，人物命运寄寓着作家的创作意图，把握作品特别是叙事文学作品，人物掌握首当其冲。

红楼人物评价的创新依赖两个因素：一是自觉的方法论更新；一是文本的细读和整体审美感悟的统一。这当然是很高的两个要求，理论自觉不是从一个极端向另一个极端反叛，或者凡是过去的结论就反着说，或是用新概念重新打扮，即所谓的新瓶装旧酒。文本细读也是如此，没有独立的细读就会被既成说法所笼罩，陷入换一种方式重复旧说还以为是创新的不自觉境地。

文本细读和整体的人物把握不能矛盾。经得住时间考验的人物分析，往往是文本经验与理论概括、提升的统一。没有理论自觉就会陷入就事论事、说东不顾西的境地，抓住一点不及其余；没有细致感悟就会凌虚蹈空，以至于天马行空、自说自话。这样的分析，实际上已与红楼人物评价无关，纯粹变成了一种自恋式的自我独白。

王昆仑的《红楼梦人物论》开篇就是《花袭人论》，李长之在《红楼梦批判》中认为，《红楼梦》中塑造得最成功的五个个性人物是宝玉、黛玉、王熙凤、袭人和薛宝钗。尽管是一家言，但袭人的重要性可见一斑。但袭人这一人物形象，就存在着上述所说的一些扭曲：文本细节上的袭人形象是一个刚强的人，但人们却说她奴性十足。袭人明明也是金陵十二钗中的一个悲剧人物，但大多数评点家和后来的文学评论者却对她的不幸视而不见，甚至对她的悲剧命运拍手称快。

二

在既往的袭人评价中，说她虚伪、奴性的意见是主流。"读《红楼梦》的人，没有不骂袭人的。"[①]袭人服从贾母、王夫人的指使，监护宝玉，自觉地以封建意识形态（读书上进、追求经济仕途）为信念，规劝宝玉，千方百计地试图使宝玉就范并和宝钗一起逼迫宝玉科举应试等，小说文本在整体上显现袭人与宝玉的关系是由近而远，她的奴性表现为对封建意识形态的绝对遵从，对统治阶级传统价值观的认同，但不是对统治者的绝对服从。如果说袭人的奴性就是通过对主子的绝对服从来显现的，那就不符合小说的艺术描写了。

袭人也有像红楼其他人物一样的"刚口"，这个"刚口"显现的不是袭人的

---

① 李长之：《红楼梦批判》，《红楼梦研究稀见资料汇编》，人民文学出版社2001年版，第447页。

《红楼梦》与诗性智慧

柔顺,而是言语上的僭越与反抗。

例证可以举两个:一次是鸳鸯抗婚。袭人听见鸳鸯和平儿对话,也插言狠狠地骂了贾赦道:

> 真真这话论理不该我们说,这个大老爷太好色了,略平头正脸的,他就不放手了。(第四十六回)①

指责贾赦好色到了下人都看不上的地步,袭人敢这样骂贾赦,并且这是风险极大的。果真,邢夫人追问:"又与袭人什么相干?"(第四十六回)

邢夫人是王熙凤的婆婆,王熙凤尽管心里向着王夫人,惟王夫人之命是听,但还不敢与婆婆邢夫人对抗,而袭人此举不仅得罪了贾赦还得罪了邢夫人。

袭人在这次鸳鸯抗婚的行动中,充当着鸳鸯同盟军的角色,也是一个反抗者。并且是非分明,伶牙俐齿。鸳鸯一股脑地骂小老婆,鸳鸯的嫂子扯上了袭人和平儿,又被袭人和平儿反驳道:"他骂的人自有他骂的。"鸳鸯的嫂子为解恨一并告到邢夫人处,说被袭人抢白。

袭人敢于指责年长位高者,并不止于贾赦。对王熙凤,袭人也有指责。

第八十二回,袭人闻说尤二姐之死,对王熙凤采取残忍手段害死尤二姐,接着又有香菱作为薛蟠小妾被金桂、宝蟾百般虐待,物伤其类,唇亡齿寒。袭人来看黛玉:

> 黛玉问:"尤二姑娘怎么死了。"
> 袭人道:"可不是。想来都是一个人,不过名分里头差些,何苦这样毒?外面名声也不好听。"(第八十二回)

替已经死去的尤二姐鸣不平,从不在背后说人的袭人将矛头直接指向了母

---

① 本文所引《红楼梦》文字,均出自人民文学出版社1982年版,下引只在文后注明回数。

196

老虎王熙凤,"何苦这样毒?"这不是在太岁头上动土吗?赵姨娘说王熙凤都得伸着两个指头,名字都不敢提,而袭人呢?

袭人还有对王熙凤放利钱的指责:

> 平儿悄悄告诉他道:"这个月的月钱,我们奶奶早已支了,放给人使呢。等别处的利钱收了来,凑齐了才放呢。因为是你,我才告诉你,你可不许告诉一个人去。"
>
> 袭人道:"难道他还短钱使,还没个足厌?何苦还操这心。"
>
> 平儿笑道:"何曾不是呢。这几年拿着这一项银子,翻出有几百来了。他的公费月例又使不着,十两八两零碎攒了放出去,只他这梯己利钱,一年不到,上千的银子呢。"
>
> 袭人笑道:"拿着我们的钱,你们主子奴才赚利钱,哄的我们呆呆的等着。"(第三十九回)

其实,袭人连明哲保身都不懂。袭人,以温柔和顺著称,但她的话语里却透着刚强。薛姨妈评价袭人:行事大方,说话见人和气里头带着刚硬要强。这刚强指向的偏偏都是一些主子。可见,袭人并不是什么阴谋家。假如袭人是阴谋家,袭人应该见什么人说什么,不管心里怎么想,先顺着再说。

这仅只是两例,其实袭人的大胆言论还多得很。下文我们将还有引述。

袭人敢于指责贾府中的大人物,以奴才的身份指责主子的不是,发泄对他们的不满,其言论的激烈程度可以和尤三姐、鸳鸯等相媲美,也不亚于爆炭性格的晴雯。晴雯的反抗更多的是一种率真性格的自然流露,没有那么多自觉,而袭人则不同。袭人对尊卑秩序向来论理,可是她为什么对行为的后果没有预料呢?

三

袭人,之所以重要,还因为她与《红楼梦》中的两条矛盾主线有着千丝万缕的联系：贾政与贾宝玉的父子矛盾，木石前盟与金玉良缘的矛盾。甚至可以说，两条矛盾线索在袭人这里交叉交织了。所以，从冲突线索上来说，袭人处于两大矛盾线索的交叉点上。因此，李长之在《红楼梦批判》中说袭人是《红楼梦》中的重要人物。

父子矛盾的激烈冲突，在第三十三回宝玉挨打中得到了集中表现。事后，林黛玉、薛宝钗等都有不同的反应。宝玉挨打的理由，是王夫人事后调查的重点。关于金钏自杀，是王夫人想竭力掩盖的。袭人的反应是什么呢？

> 袭人道："论理，我们二爷也须得老爷教训两顿。若老爷再不管，将来不知做出什么事来呢。"（第三十四回）

宝玉挨打，贾母、王夫人、林黛玉、薛宝钗都是掩面而泣的，袭人也曾哭过。但是对着痛定思痛的王夫人，袭人却说："须得老爷教训两顿"。不是一顿，而是两顿。可见袭人认为宝玉确实有该打的客观原因。不过，一顿就让宝玉面临生死考验了，贾母、王夫人一边呼天抢地一边疗治，袭人还要"两顿"——袭人如此大胆，胆从何来？

显然，袭人在父子冲突中，她站在了贾政即"父"的一边。尽管有人不同意父子矛盾是《红楼梦》的主要矛盾，但是在父子冲突中，袭人亲近宝玉但在观念上却赞同贾政，而在读书求仕的人生选择上，宝玉所选择的道路与贾政的要求是不可调和的。袭人如果是两面派，她应该对宝玉一套，对贾政王夫人一套，而我们看到的是，袭人一直表示着一种态度：赞同仕进。

再看木石前盟与金玉良缘的关系。这一对矛盾关系也是存在的，虽然王熙凤打趣林黛玉喝茶做媳妇的事，贾母大叫着两个冤家，兴儿说宝玉娶林黛玉是一准的事等，但宝黛关系是隐秘的、敏感的，真正敢于触碰的人不多。

当然，袭人在宝玉选谁做妻子上没有决策权，但是，袭人却不停地表达着自己的爱憎。她对林黛玉少有赞美，却有不少指责。袭人道：

> 他（林黛玉）可不作呢。饶这么着，老太太还怕他劳碌着了。大夫又说

好生静养才好,谁还烦他做?旧年好一年的工夫,做了个香袋儿,今年半年,还没拿针线呢。

……幸而是宝姑娘,那要是林姑娘,不知又闹到怎么样,哭的怎么样呢。提起这个话来,真真的宝姑娘叫人敬重,自己讪了一会子去了。我倒过不去,只当他恼了。谁知过后还是照旧一样,真真有涵养,心地宽大。谁知这一个反倒同他生分了。那林姑娘见你赌气不理他,你得赔多少不是呢。(第三十二回)

林姑娘针线不好,是袭人能指责的吗?袭人的一大串指责,不都是指向了林黛玉吗?林黛玉难伺候,嫁与宝玉当然得袭人伺候。一个宝玉就劝不过来了,再加上一个任情任性的林姑娘,情何以堪?但袭人在褒贬之中,已经显示了明显的倾向:

"那一日那一时我不劝二爷,只是再劝不醒。偏生那些人又肯亲近他,也怨不得他这样,总是我们劝的倒不好了。"(第三十四回)

"那些人"是谁?"亲近"是什么意思?不就是林黛玉、薛宝钗、史湘云以及她们和宝玉的密切交往吗?那些交往是主子姑娘之间的事,下人袭人却在向王夫人议论、告状。袭人不断地赢得好评,特别是那些当家人的好评,无疑是站在了青春少女的对立面。袭人建议宝玉搬出大观园,王夫人对袭人的评价是:"你竟有这个心胸,想得这样周全!"而这些场景中的人物对话,与宝玉和那些青春少女的题对竞赛、诗社游戏相比,着实散发着道学气、陈腐气。

袭人大胆,到了敢直接顶撞小姐主子的地步。下面一段,则一边是直接对问话者薛宝钗的不屑,一边是对姊妹们的严词厉责:

宝钗走来,因问道:"宝兄弟那去了?"袭人含笑道:"宝兄弟那里还有在家的工夫!"宝钗听说,心中明白。又听袭人叹道:"姊妹们和气,也有个分寸礼节,也没个黑家白日闹的!凭人怎么劝,都是耳旁风。"宝钗听了,心中暗忖道:"倒别看错了这个丫头,听他说话,倒有些识见。"宝钗便在炕上坐了,慢慢的闲言中套问他年纪家乡等语,留神窥察,其言语志量深可敬爱。(第二十一回)

其实,有事没事常常到怡红院中坐坐的还有薛宝钗呢!

袭人说话造次,不止一次两次,得到回击的正是觉得她"深敬可爱"的薛宝钗。宝玉挨打之后,宝钗询问原因,头脑简单的袭人当面转话说是薛蟠之过:

宝钗道:"你们也不必怨这个,怨那个。据我想,到底宝兄弟素日不正,肯和那些人来往,老爷才生气。就是我哥哥说话不防头,一时说出宝兄弟来,也不是有心调唆:一则也是本来的实话,二则他原不理论这些防嫌小事。袭姑娘从小儿只见宝兄弟这样细心的人,你何尝见过天不怕地不怕,心里有什么口里就说什么的人。"袭人因说出薛蟠来,见宝玉拦他的话,早已明白自己说造次了,恐宝钗没意思,听宝钗如此说,更觉羞愧无言。(第三十四回)

薛蟠说话不防头,有妹妹为之辩护,袭人说话不防头,也是"心里有什么口里就说什么"啊!为什么就遭到指责了呢?当然是一个是主子、一个是下人有区别的缘故。这不是袭人唯一的一次说话不防头所遭到的教训,只是这教训袭人似乎没有汲取。这次袭人面对宝钗"羞愧无言",大概是明白了空说无凭,而不是作为下人的不该与僭越。

揣摩袭人的内心,位置特殊的袭人不是不再把林、薛、史放在眼里,而是这些人不知尊重,所以袭人依理责人。这说明,一心向上爬的袭人为了"论理"而不防备,使自己常常忘记"牢荣固宠"之术。传统评点派在评价袭人形象时,往往说袭人是柔奸,上述事例都说明袭人是直言直语、虽不读书却明"理"。循理而行,何奸之有?至于陈其泰在《红楼梦》回评第三回中,说袭人与宝钗是一类,善于隐藏自己的真实的思想,都是乡愿之尤小人的观点,就更立不住脚了。

袭人有刚强的一面，也有不忍人之心。这是对于一个犯了事的寡妇：

> 说话之间，只见小丫头子回来说："平姑娘正有事，问我作什么，我告诉了他，他说：'既这样，且撵他出去，告诉了林大娘在角门外打他四十板子就是了。'"那婆子听如此说，自不舍得出去，便又泪流满面，央告袭人等说："好容易我进来了，况且我是寡妇，家里没人，正好一心无挂的在里头伏侍姑娘们。姑娘们也便宜，我家里也省些搅过。我这一去，又要自己生火过活，将来不免又没了过活。"袭人见他如此，早又心软了，便说："你既要在这里，又不守规矩，又不听说，又乱打人。那里弄你这个不晓事的来，天天斗口，也叫人笑话，失了体统。"晴雯道："理他呢，打发去了是正经。谁和他去对嘴对舌的。"那婆子又央众人道："我虽错了，姑娘们吩咐了，我以后改过。姑娘们那不是行好积德。"一面又央告春燕道："原是我为打你起的，究竟没打成你，我如今反受了罪？你也替我说说。"宝玉见如此可怜，只得留下，吩咐他不可再闹。那婆子走来一一的谢过了下去。（第五十九回）

袭人心软，和心软的宝玉一起才免了老婆子被赶出贾府——失业！晴雯不愿留情面，当然也不能说明晴雯狠毒。

袭人的犯上言论，还包含着另外一种涵义。宝玉胡思乱想，由此联想到晴雯的结局，几乎是被袭人骂了回去。言语中袭人对晴雯，则是一种勇于承担凶兆后果的精神，根本不能说是作伪：

> 宝玉道："不是我妄口咒他，今年春天已有兆头的。"袭人忙问何兆。宝玉道："这阶下好好的一株海棠花，竟无故死了半边，我就知有异事，果然应在他身上。"……袭人听了这篇痴话，又可笑，又可叹，因笑道："真真的这话越发说上我的气来了。那晴雯是个什么东西，就费这样心思，比出这些正经人来！还有一说，他纵好，也灭不过我的次序去。便是这海棠，也该

先来比我，也还轮不到他。想是我要死了。"（第七十七回）

李长之认为："袭人的话，全是奴性的口吻。"[①]实际上，这些话是袭人在"村"宝玉。表面上是在排名次，实际上却是一种承担。过去，在分析这一段时人们往往说是袭人对晴雯的无情和贬低，但这只是字面意思。本质上，还是对宝玉糊涂的"教训"和顶撞，不许他混说八道，"我的气来了"；"想是我要死了"则是甘愿替死。

四

贾政说袭人的名字刁钻古怪，有几分道理。因为贾政不知道袭人姓"花"。贾宝玉也是听说她姓花以后才改这个名字的。但说袭人善于"袭击"人，则是一种望文生义的说法。袭，是形声字。从衣龙声，原意是指"衣服上的外套"。袭人是宝玉身上知疼知暖的外套，对宝玉来说，袭人不是手足，而是可以随意丢弃、更换的外套。其实，袭人的悲剧命运也是像一件衣服外套，贴身着宝玉，但始终在宝玉的心灵世界之外。

其实，袭人做事，都是为了论理，这使她和崇情的宝玉越走越远。她的理来自于"灌输"和"认可"，来自于生活对她的教育，她没有上过学、没有独立思考的能力，因此她的服从带有盲从的特点。"那些没有精神生产资料的人的思想，一般地是受着统治阶级支配的。"[②]对比之下，读书的宝玉不明理，而不读书的袭人却明理。果真是绝妙之文！

人们常常诟病的"偷试云雨情"，也不能完全说是袭人耍奸的阴谋。相反，袭人心安理得是她觉得符合"理"，至少不越礼：

[①] 李长之：《红楼梦批判》，《红楼梦研究稀见资料汇编》，人民文学出版社2001年版，第444页。

[②] 马克思恩格斯：《德意志意识形态》，《马克思恩格斯选集》第1卷，人民出版社1972年版，第52页。

宝玉亦素喜袭人柔媚娇俏，遂强袭人同领警幻所训云雨之事。袭人素知贾母已将自己与了宝玉的，今便如此，亦不为越礼，遂和宝玉偷试一番，幸得无人撞见。自此宝玉视袭人更比别个不同，袭人待宝玉更为尽心。

（第六回）

贾母将袭人"与了宝玉"，究竟包含什么样的内容，可以说各人有不同的理解。袭人当时的理解包括身体。袭人与宝玉的云雨情，还是有不少儿女情态少不更事的成分。随着袭人年龄渐长，袭人虽然还在屋里伺候宝玉，却总是远着宝玉，可见袭人并非怀有靠身体笼络宝玉卑微之想。袭人的思想在变化着，但是不变的是她对情与理的关系理解，以理制情，情必须最终归依"理"（礼）。

　　原来这一二年间袭人因王夫人看重了他了，越发自要尊重。凡背人之处，或夜晚之间，总不与宝玉狎昵，较先幼时反倒疏远了。况虽无大事办理，然一应针线并宝玉及诸小丫头们凡出入银钱衣履什物等事，也甚烦琐，且有吐血旧症虽愈，然每因劳碌风寒所感，即嗽中带血，故迩来夜间总不与宝玉同房。（第七十七回）

责骂袭人，认为袭人耍"柔奸"手段，妄图独专宝玉，这是不符合文本事实的。袭人的"妄想"也就是做一个姨太太，并没有僭越到"夫人"的意图。

袭人的"赎身之论"暴露了袭人和宝玉的矛盾。袭人以骗词压其气的手段，暴露了两人对这次云雨情的不同理解：

　　宝玉听了这些话，竟是有去的理，无留的理，心内越发急了，因又道："虽然如此说，我只一心留下你，不怕老太太不和你母亲说，多多给你母亲些银子，他也不好意思接你了。"袭人道："我妈自然不敢强。且漫说和他好说，又多给银子，就便不好和他说，一个钱也不给，安心要强留下我，他也不敢不依。但只是咱们家从没干过这倚势杖贵霸道的事，这比不得别的东西,因为你喜欢,加十倍利弄了来给你,那卖的人不得吃亏,可以行得。如今无故平空留下我,于你又无益,反叫我们骨肉分离,这件事,老太太,太太断不肯行的。"宝玉听了,思忖半晌,乃说道:"依你说,你是去定了?"袭人道:"去定了。"宝玉听了,自思道:"谁知这样一个人,这样薄情无义。"(第十九回)

宝玉认为袭人不能去,大概是认为袭人是他的人了,而袭人却分明表示:凭什么说定我就是你的人呢?袭人把"云雨情"只看作是一次服侍,这种服侍有更好的人可以取代,而宝玉却把它看成是终生相守的约定——情的不变与永恒。袭人这里就赎身之事不讲情,只讲理,让宝玉理屈词穷,只得依了袭人的劝箴。

宝玉的依从,是表面的;内心里,唤起了对袭人的极度不信任。所以,他在要离开贾府之前向莺儿交代说:

你袭人姐姐是靠不住的。(第一百一十九回)

这个评价,恐怕比前面踢的那个窝心脚伤人还重。

从娇俏温柔到无情无义,从窝心脚到靠不住,这就是袭人对宝玉争取的结果。逐步走向自己追逐的对象的对立面,敢于表达与宝玉的不同人生观而死劝,进而被抛弃,这就是袭人的命运史。

因为袭人理解人伦关系以理为主、以尊卑为序,所以她和宝玉的云雨情不算什么(那是卑对于尊的服从),而宝玉如果和林黛玉薛宝钗发生了什么,就是越礼了,那是两尊者的不尊。对"理"的至高无上的理解和对尊卑秩序的维护,袭人是一致的,在云雨情和宝黛关系上,二者之间一个是尽理尽职,一个是越礼的"不才之事"。

"难道作了强盗贼,我也跟着罢?"这是袭人对宝玉的斥骂,再次表明我袭人不是宝玉的人。这种斥骂,似乎与后来袭人的"再嫁"有关,但对于纠正宝玉已经没有了任何力量,而这种生硬无情的语言,使她内心的苍白得到了淋漓尽致的展现和暴露，她以情要挟宝玉的资本丧失殆尽。

处处讲理的袭人，给人留下的印象也是如此，高高在上的王夫人是折服的。所以，尽管袭人在宝玉挨打之后说宝玉该打，心疼儿子的王夫人还是夸赞：

"谁知你方才和我说的话全是大道理。"（第三十四回）

五

如果说袭人是奴性的代名词，那么还有这样敢于指责贾赦好色、熙凤心毒、黛玉懒散、宝玉该打的执事大丫头吗？袭人的言语直接、生硬、赤裸裸。"由说话看出人来"。袭人敢于说这样的话，不隐藏自己的观点，说明袭人不虚伪。

那么，袭人为什么又给人们留下了奴性、虚伪的印象呢？

不想走而说按理必走，爱宝玉却装出不爱的样子，要挟宝玉；劝宝玉假装出爱读书的样子哄骗父亲等等，这些是袭人虚伪的明证。其实，这只是人们找到的仅有的文本根据，停留在字面意义上，经不起仔细推敲。这些话语，只是一些劝说宝玉的技巧，百般无奈之后的策略改变，与虚伪的人生无关。

袭人不招人喜欢的真正原因是：在两大矛盾中，袭人都站在了读者同情的对立面上。在父子矛盾中，她与贾政一个鼻孔出气，贾政的一身腐气传染到了袭人嘴里；在木石前盟与金玉良缘的关系上，她明显偏向薛宝钗、指责林黛玉。第八十二回有一个重要情节：薛家的两个婆子说，林黛玉这样标致的人儿，只有宝玉能配得上。袭人马上骂道："别混白八道"。换言之，袭人说那是不可能的！

李长之在《红楼梦批判》中说："袭人在书中的地位，非常重要，有了袭人，黛玉和宝玉的恋爱便没法顺利，有了袭人，宝钗和宝玉的婚姻，却很有可能。"[①]

[①] 李长之：《红楼梦批判》，《红楼梦研究稀见资料汇编》，人民文学出版社2001年版，第448页。

李长之的说法是很有分寸感的。但是，要把宝黛爱情悲剧的全部责任推到袭人身上，则是错误的。"袭人者，能袭人婚姻以与人者也。宝玉正配本属黛玉，袭人能袭取以予宝钗，并不明张旗鼓，如潜师夜袭者然，故曰袭人。"①这里作者用了"望文生义"的方法，将贾母、王夫人、王熙凤等有决策权的人的责任，因袭人名字的原因，一股脑地栽赃到袭人头上，显然会误导读者对于小说的理解。

　　作者的态度也是通过赞扬前者显现崇情、以情为本的价值立场的。在父与子、情与理的关系上，袭人站在理与尊的一边，实际上也就站在了作者讽刺的位置上。作者讽刺的是袭人那争荣夸耀的浅薄心理、盲目跟从的蒙昧心态、注定的悲剧命运的不觉醒。

　　在写到晴雯被赶，王夫人挑不出袭人、麝月、秋纹的毛病，因此宝玉说袭人"至善至贤"。这是宝玉的讽刺，难道不也是作者的讽刺吗？

　　其实，更大的讽刺是袭人的结局安排：贾府死不得，哥哥家死不得，新婿家死不得，真是死无其所！九十九个要死的道理，也被一个不死的道理给否定了。其实心软的袭人在自己简单的大脑里是不可能找到死的道理的。从此"又有一番天地"的袭人，不过就是一个卑微的苟活者，何来一番"新"天地？

六

　　作者虽然对袭人有讽刺的主观态度，但是在艺术描写上，即在袭人命运的展开上，还是以同情为主的。换言之，袭人也是一个悲剧人物。袭人不幸的身世，被卖到贾府这样的悲惨命运，骨肉分离、悬单在外的孤身奋斗，使尽全部身心气力通过侍奉主子求得安稳的良苦用心最终却不能实现。

　　宝玉决绝人生的选择，是袭人不能理解的。宝玉的不上进，也是袭人不能赞同的。袭人参与了与宝钗的联合，试图使宝玉走常人所走的求学仕进的道路。宝玉看来，这条道路毫无价值，而宝钗袭人却认为这是人生的唯一使命。

---

① 佚名氏：《读红楼梦随笔》，巴蜀书社1984年版。

把"向上爬"当作是人生的使命，来自于袭人悲苦的身世，和由此自然生发的是对于悲苦命运的规避。袭人接近宝玉的原因是，在那个时代里，女人的价值实现只有通过她所依附的男人来达到。袭人想通过自己的努力改变自己的命运，这就是辛勤的劳作、细心的照料、不懈的死劝，不辱贾母和王夫人的使命。

袭人是宝玉的大丫头，是王夫人、薛姨妈、王熙凤等眼中的准姨娘，她对宝玉的重要性，在贾母派她去时就显现出来了。因为袭人是唯一妥帖、周到、细心的人，并且心地纯良，可以说是贾母百里挑一的选择。袭人在伺候宝玉之前，伺候过贾母、史湘云，贾母有观察、有体验，宝玉又是唯一的命根子，当然选袭人是经过反复考虑的。

袭人在怡红院中的地位，可以和王夫人身边的彩霞、王熙凤身边的平儿、贾母身边的鸳鸯相比。

> 李纨道："大小都有个天理。比如老太太屋里，要没那个鸳鸯如何使得。从太太起，那一个敢驳老太太的回，现在他敢驳回。偏老太太只听他一个人的话。老太太那些穿戴的，别人不记得，他都记得，要不是他经管着，不知叫人诓骗了多少去呢。那孩子心也公道，虽然这样，倒常替人说好话儿，还倒不依势欺人的。"惜春笑道："老太太昨儿还说呢，他比我们还强呢。"平儿道："那原是个好的，我们那里比的上他。"宝玉道："太太屋里的彩霞，是个老实人。"探春道："可不是，外头老实，心里有数儿。太太是那么佛爷似的，事情上不留心，他都知道。凡百一应事都是他提着太太行。连老爷在家出外去的一应大小事，他都知道。太太忘了，他背地里告诉太太。"李纨道："那也罢了。"指着宝玉道："这一个小爷屋里要不是袭人，你们度量到个什么田地！凤丫头就是楚霸王，也得这两只膀子好举千斤鼎。他不是这丫头，就得这么周到了！"（第三十九回）

由上述的一段话，可以看出袭人有多努力，也可以推论出：

1．袭人像鸳鸯在贾母身边的地位那样，是一位怡红院中大权在握的经管者。
2．袭人像在王夫人身边的彩霞那样，外表老实但心里有数。

3. 袭人像在王熙凤身边的平儿那样，是主人离不开的左膀右臂。

为管教贾宝玉立了一大功的还是贾母。贾母忍痛割爱（此时袭人心中只有贾母）将袭人送到宝玉的身边，不仅在生活上无微不至地照顾宝玉，而且还使尽了浑身解数，试图使宝玉就范。就范，不是袭人为了笼络宝玉，而是为了归引正路，使宝玉成才。这实在是当时社会上的一般观点、普遍观念。

正因为袭人具有鸳鸯、彩霞、平儿等人的能耐，所以贾母、贾政、王夫人等几乎放弃了教育宝玉的责任，将宝玉完全委托给袭人。

王夫人说："我索性就把他交给你了。"袭人和宝玉的矛盾，表面看来是尽职尽责地监护和拒不服从之间的矛盾，实际上是遵礼与任情的矛盾。王夫人不能执行教育儿子的责任，整天敲着木鱼、焚香拜佛。贾政则是不停地责骂与呵斥，吓得宝玉像老鼠见猫一般。贾母溺爱，致使贾政王夫人不能管教，致使父子矛盾更突出。其实，我们在书中没有发现贾政王夫人有什么见效果的管教手段。

后来，薛宝钗如愿以偿，成为宝二奶奶，袭人又成为宝二奶奶的助手。那次薛宝钗逼宝玉上科场，袭人帮腔道：

> 刚才二奶奶说的古圣先贤，我们也不懂。我只想着我们这些人从小儿辛辛苦苦跟着二爷，不知陪了多少小心，论起理来原该当的，但只二爷也该体谅体谅。况二奶奶替二爷在老爷太太跟前行了多少孝道，就是二爷不以夫妻为事，也不可太辜负了人心。（第一百一十八回）

袭人的苦劝，又从"论理"出发，使崇情的宝玉彻底与袭人决裂，这使袭人彻底地失去了宝玉。袭人永远不可能意识到：宝玉出走，对她来说，正是皮之不存，毛将焉附？

"她没有什么理想，她没有什么教育，她没有什么趣味，她是一个被损害者。"[①] 她没有什么理想，却要与理想性很强的贾宝玉周旋；她没有什么教育，

[①] 李长之：《红楼梦批判》，《红楼梦研究稀见资料汇编》，人民文学出版社2001年版，第447页。

但却要承担起教育贾宝玉的责任；她没有什么诗词创作的文学趣味，却处于与林黛玉、薛宝钗、史湘云等"性灵派"相对比的位置上。站在同情的立场上可以说：袭人啊，有不能承受之重！

七

正是因为袭人尽职尽责，所以袭人对已获得准姨娘的地位，似乎心安理得。先看周围人的议论。

佳蕙与小红的一段对话，说明了袭人在怡红院中的超类拔萃是她能力的表现：

> 佳蕙："袭人那怕他得十分儿，也不恼他，原该的。说良心话，谁还敢比他呢？别说他素日殷勤小心，便是不殷勤小心，也拼不得。"（第二十六回）

袭人的薪水加到了姨娘的水平上，袭人的妈妈死了，享受着姨娘，甚至是超出赵姨娘的地位待遇。这招来了赵姨娘与当时理家者探春的冲突。探春不认眼前这个不知尊重的亲生母亲，而把王夫人叫娘、把王子腾叫舅，这伦常缺陷使探春减分，也显现了探春不可小觑的"政治家本色"。

其实，袭人完全没有像探春那样审时度势的政治家本领。袭人争荣夸耀的虚荣心使她进退失据，所以她召来了李嬷嬷的骂人："装狐媚子哄宝玉"，"这屋子就你做耗。""谁不是袭人拿下马来的？"其实，李嬷嬷早说过：你不过是几两银子买来的丫头！

第五十一回，袭人回家探亲，王夫人嘱咐王熙凤酌量安排，王熙凤吩咐周瑞家的道：

> "叫她穿几件颜色好衣服，大大的包一包袱衣裳拿着，包袱也要好好的，手炉也要拿好的。临走时，叫他先来我瞧瞧。"

王熙凤之所以要看一看袭人的穿戴，是因为袭人不是探亲，而是类似于"省亲"；不是不可以简朴，而是要"衣锦还乡"。八人陪同簇拥，一大一小两驾马车，对于曾经命如草芥的被卖者还不是省亲吗？

再看看"锦衣"：

> 凤姐儿看袭人头上戴着几枝金钗珠钏，倒华丽，又看身上穿着桃红百子刻丝银鼠袄子，葱绿盘金彩绣绵裙，外面穿着青缎灰鼠褂。凤姐儿笑道："这三件衣裳都是太太的，赏了你倒是好的，但只这褂子太素了些，如今穿着也冷，你该穿一件大毛的。"袭人笑道："太太就只给了这灰鼠的，还有一件银鼠的。说赶年下再给大毛的，还没有得呢。"凤姐儿笑道："我倒有一件大毛的，我嫌凤毛儿出不好了，正要改去。也罢，先给你穿去罢。"

灰鼠银鼠都不够华丽光鲜，太素了，所以，王熙凤决定将自己的大毛褂子送给袭人提前享用。袭人此一去，不是代表自己，而俨然是贾府中人——准姨娘的还乡。

接着是袭人的母亲病故，贾母赏四十两银子送葬。这四十两，远远超出了姨娘的待遇。因此也埋下了赵姨娘大闹怡红院的伏线。

袭人在《红楼梦》中是一个"向上爬"的典型，类似于西方批判现实主义小说中的个人奋斗者。但她靠的不是卑劣的手段和道德败坏。与外国小说比如英国小说家萨克雷《名利场》中的贝基·夏普、莫泊桑《俊友》中的主人公杜洛阿相比，袭人为了向上爬，没有像他们那样不择手段，甚至以破坏公共道德为手段。

同样服膺于旧道德，她和薛宝钗为什么有完全不同的结局呢？薛宝钗是她的命运的掌控者之一，而正是她又是袭人悲剧的制造者。如果说作者是按照对比的原则来写薛宝钗与林黛玉、袭人与晴雯的，那么林黛玉和晴雯因个性问题而遭受不幸，那么，为什么袭人同样和宝钗一样争取了多数人的好评，却依然失去了保护呢？

袭人所投靠的保护者，实际上正是她的损害者、侮辱者。袭人的悲剧正在于她对此丝毫不觉醒。"枉自温柔和顺，空云似桂如兰"，袭人的全部努力——性格和顺和细心伺候均化为徒劳，对于宝玉如此，对于明眼人宝钗也是如此。其实，即使坐稳奴才，袭人都很难做到。早期运用阶级分析法评论《红楼梦》的学者，往往认为："这些阶级（世家、平民、奴隶——引者）存在从《红楼梦》时代到现在已经几百年了，并不见得冲突，也没有斗争，更没有流血。"所以，"我们的社会是有阶级而无斗争"。[①]袭人言语直撞，就被封建评点派骂为"肆虐"，至于想跨过阶级的界限成为"准主子"，那是白日梦。至于中间有没有"冲突"和"斗争"，读者可自察。

如果细细回想袭人不能坐稳交椅的原因，则与她过早的身份定位有关。她的身份定位，是"定而未定"。当袭人敢于犯上时，当袭人如此招摇时，实际上袭人已经处于僭越的位置上而不自觉，这实在是其后来招骂、获罪和被驱赶的真正原因。

八

一向说贾府是"恩多威少"的袭人是被赶出贾府的。这个满脑子"正统"意识的奴才，却是一个地位低下的、得不到正统意识和当权者保护的"弃儿"。

贾宝玉失踪之后，是一次真正的"树倒猢狲散"。袭人出不出去，决定权在薛宝钗那里。袭人是什么身份，袭人做出什么样的努力，袭人是谁的忠实"哈巴尔"，贾政不知道，王夫人、薛姨妈、薛宝钗是知道的。

此时同是"痴人"的袭人，心里可是只有宝玉啊！

先是试探，再是劝说，复是引诱。袭人终于像一个毒瘤一样，被割去。袭人是宝钗的影子，而宝钗则要立意赶走这个"影子"。

袭人是王夫人的耳目神，袭人是维护怡红院风平浪静、稳定和谐的"领

[①] 王增宝等：《红楼梦与中国经济》，《红楼梦研究稀见资料汇编》，人民文学出版社2001年版，第959页。

班",袭人是"掉包计"的完善者,袭人是薛宝钗忠贞不贰的"同盟军",但是,偏偏是同盟者赶走了她。

> 王夫人道:"我才刚想着,正要等妹妹商量商量。若说放他出去,恐怕他不愿意,又要寻死觅活的,若要留着他也罢,又恐老爷不依。所以难处。"(第一百二十回)

王夫人、薛姨妈、薛宝钗可谓是杀人不见血。"省事的"袭人对于被赶走,依然是感激涕零。

回忆第三十六回,王夫人对王熙凤说过的话:"能够得她长长远远的伏侍一辈子。"

> 王夫人想了半日,向凤姐儿道:"明儿挑一个好丫头送去老太太使,补袭人,把袭人的一分裁了。把我每月的月例二十两银子里,拿出二两银子一吊钱来给袭人。以后凡事有赵姨娘周姨娘的,也有袭人的,只是袭人的这一分都从我的分例上匀出来,不必动官中的就是了。"凤姐一一的答应了,笑推薛姨妈道:"姑妈听见了,我素日说的话如何?今儿果然应了我的话。"薛姨妈道:"早就该如此。模样儿自然不用说的,他的那一种行事大方,说话见人和气里头带着刚硬要强,这个实在难得。"王夫人含泪说道:"你们那里知道袭人那孩子的好处?比我的宝玉强十倍!宝玉果然是有造化的,能够得他长长远远的伏侍他一辈子,也就罢了。"

袭人在王夫人眼里,曾是一个宝,比宝玉强十倍。日夜呵护着宝玉,充当着守护神和耳目神。宝玉出走,袭人失去了在贾府存在的价值。可见,在王夫人眼里,袭人的价值,是依附性的,并不是"比宝玉强十倍"。袭人的这种从属地位,怎么说也是她改变不了的。定而未定的身份,说变就变,变后则无比尴尬、无比难堪,几乎生不如死。尽管她全心全意,尽管她无比辛劳优秀,尽管她克己忍让,尽管她赢得了普遍好评。

赶走袭人，王夫人说是"放出去"。一个下人的命运，只在于如何在手段上操作得"过得去"。对于袭人来说，在贾府存身是一种工作，而放出去无异于"失业"。为了让袭人不至于"失业"，王夫人、薛姨妈为她找的新岗位是嫁给蒋玉菡。袭人不知道这是命运的安排，而命运对于她来说，只能服从。

赶走袭人，也可以说是薛宝钗干的忘恩负义的事。对照薛家人对待夏金桂的束手无策，再看薛家人对待袭人的得寸进尺、穷凶极恶，曹雪芹写透世情，可谓笔力千钧。对比雪雁被赶走，可以领悟袭人被赶走的原因。掉包计中必须有林黛玉的丫鬟，雪雁糊涂而被利用，紫鹃忠义而幸免，但最后立下汗马功劳的雪雁得到的不是相应的回报，而是变本加厉、肆无忌惮的戕害。

> 那雪雁虽是宝玉娶亲这夜出过力的，宝钗见他心地不甚明白，便回了贾母王夫人，将他配了一个小厮，各自过活去了。(第一百回)

雪雁心里不甚明白，袭人呢？在掉包计中，袭人与雪雁的角色相似。这类充当帮凶和走狗的奴才行为，是必然会受到惩罚的，没有好下场的。既是主子的背叛者，又是新主子眼中的贰臣。雪雁和袭人尽管都是被动的，但又都在掉包计中扮演了配合的角色。中国人痛恨贰臣，骂贰臣诛贰臣，就是薛宝钗的赶走袭人的逻辑，也是袭人被传统文人恶骂的原因。相反，忠臣形象的紫鹃得到了薛宝钗的原谅，因为薛宝钗害怕的不是紫鹃，而是紫鹃身后的观念价值。

袭人自认为已经是"姨太太"中的一员了，可以稳居贾府，可是她还是被赶回了命运与自我奋斗的起点。这次嫁人，尽管加上了宿命的色彩，但实在是一次掩盖得很好的被卖。"直如弦死道边，曲如钩反封侯。"对于一个来自社会底层的人如袭人来说，不管是直是曲，命运是早已注定的：枉费了意悬悬半世心！

（原载《河南教育学院学报》2008年第4期）

贾政其人
—— 贾政文学形象的美学读解

贾政在《红楼梦》中并不处于一个中心位置，他作为一个文学形象在其中的重要性是无法与贾宝玉、林黛玉、王熙凤、薛宝钗等相比的。但是，他却是一个众说纷纭的人物，有的说他冷酷、虚伪、反动，是一个典型的封建的卫道士；有的说他还值得同情，在贾府中他是一个孤独的、精神负担很重的人物，只有他操心着贾府的兴衰荣枯，与贾敬、贾赦、贾珍、贾琏等封建大家族中男性成员的恣意妄行、玩世不恭、偷鸡摸狗、无耻下流相比，贾政显然是一个正人君子，作者对他的态度并不一定是否定的倾向。

上面的两种说法，前一种是主导倾向。贾政被人们广泛地否定，虽然并不一定是作者在作品中所流露出的情感情绪的影响，但是，作者对贾政也绝无褒扬的倾向。换言之，作者对他的态度是隐藏的，作者没有以简单的是非评判、善恶分析代替对他的艺术描绘。作者把贾政作为一个文学形象来塑造，是把他看成了生活中的"这一个"，既是一般意义上的封建卫道士，又是一个活生生的个性人物。这一典型形象所具有的审美价值是不可低估的。

一

把贾政看成是《红楼梦》中的次要人物，这是因为作者在作品中并没有浓墨重彩地写这一个人物。但是，贾政的位置却是重要的。他是贾宝玉的父亲，而贾宝玉又是书中的第一号人物，父子关系在小说中也处于叙述显要位置，这就不能不使人们对此予以关注了。

贾政父子的关系是无比微妙的。在过去对《红楼梦》的研究中，人们注意到了贾政与宝玉的矛盾,贾政更多的时候显得不近情理。小说中第一次描写这一关系,就是贾政对贾宝玉的严词训斥。第九回,这也是贾政在作品中第一次出场,宝玉说要去上学,过来请安,"贾政冷笑道:'你如果再提"上学"两个字,连我也羞死了。依我说,你竟玩你的去是正理。仔细站脏了我这地,靠脏了我这门!"贾政不喜欢宝玉,是因为他周岁时抓阄抓了脂粉钗环,长大后果然又爱和女孩子搅和,"一贯不爱读书"。如今宝玉主动说去读书(实际上是为了和自己新结识的情友秦钟可以更自由地从密交往),贾政即使是有再大的怨恨,此时的话也未免多了些、狠了些。脂砚斋说在贾府中,贾政是"治家有方,教子有法"的。而我们知道,贾政除了威令重吓、体罚以外,似乎别无他法。这真是一个绝妙的讽刺。

在中国的封建礼教、文化中,父子关系,如同君臣关系一样,是人伦大端。父亲对于儿子就像皇帝对待脚下的大臣一样,任何时候都不能降尊纡贵地倾听一下下面的心声、尊重一次下面的选择。儿子呢,也从来不敢有僭越半步之想。这就是我们之所以看到宝玉在父亲面前总是战战兢兢、畏父如虎的原因。首先作者写出了这一对父子之间的关系的文化性。封建礼教严重扭曲了人伦关系的自然性,把情感关系变成尊卑秩序,于是,贾政与宝玉的父子关系也就变得难以为现代人所理解了。即使是父子情深,也只能掩盖在严父的严词之下。从这一个角度讲,贾政与宝玉的关系虽然紧张,但它没有超出于封建社会条件下的一般父子关系的性质。脂砚斋之所以觉得贾政与宝玉的关系没有什么异常,反而说贾政"训子有方",这是因为封建社会中人们普遍地接受了这一异化了的人伦关系,已经将不正常视为正常。所以,我们评价贾政与宝玉的父子关系也应该从当时社会的实际情况出发。

把贾政对宝玉的态度说成是痛恨,也有相当的根据。第三十三回,宝玉挨打,贾政情急之下令下人乱棍狠打,并口口声声说要将宝玉一绳勒死,痛恨的心态暴露无遗。可是,我们要问,贾政为什么如此狠心对待宝玉?细读《红楼梦》,答案是不难找到的。贾府上下,贾政看到了"一代不如一代"的事实,他在为后继乏人而忧心忡忡的时候,清醒地意识到了自己的责任,加上宝玉既是己子,又尚属冲龄可教,岂能轻易放过。当宝玉越来越不符合贾政的要求——充当贾府的继承人时,贾政难免"怒从心头起"了。但是,这也是一般父母都有的"恨铁不成钢"的一般心理,用不着在此过于强调父子冲突的"社会意义",而让人觉得父子之间的对立只是阶级的对立、政治的对立。

贾政对宝玉的这一既相亲爱又十分痛恨的心理过程,是隐叙在作品的字里行间的。且看第二十三回,贾政要吩咐宝玉住进大观园,叫来宝玉,"贾政举目一看,见宝玉站在眼前,神采飘逸,秀色夺人……把素日嫌恶处分宝玉之心不觉减了八九"。贾政对宝玉的父子之爱,是深埋心底的、拒绝表露的。在第十七回"大观园试才题对额,贾宝玉机敏动诸宾"里,在贾宝玉的才能远远超出于其他清客腐儒之上时,贾政对宝玉虽然是依然责骂,什么"无知的业障"、"便批胡说"等等,但他毕竟也"点头微笑"过,那一句话,"你这畜生,也竟有不能之时了"。表面上是宝玉终于被难住了,贾政是在幸灾乐祸,但是,也可以想见贾政基本上认同了"塾掌称赞宝玉专能对对联"的评价。过去,我们在分析这一段文字的时候,过分评价了贾政对宝玉的仇恨心态,这显然是有失恰当的。贾政作为封建文化熏陶下的既定的"严父"形象,是不可能直接评价宝玉"好!"或者"很好!"的,即使是肯定评价,语言表达上也是否定的形式。这种特殊语言表达在父子之间,是可以意会的,互相之间的交流和领悟也是分毫不差、畅通无阻的。接着第十八回,宝玉被几个小厮纠缠,因"老爷喜欢"而要礼物,宝玉也慷慨奉送,贾母闻知这次父子"交锋"后也"自是欢喜"。贾政认为宝玉"偏才尽有","其所拟之扁联""抑或可取",等等,充分说明我们要理解贾政对宝玉的态度,应该"以意逆志",深入到语言表象的背后——民族文化心理那里去理解,不为文字的表层含义所迷惑。

我的意思不是说宝玉和贾政之间的对立消失了,而是说贾政对宝玉的态度包含着矛盾,亲情的一面也是一种基本存在;只看到对立的一面是不对的,是不符合曹雪芹的艺术描写的实际的。小说在第七十八回有这样一段文字:"近日贾政年迈,名利大灰,然起初天性也是诗酒放诞之人,因在子侄辈中,少不得归以正路。近见宝玉虽不读书,竟颇能解此,细评起来,也不算十分玷辱了祖宗。就思及祖宗们,各各亦皆如此,虽皆深精举业的,也不曾发迹一个,看来宝玉亦不过如此。况母亲溺爱，遂也不强以举业逼他了。"这段话，在程高本中被删去了。有的论者认为这样可以使贾政的形象更一致，因为这段话"有损于人物性格与作品主题"[①]。这种看法，实在是将人物固定化、片面化、单一化的认识结果。看不到人物性格的发展性、丰富性、复杂性，看不到贾政与宝玉父子关系的统一性，而认为宝玉与贾政的关系是除了对立还是对立，这就从根本上误解了曹雪芹的现实主义艺术手法。过去人们认为贾政是可恨的，想让他可恨到底，删去这句话可以达到这一目的。但是，贾政与宝玉的父子关系便被彻底概念化了，贾政也由一个圆形人物变成了扁平人物，由杂色人物变成了一个单色人物。

二

不错，贾政更多的时候是社会性的贾政，他被"文化"化了，被"封建"化了，被"理性"化了。"文化"得像是不食人间烟火，"封建"得像是冬烘先生，"理性"得像是天外来客，没有一点生活的趣味。是的，在贾政身上，这种"感性与理性的分裂"是作者刻意表现的。

据说贾政小的时候特别爱读书，可以说他在"文化典籍"中有很深的浸染，他的志趣、追求与那个时代是异常契合的。读书是为了求仕，做官是为了"光宗耀祖"，个人的使命便是忠君报国、孝敬上辈、严训子孙……。贾政的文化性格还突出地表现在他竟有文人的雅兴：看到稻香村"佳蔬菜花""分畦列亩""漫然无际"，不禁引起"归农之意"。当他来到潇湘馆（当时叫"有凤来仪"，后被贾元春赐名）时，"若能月夜坐此窗下读书，不枉虚生一世"。如果说归农也有归隐之意，那么是不是说贾政已经厌倦了官场的纷争与人世的喧嚣了呢？厌倦是有，因为官场险恶，世事无常，人心叵测，不是贾政之类的人所能驾轻就熟的。可归隐田园，那只是理想的幻影。贾政是一个更有现实感的人，贾政那么

---

① 赵齐平：《关于〈红楼梦〉的成书过程》，《北京大学学报》1963年第4期。

看重与各王府之间的关系，对贾雨村式的仕途道路那么羡慕，直至引为宝玉的人生榜样和精神导师。可见，贾政的"归农"、"读书"不过是一种早年埋下的书本观念，这时不过是睹物生情罢了。

总的说来，贾政的性格是古板的，僵硬的。这是什么原因造成的呢？当然可以说有天生的成分。可是，如果仅是这一个原因，那这一形象的意义将要大打折扣。曹雪芹是伟大的艺术大师，他赋予人物的含义是丰富的，可以说，贾政的性格还有文化矛盾的内容。读书造成了贾政的文化性格中的理性内容——忠君孝亲、服膺传统、循规蹈矩。可是这样的一个正人君子却在生活中处处遭遇难堪和尴尬，和社会的感性生活格格不入。一次是第二十二回"制灯谜贾政悲谶语"，天真烂漫的孩子们猜些以"爆竹"、"算盘"、"风筝"、"海灯"为谜底的谜语，他便"觉不详"，"小小之人""皆非永远福寿之辈"。贾政为讨贾母欢心，备足酒果、玩物，可谓乘兴而来，结果是令大家"拘束不乐"，自己则由谜语联想到祖宗基业，"愈觉烦闷"、"悲戚"，又可谓败兴而归。贾政的敏感心理是由脆弱的文化神经细胞构成的。还有一次，第七十五回，贾政给大家讲的那个醉汉舔老婆臭脚的"笑话"，粗俗愚拙，而且直令人犯恶心。贾政平时沉稳持重、道貌岸然，而现在一番的不堪表现，似乎不符合他性格的一贯性，难道是作者的败笔？不。贾政的形象出现如此之大形象反差，乍看不合理，实际上是其性格逻辑的必然。贾政那么不善于在生活里与大家相居相处，不是惹宝玉、黛玉、宝钗等孩子们拘束，就是被贾母赶走，这些无疑会使贾政意识到自己的"索然寡味"。为了改变自己在大家心目中的呆板形象，贾政欲求与大家融洽而有意为"笑话"，然而他的表演却直令人觉得滑稽。而贾政呢，也是一幕尴尬的体验。

为大观园题写对联和征评宝玉、贾兰、贾环的《姽婳词》，体现出贾政是有一定的文学修养的。只不过，他的知识并不能运用到生活中去。知人论世，空谈大道，可以左右逢源、滔滔不绝。可是一到现实中，他就捉襟见肘、难以裕如了。在续书中的第九十九回，有贾政外出为官的一段描写：贾政只是遵守条制，苦了手下人。引起强烈不满后，又放任自流。最终被胡作非为的奴才李十儿钳制，酿成丢官降级的大祸。贾政的"读书"，着实是生活中一类读书人的代表，读得不会生活，读得不能明辨是非，读得人性、幽默、情趣全无，读得只认得"读书"。贾政在这里的悲剧是不懂得"理论是灰色的，而生活之树长青"的道理，是封建文人严重脱离生活、实际的悲剧。难怪，在贾政在严厉训斥宝玉、贾环读书不上进时，贾赦对贾政不无讽刺地说"多费了工夫，反弄出书呆子来"。

那么，是什么书害了贾政呢？难道真的是知识越多越反动、无用吗？贾政有一次是这样教训宝玉的："哪怕再念三十本《诗经》，也是掩耳偷铃，哄人而已。你去请学里太爷的安，就说我说了：什么《诗经》古文，一概不用虚应故事，只是先把《四书》一气讲明背熟，是最要紧的。"(第九回，这段话原是对跟随宝玉去上学的李贵讲的)原来，贾政"自幼酷喜读书"，读的只是些八股文所规定的那些书。科举制度和八股文害了多少中国封建文人，这是多少小说家从吴敬梓到鲁迅都写到的，不再赘述。

贾政的读书不化，造成了他性格和命运的深刻悲剧。貌似满腹经纶，实则无半分能力。为父严则严矣，却方法失当。为官清且廉矣(暂不算他为薛蟠的事而上下行走)，却毫无能为。自己终生所捍卫的、追求的事业和目标，只能看着如东逝之水，无力挽回，徒唤奈何。

三

现在该来说一说作者对贾政的态度了。

在贾政出场之前，作者通过评述和他人之口，对贾政有这样的间接描写："最喜读书人，礼贤下士，济弱扶危，大有祖风。"黛玉的爸爸林如海也这样评价他："为人谦恭厚道，大有祖父遗风，非膏粱轻薄仕宦之流。"

外人眼里、社会舆论，对贾政是如此高评，着实难得。这是作者的观点吗？可以说是。因为贾政确实与谋虚逐妄的贾敬、酒色之徒的贾赦、乘人之危的贾珍、贾琏等不同。也可以说不是。因为作者是把他作为另一否定类型的"大老爷"形象来塑造的，他也是"一代不如一代"中的一员。

《红楼梦》在塑造人物时，常常采取"复调"手法。有肯定的声音在前台，也有否定的声音在后台。作者对贾政的态度就是藏在后台的。在艺术描写的字里行间——贾政是谈不上有什么特殊才能的。按儒家的人生理想"修身齐家治国平天下"来说，贾政是一条也没有实现。"修身"，修得火气冲天，动辄大发雷霆。遇事极不冷静，忠顺王府的长史来要人（伶人蒋玉菡），他就慌得了不得。宝玉挨打，也是他偏听偏信的结果。处处尴尬和不受欢迎，是他那苍白灵魂、枯燥人生的反映。"齐家"，偌大一个贾府，需要一个管理者，贾政应名是管理家务，可是大权似乎在王夫人和凤姐手里，他只是一个傀儡。只有一次，他告知贾珍不要用义忠亲王的棺材为儿媳秦可卿办丧事，认为这样做有违礼数，可他的侄子贾珍偏不听，觉得这样做还不够，甚至"恨不能代秦氏之死"。实际上我们也不敢想象贾政能有治家本领，他是一个没有手段、没有章法、没有威望的人……王熙凤病重，居然是一个孤儿寡母的李纨、待字闺中的贾探春来代理行政大权。贾府一天天地烂下去，同辈人各个心怀鬼胎、如同陌路，晚辈中王熙凤大放高利贷、包揽诉讼，贾珍、贾琏聚赌聚麀，薛蟠、贾蓉胡作非为……贾政不是看不见，就是纵容包庇。谁能说贾政不该为这个世袭百年的望族的衰落负一分家长之责呢？再看"治国平天下"，贾政为官一任，被奸佞小人包围，在巧言令色之中被哄得团团转，已是盲人瞎马，还自以为得计。事实证明，贾政资质庸劣，还是保重在家才是上上策，虽处忧惧之中，却可保全性命、度尽残生。

　　《红楼梦》是一部现实主义小说，作者的态度隐藏在叙述描写的画面背后。说作者在刻画人物时是"零度"感情，难以令人信服。让我们看一看贾政交往的那些人吧，什么詹光（沾光）、单聘仁（善骗人）、卜固修（不顾羞）等等，通过谐音我们就可以揣测到作者的意图——为什么是这些人环绕在贾政的周围？至于忘恩负义、心狠手辣的、"野杂种的"（平儿语）贾雨村，更是作者要否定的一个人物，而贾政和他交往从密，对他却欣赏有加，不是直接谈诗论书，就是向人推为人杰典范。续作者让贾雨村给贾政这位举荐恩主在抄家求救时反踹他一脚，可以说是给予这位愚木不醒者的一次深刻教训。记得王朝闻先生曾经说，如果看不到作者写昆虫入药也要用原配的、讲贞节是对庸医的讽刺，那么，也就难以理解作者对王熙凤等人的批判、否定态度了。对贾政也是如此，以为作者没有站出来发言，就以为作者没有态度，只是客观叙述者而已；以为作者没有否定的言辞，就以为作者的否定性描写，可以视而不见或作相反的理解；等等。这不是对作品理解有相对性的问题，而是对作家隐藏在文字背后那炽烫的心灵、充沛的感情、鲜明的态度根本漠视的问题。

四

　　贾政是小说中的一个次要人物，但曹雪芹依然把他塑造得活灵活现，富有立体感和深广的社会意义，从而使这个人物具有了较高的审美价值。在曹雪芹的现实主义艺术中，其深刻性也在这里得到了证明。

　　其一，贾政是一个活生生的人物，他并不像有些论者所说的那样，是一个封建"机器"，毫无人性、一味虚伪。曹雪芹把贾政当作生活中独特的"这一个"来写，一般性寓于特殊性之中。贾政的阶级本质是"卫道士"的形象无可置疑，但他的卫道本质又是独特的。体现在与宝玉的父子关系上，他对宝玉怜爱、寄予厚望转而至于严酷；体现在众人之前，道貌岸然、莫测高深，实际上心灵枯槁乏趣、呆滞不活；体现在封建官僚体制上，他不过是被时代误会的人物，他与他所属的那个社会统治阶级，互相认同，却不被后者所容；他向往封建文化、封建理想，却被这文化弄得只剩下了躯体的空壳。正像托尔斯泰小说《安娜·卡列尼娜》中的卡列宁一样，他们都是自己所捍卫的那个社会制度的自觉和不自觉的牺牲品。

　　其二，与贾府中的其他"爷们"形象相比，贾政有着与众不同的品行、个性、文化修养和处世态度。如果说贾赦、贾珍、贾琏、贾蓉等是自己"坏"下去，是贾府栋梁上的蛀虫的话，那么，贾政作为"好"的"爷们"形象，极力维护着家族利益、封建大厦，仿佛栖息在黑夜中林间的猫头鹰，既不能捕捉田鼠，又不能阻止黎明晨曦的穿云透雾。他的存在与努力，居然对此衰落命运于事无补，更不用说"挽狂澜于既倒"了。

（原载《平顶山师专学报》2000年第1期）

第三编
红楼学术人物

红学是显学，离不开它对中国现代学术形成的作用。它在20世纪的发展与中国现代学术史荣辱与共、息息相关。星汉灿烂的学术大家介入其中，如胡适、俞平伯，如"泰斗"周汝昌、"小人物"李希凡等。学术大家的个案研究和综合评价，需要采取实事求是和历史主义的态度，这是红学进步的阶梯，也是引领爱好者进入红学的便利渠道。

胡适的文学观与他的红学观

胡适在中国现代史上的地位具有二重性：一方面是他筚路蓝缕、以启山林的道路开辟作用，不愧是新文化运动的旗手；一方面是他的时代局限性的鲜明呈现。众所周知，毛泽东同志在新中国成立初期，发动了声势浩大、席卷全国的批胡适运动，当时，胡适的思想被毛泽东看作是知识分子特别是大学教授所服膺的思想（或者说，胡适的思想在当时的知识分子之中具有代表性）。毛泽东对胡适的阶级定性是资产阶级，其哲学思想的性质定为唯心主义，其文学观也被视为非科学的。但是，正当全国批胡适运动如火如荼地展开的时候，1956年2月，毛泽东却在怀仁堂宴请全国知识分子的代表时，说了这样几句意味深长的话："胡适这个人也真顽固，我们托人带信给他，劝他回来，也不知他到底贪恋什么？批判嘛，总没有什么好话。说实话，新文化运动他是有功劳的，不能一笔抹杀，应当实事求是。到了21世纪，那时候，替他恢复名誉吧。"[①]

胡适在政治上赞美西方的英美民主制，在哲学上信奉杜威的实用主义，在文学上继承了传统经学中的朴学[②]一派，在文学与社会变革的结合上、文学与政治改良的结合上、文学与新文化运动的结合上，一直站在开风气之先的潮头。胡适曾是当时众多青年心目中的精神领袖，就是处于五四新文化运动中的毛泽东也对胡适无比敬重。毛泽东在批胡适的风潮中，一定是看到了批判运动的过火过度，才以回忆的方式，肯定了胡适的历史地位。可惜的是，全面、客观评价胡适的时机不在，轰轰烈烈的清算活动和思想改造还在激动人心。彼时彼

[①] 沈卫威：《胡适与毛泽东》，《自古成功在尝试——关于胡适》，北京广播学院出版社2000年版，第301页。

[②] 胡适认为：朴学包括文字学、训诂学、校勘学、考订学，又称为郑学、汉学，是相对于宋学而言的。

刻，谁能、谁敢替胡适说什么呢？

当前，替胡适恢复名誉已不在话下，正确地评价胡适思想的价值和贡献以及局限，却需要一番深入研究的工夫。这里，我仅就胡适的文学观以及由文学思想所反映出来的美学观进行一些粗浅的评说。

一、胡适文学观、美学观的实证主义倾向

"五四"运动所举起的时代大旗是科学与民主，胡适终生抱着科学和民主的信念，在哲学、文学、社会政治等领域进行了大量的建树。但是，在哲学和文学上，不论是新中国成立前还是新中国成立后，胡适都受到了激烈的批评。就文学研究而言，一般的观点是，胡适在文学上的历史性贡献和他的文学观不相称。为什么胡适的文学观甚至哲学观被人讥之为简、粗、浅呢？李泽厚说胡适"思想很肤浅，甚至极浅"[①]。周汝昌在评价胡适在新红学上的功过时，借用梁漱溟的话评价说"简、显、浅"。周汝昌先生不无忧虑地说定位于国学的红学及其发展，应该汲取胡适的教训[②]。胡适的教训究竟是什么呢？

在中国现代史上，对胡适的学说不满的人，主要在于不满意胡适在人文社科方面坚持实证主义方法。所谓的有多少证据就说多少话，把读者通过作品与作者的心灵对话，一概斥之为无根之谈、无补世用的玄虚之谈。儒学发展到中国封建社会的后期，日益衰朽、没落，围绕着儒家经典的义理阐释，既具有未敢越雷池半步的保守性，又有个人主观发挥随意性。胡适当时标举科学，包含着对于六经注我的传统学风的抗议，更有对宋明理学所捍卫的封建道德的批判。这是具有其相当的历史针对性的和进步性的。胡适在《清代学者的治学方法》一文中，提出："哲学家没有科学的经验，决不能讲圆满的科学方法论。科学家没有哲学的兴趣，也决不能讲圆满的科学方法论。"胡适号召科学和哲学

---

① 李泽厚：《世纪新梦》，安徽文艺出版社1998年版，第365页。
② 龙协涛：《红学应定位于新国学——访著名红学家周汝昌先生》，《北京大学学报》1999年第2期。

《红楼梦》与诗性智慧

相结合，但在运用时，胡适还是科学优先或者是唯科学是求。实际上，胡适所说的哲学方法就是实验主义哲学，具有科学主义的倾向。在考证《红楼梦》的系列文章中，胡适激烈地反对索隐派对于《红楼梦》随意引申、政治附会、人物附会，发誓要将文学研究还原为科学研究，这种观点还影响到了他的文学创作。胡适的文学创作，以质白反抗深奥，以通俗反对用典，以市井反对山林，以入世反对隐逸，用实际问题的描绘反对形而上的玄思和漂游的性灵，以致他在创作中也存在过于质实和爬行于现实之上的毛病。大洋彼岸的威斯康星大学的华裔教授周策纵先生，他既是中国的现代史家，又是红学家，曾这样评价胡适的诗歌创作："在西洋传统中，他无法完全了解像华兹华斯、柯立芝、歌德或福劳斯特的对形而上的虔诚感。"[1]

"惚兮恍兮，其中有象。"胡适对于言外之意、象外之意是不屑一顾的。当时，胡适为了反对对于文学作品的历史附会、主观附会，强调结论不能超出于证据的证明。显然，胡适反对宋学的刻意引申、言之无物，而注重文字字面含义，但是却走到了错把文学文本当作是科学实验对象的文艺观。周策纵的上述评价触及到了胡适文学观的根本弱点。这就是胡适反对文学研究的形而上追求，把从文学作品中所得到的超现实体验视作玄虚的安慰。中国传统文学讲究"神韵"、"风骨"、"空灵"、"境界"、"超以象外"，欣赏主体讲究的方式是"品"、"兴会"、"联类无穷"和"味外之旨"等，胡适从西方的科学主义立场出发，不仅熟视无睹，而且还一概反对。宋代程朱理学融合禅宗理论对儒家教义进行思辨，胡适也了无兴趣[2]，一部哲学史写了半部就放下了。胡适痛心疾首的或许是中国文学对于社会进步无能为力的历史和现实情况。"中国八百年的理学工夫居然看不见二万万妇女缠足的惨无人道！明心见性何补于人道的痛苦！"[3]有必要指出的是，在20世

---

[1] 周策纵：《论胡适的诗——论诗小札之一》，陈金淦编：《胡适研究资料》，北京十月文艺出版社1989年版。

[2] 关于胡适与程朱理学的关系，可参看杜蒸民：《胡适与朱熹》一文，《胡适研究》第2辑，安徽教育出版社2000年版。

[3] 《胡适选集》，天津人民出版社1991年版，第195页。

纪初我国的大多数思想家和文学家都期待文学在社会变革中发挥作用。

胡适早在1918年的《易卜生主义》中就对于自己已经定型的文学审美观作过陈述。胡适对易卜生的赞叹在于他对于社会问题通过文学有力地揭示了出来,而他的创作方法是写实主义的。文学欣赏是得意而忘言,离形得似,是沿波讨源,以意逆志,与作者实现灵魂的对话,这是中国传统美学的旨趣所在。然而,胡适却对形而上的"神"表示怀疑。胡适在《不朽——我的宗教》中说过这样的一件事:"一千五六百年前有一个人叫做范缜说了几句话道:'神之于形,犹利之于刀;未闻刀没而利存,岂容形亡而神在?'这几句话在当时受了无数人的攻击。到了宋朝有个司马光把这几句话记在他的《资治通鉴》里。一千五六百年之后,有一个十一岁的小孩子——就是我,——看《通鉴》到这几句话,心里受了一大感动,后来便影响了他半生的思想行事。"[①]

形神观念在中国美学史上,是中国独有的一对美学范畴。它从哲学而来,胡适在接受中国哲学时,趋向了神灭论的一边。推演到文学的审美观念上,胡适认为形在而神生,后者轻而前者重。胡适重视"术"而轻视"理",文学不是表现高深的哲理的,而应该揭示人生、社会、道德、法律等实际问题,胡适感到可惜的是中国过多的文人,讲抒写"性灵",偏偏忽视身边的问题,不研究解决的方法,文学对于改善人生没有起到应有的作用。这样看来,胡适重视文学的社会作用又趋向于作品的实际作用及其效果是否可以衡量的一边。

胡适对西方的科学方法的引进和解释,和中国传统经学中的考据派进行了连接。胡适认为中国古代的科学思想是存在的,在文学领域就是清代的考据学。胡适在红学研究上,话只说到作者考证,而对于《红楼梦》的内容及意义缄口不言,就是其所使用的方法的限度。有必要指出的是,胡适站在传统经学的考据派一边,反对义理玄谈,这一立场本身,就使胡适陷入了传统文化的纷争漩涡之中,这是我们考察胡适为何常在哲学上受到低估低评的原因。一方面,胡适"把小说的考证和研究当作一项学术研究的主题,提高到了与传统经

---

① 《胡适文集》第2卷,人民文学出版社1998年版,第42页。

学和史学的地位"。①一方面，胡适又认为自己的考证是科学的一部分。但是，他的后继者，在把红学纳入经学研究上受到了胡适的启发，却反对胡适对于考证的挚爱和热衷，以及他对"义理""辞章"弃置不顾。享誉海内外的红学专家周汝昌先生就是如此。周汝昌先生早年受惠于胡适最多，后来离开胡适又最远。周汝昌研究红学主要方法是传统经学中的义理阐发与辞章研究。比如，在辞章上，周汝昌先生根据中国人对于九这一数的特殊爱好，认为《红楼梦》的全部章回有一百零八回，而五十四回是贾府由盛转衰的转折点。在义理上，周汝昌认为《红楼梦》是人生大书，奥义深存，"谁解其中味？"只有和作者具有同样的思想境界的人才能领悟，而这些靠故事情节是得不到的。周汝昌和胡适的分歧，依然是经学中考据派——朴学与理学派——玄学之间的矛盾。大概是受了理学的影响，中国传统小说的评点派，往往根据一点历史的痕迹，加以穿凿附会，这令胡适极度不满。所以胡适在整理出版《水浒传》时说："圣叹常骂三家村学究不懂得'作史笔法'，却不知圣叹正为懂得作史笔法太多了，所以他的迂腐气比三家村学究的更可厌！"②在红学研究中，胡适虽然是脂评脂批在现代史上的发现者，但胡适对它的重视却远远不如他的后继者，更没有像后来者那样，往往根据脂砚斋的片言只语而微言大义而随意发挥。自80年代以来，这种微言大义的研究又有风行之势，对于这种学风和做法，晚年的俞平伯讥之为"刻意求深"，反失其真。

  胡适没有这样做，倒不是胡适的文学文本意识比其他许多红学家要强。胡适是在摧毁"索隐派"旧红学的基础上建立新红学的，胡适所反对的索隐派的最大缺点就是离开作品进行以历史、政治、家事、某个个人的联想。这样，索隐派实际上将红学研究推到了异域地带，文学研究变成了历史研究、对立的意识形态的研究，这样实际上就把红学研究当成了历史学和政治学的附庸，陷入胡适所讥讽的"猜笨迷"式的研究。胡适虽然始终以现行的一百二十回本为基础，把《红楼梦》看成是一个完整的整体，没有割裂《红楼梦》，但他只是把

---

① 易竹贤：《胡适传》，《胡适论中国古典小说》，湖北人民出版社1998年版，第227页中的注1。
② 同上，第323页。

《红楼梦》研究看作是验证自己方法——科学方法的试验田,就像胡适晚年研究《山海经》一样,他是在作科学研究的示范,并非看重他研究的对象本身。

胡适将科学等同于实验,将文学等同于科学研究,犯了不懂文学学、文学批评其学科特性兼有科学性与审美性的错误。胡适反对程朱理学对于中国思想的专制和钳制,主张思想自由,却连必要的哲学思辨也丢了。

二、胡适对于审美经验的研究

胡适的美学观点还与国外的主要是美国的实用主义美学家、胡适在哥伦比亚大学的老师杜威,有着千丝万缕的联系。在对于中国经学的接受上,胡适本来就趋向于朴学一极,这一倾向在他到美国由农学转学哲学,师从杜威、信仰实用主义后,便愈加坚定而不移,忠贞而不渝。周策纵先生转述道:"在这年(1914年)1月25日的札记里,他已经注意到中国所急需的是思想方法,他说:'今日吾国之急需,不在新奇之学说,高深之哲理,而在所以求学论事观物经国之术。以吾所见言之,有三术焉,皆起死之神丹也:一曰归纳的理论,二曰历史的眼光,三曰进化的观念。'这几乎可说决定了他以后一生整个的思想和治学的方向。"[①]胡适曾说,"我的文学革命主张也是实验主义的一种表现","我谈白话文也只是实行我的实验主义"。

杜威美学的中心观念是,美、艺术即经验。而经验是人的有机体与环境相互作用的结果,是人的各种情感和意志的表现,是人对于刺激的一种反应。所以,第一,审美经验和日常经验密不可分。第二,审美活动受意图支配,它不仅不是非智力活动,而且是一种高度的智力活动,并且与生活实践有关。

胡适对于杜威美学观念的接受,敞开了文学与生活的渊源关系。胡适在《中国文学过去与来路》中,认为文学的来源有重要的两个方面:"第一,来源于实际的需要,譬如吾人到研究室里去,看看甲骨文字,上面有许多写着某月

[①] 周策纵:《弃园文粹》,上海文艺出版社1997年版,第34页。

某日祭祀等等。巴比伦之砖头,上面写信,写着某某人。我们中国以前也用竹简或木简,近来在西北所发现的竹简很多,像这些祭祀、通信、卜辞、报告等等,都是因为实际的需要才有的,这些是记事的体裁。如《墨子》、《庄子》等书,也都是为着实际需要才逼出来的。第二,来源于民间。人的感情在各种压迫之下,就不免表现出各种劳苦与哀怨的感情,匹夫匹妇,旷男怨女的种种抑郁之情,表现出来,或为诗歌,或为散文,由此起点,就引起后来的种种传说故事,如'三百篇'大都民间匹夫匹妇,旷男怨女的哀怨之声,也就是民间半宗教半记事的哀怨之歌。后来五言诗、七言诗,以至公家的乐府,它们的来源也都是由此而起的,如今之舞女,所唱的歌,或为文人所作给她们唱的。又如诗词、小说、戏曲,皆民间故事之重演。像《诗经》、《楚辞》、五言诗,七言诗,这都是由民间文学而来。"[1]这种观念在他对挪威剧作家易卜生的评论中也可以看出。易卜生剧作所揭示的问题是生活中具体的实在问题,如法律问题、家庭问题、妇女问题、个人主义的问题等,胡适认为文学将这些问题展示出来本身,就具有相当的文学意义,也是文学的使命。正是在这个意义上,五四时期胡适极其推崇易卜生,而易卜生剧作在中华上演所获得的成功,加强了胡适对于实用主义美学观的信仰,他并且用易卜生的创作来衡量他目光所及的作家和文学作品。重要的是,胡适的哲学观、社会观、美学观、文学观是统一的,他顾及了艺术作品所产生的强烈的社会效果。胡适由易卜生的创作发挥道:"人生的大病根在于不肯睁开眼睛来看世间的真实现状。明明是男盗女娼的社会,我们偏偏说是圣贤礼仪之邦;明明是赃官污吏的政治,我们偏要歌功颂德;明明是不可救药的大病,我们偏偏说一点病都没有!……易卜生的长处,只在他肯说老实话,只在他能把社会种种腐败龌龊的实在情形写出来叫大家仔细看。他并不是爱说社会的坏处,他只是不得不说。"[2]就易卜生的创作而言,从生活经验转化为艺术经验,从现实生活转化为艺术作品,其间艺术家的概括、集中

---

[1] 《胡适文集》第3卷,人民文学出版社1998年版,第251—252页。
[2] 《胡适文集》第2卷,人民文学出版社1998年版,第17页。

等,这些强化生活经验的手法,经验主义是承认的,然而,当生活经验转化为艺术作品以后,两者已经不能等同,或者说说出两者之间的差别以及转化机制也是必要的,但是,胡适忽视了。胡适认为,如果说中国有所谓的超越于西方的精神文明的话,那文明又是什么样的文明呢?"我认为我们东方这老文明中没有多少精神成分。一个文明容忍像妇女缠足那惨无人道的习惯到一千多年之久,而差不多没有一声抗议,还有什么精神文明可说?一个文明容忍'种姓制度'(the caste system)到好几千年之久,还有多大精神成分可说?"[1]尽管胡适说这两段话是愤激之言,但胡适的文学观已经暴露出来:文学只要老老实实地写,就有补于实际的人生。实际生活中的日常经验转化为文学艺术中的审美经验,受到内容和形式相统一、概括性和个别性相统一、表现与再现相统一的制约,这在胡适看来,是不重要呢,还是没注意到?

  胡适对于文学的实际作用的期待,也反映了他审美经验论的局限性,文学在改造社会、改变人们精神面貌上的作用,是非决定性的,它的陶冶作用、提高作用、净化作用等是有限度的,因为最终决定人的社会意识的是社会存在,而不是文学意识和审美意识。胡适将文学的作用看成是生活中实际问题的提出和解决,并通过小说考证提高了小说的地位,这是有其进步作用的。但为了提高小说的地位,就夸大小说之于社会的作用,同样也不可取。创作小说是为了"改良社会,开通民智",在这一点上,胡适和梁启超没有多大区别。晚清梁启超把小说视为"文学之最上乘",相信文学能改良政治。然而,梁启超所说的小说的作用:熏、浸、刺、提等,显然继承了中国传统的某些文论成果,看到了小说的作用是潜移默化的,是通过社会的个体实现的,是通过精神反作用于社会才能实现的,胡适却没有注意到,显然,胡适对文学的社会作用理解得过于直接了。

三、胡适以西方文学观念为标准的文学评价方法

  胡适是新红学的创始人,胡适对于《红楼梦》在中国文学史上的地位,是

---

[1] 周策纵:《弃园文粹》,上海文艺出版社1998年版,第28页。

曾经作出过极高的评价的。第一，大悲剧的结局冲破了团圆模式，还原了生活真实，撕破了传统的瞒和骗的文艺的面具，击毁了中国人精神文明——无比优越的可笑迷信。第二，白话文的写作，明白晓畅，无"文字障"，属于活的文学。这里，胡适将文学研究纳入到自己的社会观念和未来理想中，再次凸显出来。

可能是由于胡适的新红学50年代在大陆受到批判，而《红楼梦》又受到历史上空前的高评，所以胡适的一些言论带有意识形态上的对抗性。胡适在美国与大陆唱对台戏的主要表现是否只在红学上，还有待考证，但是在美国的许多华裔学者希望他少讲两句，却对于胡适未起任何作用。于是，胡适晚年在《红楼梦》研究上所说的一句话，即1961年致高阳的信中谈论《红楼梦》的观点，又一次引起了争论：

"我写了几万字的考证，差不多没有说一句赞颂《红楼梦》文学价值的话，大陆上中共清算我，曾指出我只说了一句：《红楼梦》只是老老实实地描写这一个坐吃山空、树倒猢狲散的自然趋势，因为如此，所以《红楼梦》是一部自然主义的杰作。此外我从没有说一句从文学观点赞美《红楼梦》的话。

"老实说来，我这一句话已过分赞美《红楼梦》了，说书中主角是赤霞宫神瑛侍者投胎的、是衔玉而生的，——这样的见解如何能产生一部平淡无奇的自然主义的小说！

"我仔细评量《红楼梦》前八十回里的诗、词、曲子，以及书中所表现思想与文学技术；我也曾评量曹雪芹往来的朋友——如宗室敦诚、敦敏等人——的诗文所表现的思想与文学技术。我平心静气的看法是：雪芹是个有天才而没有机会得到修养的训练的文人，他家庭环境、社会环境、往来朋友、中国文学的背景等，都没有能够给他一个可以得到文学修养训练的机会，更没有能够给他一点思考、发展的机会，在那个贫乏的思想背景里，《红楼梦》的思想见解当然不会高明到哪儿去，《红楼梦》的造诣当然也不会高明到哪儿去。"[①]

胡适能够找到的《红楼梦》在艺术上的缺点还不止这些，归纳起来，大致

---

① 《胡适文集》第5卷，人民文学出版社1998年版，第429—430页。

有如下几点：

第一，《红楼梦》连一个完整的情节故事都没有，"他的小说的结构太大了"。

第二，《红楼梦》是"自叙传"小说，对于社会问题、人生问题的揭示、研究不深。所以它比不上《儒林外史》。

第三，《红楼梦》有许多荒诞的情节，超现实的情节，不合情不合理。作者的思想境界也不高。如借宝玉的口说"女儿是水做的骨肉，男人是泥做的骨肉。如同一回里贾雨村"罕（悍）然厉色的长篇高论等，作者儒道释不分，连起码的历史、宗教常识都没有，甚至小说中有迷信的情节等。

胡适说曹雪芹的文学修养没有得到系统训练，这让中国当代的著名作家王蒙很发了一番议论。"从学问上讲，我一直以为胡适是有学问的，而看了这段话后，我就感到：这位博士还是好好地去当他的博士吧，他对文学创作实际上完全是外行。没有得到很好的文学训练，那怎么办呢？把曹雪芹送到哈佛大学？莫斯科大学？曹雪芹不是博士，更没有留过洋，没有受过职业的文学训练，也不懂什么这主义那主义，这思潮那思潮，这意识那意识，但正是因为这样，才造就了曹雪芹的文学天才。……缺少训练，对曹雪芹这样的大家来说却恰恰是他的优越性——他直接从世界而不是从训练中获得知识经验和灵感。……至于胡适所说曹雪芹见解并不高明，那也对，因为曹雪芹不是一个思想家，我们也不能把他当作一个思想家、哲学家、社会学家来谈，曹雪芹给你提供的，是一种本体性的东西，他要你去分析，去见解，曹雪芹能够不为当时封建社会已有的、陈腐的见解所局限，这已是他的高明之处了。"[①]

概言之，胡适上述对于《红楼梦》的指责不仅是把曹雪芹当作是一个思想家来评价，而且还犯了以西方批评标准代替由中国民族的审美观所决定的批评标准的错误。反驳胡适上述对于《红楼梦》的指责并不难。第一，《红楼梦》的情节虽然不像《水浒传》那样集中、完整，但它的情节的诗化、环境的诗化、人物的诗化、人生理想的诗化等更能体现出中国小说艺术的特点，我们用不着

[①] 王蒙：《双飞翼》，生活·读书·新知三联书店出版社1996年版，第133—134页。

拿西方的小说模式和叙事方式、时空观念来要求《红楼梦》。第二，仅就《红楼梦》所揭示出来的问题看，作者把人生归宿问题感性地描绘出来，提出了以儒家为主的中国文化本身已经不可能解决政治问题、社会问题、家族问题，最终归结为不可解决的青年人的人生出路的问题等，这对于人们已经提供了极大的认识价值。第三，文学作品中描写梦境、超现实现象、迷信等，这有两个理由，一是艺术家借助于这些描写来强化情节、突出个性、渲染气氛。二是艺术家所处的时代人们普遍地将他当作是生活的一部分。被马克思主义经典作家誉为现实主义大师的莎士比亚在自己的戏剧中，就大量地采用了梦境、巫婆、幽灵等非理性、非现实的人物和因素，来促成作品的戏剧性。胡适文学的批评标准，"大凡文学有两个主要分子：一是'要有我'，二是'要有人'。有我就是要表现著作人的性情见解，有人就是要与一般的人发生交涉"[①]。细究起来，胡适说的"有我"就是有个人独特的、深刻的见解、有学问，就是文学作品的思想性；"有人"就是关乎现实人生，表现为"社会问题的小说"。我们认为，文学不可能写成社会问题的报告，不可能写成是社会基本矛盾问题的论文或社会学报告。文学是人学，人是文学表现的中心，文学对于人的呵护包括物质方面，然而更重要的是精神方面。

胡适对于西方的文明与科学心仪已久，反映在文学上，也在执行着世界主义的标准，各民族的文化，特别是文化艺术，具有各自的价值和独特性，艺术并不一定与经济发展同步，文化在不同的民族之间、不同的社会政治条件下、不同的历史时期也有不同的作用、发挥不同的功能，更重要的是，人类文化艺术由于民族不同而在精神需要上表现出求异、求多样化的倾向，就是决定了各自民族文化独立存在与创造性发展的合理性。《红楼梦》这部小说为全世界提供的重要的审美价值，包括叙事技巧、时空观念、人生理想、人文精神等所具有的普遍意义，胡适又忽视了。

[①] 《胡适文集》第4卷，人民文学出版社1998年版，第371页。

四、简短的结语

胡适在推进中国学术的现代性转换上功勋卓著，在反对思想专制，在反对清议空谈，在引进西方现代科学思维等方面，他的作用已经融入历史，成为中国新文化传统的一部分。但是，胡适的矫枉过正也是明显的。在对于西方文化的选择上，过于偏执科学主义，对于实验主义从未省察起自身的局限性，这些观点推演到文学上，就带来了更大的偏颇。胡适在文学上的观点与他的政治意识、社会进步观、人生观的唯科学倾向表现出了惊人的统一，这样，我们在评价胡适贡献时，很难避开对于他在政治上、社会上、人生观上的分析。胡适反对盲从，而自己又有盲从；胡适反对专制，而自己的学术又相对方法单一；尤其是胡适在政治上反复声言自己不知道什么是封建主义、帝国主义，只承认修修补补的改良主义，而不承认社会问题根本解决的政治革命，在解决现实问题面前时而表现出惊人的短视，这的确令人扼腕。

在美学上，胡适似乎从来没有像王国维、蔡元培等人那样，重视一下德国美学的贡献，这或许可以避免许多片面性。把文学作品看成是审美对象，需要进行审美判断，而审美判断关乎理性、认知，也关乎想象力、感性，艺术作品对于人的影响是潜移默化的，艺术对于社会的作用是间接的，等等，这些本世纪初就出现在我国的西方美学思想，胡适的不理不睬是令人感到奇怪的。

胡适在文学上的严重缺陷，从方法论上归结，则是忽视了文学作为一个价值客体总是与研究者处于意向性的联系中，其意义阐释是确定性和不确定性的统一，具有随着时代而变化的对话性。即使是将文学作品当作是一个纯粹的客体，也应该看到其本身所具有的与一般科学对象相区别的复杂性，比如《红楼梦》，叙述者的观点是否可以和作者的观点相混同，作品主人公或人物的观点是否能与作者相混同，民族差异是否就一定意味着对于普遍规律的背离，等等。看来，从正反两个方面反思胡适的"功与过"，也许对我们今天的学术研究不无益处。

（原载《东方丛刊》2002年第1期）

俞平伯的忧郁

俞平伯在红学上的贡献，自不必赘言。俞平伯的红学研究开始于胡适1921年的考证论文发表之后，与胡适的文献考证不同，他是文学考证派，关涉的是趣味。俞平伯在文献上得到了顾颉刚的协助，所以他最早写成的《红楼梦辨》，似乎是与顾颉刚的讨论，很多结论也在切磋之中。

俞平伯写《红楼梦辨》时，接受了胡适的观点：后四十回是高鹗的伪托，即后四十回的真正作者是高鹗，高鹗和程伟元掩盖了这个真相。俞平伯为了落实这个结论，决意从文本出发发现破绽，指出这是一个续貂的"狗尾"。高鹗欺瞒了读者，他要指出高续"没有价值"，这是他的出发点。

俞平伯的结论可以说是既定的，带着主观意图研究后四十回，处处要满足自己的先验看法，所以成竹在胸，应该说比较容易写成文章。

但是，情况并不乐观。俞平伯是一个顽固坚守自己文学趣味和文学感悟的人。本来想尽可能地说后四十回的坏话，"以八十回的内容攻后四十回的虚妄"，但得出的结论却匪夷所思。你看看：俞平伯说高鹗续得不好，不见得对，但又说高鹗是功多罪少的人，后四十回实在是《红楼梦》的"护法天王"。高鹗的确是《红楼梦》的"知音"，"未可厚非"。甚至指出"轻视高作"，就是在文学创作上"不知深浅"。这不是在创作上肯定了后四十回吗？

从高续没有价值，到高续不可替代；从高续是狗尾，到高续保住了悲剧结局；从高续是账本到高续是精细的账本；从高续擅出己意，到处处有根据、高鹗审慎。研究的目的是让后四十回和前八十回不能两立，无可调和，但结果是像顾颉刚所说的那样，高鹗只是补苴完工了曹雪芹未竟的工作，高鹗保持住了悲剧，使《红楼梦》超拔于其他小说之上的功绩全归于高鹗。

上述文字渗透在《红楼梦辨》的字里行间，如果你是一个精细的读者，还会同意俞平伯的出发点吗？——"高鹗完全失败"！

俞平伯在通信的讨论中指责顾颉刚充当高鹗的辩护士，而自己呢，也是后四十回的辩护士。俞平伯明确地说，"不可轻易菲薄他（高鹗）"。

俞平伯在《红楼梦辨》中的文字是有断裂的。当他出离文本说明自己的意图时，他否定高鹗的态度异常明确肯定，他说高鹗"巧于作伪"；当他深入文本感受、评价文字时，他对高鹗又难掩赞颂之词、处处辩护，甚至说"万万少他不得"。也就是说，俞平伯在意图和感悟上有矛盾，陷入了忧郁："说高鹗特别续得不好，却不见得的确。"

俞平伯要为后四十回找不是，否定后四十回，这是出发点。到发现后四十回还有不少可取之处，到认真对待后四十回，细读后四十回，这是转变。再到和其他续书比较高度赞扬后四十回，维护高鹗，认为高鹗是曹雪芹的知音，这是结论。由此，我们可以明确地说，俞平伯不是"腰斩派"。那么，俞平伯临终时为什么为"腰斩"而忏悔呢？其实，很多新红学的继承人，只是得其皮毛弃其骨血，对高鹗变成了骂派，但把此看作是对俞平伯的追随。

俞平伯是高鹗的骂派吗？显然不是，而那些骂高鹗的人，自以为继承了胡适，特别是俞平伯的衣钵。你可以仔细读读，不管是胡适，还是俞平伯，他们都不是高鹗或后四十回的"骂派"。

后来，人们骂倒后四十回，以为肇始于俞平伯，自认是俞平伯的继承者，这使这位老者百口莫辩、不胜其辱。

还从文学感受上说事，俞平伯否定后四十回的言论，主要集中在：第一，宝玉变成了名教中人。第二，后四十回"文拙思俗"，单调得像账单。第三，写得过火，人物分寸掌握得不好。

宝玉参加科举，就是皈依名教吗？既然皈依名教，为何在光宗耀祖、阖府欢庆之时，又不知所终出家了呢？这给了这个大家族多大的难堪！皈依名教，应该不再和袭人、宝钗有争论，但是即便是关于赤子之心，他们的争论都不能停止，闹得宝玉只能仰天长叹、徒唤奈何。参加科举，实在是宝玉完结俗缘的一个步骤，他根本没有看重它，他应付之是为了"不欠债"，一了百了。参加科举的描写在小说中没有破坏贾宝玉性格的一致性和逻辑性。账单说，就是说后四十回不像艺术文本，而像是挽结全篇的草草之作。后四十回的紧锣密鼓，给人的印象是马上结束小说完事，敷衍塞责，而前八十回的铺叙美景、叙事从容与诗情徜徉，至此戛然而止。对账单说俞平伯有自我否定，这是一个精细的账单，处处有出处，是对前八十回的呼应，高鹗未敢杜撰。第三个理由：分寸感。后四十回中贾母、薛宝钗、王熙凤面目峥嵘以至狰狞，这是高鹗之罪。不过，细读文本我们发现贾母对黛玉无情，前面的第五十七回就很无情：闹得你死我活的宝黛之恋，贾母像不听不闻的鸵鸟，任其拖延。这拖延，已经关系到了宝玉、黛玉的生死，"风刀霜剑严相逼"。这说明早在前八十回中，贾母，这个林黛玉在贾府中唯一的可靠之人也靠不住了。薛宝钗无情，前面宝钗就骂男人读书不明理，越发可恶，不是骂宝玉吗？前八十回里的宝钗也无情。薛宝钗和贾宝玉都骂读书人，宝玉骂读书人是充当禄蠹，而薛宝钗骂读书人是读了书不去为官作宰。王熙凤爱要计谋，害死贾瑞、尤二姐使用了许多高智能、高难度的连环计，再要一次掉包计贻误宝黛，对她来说不难，也顺理成章。

后四十回过火，莫过于抄家过火。皇上抄家，这是可以随便虚构出来或者信手拈来的吗？高鹗的家是否被抄过？高鹗有抄家之痛吗？

抄家，可以说是自叙传说证明作者是曹雪芹的一个铁证，但是已有高鹗伪续的观点，新红学对此如临深渊，不敢踏进雷池。原因全在于认定后四十回是高鹗续补的。江南曹家接驾数次，荣耀无比，为新考证派津津乐道；江南曹家，也是被皇上抄家而仓皇北返的，缘何新考证派对后四十回这一段描写噤若寒蝉。关于后四十回中抄家，最早的时候俞平伯也是否定的。写《红楼梦辨》时的俞平伯最早推测原文，贾府衰败是渐渐枯干，是内部杀起来的，而不是外部的抄家。但是，高鹗大胆，居然让抄家完成大败落、大悲剧，看来高鹗不懂前八十回，不懂探春的"内部杀起"说的含义。俞平伯自信，根据他的艺术感悟和艺术分析，贾府是"渐渐枯干"。高鹗写抄家，是"深求之误"。高鹗写抄家，是因为这样在艺术上容易处理——"易写"。

写抄家，如果像高鹗那样没有抄家的亲身经历和切肤之痛，却能写抄家，这需要怎样的胆识？曹雪芹有抄家的经历，到了刻骨铭心的地步却不写抄家。如此对比，这不是在贬曹雪芹、赞高鹗吗？

更重要的是，抄家片段写得艺术成就极高。西平王要严格执行皇上的抄家令，太监赵堂官要扩大抄家以浑水摸鱼，而后来的"酸王"北静王要袒护贾府,令太监赵堂官叫苦不迭,真是一波三折、入木三分。贾府人骂锦衣兵是一伙强盗,和前八十回中王熙凤骂官里的人是外祟,同样惊心动魄。

皇上发旨,虽一次抄家,但旨令却朝令夕改。这不可能是史实,只可能是艺术虚构。这样的虚构,其意味耐人寻味。一是皇上"不着调",说话随便,乱出指示,弄得下人无所适从,也可以胡作非为。二是,假如这抄家是曹雪芹的原笔,则可以避免欲加之罪:影射。这与江南曹家被抄时的情形肯定大相径庭:雍正抄曹家不需忧郁、异常果断。这里的抄家,雷声大雨点小。按说,在乾隆年间,文字狱盛行,曹雪芹胆敢以家事议论朝廷,真是胆大包天。

"我们两人(顾颉刚)对于这一点,实在是骑墙派:一面说原书不应有抄家之事,一面又说高鹗补得不坏。"(八十回后的红楼梦)岂止是"不坏",而是"精心结撰"。林东海在《文林廿八宿:师友风谊》中说:"俞平伯先生首先应是个诗人,他以诗人的眼光和情愫去研讨红学和词学,而不是像长于逻辑思维的学者那样去推理和判断。"是的,从推理上看俞平伯前后矛盾,犹豫不决,而从诗人的眼光上看,他的忧郁里含有真趣,他不是腰斩派。

至于"兰桂齐芳",这是大河倒悬的一股细流,小欢喜掩不住大悲剧的整体氛围,反而更衬托出绵绵悲音。曹雪芹善于悲中写喜,犹如元春省亲的喜中之悲,使悲愈悲,喜愈喜,悲喜对比,回环缠结。

上述三点反驳,并非针对俞平伯,而是顺着俞平伯的文学感悟,将俞平伯在《红楼梦辨》之后的忧郁彻底化解:俞平伯在矛盾中有维护后四十回的文学立场。这是隐藏在《红楼梦辨》中的真实态度。

(原载《读书》2011年第3期)

一生傲然苦不谐

——纪念周汝昌先生

在红学的道路上，沿着学术与大众接受、趣味阅读的交叉重合地带，他走出了一条奇异的人生之路，终成一代红学大家。这，有时看上去几乎是神话，令人难以置信。比如，1947年，这是他在红学上扬帆起航的年代，他作为燕京大学的一名普通学生得到了大名鼎鼎的胡适的赏识和垂顾，他的第一篇红学论文充实了大家对曹雪芹的认识，使考证派获得文献上的新支持得以昂然前行，因此受到胡适的推崇。再比如，2005年已是年近88岁的他，一年中有8部著作出版，在耳聋目盲的情境下奋笔快写，超出了常人所能理解的程度，被称为是罕见的学术"大跃进"。

红学之路，是风雨路，也是显学之路，二者，周汝昌先生可谓兼得。他因研究《红楼梦》而处于聚讼纷纭、是非争议的中心，也因红学而成为少见的学术畅销书作家。爱红者，人人有一册他的红学著作，不足为奇。因此，他可以说超越俗雅，播名甚众。

从1953年他的《红楼梦新证》开始，他就处于红学的论争中心。他的文献资料总被引述，但他的观点也总是飞矢追逐的靶子。周汝昌先生曾不无自嘲地说，我的衣服已经被撕得褴褛不堪，但他们却是使用我提供的材料编制了自己的盛装。

周汝昌先生认为，他在为人之怪（乖僻）上，与曹雪芹相似，都是不同俗流，也不愿意从善如流，他们都是有满腔积愤难以自诉，需要发愤著书以自遣。这种自比，使他钻入曹雪芹的心灵深处，与曹雪芹展开了他人难以企及的对话，创作了无以收束的雄文。其实，我们不妨把周汝昌先生所有的红学著作都看作是与曹雪芹的心灵秘语，这里充满了对话的私语性。他自负与曹雪芹心灵相通，与曹雪芹所赞颂的人物一样，都是正邪两赋之人，出离于俗界凡间，一方面万人嘲谤，一方面又超于万万人之上。他曾在《红楼无限情——周汝昌自传》中如此描绘曹雪芹:"倘若细究起来,雪芹是大智慧者,他那话（"愧则有余,悔则无益"）含蓄的内情恐怕还深还厚得多。那'无益',也许并不是顽固不化,执迷不悟,死不回头;而是这种悔者,本来丝毫没做什么错事,倒是做极高尚极善美的事——可结果呢？做错事坏事的万人都功成名就,位高禄厚,洋洋乎自得,而这个做好事的曹雪芹,却落得'万目睚眦,众口嘲谤',一生忍辱负垢,受尽了欺侮贬抑、诬陷伤害。""狂于阮步兵"的曹雪芹,孤怀难鸣,周汝昌自信是他的旷世知音。

正是他感觉到"世人待他太浅薄、太恶毒",所以"要为雪芹鸣冤",因此,"我不幸之至——当上了'红学家'"。周汝昌在媒体界已经成为红学泰斗,而他则说红学正是他不幸的选择。为什么不幸？"受了那些魑魅蛇蝎的那么多的明枪暗钺,可谓遍体鳞伤,若不当红学家,何至于此？"荆棘世路,坎坷难行,周汝昌先生一腔悲愤情怀！

可是他又不后悔,并且"永远不悔"！正像在大多数场合他语气坚定、铿锵有力一样,个性倔强的他向来是一副坚毅面孔,傲然不群。他认定,因为不但是"悔则无益",而是"为了给雪芹、脂砚洗雪奇冤,受了这等人的欺侮伤害又算得什么？"

周汝昌不愿意人们称他为红学家,还有一个原因是,他的观念超出了《红楼梦》小说的范围,"以红解红"不是他的路数,他以《红楼梦》为依托,追求的是崇情文化,一种新创的文化,一种存在于诗性创造中的文化。他在中华大文化的背景下,将一部小说和民族的历史、人生的价值、美好的信念等结合在了一起。他一直说,还有一个"真"的《红楼梦》,这个"真"的《红楼梦》存在在他的感悟里。

所以,与其称周是一位红学家,不如称他是一位诗人。其实,他更偏爱后一个名字!

"诗人是个大艺术家,也时常有点儿'怪',与世俗人不甚谐调。他总有被人误会和嘲谤的遭遇。做一个诗人是苦是乐？难说清楚。"[①]

---

① 《红楼无限情·周汝昌自传》,北京十月文艺出版社2005年版,第139页。

一、诗性浪漫

其实，理解周汝昌先生并不难！

周汝昌"研红"给人的最大感受是诗性浪漫，这里抒情大于说理，气势压倒一切，心灵对话超越了形式逻辑，散论并不来自严格的层层推理。对于《红楼梦》的博闻强记，对于《红楼梦》相关文献的精研细读，使他能天马行空、挥挥霍霍、侃侃而谈，并且左右逢源，余裕自如，触境生春！按照常情常理理解文字跳跃、思绪飞扬的周汝昌不行，按照文学常论来理解周汝昌的红学当然也不行。尽管如此不行，但他的撰文与演讲，却令人神往，充满了不凡的魅力！

何以有如此独特的理解方式？对于此一点，周汝昌有很好的自述。从大学生时期开始，他就对中华文化产生了浓厚的兴趣，也许是因为学习西文的原因，他看到中国的文字就会产生一种特有的感召、启悟，其中所蕴含的意义靠揣摩才能获得，并非全靠字面。所以，他很早就强调涵咏功夫，涵咏让人联类无穷，思入深邃。是的，学术对于他来说靠的不是严密的推理和反复的论证，靠的是灵犀相通，靠的是豁然顿悟，靠的是引向飞升，这飞升的桥梁就是中华民族所特有的文字。

考证、感悟、小说、历史、文化、美学等，在周汝昌著作中居于同样重要的位置。周汝昌攻击文学常论——从所谓形象鲜明、情节曲折、语言生动来研究《红楼梦》，但他的论述又植根于文本的文学感悟；周汝昌攻击"百科全书"是"知识摆摊"——将《红楼梦》大卸八块、肢解缕分，但又说曹雪芹是大思想家、大艺术家、大语言学家、大园林家、大音乐家、大画家等。周汝昌不同意对《红楼梦》"爱情小说"的命名，但又说"谈情"是小说要旨。他赋诗道："'悟道参玄'语不经，谁知下笔泪先零。可怜'两赋'何人识，比附西文说'爱情'。"

《红楼梦》是崇情之作，"情"成为小说的真正本体。不止于崇情论，他进一步升华说，《红楼梦》中蕴涵着一种类似于宗教性的精神圣物，这就是情教，曹雪芹是教主。说曹雪芹创造了情教，阐说贾宝玉呆性痴心所蕴含的崇高的精神价值，又显现了周汝昌潜入文本的深度。

"中华民族有自己的仰观俯察、感受体会，有自己的价值观、美学观。"也许是西方的文艺理论会羁绊住他想象的翅膀，所以他对掉书袋的旁征博引不感兴趣，他对依据于西方某种学说的阐述不以为然，他对于将某一概念、范畴的运用自始至终地限定在一个固定的内涵上的要求也不遵守。以自传说为例，周氏所坚持的自传说，与他人或文学理论中所说的自传说不同。由于周汝昌先生所理解的自传说，与他人不同，所以他受到了许多的批评。如俞平伯、邓拓、余英时、张爱玲等。不绝如缕的批评没有使周汝昌放弃自传说，反而从鲁迅等人那里找证据，说"曹雪芹整个地进入了小说"是自传说的根据。他认为："所谓'自传说'的本意，是'写自身的创作'，相对于'写别人的创作'而言；从未有与'创作'艺术成分互不两立的任何念头。麻烦并不出在'自传说'者这一方面，是出在误解、不明的那一方面。纷纷扰扰，纠缠了这么多年。"①

红学中的自传说，就是胡适在研究《红楼梦》反击索隐派时所提出的自叙传说，它曾为考证派新红学立下汗马功劳。不过，胡适认为小说的许多内容取材于作者的家族与自己的身世，但它们毕竟是一种影子；而周先生则认为真假之辨是红学的首要议题，甄士隐就是"真事隐"，需要借助于灵心慧性将此发掘出来，一部《红楼梦》足够写一部《曹雪芹传》。贾宝玉的爱情婚姻，应该与曹雪芹的生平经历别无二致。不同意这种观点的人，纷纷撰文批驳，这种纠缠一直到2005年，上述一段话，正是周汝昌先生在当年出版《定是红楼梦里人》中反驳张爱玲时的自辩。曹雪芹写了自己的生活体验，离开这种体验，创作根本不可想象。鲁迅说"整个地进入了小说"，说的是作家自我体验之于形象塑造的深度与广度，并不一定支持自传说。写了自己的深刻体验，就是自传，周汝昌认为《红楼梦》不仅如此，还有更多曹雪芹的个人秘密——隐藏着曹雪芹的个人经历。比如，小说中写饯花会，是在四月二十六日（阴历），小说没有明写这是

---

① 周汝昌：《定是红楼梦里人》，团结出版社2005年版，第156页。

贾宝玉的生日，但周汝昌先生的感悟，这一天不仅是贾宝玉的生日，也是曹雪芹的生日。所以，在周老自己的家里，每逢此一日，一定要设坛祭奠。

张爱玲在《红楼梦魇》中批判了周汝昌的自传说，直言《红楼梦》"是创作，不是自传"。张爱玲批评了周汝昌不把《红楼梦》看作是小说的做法，实际上，张爱玲是说作家自由地对待小说的素材和题材，没有一个严格的个人历史编年去遵守，记述的内容可以根据需要进行移植或虚构。

周汝昌未必没有《红楼梦》是小说的共识，他强调的是红学的特殊性！针对此，周说："红学研究，是中华大文化之高层次的事业，绝非'小说文艺'这一观念所能理解与解决。"①

自传说是周先生立论的根基，在许多著作中都有论及，也有针对反对者的申辩。《红楼梦》是不是作者的自传？"要解决这样的问题，也不单靠逻辑推理，也不能是理论'规定'；对文学艺术，除了那些，还需要感受和领悟。我相信'自传说'的理由，是本人的感知。""读雪芹的书，最需要的是这种涵咏玩味的功夫。这不是'字典'、'定义'的事情，不是'论文'、'文件'、'通知'、'报道'……的事情，不是'简、显、浅'三字诀所领略的'事迹'、'内容'，也不是某种小说的'情节'、'故事'的范畴。这是中华文化的一大特色。这儿总离不开修养、陶冶、涵咏、玩味——即功夫的层次与品位。"②

可见，理解"自传说"也在文艺理论和美学词典之外，而在主观品味的功夫中。

不独是自传说，即使关于整个红学，周先生也不怕偏执一端、惊人视听。为了强调其立场的特殊性，为了显示自己的卓异之见，他干脆说关于《红楼梦》的文学批评类研究与著述写作不是红学，那不过是文学常论，红学的范围只包括曹学、版本学、脂学、探佚学。

---

① 周汝昌：《定是红楼梦里人》，团结出版社2005年版，第201页。
② 《红楼无限情·周汝昌自传》，北京十月文艺出版社2005年版，第177页、175页。

二、怀抱别具

悟道参玄本不虚，世人俗论孰知余？
聪明灵秀加乖癖，万目睚眦谤此书。

——周汝昌《文采风流曹雪芹》

听周先生深入地讲《红楼梦》，我们总感觉那是另外一部《红楼梦》，是不同于一百二回本的另一个故事，这个《红楼梦》只有一百零八回。一百零八回的小说分为两大扇面，前五十四回写贾府上行线"兴盛"，后五十四回写下行线的"败亡"。这里，宝玉的真正恋人是史湘云，两个人青梅竹马，白首双星；贾母始终是宝玉的呵护者，不是掉包计的主持者；金陵裙钗、脂粉英雄有一百零八位，类似于《水浒传》中的一百零八位英雄好汉一样，《红楼梦》结尾也有一个"情榜"；贾府衰亡是因为宫廷里夺嫡斗争的波及——完全是一个政治悲剧，这里的故事与废太子胤礽生平遭际有关，这里的故事没有黛死钗嫁的戏剧性——焚诗稿断痴情，有的是林黛玉沉湖而死，宝玉身陷狱神庙，后流落街头，邂逅湘云。

缘何大师的《红楼梦》与我们阅读的不同？原来周先生认为一百二十回《红楼梦》是假全本。即：现行一百二十回本是"官方的"，"伪续后四十回是阴谋，也偷改了前八十回"[①]。

周先生深信脂本中所透露的结局才是《红楼梦》真正的结局，脂本是真

---

① 《红楼无限情·周汝昌自传》，北京十月文艺出版社2005年版，第183页。

本，传闻与异本中所记载的故事才是真故事。

不幸的是这个"旧时真本"是个残本，这就需要补齐，这就需要探佚，这就需要与曹雪芹对话，是心灵的对话，这就需要与曹雪芹处于同一精神境界和思想水平上。这个工作，也是万万人之上的人才能做和做得到的。

周氏崇尚脂本，以己意补充脂本充为真本，这看起来不像是学术研究而是文艺创作，这里显示的才具独显的个性，而不是允公允中的通约性。俞平伯对于《红楼梦新证》所罗列的"旧时真本"，批评说不是原作。周汝昌辩道："纵非原著，也当出于知情者依据雪芹之本意而撰作，非一般不相干的'续书''仿作'者所能想象而至。"[①]

为什么残本作为未修改完善的本子，才是重要的？

"记得有人说过，丢进字纸篓的文稿，未必都是不好的，不可取的（大意）。我意话不一定非这么说；事实证明：一个写作的人，初稿尽管不'完善'，却代表'原汁原味'；因自己想要'精益求精'，好心费上一番力气精神，结果有些改'好'了，同时却也有的反而弄得不如当初了，甚至'点金成铁'。"[②]

何种残本、异本是原汁原味的？

越早越好，也许是越残越有话说。

张爱玲也认为，周汝昌搜罗的"旧时真本"，《红楼梦新证》中所列举的10条异本资料不过是"大杂烩"。周说张爱玲"判断'旧时真本'的真情实际，也就过于简、显、浅了"[③]。

所以，严格地将红学限制在文本之中、小说学范围内，以既成版本为对象的红学，觉得周的很多议论匪夷所思。这就是俞平伯、张爱玲批评周汝昌的原因。周在寻找另外一个《红楼梦》，与其说这显示了他的学术个性与追求，不如说显示了他的艺术个性与追求。是啊，真本在脂砚斋的片言只语中，在思入微

---

① 《红楼无限情·周汝昌自传》，北京十月文艺出版社2005年版，第167页。
② 《定是红楼梦里人》，团结出版社2005年版，第52页。
③ 同上，第110页。

茫的冥想中，在出人意料的重画中。

周汝昌对《红楼梦》的憎与爱，确实到了恨不得再写一部的地步。

余英时70年代曾说，红学中的考证派已经到了"技术崩溃"的地步，红学发展面临着红学革命。周汝昌先生回应道："'红学革命'的呼声，也不满于以研究作者、版本为深切理解作品的重要前提的这个'考证派'，曾被认为是'山穷水尽'、'眼前无路想回头'，呼喊'红学革命'。这'命'怎么'革'法呢？据说是要'回到文学创作上去'。"①

如何"回到文学创作上去"？探佚的种种演说、演绎、引申、发挥，是否可以权当是回到文学创作上了？

三、痴心不改

说红楼不绝，总有话说不完，生命不息著述不止，这说明了他的研红痴心——尽管红学之路是条风雨路。可以说，没有诗性，难以企及红楼的精神境界；没有痴心，难以一生坚守，使之成为普及对象。此二者，周汝昌也做到了！红学成为显学，固然离不开蔡元培、胡适、俞平伯、鲁迅、毛泽东等，今天我们也不得不说离不开周汝昌。

周先生一生著述繁多，与红学相关者达60余部，早年又得到胡适的提携，晚年备受传媒界关注，成为红学界的无冕之王，很多人因此认为周先生可谓一帆风顺、高歌猛进。

其实不然。

周汝昌自言："《新证》出后，贬者不少，非由学术，另有缘由。"

说"另有缘由"，我们暂且不顾。单说不满者，1953年俞平伯先生即对他的新著不以为然，以致周先生抱怨俞平伯对他过冷。

在俞平伯看来，周汝昌不过是在重复自己要告别的《红楼梦》考证之路，

---

① 《定是红楼梦里人》，团结出版社2005年版，第195页。

作为这样的一位后来者，俞平伯想说这条路走不通，因此采取了不予附和的态度。具体而言，俞平伯对周汝昌《新证》中列"年表"、崇"旧时真本"两事项不予看好，表为不满。前者出于极端的自传说观念，后者出于"腰斩"《红楼梦》。1947年周汝昌第一篇研红论文发表后，俞平伯就批评了周汝昌用年表研究《红楼梦》的方法，认为"年表很难排成"。我们知道，1923年俞平伯在《红楼梦辨》中就有年表，后来发现这种做法本身不可靠——最主要的是，这不是一种对待文学作品的方法，所以在1952年出版这部旧著，他义无反顾地删去了年表。

周汝昌认为，俞平伯可以有年表，为什么"我的'年表'却遭到了反对与讥嘲"。

"我一定要将年表做出来给你看！""《红楼梦新证》乃此誓言之结果也。很清楚：《新证》正是一部'特大年表'，岂有他哉。"①

尽管周汝昌认为俞平伯批评他的"语气倒还是与人为善的"，但又觉得俞平伯行文"颇带酸气"。俞平伯批评周汝昌，周感到是"语调口吻很冷"、有"微词见讥之气味"。

那么，俞平伯批评周汝昌的根据是什么？第一，被周氏所推崇的所谓"旧时真本"不过是《红楼》续书之一，绝非原作。……汝昌君好奇过耳……。第二，不同意曹雪芹的卒年是"癸未"说。

而我们知道，周汝昌对此二者的坚持，正可谓愈挫愈勇、矢志弥坚！

再看一则周先生在《自传》中的夫子自道："家里人常说：'你到人民文学出版社二十年，没得一天的好！确实的，斯言不虚。从大学教书调到这个社，就一直走背运，遭白眼，受冷遇。"②

为何如此？

1954年他因撰写《红楼梦新证》而调入人民文学出版社，但却偏偏不安排他搞《红楼梦》，甚至同在古典文学组的聂绀弩、王利器、周绍良、舒芜（方管）、

---

① 《红楼无限情·周汝昌自传》，北京十月文艺出版社2005年版，第167页。
② 同上，第292页。

林东海等对他的红学研究,也少加赞赏,而更多的是批评!

这是出于同行间的嫉妒吗,还是文人相轻?

非也。

聂、王、周、方对周汝昌的不满,来自于他对自传说的片面坚持。时过境迁,如果说在五四前后自传说反驳各种索隐派还有价值,那么此时聂等已经视自传说如敝屣了!

也不能说上述人物对周汝昌是不辨是非的瞎否定,是全盘骂倒。周汝昌最为得意的考证,自称为"奇迹":"曹寅有弟,名叫曹宣,表字子猷,典出《诗经》。""后来李华先生发现了康熙本《上元县志》的曹玺传,果然载明长子曹寅,次子曹宣。"当然,对此成果,聂绀弩作为周汝昌的领导写诗赞曰:"不是周郎著《新证》,谁知历史有曹宣。"

总的来说,周在人民文学出版社的同事还是坚持"好处说好、坏处说坏"的原则的。

再说周汝昌先生与张爱玲的关系。

我们知道,张爱玲在美国定居的1966年至1995年之间花10年时间撰写了《红楼梦魇》,该书中的有些话,是针对着周汝昌的观点讲的。比如说周汝昌曲解了对金玉良缘的理解,在对后四十回等续书的评价上政治标准至上等。

因此,周汝昌不能不回应。看来,分歧是主要的。周先生曾作设想,假如1986年趁他也在美国时去洛杉矶登门拜访张爱玲,会是怎样一个情景呢?"话不投机,这种可能性大。"

首先,周汝昌说他不喜欢"梦魇"这两个字,《红楼梦》如此"宝书"竟被安装上如此"丑恶"的字眼,令人憎嫌。

其次,周说张爱玲研红有三大遗憾:第一是将红楼梦拆散,成为碎片,即七零八落,"大卸八块"。"好好的楼台七宝,谁让你拆的?若都拆碎,哪座楼台不是'片段'?"从这个意义上说,张爱玲研红"是有意找岔子"。[①]第二是对男

[①] 周汝昌:《定是红楼梦里人》,团结出版社2005年版,第198页。

主人公贾宝玉置而勿论，不知为何？这可是通达小说灵魂、文本文眼的不二法门。第三是关于小说的故事、人的命运、书的意蕴，抑或文笔的优美，境界的超逸……一字不言。"那么，使她最'着迷'、最陶醉的，到底是什么？"[1]

周汝昌在另外一处分析道："如果承认一部伟大作品须有一个大家基本共识可读的文本，那么这个文本即应视为艺术既定型体，而不再是逐步制作、修改、打磨、润色的'历程'，即片段的积累组织的'工序'状况。无奈，张女士给人留下的主要印象，却正是那些'工序'中的片段之如何组缀，如何改动，如何'补苴'……"[2]

这种批评似乎也可以赠予那些崇拜早本、热衷探佚的人。

那么，为什么周又说张爱玲和他一样"定是红楼梦里人"呢？共鸣点只在于对后四十回的评价。张说"天日无光，百般无味"，是她对后四十回的感受。周汝昌击节称赏！同时他还认为张爱玲在《红楼梦魇》中的红学灵魂与他一样，都是追寻"旧时真本"。我们知道，《红楼梦魇》中的第五部分"五详红楼梦"，标题即"旧时真本"。"旧时真本"的结局是"白首双星、宝湘重会的收尾大格局"。

周有更进一步的推想推论，不无强人所难的嫌疑。如他认为张爱玲是他的自传说的拥护者。"张爱玲的重要贡献是她在实际上承认了'自传说'，也承认了脂砚是女性，是湘云的'原型'。"[3]

总的来说，周不喜欢张爱玲将《红楼梦》拆开来讲的方法。张爱玲，研究的是《红楼梦》的写作构思过程，这是一种揣测，描述了一种可能。而周则将此看作是扯碎了七宝楼台，使《红楼梦》面目全非。他认为，张爱玲关于《红楼梦》大搬家、大拆迁的做法是源自吴世昌。

尽管红学是显学，"大师"也有"出版难"的难题。时间即使到了2000年，

---

[1] 周汝昌：《定是红楼梦里人》，团结出版社2005年版，第199页。
[2] 同上，第196页。
[3] 同上，第188页。

周老的著作依然面临着出版难的问题。

十卷本《石头记会真》,是周先生的得意之作,也是他56年以来一直发誓要完成的夙愿。这部书,"还有出版的大节目,多年碰壁,无人肯顾。最后得到二三位仁人君子之助,破格破例,玉成了此事。出版社为此一部书所费的心力,是可敬可佩的:仅仅社方设法邀得力编辑与审校,就又花去了5年的光阴!"①

诚然,这种磨难与幸运,也在万万人之外!

其实,周的观点受到的批评是主要的,这主要来自于在于他的悟证方法偏于悟而少于证。悟是主观性的,需要客观性的"证据"来支撑!比如他的红学三大观点:自传说、大对称结构说、脂砚斋即史湘云说等等,都是他"不能必而据之"的产物,如他所言:"平生在红学上,自觉最为得意而且最重要的一项考证就是本节所标的这个题目的内涵——脂砚即湘云。这种考证,与其说是靠学识,不如说凭悟性。"②他坚持自传说,修改胡适的自叙传说,其实是更加顽固坚守的自叙传论;他强调悟证,求索冥冥,到了浮想联翩与索隐派等量齐观的地步,实际上周汝昌不屑于他人说他滑入索隐派。他坚持"旧时真本",不过是"以异为贵"或"以佚为贵";他骂倒后四十回,不过是为了让探佚学大行其道。他的学术路径不仅海内学者批评他,海外学者也抨击他,如上述余英时、张爱玲等。

周汝昌放在当代红学家中,他是一个异常坚持学术个性的人。特立独行,没有人能通过论争改变他,没有人能通过什么手段阻止他。你可以说他固执己见,不能择善而从、从善如流,告别自传说、一百零八回的大对称结构说、脂砚斋即史湘云即曹雪芹妻的说法,也许正是因此他才显得兀自耸立、悄然独拔。

(原载《传记文学》2012年第8期)

---

① 《红楼无限情·周汝昌自传》,北京十月文艺出版社2005年版,第374页。
② 同上,第184页。

没有论争就没有进步

——作为文艺批评家的李希凡

电视、报纸、评论关于李希凡的报道、访谈、回忆录并不少，但却不能不说舆论走不近也走不进李希凡。即使是当年的文友也慨叹，走近李希凡不容易。这倒不是说李希凡有架子，难接近，而是说他"君子不党"。李希凡不是一个结帮拉伙的人，也拒绝结帮拉伙的人的诱惑和拉拢。这一个性特点和操守，使李希凡在复杂的历史事件和历史进程中得以清白脱身，他没有结党营私的任何记录，也与任何政治阴谋集团无关。尽管他是当年被伟人称道的"小人物"，但总有人要拿大人物或者"风云人物"的标准来对待他，把他当作是高高在上的"红人"，或者某个时代的象征，或放大或污损，偏离事实后任意褒贬、自鸣得意。有人甚至认为他身后有人，实际上他除了钻研学问、著书立说，没有别的爱好。勤奋为学、求真问学的书生本色，是他能够在20世纪的浪尖峰谷渡尽劫波、得以平安的法宝，也是他早已认识到的人生寄托。

李希凡有高大的身影，乐呵呵的面容，随和平易的态度，无所不谈的热情，像长者呵护晚辈一样宽容的领导，与冷脸意狠、构陷罗织、虚虚实实无关，他是可以亲近的和接近的。喜欢文学，可以和他谈；喜欢历史，也可以和他谈；喜欢戏曲，可以和他谈；喜欢鲁迅，也可以和他谈。说到学问，他时而专心倾听，时而议论点评，总是兴味盎然。这倒不是说李希凡无原则，即使在学问中，他也有禁地，这就是对毛泽东的深厚感情和无比崇敬。他在文章中有充分的原则性：凡是打着全盘否定"文革"的旗号否定毛泽东的，他不答应；凡是不尊重历史、颠倒黑白的，他也不答应。不答应不是沉默不语而是光明正大地提出批评。再看李希凡的著述，其丰富和成就，可以和专业学者媲美，可是大多数时候，特别是在1986年之前，他的写作都是业余创作——只能在下班以后才能运思、动笔。"'文革'前，我已出版过七本书，……这些都是业余时间劳动的成果……主要是节假日，通常都是星期六晚饭后开始写作，一直到星期日午夜，夜间只睡四五个小时的觉。"他的为人为学，是勤奋的。之所以勤奋，是因为勤奋背后的人生信念是老老实实地做人，认认真真地做事，靠耕耘来收获，而不是靠投机去巧夺。

这样说话，有人不同意。李希凡时时出场、次次出场，并且在李希凡的文章中，往往有很强的针对性、挑战性。他曾批评过陆定一，因为陆在1956年说：1954年对俞平伯的批评"缺乏充分的说服力量，语调也过分激烈了"。李希凡认为这是在为"新红学派"翻案。何其芳将林黛玉、贾宝玉称之为"典型共名"，李希凡认为这是"超阶级的"观点，也不是现实主义的，不符合马克思主义。

"不应当对他们投降"，这是毛泽东对李希凡的直接教导，这教导也是铭心刻骨的。李希凡挑战的是名人和名人的观点，是地位比自己高的人，是已经产生了影响的观点。既然如此，除了以理服人、愈辩愈明之外，还有其他办法吗？所以，李希凡数次提到"严肃的战斗的科学态度"，这是他撰文写作的唯一选择。这种选择，不管是对同一战壕内的同志，还是对阶级立场的对立面，都必须遵守。比如他批判新红学派的"自传说"，也包括将1961—1963年的大肆考证和烦琐考证称之为"逆流"等，都是一种战斗的姿态。战斗给了他气势和激情，内里却是要严密的逻辑与质朴而无可辩驳的事实。

1960年他业余时间完成的《论中国古典小说的艺术形象》（上海文艺出版社），被北大等著名高校列为教学参考书，很多当时就学的大学生"从头到尾研读"，在五六十年代的文艺批评方面对青年们的影响是无与伦比的。这大概才是李希凡著名的原因，不是因为冲锋陷阵了一次而撞上了大运，而是坚持不断的努力与著文才形成了不绝如缕的记忆。1978年初"四人帮"垮台一年半以后，在绝大多数"五七干校"停办的时候，李希凡却被打发到京郊小汤山"五七"干校。艰苦的劳动考验不过是再次经历一番罢了，他日夜拼战，完成了《〈呐喊〉〈彷徨〉思想与艺术》和《一个伟大寻求者的心声》（上海文艺出版社），完成了与鲁迅心灵对话的夙愿。身处逆境，专心为学，不以物喜，不以己悲，这是他的信心，也是他的幸福。

《红楼梦》与诗性智慧

作为批评家的李希凡,也许是最值得一写的,也是最富有个性的。吴红在《评论家李希凡印象记》(《当代文坛》1985年第5期)中说:"李希凡仍然是我们时代对文学有高度鉴赏力,能对之作出真知灼见的评论,并取得了成就的文学评论家。"中国社会科学院文学研究所编撰的《中国文学通史》将其列为新中国成立后最有影响的文艺评论家之一。从1954年批评俞平伯的《红楼梦》研究,到1957年批评王蒙的《组织部新来的年轻人》,再到2005年批评刘心武的"秦学",他的"儿童团"本色没变,写学者型的"战斗文章"一直是他的追求。历次事件,记述了他不断成熟的步伐、渐趋炉火纯青的文笔,还原到当时的历史语境中,假若都仅只看成是文学批评,即便是到现在也是并无不可的、无可厚非的。可惜的是,前两次都与政治运动相搅和,当人们回顾历史的时候似乎学术批评变成了难脱干系、无法解释的政治发难。因此,剥离学术与政治的关系,才能吹沙见金地看见其学术底色。不怕稚嫩,不怕匆促,展开批评是对著者的最大尊重。扭曲的批评需要在新的批评实践中纠正,直面的批评有助于双方提高。所以,李希凡多次说:没有争论,就没有学术进步。论争是学术争鸣的重要方式。

红学,是李希凡论战的重要领域。1954年的评俞批胡是他打响的第一枪。1973年,他又再次为《红楼梦》写带有导言性质的"序",次次都影响深远。李希凡最近的红学成果是《传神文笔足千秋——〈红楼梦〉人物论》,侧重的是文本研究,是他的"有感而发","是几十年来的心得体会",是从点到面的红楼艺术研究。什么是有感而发,就是对《红楼梦》思想与艺术成就的再肯定,因为有人说《红楼梦》的作者"没有思想,文学造诣不高"。曹雪芹没有"文学修养和训练"。当然,对胡适这个唯心主义有人要树碑立传、歌功颂德,更是为李希凡所不能容忍。

在"文革"中,李希凡重点阐述了《红楼梦》主旨分析上的"爱情掩盖"说。《红楼梦》的情节红线无疑是宝黛钗的爱情婚姻悲剧,但是"曹雪芹用'谈情'的形式来掩盖《红楼梦》所反映的尖锐、剧烈的阶级斗争的内容。而且就是作者笔下的贾宝玉和林黛玉的爱情悲剧,也只是他们的叛逆思想和性格的一种表现形式,渗透着同孔孟之道的尖锐冲突,同样灌注着那个时代的社会矛盾

和政治内容。"(1974年为《红楼梦》写的再版序言)

这段话的来源是，毛泽东1973年10月，在一次会议上说，《红楼梦》是思想和艺术结合得最好的一部古典小说，提议干部要多读几遍，并批评了认为《红楼梦》主要是写爱情的肤浅看法，明确指出《红楼梦》是写阶级斗争的，谈情是为了打掩护。

那篇1974年为《红楼梦》再版所写的序言，全文分"围绕着《红楼梦》研究问题的两条路线的斗争"、"《红楼梦》的主题、情节及其社会历史价值"、"大观园的阶级斗争和贾宝玉、林黛玉的叛逆形象"、"历史的局限与阶级的局限"四大部分。这些宏观的把握，是从意义的引发立足的，不是从作者的意图出发的，而是从今天的认知需要出发的，所以李希凡明确地说："社会主义时代的读者，应当把《红楼梦》作为当时社会阶级斗争的历史反映，运用历史唯物主义观点有分析有批判地阅读。"即：曹雪芹不一定有明确的阶级意识，但这不妨碍我们从阶级意识出发研究作品和作者。

由于李希凡认为自己的红学观点渊源于毛泽东的有关论述，所以他宁愿称之为"毛派红学"。何为毛派红学？以阶级意识分析为主，以阶级斗争为分析方法，以验证社会发展规律的真理性为衡定艺术价值的坐标，以人物形象分析为剖析的主要对象，进而评价艺术作品内容与形式是否相统一的完美性。这一派不是宗派之派，而是学派之派。

服膺马克思主义，坚持马克思主义，是他的常性常行。处处运用马克思主义的观点分析、解释对象，是他终生不变的追求。那些认为李希凡属于风派的人，往往是看到了李希凡的次次出场和总在前沿，涉足广泛、领域阔大如鲁迅研究、如戏曲研究、如古典小说研究、文学创作等，却看不到他所具有的坚定信念的灵魂和所使用的方法的内在统一性。

他没有变，他至今还在用阶级分析的观点看待生活、艺术、人物，他至今还在用两大阵营(卫道士和叛逆者)的观点分析红楼人物。所以，在一次电视讲座中，他和同事争辩薛宝钗，认为作者并不将她和林黛玉等量齐观，"钗黛合一"不符合《红楼梦》现实主义的艺术原则。

红学是一个热闹的领域。在大众文化的时代，红学里的众声喧哗能听见叮叮作响的铜板声和窃窃私语的宫闱流言，以及理想陨落、人格分裂之后对权谋文化的跪地膜拜。

2005年刘心武在"百家讲坛"的电视讲座，以及此后的文化论战，标志着中国强势传媒对学术的告别。文化批评者和红学家的交锋已经不是学术争鸣，而是"愤青"和"造反派"的文化破坏。他们继承了"文革"中"大字报"的传统，摒弃学理，蔑视规范，发泄积愤，边骂边走，但求痛快！正是因此，李希凡投身其中，维护学术的尊严。"正经研究老是被岔开。"百家讲坛的制片人也许并不知道何为红学中的学术，但也拒绝尊重学术。随之而起的鼓噪，形成了对批评者的围攻，为了收视率不惜党同伐异。百家讲坛尊重的不是学术而是"胜王败寇"的收视率。

2005年，被称为是"红楼梦年"，红学集中到"著名作家"刘心武电视讲座的争鸣中。在刘心武失禁的想象中，秦可卿是废太子胤礽的女儿，是贾府也是现实生活中曹家的一次政治投资或押宝，收养秦可卿是为了介入宫廷斗争，为政变争得筹码。刘心武振振有词地解说，可惜中气不足，总是以"可能"、"我揣想"代替史料的求证。再从文学上说，李希凡发问："'秦学'能称之为'学'吗？所谓秦学就是研究秦可卿的学问。秦氏是《红楼梦》写得最没用个性的一个人物。把秦氏拿出来变成'秦学'，'秦学'和《红楼梦》有什么关系啊？《红楼梦》第十三回秦氏就死了。关于秦可卿这个人物，我写过一篇文章，叫《丢了魂的秦可卿》，我认为，在《红楼梦》里面写得最不成功的就是秦可卿，我们想不出她有什么个性来，这不符合曹雪芹创造人物形象的规律。本来作者原来写的是'秦可卿淫丧天香楼'，那个秦可卿一定是性格复杂的人物，可是根据'脂评'说，秦可卿还给王熙凤托过梦，考虑到了家族如果衰败时的一些应对措施，劝曹雪芹删掉这段情节。这建议被曹雪芹采纳了，做了改写，使秦可卿变成了人人称道的荣宁贵族完美的重孙媳妇。"

直率而切实的批评，没有含混其词，既批评刘心武也兼及《红楼梦》创作过程，维护的是《红楼梦》的文学性。

简单回顾李希凡介入红学论战的对象，从俞平伯到王蒙，再到刘心武，李希凡没有因为对象的渐次轻量，而不屑一顾、双水分流，或带上白手套，珍惜自己的羽毛。既然拿起了解剖的手术刀，就难免有划伤或被溅污。

所以，和李希凡论战的人，对他怀恨在心的人，一直有。加上20世纪90年代以来海内外丑化毛泽东的风潮愈演愈烈，李希凡也是他们不愿意放过的、刻意丑化的对象。在这些人的眼里，李希凡落魄了，寂寞了，半身不遂了，衰老垂死了。

红学，是他文学批评的一部分。虽然并不占到他全部研究成果的五分之一。有些人并不同意对《红楼梦》的文学批评属于红学，或者傲然地将文学批评驱逐到红学之外。因此，李希凡多次说，自己并不是红学家。既然红学和考证、考据同义，那么热衷于文学批评的李希凡也不愿意掠美。其实，李希凡对于帽子并不感兴趣，他需要的是务实派的"有事做"和"做好事"。

在某些红学家的眼里，文学批评不是学问，他们甚至认为文学批评就是想怎么说就怎么说。他们看不到文学批评所依据的科学原理和价值信念，看不到文学批评与现实互动的契机，看不到观念与观念之间先进与落后的区别。

其实，在一些文化激进派和文化实用派眼里，连红学也不是学问。为什么？因为他们是文化虚无主义，是超级的文化实用派。他们认为《红楼梦》的地位被高估了，《红楼梦》的价值是外因的、是政治利用，研究《红楼梦》没有"用处"。

还有人说，李希凡的文学评论都是些历史与文学的大概念。比如封建主义、现实主义，比如挽歌与悲剧，比如历史规律和百科全书等。除了有些人顽固地反对从社会历史学角度分析作品之外，还在于他们对李希凡认识的片面。我们试举一例，看看李希凡的微观分析：《良宵花解语，静日玉生香——从一回里看两种"真情"境界》。这篇文章收录在《红楼梦艺术世界》中。

1982年，李希凡已经写成此文，分析的对象是《红楼梦》的第十九回。花袭人规劝宝玉，以宝玉对她的感情相要挟，试图使宝玉皈依正路，其"情切切"是"花袭人作为'社会关系总和的'的人，代表封建统治阶级向叛逆者贾宝玉进行特殊形态的斗争"。"比较起花袭人的'情切切'，这下半回的林黛玉的'意绵绵'，则完全是另外一种感情世界，在这里既无要挟也无索取，更无一语着情字，但在这一段情节里的每一细节，两位主人公的每一句话，每一个动作，以至于每一个眼神，都渗透着作者的'儿女真情'的美，亲昵绸缪，意蕴丰富，给人以纯洁、真知的审美感受。"从细致入微的细节品读上升到意识形态方面的思想对立，花袭人的"情切切"和林黛玉的"意绵绵"，既然前后二者是对称着写的，必然有所寓意。文本细度和潜心阅读才能发现其中隐隐的微言大义。

　　2008年夏季湖北黄冈红学会之行，李希凡作为近82岁的老人，晚宿菱湖依然可以听见他言辞的慷慨激扬，外出游览和与会的40余名代表一起乘坐大客车悠然南山，自主上下车，信步健走，饱游饫看，恍若世外。1982年起，他一直连任"中国红楼梦学会"副会长。2010年酷暑，北京凤凰山，驰目山川，"中国红楼梦学会"换届会上他坚辞不受名誉会长，是代表们力邀共举，掌声不断，民意难违，盛情难却，才领命荣受。

（原载《传记文学》2011年第12期）

文艺批评的世纪风云
——文艺批评家李希凡访谈

李希凡一以贯之地坚持着自己的批评方法，对于20世纪历次参加的批评活动，依然保持着自己角度的理解和个性的锋芒，在回忆中也有严格的自我批评。他指出，回顾20世纪我国文学批评的历史风云，不要过多地去揣测背后的所谓"个人恩怨"和不可告人的"历史秘密"，特别是对人物做评价时，有些人刻意去拨弄是非，夸大宗派情绪，从细节上去捕风捉影，没有大历史的观念，导致了严重的历史失实和扭曲。其实，真正值得关注的是，不同观点之间理论立场和对现实的不同态度。

孙伟科：您被誉为20世纪新中国成立后我国最重要的文学批评家之一，您如何评价自己在历次重大文学批评中所扮演的角色？

李希凡：谈不上什么"重要"，只是在那个时代搞文艺理论批评的人中间，我写得比较多而已，特别是从声名鹊起的"两个小人物"开始，约我写稿的报刊也多，虽然也有"遵命文学"，但观点都是我自己的，错了也怨不得别人。不过，从1954年到"文革"前，我有些文章和观点暗合了当时的政治要求，所以得到了推荐，引起了反响，那也是历史的产物，并非我的自觉。比如1954年我和蓝翎合作写批评俞平伯先生的文章，因为受到毛泽东同志的肯定，从此"一夜闻名天下知"。而有些文章则未必那么合时宜。比如对《三国演义》中曹操形象的评价，1959年4月到9月我写了四篇为《三国演义》辩护的文章，有三篇是发表在《文艺报》上。我认为小说中对曹操这一人物艺术形象的塑造是成功的，也是符合历史真实的，也有大量的文献资料可以证明。但是，要在历史学上为曹操翻案的学者，则认为《三国演义》歪曲了曹操形象，这是将历史与小说混为一谈的说法。把正确评价历史人物曹操的翻案文章做在打倒《三国演义》上，显然是不正确的。像《三国演义》里的曹操这样一个内涵丰富、复杂而生动、深刻而又个性鲜明、突出的封建政治家的艺术形象，它是千百年来封建阶级政治斗争中有深广概括意义的典型人物，决不像历史学家们所指责的那样，罗贯中只是用"画白脸"、"丑化"出来的，只是在写曹操的"谤书"。它虽然有"艺术夸张"，但也概括了这位"超世之杰"的全部经历。至于所谓"尊刘抑曹"的思想倾向，也不始于《三国演义》，早在魏晋唐宋时期就广泛流传于民间。历史学家可以为历史人物的曹操作出正确的评价，却不该也绝难做到为小说戏曲的艺术典型的曹操"翻案"。虽然那时我是单打独斗，今天我依然坚持这样的观点，和吴晗同志的关于历史剧的争论，关键也在这里。

　　和著名理论家何其芳同志在典型论上的分歧虽然尖锐但也还是学术上的争论，何其芳认为阿Q精神是"人类普通弱点之一种"（虽然是借用别人的话），还说什么爱哭的女孩子，就是林黛玉的"典型共名"，一个男孩子喜欢很多女孩子，又被许多女孩子喜欢，就会被称为"贾宝玉"，这"突出的性格特点"，就是贾宝玉的"典型共名"，我认为这就是抽象的人性论。没有阶级社会的阶级压迫和剥削以及它们统治下的文治武功，上层建筑、意识形态，人类哪来的这样屈辱的"精神胜利法"。现在老庄的学说很受关注，但如果人类只停留在"鸡犬相闻老死不相往来"，那倒决不会产生阿Q的"人类普通弱点"，可人类也不可能取得今天的发展。如果这种所谓"共名"现象，就是这些伟大文学经典的意义和价值，它有什么思想意义？这是违背马克思主义文艺典型论的，这是基础观点之争。钱谷融先生最近又老调重弹他的《论文学是人学》批评我的观点，在1957年我曾写《论"人"和现实》做过答辩，马克思主义讲的是"人是社会关系的综合"，人类也从不存在脱离社会关系的抽象的人性，高尔基所谓"文学是人学"，也是马克思主义文学观的"人学"。

　　当时有领导劝我不要使用"抽象人性论"来题名、定位这种观点，我没有同意。我说这不能改，因为这是论争的核心命题。在"文革"评红热时期，人民文学出版社出版了我们的《红楼梦评论集》第三版，其中的后记和附记，是我写的，序言是蓝翎起草的，我也做过修改，签了名，对俞平伯先生又一次进行了"批判",对何其芳同志的反批评,更带有个人情绪。我和其芳同志的分歧始于1956年春季,中国社会科学院文学研究所召开一次学术讨论会时就有了,那次会由何其芳同志领衔,已写成一批文章,对《红楼梦》讨论中诸如历史背景、思想倾向、宝黛典型意义问题发表了"总结性"的意见,自然主要是批评我们的观点。总之,在他们的研究中,《红楼梦》的思想以至贾宝玉的性格,都是"古已有之",何其芳同志的《论〈红楼梦〉》和其他文章把所谓"市民说"、"资本主义萌芽说",评价为"教条主义加牵强附会"——你说我是"教条主义加牵强附会",我就说你的"典型共名"说是"修正主义加人性论"。我的《红楼梦评论集》后记和附记,对何其芳同志的反批评有报复情绪,粗暴之处,我也不喜欢他的批评的刻薄,拐弯抹角的骂人的文风。这是历史旧账,没有任何人授意,与毛主席无关。

圣人说出的很多哲理,似乎都有"普世"价值,譬如孔夫子、孟夫子的教育思想,至今都很令人信服和受到推崇,但当我们还原历史真实时,也不能忘记他们曾明确地讲道:"民可使由之,不可使知之";"劳心者治人,劳力者治于人"。这也就是说:在他们心目中,民,是氓,是奴隶,不是应该受教育的对象,我认为对圣人的思想,也不能"抽象"地歌颂。我和何其芳同志关于典型问题争论持续了近20年,是我主动挑起的。我记得,20世纪80年代陈涌同志有过一篇对双方的片面性都有批评的文章。

孙伟科:吕荧是新中国成立早期很重要的美学家,他有独立的识见与人格,他特色鲜明的理论实践对您的文学批评有何影响?

李希凡:吕先生是我学生时期在文艺理论家中崇拜的偶像,我在1948年就读过他的《人的花朵》,那真是美文学的评论。后来在山东大学读书时,吕荧先生是我们的文艺学课的老师。他讲授的文艺学,在当时就已有系统的理论体系,贯串着鲜明的马克思主义观点,例证、分析都出自他自己的研究心得和体会,这些都是我们当时已有的文艺理论教材中难以见到的。我那时是文艺学课代表,与吕荧老师还是接近的。我的第一篇文章《典型人物的创造》,本是一篇学习笔记,吕荧老师布置的作业,是被吕荧老师推荐到《文史哲》上发表了,这也是《文史哲》第一次发表学生的文章,自然是一件新鲜事。1951年11

月发生了《文艺报》借读者来信批评吕荧老师教学的事件,说吕荧老师的教学是教条主义的,违反了毛泽东文艺思想,题目叫《离开毛泽东思想是无法进行文艺学教学的》,《文艺报》始终没有去山东大学调查核实,实际上文章作者并没有听过吕先生的课,此文的内容举例,都不符合吕先生讲学的实际,不能服人。而《文艺报》是文联作协的机关报,威信很高,这在山东大学就造成了一场批判运动,使吕荧老师蒙受打击。吕荧老师坚持自己观点,没有听校领导的劝阻,严词拒绝做违心的检查,以辞职愤然告退,终其一生,再也没去大学执教。(1953年,吕先生曾应雪峰同志邀请,做了人民文学出版社的顾问,月薪200元,不知这是否是为了挽回《文艺报》的影响)吕荧老师的耿直脾气和个性预示了他后来的命运。由于吕荧老师受到冲击,我又在后来校方组织的批判中违心地批评了我的老师,所以使我当时不得不调整了方向,更多地关注古典文学领域的文学研究和批评。直到20世纪80年代,上海文艺出版社大量出版美学著作时,他们接受了我的建议,由我编辑一本《吕荧文艺与美学论集》,出版时,我写了一篇《回忆与哀思》作为编后记,以弥补我的错误和缺憾。其实,那时高校的文科教学中,旧的意识形态的遗存还相当严重,老师们的马克思主义的学习,也刚刚起步;如果真有点教条主义的缺点,倒还是正常现象。假如,连马克思主义的词句都没有了,或者看见马克思主义的词句就认为是生硬套用和教条主义,那么,还怎么学习和坚持马克思主义呢?

孙伟科:因为批评胡适、俞平伯等人的红学观点,您也成为大家眼中的红学家,不再是一个小人物了。

李希凡:关于红学家,我实在不敢当,尽管我写过(包括和蓝翎合作)关于《红楼梦》的3本书,100多万字,但都是文艺评论,没有一篇是做考证的,我也反感对小说情节、人物做索隐和考证,因为《红楼梦》的感人的艺术魅力,主要是它的艺术形象、艺术境界、文学典型的创造,绝不只是俞平伯先生讲的那些"小趣味儿和小零碎儿",更不是胡适所谓的"平淡无奇的自然主义",而是伟大的现实主义对封建社会的真实反映和艺术形象的深刻概括和创造。显然,小说的价值在其深刻的思想内容和完美的艺术表现上,所以,我将自己的主要精力用在了思想艺术和人物形象的分析研究上。当然,我过去轻视考证工作,也是错误的，而且曹雪芹的身世经历，特别是《红楼梦》，只是一部未完成的杰作，确实也需要科学的考证工作。

某些"红学史家"认为，毛泽东同志所领导的那次思想批判运动，也包括所有的批评文章都是对"红学才子"俞平伯先生著作的"误读"，这也是不实事求是，因为有许多文章都是出自名家，有的还相当精彩，说理性很强，而且切中了新红学的要害。在真正的文学评价上，"新红学派"虽在考证作者曹雪芹的家世有他们的贡献，但他们认定小说是作者自传，并斤斤计较于小说的琐细，对于《红楼梦》博大精深的思想艺术，却始终真的在"误读"或完全没有读懂。"新红学派"的研究是趣味研究，是为了"消夏"，为了他们"琐屑"考证的爱好，他们是按照"洋文学"的标准，哪能瞧得起东方文学，更不会读懂《红楼梦》的博大精深。无论是在胡适还是俞平伯先生的心目里，《红楼梦》就是闲书一部，不入近代文学之林。如果没有1954年的"评俞批胡"运动，《红楼梦》深广的思想艺术价值是不会得到重视的，"红学"也不能有今天这样的繁荣和发展，持续地具有"显学"地位。

在文艺批评中，我从来也不是什么大人物，我也没有把论敌当作大人物，那样的话，可能我就不会喜欢论争与论辩了。同时我还坚信，没有论争就没有学术进步。不怕稚嫩，不怕匆促，展开批评是对著者的最大尊重。即使扭曲的批评也需要在新的批评实践中纠正，直面的批评有助于双方提高。是的，论争是学术争鸣的重要方式。

我参加的论争很多，大多数是向不同观点的挑战。1980年黄秋耘（他也是我国当代著名文学评论家，已于2001年不幸去世）同志在《文艺报》第1期上发表了评价当时"新人"佼佼者张洁小说《爱，是不能忘记的》的评论文章《关于张洁同志作品的（评论）断想》。张洁的小说描写了两位革命者在现实中"错过"了不能实现的铭心刻骨的爱，假想成能在天国实现，而黄秋耘同志则把这种病痛的爱，上升到社会学的高度，试图使这种超现实的爱情完全摆脱社会道德和革命情谊的"精神枷锁"连在一起，实现绝对自由，不受良知的谴责。这是我很以为怪的，记得列宁曾引过一位诗人的诗："爱情诚可贵，自由价更高，为了革命故，两者都可抛。"而秋耘同志是老共产党员，怎么会有这样廉价的"人道主义"感情，我想到了苏联小说《钢铁是怎样炼成的》，想到了小说主人公保尔·柯察金和丽达，于是我不识"时务"地在当年的《文艺报》第5期发表了《假如真有所谓天国……》，引来了某些新兴作家的不满，幸亏主编冯牧同志说了作家和批评家都要保护……我向来不怕挑战，这篇文章仍收编在冯牧、阎纲、刘锡诚同志主编的中国当代文学评论丛书——《李希凡文学评论选》一书里。我自认为与黄秋耘同志的商榷，是充分说理的。

孙伟科：红学中的"自传说"完全违背了文学创作的规律吗？

李希凡：1954年红学运动中的大批判有其消极面，即把学术方面的意识形态问题，搞成群众性的批判运动；却也有积极面，即开启了马克思主义红学研究的新起点。1954年最集中批判的观点就是唯心主义和自传说。胡适的《红楼梦考证》，对作者是曹雪芹及其家世的考证，解开了作家之谜，但把《红楼梦》和作者曹雪芹联系起来，已早有确证，并不始于他。而他的考证却混淆了素材与创作的关系，认定《红楼梦》是写曹家家事的——"贾政即曹頫"、"贾宝玉即曹雪芹"，把这部伟大的文学作品完全归结为平淡无奇的自然主义。如果《红楼梦》真是平淡无奇地记述家事，曹雪芹如何能创造那么多个性化的典型人物和优美的艺术意境，感人至深、动人心魄？自然《红楼梦》问世以来，很长时间都停留在索隐抉微的泥潭里，这是旧红学的误读。新红学反对捕风捉影的索隐，可事实上他们的考证不过是改变了索隐对象罢了！新红学有许多观点，根基都是自传说，研究《红楼梦》，似乎是为了编一本曹雪芹的传记。更是对曹雪芹卓越创作才华的贬低，是对《红楼梦》艺术画卷反映的广阔生活内容的漠视。将《红楼梦》说成是作者的"写实自传"，"感叹身世"或为"十二钗作传"、"怀念闺友闺情"，甚至说曹贾两家的历史"可以互证"，"二者符合的程度是惊人的"，是"作者精裁细剪的生活实录"，等等，还说这是研究《红楼梦》"最有意义的收获"，这些观点岂非都是唯心主义的主观臆断和穿凿附会的产物，完全不符合文学创作的规律？如此红学之路，必然越走路越窄。对此鲁迅早在30年代就有过尖锐的批评："……现在我们所觉得的却只是贾宝玉和马二先生，只有特种学者胡适之先生之流，这才把曹霑和冯执中念念不忘记在心里儿，这就是所谓人生有限，而艺术却较为永久的话罢。"（《且介亭杂文末编〈出关〉》的关》）实际上鲁迅先生早在20年代小说史的讲课中，就给予《红楼梦》以崇高的评价。"至于说到《红楼梦》的价值，可是在中国底小说中实在是不可多得的。其要点在敢于如实描写，并无讳饰。和从前的小说叙好人完全是好，坏人完全是坏的，大不相同，所以其中所叙的人物，都是真的人物。总之自有《红楼梦》出来以后，传统的思想和写法都被打破了"。（《中国小说史略》）我只能跟着说，因为我永远说不出鲁迅对《红楼梦》这种真知灼见的评论语言的，也因为我没有伟大作家深入作品的敏感和体验，鲁迅是无可逾越地表述了《红楼梦》在中国文学史上的独有的价值。而所谓"如实描写，并无讳饰"，所谓"都是真的人物"，用现代文学术语来说，就是"现实主义"。所以，尽管《红楼梦》有多姿多彩的艺术创造，鲁迅还是肯定地说："它那文章的旖旎和缠绵，倒是还在其次的事！"时隔七八十年之后，我们有些红学家却偏偏要用这"倒是还在其次"，去否定那首要的"如实描写，并无讳饰"，这可能也是迎合时代思潮的需要吧！

孙伟科： 当前"揭秘文化"借强势媒体大肆流行，其中有些揭秘完全是主观臆造的"谜案"，实际上是在"炒冷饭"，是在"博眼球"。对于商业文化严重侵蚀的"揭秘讲座"，您和几位红学家多次发表过批评意见，这些"揭秘文化"的实质是什么？

李希凡： 我认为，揭秘红学虽喧闹一时，却此路不通。"秦学"在揭秘，1954年红学批判运动也在揭秘"缘起"。这些揭秘颇有绑架红学的意味。是的，直到今天，红学依然是显学，红学中的许多问题至今还是热门话题，比如，作者是不是曹雪芹，《红楼梦》后四十回作者是不是高鹗问题。回顾历史，从新红学的自传说谬误，就已经发展到了"宫闱揭秘"，《红楼梦》简直不再是文学杰作，而成了"索隐大全"。我们看到，作为今天主流媒体的一个讲坛的讲座，竟自称是继承周汝昌先生的衣钵，把"老索隐"和"自传说"结合起来，把曹雪芹家事和鲁迅曾经批评过的"流言家"看见"宫闱秘事"混在一起，当作"研究新成果"广为宣传，完全否定了《红楼梦》作为一部伟大的文学杰作的深广的社会意义和光辉的时代精神。

红学研究，近几十年无论作品思想艺术的深入探讨，作家身世和版本研究的发掘和考证，都取得了很大的成就，但也同样有回潮和灾害，如某些强势媒体和背后商业利润所驱使的"揭秘"文化流行，使红学这一显学成为大俗学。近些年来，各种不负责任的观点，各种没有根据胡编乱猜的观点，借助于炒作需要，制造了一个又一个所谓的文化热点，这实际上是红学发展中的透支。针对这些乱象，有几位红学家进行了负责任的批评，但却被说成是"围殴"、"群殴"某人。这是很多人还没有看到这种透支的危害，这种危害不仅是学术上的，更是对民族优秀精神文化遗产的。

孙伟科：20世纪中国文学批评的重要历史成绩和经验是什么？特别是马克思主义文学批评在新中国的实践所取得成绩和经验，请试谈一二。您批评的方法是什么？

李希凡：有些人认为，新中国成立后几十年的文学实践，似乎不证自明地说明马克思主义错了，把马克思主义污蔑为庸俗社会学和单线思维、机械决定论。去年纪念毛泽东《在延安文艺座谈会上的讲话》所引起的风波就是其反映之一。据说有些作家因为抄写了《讲话》片段，即成为受到攻击的口实，大兴问师之罪。我也是抄写者之一，大概早已进入"老左"另册，知道骂也没有用。但这在以马克思主义为指导思想的政党执政的国家，无疑是奇怪的！因为至今我们党的文艺政策仍然是"二为"方向和双百方针，这都是毛泽东文艺思想的精髓，不少作家还在努力实践。当然，如何将马克思主义理论与实践的辩证关系处理好，也是当前重要的理论任务之一。

的确，在十七年文艺思想领域，毛主席和文艺界党的领导以至我们这些党员文艺工作者，都犯有或大或小的错误。但是，意识形态学说，是马克思主义的重要组成部分，是社会上层建筑的一部分，正如邓小平同志所说："文艺是不可能脱离政治的"，这也是不以人们的意志为转移的，只不过意识形态里的矛盾和斗争是复杂的，又是深层次的，而且大量属于人民内部矛盾，属于精神世界里的问题，既不能用阶级斗争的大批判方式来解决，也不能整齐划一地归属于政治上的左右派。可完全否定上层建筑包括文艺的意识形态性，恐怕也是个人的主观好恶。譬如关于《红楼梦》，过去由于毛主席讲过，它是一本反映阶级斗争的书，后又为"四人帮"在"文革"中的"评红"

加以夸大利用，有过消极的影响。但不能因此而否定马克思主义的阶级观点，甚至《红楼梦》中反映出来的阶级矛盾的存在，红楼人物的封建观念的存在和影响。不然怎么理解鸳鸯的反抗，金钏儿、晴雯被逐惨死，荣宁二府几十个贵族主子，役使二三百家奴，有不少生活的纠葛，那不是阶级矛盾是什么？连年轻女奴间，都有着鲜明的等级差别，曹雪芹本想构建一个大观园"理想国"，但无情的贵族社会现实的种种矛盾冲突，逼迫他只能写出女主人公们的"勘破三春景不长"的悲剧。我是一个阶级论者，从一开始，我们就是从社会意义上分析《红楼梦》的，可能很幼稚，很浅薄。而且《红楼梦》并不只是写了社会矛盾和阶级斗争，曹雪芹也不可能有明确的阶级观点，他是在深刻描绘封建贵族生活和人物的复杂矛盾关系中写出社会真貌和它的深邃的文化底蕴的。即使毛主席多次讲到《红楼梦》，也不只是讲了它对阶级斗争的反映，他是看到曹雪芹笔下的"真的人物"——"大写的人""人是社会关系的综合"的深刻表现。而且他对《红楼梦》创作艺术也有许多独到的理解，是自成一家的，却没有受到重视。不是有人称之为"毛派红学"吗，我承认我是"毛派红学"的鼓吹者，你骂你的，我写我的，所谓"红学"有各种各观点的流派，何惧多一个"毛派"红学？马克思主义的文艺批评，就是重点关注作品的社会意义和思想意义。

前些年有一种论调，叫"五四"以后一部分知识分子背离了"五四"精神，脱下了皮鞋，穿上了草鞋，走上了一条救亡压倒启蒙的路，其实他们所要的不过是资产阶级民主自由、资产阶级个性解放的"启蒙"。至于广大苦难人民如何从阶级压迫、阶级剥削下解放出来，获得生存权、温饱权，自己成为社会和国家的主人，这已经是辉煌近一个世纪的马克思主义的革命启蒙，却被说成是"救亡压倒了启蒙"。在半封建半殖民地的中国，如果没有脱下皮鞋，穿上草鞋，深入中国最广大的农民群众，用工人阶级思想启发他们的阶级觉悟，依靠他们，组织武装力量，用这些"启蒙"论者的话说，发动一场农村大变动，哪来的中华人民共和国的今天！在中国，启蒙本该是就是救亡的启蒙，没有广大人民的觉悟，哪有钢铁般坚强无畏的人民解放军！没有人民群众"个性解放"的启蒙即反抗压迫的自由，怎能推翻国民党反动派的统治，并把它的主子美帝国主义赶出中国！今天的所谓新启蒙，哪会理解救亡与启蒙的这种辩证关系！

"非毛"、"反毛"的思潮当然不始于90年代，那暗流在80年代就开始了，《在延安文艺座谈会上的讲话》，自然引起了他们的谩骂。从1987年应《红旗》杂志约稿写的纪念《讲话》发表54周年的《偏离方向不会有社会主义文艺》开始，到1999年12月答《文艺理论与批评》记者问的《关于建国初期两场文化问题大讨论的是与非》，22年间，我写过三十几篇从各种角度阐述毛泽东文艺思想和我们党新时期文艺指导思想的文章，反击了"救亡压倒启蒙"、"新启蒙"，以及种种污蔑、攻击毛泽东文艺思想的奇谈怪论。共产党员不宣传党的思想，却用资产自由化来标榜自己的异端，那你还留在党内干什么？

孙伟科：1954年和1963年都是红学的特殊年份，今年恰值曹雪芹逝世250周年，您有些什么宝贵的回忆值得与大家分享？

李希凡：1954年的回忆文字已经很多了，这里就不赘言了。1963年文学界酝酿纪念伟大作家曹雪芹逝世200周年，要举行一次较大规模的纪念活动，这可能是作家协会提出的，由社科院文学所承办。这次活动得到了周恩来总理和陈毅副总理的关怀，开纪念会、办展览、发表纪念文章，据说中央有关领导胡乔木、周扬、邵荃麟同志，还参观过预展，谈过不少意见。但是，由于曹雪芹逝世究竟是壬午还是癸未，曾发表不少文章展开争论，并无定见，因此就把这个活动放在了壬午和癸未之间，又曾在读者中掀起一次阅读《红楼梦》的热潮。当时，我的上级、文艺部主任陈笑雨同志向我传达，要我写一篇纪念文章，在《人民日报》上发表。尽管自《红楼梦评论集》结集出版，蓝翎被错划为右派后，我从没有单独写过"评红"文章，也未再读《红楼梦》，但往事非烟，终难忘却，这时我的小女儿出生，我记起旧谊，也并不知道蓝翎对我的有很深的"忌恨"，女儿起名为"蓝"。纪念文章《悲剧与挽歌——纪念曹雪芹逝世二百周年》写出后，文字虽然是新写，但观点仍然是我们原来的基本观点，写完后，就先寄给蓝翎一份小样，请他看，无非是表示，我仍然坚持1954年的基本观点并无改变，没想到他并不喜欢。这篇文章经过林默涵同志审稿，吴冷西同志签字付印，他们都没有做任何改动，刊登在1963年10月7日的《人民日报》

文艺评论版上。文章并无新意，却影响很大，可能因为是发表在《人民日报》上，我接到很多青年朋友的来信。对于曹雪芹这样一位伟大的作家，我真诚地希望，今年也会有一个逝世200周年同样的隆重的纪念，以表明我们对优秀文学遗产及其作家的珍视和尊重。

孙伟科：在评价20世纪中国文学批评时，特别是对人物做评价时，有些人刻意去撩拨人间恩怨，拨弄是非，夸大宗派情绪，从细节上去捕风捉影，没有大历史的观念，导致了严重的历史失实和扭曲。其实，真正值得关注的是，不同观点之间理论立场和对现实的不同态度。坚持历史主义的态度，您有什么要说的呢？

李希凡：20世纪的中国文艺界，是风云变幻的，但革命文艺也有很大的发展，涌现出一大批优秀作品，不过，道路也不是平坦的。那个时代我只是作为一个普通编辑业余写作发表意见的。在"反右"斗争中，的确有30年代的恩怨是非在作祟，但不能说，都是宗派之争，只能说党的领导有责任，因为全国"反右"都扩大化了。我是革命文艺的热情的歌者，写过近百万字的文艺作品的评论，大都发表在《人民日报》、《文艺报》、《光明日报》、《戏剧报》上，虽然有些人咒骂那个时代，全盘否定那个时代的文艺，可当时的那些优秀作品，在群众中已经成为"红色经典"，至今还是影视屏幕上改编再现的对象。

由于我喜欢直来直去的论争，所以在年轻气盛的时候也犯过幼稚病和粗暴的错误。我信奉马克思主义，也试图运用马克思主义去分析文艺作品和创作现象，在这个过程中有得有失。我自认为自己是一个马克思主义者，其实有时候是一些教条主义观点在作怪。比如我在《文汇报》对王蒙小说《组织部新来的年轻人》的批评，我不认为首善之区的北京存在官僚主义，而作家对现实生活矛盾的敏感，正是这篇小说的可贵之处。可我就是用这种条条框框评论了这部作品，还给作者扣上了一顶大帽子，叫做企图用小资产阶级思想改造党。众所周知，此文受到毛主席的批评。这次批评对我的触动很大。后来也还犯过这样那样的错误，有些虽然是党发动的"运动"，但文章是我写的，观点是我自己的，责任仍然在我。

回顾历史，我的成长有许多曲折，但我从来不后悔自己的选择。现在有一种倾向是，在反思历史还原真相的时候，有些人故意神秘化那段历史，似乎背后还有什么见不得人东西。流言是杀不死人的。只要生活在群众中间，慢慢地让群众认识你，流言也好，谣言也好，不攻自破。我在最近刚刚出版的《李希凡自述——往事回眸》中，回顾了我历次参加文艺论争的情况，以及我所坚持的观点和反对的观点，包括我和一些同志在理论上的分歧和争论等，我没有什么要隐晦和隐瞒的，也用不着用"揭秘"去分析什么不可告人的动机。如果坚持历史主义的态度，从大环境和小环境的结合看，不难理解尽管是因素复杂，但并非不可知的历史真相。

（原载《文艺报》2013年5月15日）

第四编
红楼传播

  《红楼梦》的社会传播和社会接受是当代最重要的文化现象之一，它与"显学"相匹配是当代文化传播中持续的文化热点之一。《红楼梦》接受的连续不断的"发热"，既有爱好者不断增加、发言为声的特点，也有强势媒体介入炒作的原因。无论如何，红学讨论应该尊重历史，在此基础上有助于精神文化的建设，有助于精神空间中真善美的塑造，有助于当代文化创造力的提高。

痴心红楼入梦来

——当代作家"论红"一瞥

《红楼梦》与中国当代作家所形成的特殊关系是不难理解的,一方面是文学的顶峰,作家大多数有登高望远的愿望和问鼎中原的雄心,一方面是已经形成的红学话题是作家自己表达文学见解的便利渠道。

作家的红学之论往往能吸引更多的读者阅读红学论文。从作家与读者的关系讲,作家和读者联系得更紧密些,作家总是密切关注读者的兴趣所在,从读者可以理解的角度研究撰写美文;从文本角度讲,作家的文字更加摇曳生姿、活泼生动,表达观点更直接一些;学者专家的红学直接面对的是学术史,专家论文的要求是考镜源流、辨彰学术,解决的是传统难题,表现为学术攻坚,在堡垒里战斗,不免与读者有了一段距离。因此,关注作家的红学观点,不失为弥补与读者趣味断裂的一种努力。

一

2005年宗璞撰写了《感谢高鹗》[①]一文,2006年修改后年底发表于《随笔》杂志第6期。此文后来收入《二十四番花信》,由江苏文艺出版社2010年出版。

宗璞文章的标题值得关注。

当有人要割掉后四十回扔到垃圾篓里的时候,当有人要重新续写《红楼梦》后文,要取而代之的时候,宗璞开宗明义地说:感谢高鹗。她比上世纪50

---

① 宗璞:《感谢高鹗》,《二十四番花信》,江苏文艺出版社2010年版。下面所引宗璞观点均出自此文,不再注。

年代林语堂"平心论高鹗"(1958年)的语气更重一些,要"感谢"高鹗,在文章结束时,宗璞改为"盛谢高鹗"。

宗璞不仅要感谢高鹗,还要感谢曾经为高鹗辩护过的人:胡适,顾颉刚,林语堂。他们替高鹗说过话,"我想也是很多人心里要说而没有说出来的话"。在这篇文章中,宗璞态度鲜明,不同意俞平伯关于后四十回"俗"、"浊"的评价,关于第九十七回宝黛最后相见的那一段,她同意王国维的分析:"如此之文,此书中随处有之。其动吾人之感情何如,凡稍有审美的嗜好者,无人不经验之也。"

《红楼梦》中黛死钗嫁,作者呕心沥血成就的这文学史上的千古大悲剧,回溯历史,也是林语堂在《平心论高鹗》中批评的对象俞平伯先生说是"一味肉麻而已"。不仅是林语堂不相信,这也让宗璞很难相信俞平伯的文学趣味和判断。俞平伯当年拿前八十回攻后四十回,立场、态度在行文之前,可谓主题先行。或者说是落实胡适后四十回伪续观点的命题作文。说它是由外而内的命题作文,可以验证的证据是,在后来的继续研读中,俞平伯几乎放弃了这个命题作文中最主要的几个观点,如自叙传说、腰斩说等。

林语堂大约是读出了俞平伯在《红楼梦辨》中带有先验性的"扭曲",所以几十年后也就是50年代才写专著与俞平伯抬杠,直接说俞平伯之文是"歪缠"。细读林语堂的雄文,高低之分、雅俗之间,你说东我偏说西的"抬杠味道"很重,既然你歪缠,我也不能总平心。林语堂抬杠的是20世纪20年代的俞平伯,但他对后来俞平伯的深刻变化缺乏明察秋毫。

可是,《红楼梦》后四十回问题,是红学中的一个纽结,似乎谁也绕不过去,不仅是红学家关注的问题,也是作家关注的问题。

宗璞接着说:"我曾设想,后四十回也是雪芹所作。后四十回的才气功力等不及前八十回,也许是因为那时雪芹的精神才气都已用尽。写东西后面不如前面是常见的,何况这样大的长篇。有人指出,林黛玉吃五香大头菜加些麻油醋,简直不像黛玉的生活。我想,那时雪芹举家食粥,吃多了咸菜,也可能写进书里。作者的生活很可能影响书中的人物。"

既然总是从经历谈创作,宗璞也从生活出发,替后四十回辩护。前面宗璞扯进来的人物如胡适、顾颉刚、林语堂等是红学上的历史人物，而没有涉及红学的当代人物。这不是有意避让什么，看看此文发表的时间，就不难明白宗璞的针对性了。

2005年刘心武登台在中央电视台10频道"百家讲坛"上讲"秦学"，并处处指斥高鹗，对后四十回百般挑剔，认为百廿回本是"伪书"，是大俗书，曲解了曹雪芹等。高鹗不仅替换了后四十回，还修改前八十回，所以现行百廿回本的《红楼梦》不可信。

宗璞直接发问："有人要把后四十回割下来扔进字纸篓，那还有《红楼梦》存在么？我们或可写出精彩的片段，但要写出后半部超过高鹗的续书，是绝不可能的。……电视剧后几集中，人物都变了哑巴。谁能写出和原书相称的台词？"

有些人认为宗璞的观点有些突兀，认为她这些议论不过是即兴感谈。但是，请不要看轻宗璞的议论。宗璞1990年曾为王蒙的《红楼启示录》撰写过序言，题目是《无限意趣在"石头"》。可以推测，宗璞为这个发言至少准备十几年。刘心武在分析宗璞的小说时，认为宗璞是受《红楼梦》影响很深的小说家，也说明两人之间虽是知根知底的朋友，都有《红楼梦》上的共同爱好，但也没有回避在《红楼梦》认识上的分歧。作家在文学上的自由立场、自信的判断力和执着的趣味，没必要因为怕得罪谁而隐瞒自己的观点。

在《感谢高鹗》中宗璞也捎带着批评了87版电视连续剧《红楼梦》。87版《红楼梦》后6集对后四十回的取代，是一个失败的尝试，也就是宗璞所说的后来所续不可能超过高鹗。"黛死钗嫁"好不好，也许不需要争论了，1962年的电影越剧《红楼梦》采用了黛死钗嫁，于是感天动地，传唱数十年不绝，俨然经典；87版电视连续剧《红楼梦》放弃了黛死钗嫁，所以招致议论纷纷、意见分裂。虽然经典，但有缺憾。说好者只是说"首尾合龙"，说不好者则言之凿凿，"悲剧的力量消减了"。大多数观者以前30集为好，后6集快过。宗璞的观点，木石姻缘从来就在金玉的威胁之下，金石姻缘使宝玉逃不出金玉枷锁，这就是《红楼梦》的悲剧。"紧扣住这一根本设计从不偏离，是续书的最大成功处。我以为这就是雪芹要说的故事。"

宗璞不讳言，高鹗的后四十回，就是"雪芹要说的故事"。换言之，高鹗的续书是成功的。

二

刘心武所信奉的古本，可不是这么回事。

刘心武所说的"古本"就是抄本，把抄本看得高于印本，颇有些看高"手稿"的意味。手稿是未定本，虽经脂砚斋审定，但我们不知作者的真实态度。程伟元、高鹗将众多手稿汇集于案头，斟字酌句，细加厘定，对隼疏通，应该说在1791年比我们看到了更多的抄本，有更多的抄本可供选择。换言之，我们今天看到的抄本，可能程伟元、高鹗都看过，是他们挑剩的。今天，我们看到几个手抄本子，就认为比程伟元、高鹗看到的多，纯属自大式的武断。对于抄本，程伟元、高鹗1791年借刻本表明了自己的态度和选择，虽然他们说明不多，但印出来的《红楼梦》则说明了一切，如他们采用了《红楼梦》的书名而不是《石头记》，其实这在小说里已经说明后者是作者对小说的曾用名。我们为什么不看重作者的最终改定而竭力要回到初稿上呢？红学研究的任务就是不允许作者修改自己的稿子吗？或者是挖掘出作者放弃的稿子吗？关于秦可卿的研究最能说明这一点，作者非常明确地放弃了风月化的描写，删掉遗簪、更衣的情节，而现在的很多研究就是恢复秦可卿的风月形象，有点像要把儿女痴情的《红楼梦》改回劝善惩淫的《风月宝鉴》，将（人情）纯情小说改回（还原）风月小说。

假如《红楼梦》只是一部指斥风月腐败、道德堕落的小说，是一部劝诫小说，《红楼梦》还会有今天所说的千门万户、"百科全书"的性质吗？

刘心武对于"古抄本"的喜爱到了迷信的地步，甚至痴迷到比某些红学家还甚的地步。本质上讲，惟古抄本是从，不如说是惟脂砚斋是从。刘夫子自道："我就觉得，既然有曹雪芹的前八十回原文里的诸多伏笔预示、透露逗漏，有很多种古本《红楼梦》相互参照，又有红学界统称脂批的大量批语"，立下雄心大志来"试一试""探佚复原曹雪芹的后二十八回的内容"……从此，刘心武以自己的书房为"古物修复所"，据说花费7年时间，要完成对全本、真本的恢复。

与刘心武轻信脂砚斋相比，当代作家中的王蒙、李国文等都对脂砚斋持不信任的态度。李国文怀疑脂砚斋一群就是一些嘤嘤嗡嗡的无聊文人,装腔作势,指手画脚,对文人的独立创作起了干扰作用,脂批才是《红楼梦》的附骨之疽,王蒙则讥讽脂砚斋颐指气使的样子像是"大清帝国文学部红楼梦处处长兼书记"。王蒙和刘心武也是朋友,其实,在他的朋友中,刘心武表现得很听话——很听脂砚斋的话。

李国文1990年将过分相信脂砚斋的人,孜孜以求"脂学"的人,称之为"上当的红学家"[1],说他们不懂脂砚斋的幻笔幻体,听风就是雨,毫无判断力。从刘心武对脂砚斋言听计从的态度来看,上当的不仅是红学家,还有"著名作家"。看来,拿着脂砚斋的鸡毛当令箭的人,不以"××家"的身份相区分。

脂本所传达出来的观念,是与程本不同的。比如,俞平伯先生所说的"二美合一",也就是林黛玉、薛宝钗的关系在发展中,矛盾渐渐地消失了,也就是说在脂本中,"木石前盟"和"金玉良缘"的矛盾有被淡化直至被取消的可能。如果认为宝黛钗爱情婚姻的悲剧是主线,那么这条主线在脂本中被调和了。而在程高本中,脂本中要消弭的矛盾被强化了,爱情悲剧被进行到底了。我们看到,钗黛矛盾、玉钗矛盾被强化了,直至对立、决裂的地步,最终构成了悲剧。这就是脂本和程高本的重大差异之一。按脂本、脂批中"二美合一"的倾向发展下去,艺术风格就可能是"怨而不怒"。

再说尤三姐的形象,在脂本中尤三姐是一个不折不扣的"淫奔女",而在程高本中她被洁化了,作者删去了那些污秽文字——正是风月笔墨。这样就影响到对尤三姐悲剧原因的认识。有的研究者认为脂本好(多种因素复杂社会原因所造成的尤三姐悲剧,比程高本将尤三姐的悲剧原因写成是柳湘莲的误解好),有的认为程高本好(对尤三姐的洁化处理符合曹雪芹"男浊女清"的崇美立场),也是各说各的、各有道理。

脂砚斋为《石头记》准备了一个结局,什么扫雪拾玉,什么羁押狱神庙,什么小红、茜儿慰主,什么茫茫白地,什么悬崖撒手,等等,这只是简略的提示,像是一个菜单,而不是艺术画面,缺少针脚严密的细节。脂砚斋不愿意多

---

[1] 李国文:《上当的红学家》,《文学自由谈》1990年第6期。

说，后来人也无可奈何。

对后四十回也有很信任的，以至到了怀疑高鹗作为续作者的身份。对《红楼梦》后四十回仔细研究的王蒙说："我宁愿设想是高鹗或某人在雪芹的未完成的原稿上编辑加工的结果，而觉得完全由另一个人续作，是完全不可能的，没有任何先例或后例的，是不可思议的。"[1]

王蒙不自觉地回到林语堂曾经表达过的立场上。林语堂曾在杨继振藏本出版之际，认同该书序者范宁的判断，说高鹗拿到本子是一百二十回，后四十回中有曹雪芹的散佚的三十回，他就是一个"阅者"[2]，是一个"补者"，而不是"写者"，即作者。

再到2008年王蒙出版《不奴隶，毋宁死？》[3]时，王蒙干脆说，后四十回是"我的一个死结"。

这个死结是否已经解开？

王蒙曾说到过一种普遍的阅读心理：既然《红楼梦》后四十回是伪作，何必读它呢？以往的论证给后四十回的普通阅读造成了极大的阅读障碍。在这种心理惯性、阅读惯势的作用下，觉得处处不对，字字碍眼，笔拙文俗，不免吹毛求疵，难以说好。台湾作家白先勇却并非如此。他20世纪80年代曾写过一篇《宝玉的俗缘》[4]的文章，指出在九十三回中有传神之笔，确证贾宝玉不是好色之徒。除此之外，贾宝玉和蒋玉菡之间还因花袭人的婚嫁有着隐秘的俗缘关系。贾宝玉在欣赏《占花魁》的时候，目光追逐、深情关注的不是舞台上美轮美奂的花魁，而是情痴情种的男性人物秦重（情种的谐音），秦重对女性的体贴关怀和珍重怜惜，在境界上和宝玉如出一辙，宝玉似乎是在秦重身上看到了自己，一时间竟物我两忘、神飞天外。这个细节很小，在后四十回中，往往是我们容

---

[1] 王蒙：《红楼启示录》，生活·读书·新知三联书店出版社1991年版，第236页。
[2] 林语堂：《平心论高鹗》，陕西师范大学出版社2004年版，第17页。
[3] 王蒙：《不奴隶，毋宁死》，北京十月文艺出版社2008年版。
[4] 白先勇：《贾宝玉的俗缘》，《白先勇书话》，文化艺术出版社2009年版，第103页。

易一翻而过的地方，白先勇注意到了，停下来，重点指出来。在白先勇看来，类似这样"戏中戏"的手法，是曹雪芹极其重要艺术点睛手段。我们知道，白先勇在自己的写作中借鉴了这种"戏中戏"的手法。

对后四十回的批评，依据多来自于脂砚斋批语。脂砚斋的权威性，王蒙是怀疑的。脂砚斋"能洞悉和掌握曹的艺术想象、结构思忖、修辞手段、篇什推敲吗？他能洞悉和掌控曹氏的梦幻、荒唐言、假作真、真亦假、无为有、有还无吗？"[①]

脂砚斋的批语不具有权威性，而依据脂砚斋批语的推断，还可靠吗？关于后面仁者见仁智者见智、一地鸡毛的推测、续写，从来都没能替代过高鹗，所以也用不着费神掂量、推敲、评判了。

许多探佚是以恢复原本、原义之名兜售私货。为什么说探佚是一地鸡毛？仅就黛玉之死来说，一说是沉湖而死，不是"冷月葬花魂"或"葬诗魂"吗？一说是悬梁自缢，不是"玉带林中挂"吗？还有说林黛玉是被慢慢毒死的（刘心武）。继续下去，相信还会有更多的说法，并且说有所本、振振有词！究竟哪一种死法更好？看来，还是"焚诗稿、断痴情"最好！因为这是高鹗的，就要因人废言，偏偏说它、说"黛死钗嫁"不好吗？

刘心武很执意于脂砚斋，将"脂砚斋"之意说成是"原本原义"，实际上是脂本脂义。对于一个作家来说，将两个人的思想看作是完全相同，这是匪夷所思的。不要说脂砚斋和曹雪芹的关系还有许多未确定性，即便是关系密切甚至是夫妻，他们之间也是不能等同或互相代表的。脂本脂义与百廿回本的区别是显然的，像夏志清所说的那样，脂砚斋执着于怀念过去，而曹雪芹则只是利用经验，其立意已超越事件本身。作家端木蕻良在自己的长篇小说《曹雪芹》的自序中也认为："脂砚、畸笏评阅《红楼梦》时，他们又未能更深地理解曹雪芹，往往过多地沉溺于过去生活的回忆中，如此而已。"在脂本中，钗黛合一、父子合一、风格上怨而不怒，即钗黛分歧所代表的木石前盟和金玉良缘的

[①] 王蒙：《不奴隶，毋宁死》，北京十月文艺出版社2008年版，第317页。

矛盾消失了，贾宝玉人生道路的自由选择和他父亲贾政光宗耀祖要求之间的矛盾消失了，那么，在脂本中《红楼梦》的悲剧该如何形成？其推动力是什么？《红楼梦》悲剧的涵义还剩下什么呢？显然，剩下的只是家族兴亡。力主小说"写政"而不是以"写情"为主，似乎写家族更符合文化小说的含义，何以"写情"或者说写爱情就会降低小说的思想含量呢？贬低爱情描写以及文学作品爱情悲剧的意义，将《红楼梦》定位于"中华大文化"小说，是否因此《红楼梦》的地位就超越了文学、具有了"形而上"的品质了呢？"写情"与"写政"不是非此即彼的关系，在《红楼梦》中是二而一的关系，《红楼梦》首先是文学，离不开"写情"，其次才能向哲学、文化拓展、提升，脱离文学人物形象、情节合理发展、具体细节的刻画、结构的整体把握，提升就会变成离题万里的主观随意，正所谓下笔千言，言不及义。

三

悲剧的要义不在毁灭、不幸、牺牲上，而在于为何毁灭，如何牺牲，以及造成不幸结果的原因上。可怖、恐惧是强化艺术效果的手段，但不是艺术的目的。悲剧艺术的目的在于毁灭者自身在遭受不幸时所显现的价值上，这价值是不是充分？所以，鲁迅说："悲剧将人生有价值的东西毁灭给人看。"爱情不自由、难实现、爱情毁灭是悲剧，但是坚守什么样的爱情观包含着价值性的大小。偷情不成不是悲剧，如贾琏之于鲍二家的；爱情不自由而誓死信守爱情、信守自由爱情的原则则肯定是悲剧。宝黛爱情，正是后一种，把自由爱情看得比生命还重要，不自由，毋宁死。

宗璞极为欣赏黛死钗嫁的悲剧。宗璞说："黛玉死，二宝成婚，实为全书的高潮。"宗璞坚信这也是曹雪芹要说的故事。

胡适、顾颉刚、俞平伯等都认为后四十回是一个悲剧，是成功的悲剧，这也是胡适肯定高鹗续书的重要依据。刘心武见到"兰桂齐芳"、"延世泽"的字眼，就望文生义地认为《红楼梦》因此被改写成了喜剧，刘心武问：高鹗的狗尾伪续"怎么会是以这样一个甚至是喜剧的情景收场？"

刘心武这里隐藏了一个要求，就是悲剧就要死人死得"真干净"，"大厦将倾"一定要轰然倒塌！衡量悲剧的重点转移了，毁灭的结果比"毁灭价值"更重要。

"微而曲"、"曲而隐"的《红楼梦》，常常是悲中有喜，喜中含悲的。深谙个中道理的王蒙说："什么叫茫茫大地真干净？""死了黛玉走了宝玉又死了贾母凤姐，这也就干净了。贾兰辈再有一百个中举也影响不了'真干净'的空旷寂寞啊！"①

刘心武贬低后四十回、不承认后四十回的悲剧性的观点，追根溯源人们往往想到周汝昌。刘心武崇尚"多歧为贵"，但对周汝昌却是过多袭用、过多"苟同"，已经到了步步紧跟亦步亦趋的地步。周汝昌认为后四十回悲剧性不够，是因为它应该是一个"大散剧"，即"树倒猢狲散"之意。贾府与其他王府之间残酷斗争，家族内部兄弟阋墙，贾府人口星散，宗祠轰毁，贾宝玉流落街头衣不蔽体食不果腹，败亡得"僵而死"才算悲剧。

这里，是不是将恐怖的结局（悲惨本身）当成了悲剧呢？

比较起来，刘心武不仅对脂砚斋缺乏独立思考和怀疑精神，对周汝昌的观点也缺乏独立思考，往往不加声张地慢慢消化、照单全收。放在红学或红学家的范围内，刘心武的独立性是严重不足的。全书一百零八回说，脂砚斋即史湘云即新寡的妻子，日月两个集团争夺皇权说，都是袭用周汝昌的观点，并且很多时候还不愿意说出其出处，俨然是刘心武自己单枪匹马的独立研究。如果袭用一处尚可，上述三处均袭用，互相连接，并成为自己讲座和著述的骨架主干，这还能说是"多歧"吗？

耻于谈写情（儿女私情），反对把《红楼梦》理解为爱情悲剧，这是周汝昌和刘心武的共同立场；两人还共同认为，林黛玉是一个尖酸刻薄的大俗人，宝玉心仪的是史湘云，最终结合的也应该是史湘云。而宗璞则认为，宝玉和湘云在文本中无爱情故事。湘云的"才貌仙郎绝对不会是宝玉"。假如还有宝玉与湘云

---

① 王蒙：《红楼启示录》，生活、读书·新知三联书店出版社1991年版，第234页。

的故事，那宝黛爱情的纯洁性如何保持？为什么要感谢高鹗，宗璞说"为了他清醒地、准确地保住了宝黛悲剧的纯洁性"。

四

在金陵十二钗之一秦可卿身上，总是弥漫着神秘的氛围。

秦可卿之死，贾宝玉闻此噩耗，一口鲜血涌出，禁不住喷吐地上。这是惊人一笔。有人说，秦可卿的形象是一个隐喻，她的早死，是古典理想的毁灭。她是兼美的，既有林黛玉之美，也有薛宝钗之美，兼有感性、理性之美，兼有丰腴端庄、风流婉转之美等，但是她不可能长久，曹雪芹用文学形象说，这个虚幻的人物在太虚幻境出现过，在现实生活中她是注定要灭亡的，因为现实不能容纳这种美——毫无缺陷之美。美轮美奂的古典美不能复现，像《浮士德》中的海伦。

李国文在《秦可卿的魅力》中说："我一直想，那个在小说中被叫着秦可卿的性偶像，一定是曹雪芹童年至青年时代最重要的半人半神的性启蒙导师。他不厌其详地记录下白日梦的全过程，肯定寄托着大师一份不了之情，难尽之意。无论如何，这位最早启发了贾宝玉性觉醒的女人，这位第一次使他尝到禁果滋味的女人，这位在他的情爱途程的起跑线上起过催化作用的女人，是他一生中心灵的守护神，是可想而知的。"[①]

这种说法，在老作家端木蕻良那里也得到了验证。1987年端木蕻良在《谈电视剧〈红楼梦〉》的短文中认为："秦可卿是天上人，又是地下人。她幻形人间，进入宁国府中时，却成了'造衅开端'的牺牲品，像影子似地消失了。贾蓉本来就拿她当作一件工具，有了他，人前人后，上上下下，能吃得开。秦可卿死了，请下旌表龙禁卫之后，贾蓉很快又娶了。只有宝玉忘记不了她，永远

---

① 李国文：《历史的真相》，江苏文艺出版社2010年版，第270页。

忘记不了她。"①

不论是秦可卿还是海伦，都是引导男性精神升华、追求完美的女神式人物。贾宝玉不是皮肤淫滥之徒，一直保持"色而不淫"，与警幻仙姑的训导有关，其精神飞升是不是得到了这位女神的引导呢？

在叶兆言的《阅读吴宓》中，吴宓也是这样认识秦可卿之于贾宝玉的意义的。"吴宓一生都在追求女子的爱，他随处用情，自称以'释迦耶稣之心，行孔子、亚里士多德之事'。《红楼梦》是他最钟爱的作品，吴宓也是'情种'之一，这位当代贾宝玉很认真地出过一个考题，试问'宝玉和秦可卿究竟有没有发生过关系'，答案自然是否定。"不愿意从"性吸引"的角度理解贾宝玉和秦可卿的关系，是因为宝玉心目中的可卿是女神。从吴宓的角度讲，吴宓如此解释秦可卿与贾宝玉的关系是因为"吴宓追求爱情，有一种宗教的热忱，'发乎情，止乎礼'"②。

白先勇在《贾宝玉的俗缘》中，说得更彻底。贾宝玉作为"情种"的感情，超越了男女之爱："宝玉先前对秦氏姊弟秦可卿、秦钟的爱恋，亦为同一情愫。秦可卿——更确切地说秦氏在太虚幻境中的替身警幻仙姑之妹兼美——以及秦钟，正是引发宝玉对女性及男性发情的人物，而二人姓秦（情）又是同胞，当然具有深意，二人实是'情'之一体两面。有了兼美的引发在先，乃有宝玉与袭人的云雨之情，有了秦钟与宝玉之两情缱绻，乃有蒋玉函与宝玉的俗缘缔结。秦钟与卖油郎秦重都属同号人物，都是'情种'——也就是蒋玉函及宝玉认同及扮演的角色。"

是不是对秦可卿的理解，仅此而已？

相比于上述作家而言，刘心武又是一个另类。

刘心武着眼的不是贾宝玉与秦可卿的关系，而是秦可卿与她公公贾珍的关系。珍卿之间的乱伦关系，在87版电视连续剧《红楼梦》中得到了淋漓尽致的

---

① 端木蕻良：《红泥煮雪录》，江苏文艺出版社2010年版，第282页。
② 叶兆言：《陈旧人物》，上海书店出版社2007年版，第118页。

表现。"裹其颓堕首罪宁",贾珍和秦可卿的道德败坏,导致了败家。这个《风月宝鉴》里的主要情节,起着劝诫的作用,道德堕落便是末世之相。独守空房,然后幽会、更衣、遗簪、被撞破等,是不是更有戏剧性和视觉冲击力呢?不得而知。只是播出后的效果不好,人们不愿意一家人坐在客厅里欣赏两辈人之间那一种令人难以安坐、无比尴尬的场景。

刘心武的突破是,要将丧伦败行的偷情改造为真情之恋,将败家罪行改为人性之常,于是贾珍成了真情汉子,敢爱敢恨,哭灵时真情依旧失态失言、我情永远泪水涟涟,买棺材时一掷千金真是豪情万丈。刘心武的难题是,贾珍这个吃喝嫖赌四毒俱全的人,如何对秦可卿纯情伟岸起来?怎么说变就变了。后面贾珍觊觎尤三姐、父子聚麀的兽行,是这里变了那里没有变,曲意回护造成贾珍在整个作品中形象不统一的前后分裂。

1991年开始播映的京剧《曹雪芹》(言兴朋主演曹雪芹),写了曹雪芹有这样一位顾婶(雪芹叔叔曹顾之妻),独守天香高楼,与公公爱恨情仇,情志难遂,难言其辱,抑郁而死。秦可卿真的是曹家人,是曹雪芹的长辈姻戚,这还离不开"爱不得恨不得"的脂砚斋评语。

脂砚斋命曹雪芹删去关于荼毒秦可卿的笔墨,主要原因是家族原因,丑化自我、自我丑化,是为"碍语",要不得。

脂本中的一些批语,提供给我们认识《红楼梦》形成过程中的一些问题。比如秦可卿的形象。程高本中有许多处不可理解,但脂批中透露出来的作者修改,改未改净,显示了作者时间仓促而导致的修改的不彻底性。秦可卿从一个风月形象向文学形象过渡,还留有一些风月痕迹。

那些将秦可卿重新恢复为风月形象的人,除了剥夺曹雪芹的著作修改权外,大概还不懂得秦可卿在贾宝玉心目中的地位,她已经不是一位邪异妖艳的女巫或者色情狂,而是一位女神。把秦可卿与贾珍的关系疏通了,在宝玉这里却受阻了。迷离恍惚、飘飘欲仙的兼美可卿,变成了缠陷迷情、难以自拔的沉重肉身。

现在看来关于小说中涉及秦可卿的笔墨,不多不少。关于宝玉与秦可卿关系的迷思,诚如李国文所言:"你走进去,容易,走出来,也容易;但是,你走进去深一点，走出来，就难一点；如果你完全走进去，也许，你就休想走出来，那时，你八成就是一位红学家了。"①

对文学作品，借口是文本细读，实际上是微言大义，想象失禁，无限引申，特别是对小说阅读来说往往是愚不可及，出力不讨好。如此，八成成的不仅是红学家，还是秦学家。

（原载上海《红楼梦研究辑刊》2012年第5辑）

---

① 李国文：《历史的真相》，江苏文艺出版社2010年版，第270页。

红学应该成为文化创造力之学

《红楼梦》仅仅是作为中国文学研究的一个局部，红学何以有如此的热度？它论坛遍设、热议不断，似乎是中国文学研究的佼佼代表者。作为中国古典文学中的一个部门，红学为什么会显得鹤立鸡群、俏然独拔？它拥有众多的爱好者，总有话题，独领风骚、占尽风流。作为古典文学名著的改编为电视连续剧《红楼梦》何以会因此而聚讼纷纭、褒贬对立，引起久久不能平息的轩然大波？有人说，《红楼梦》在20世纪享尽殊荣是"红外"的原因，政治性的利用起了推波助澜的作用，真正文学性的文本研究没有得到足够的重视、获得足够的成果。有人说红学作为显学，也是大俗学——它越来越丧失了作为一门学科要求的"科学性"，变成了曲解文献、附会历史、随意联想的失禁呓语或众声喧哗。

20世纪的三次历史性关头，都有《红楼梦》的身影。20世纪早期，王国维的《红楼梦评论》首次借用西方学术方法肇端了中国现代学术中西结合的发展道路；为了配合"辛亥革命"的意识形态变革，蔡元培先生执意认定《红楼梦》的主旨是"反清复明"，使《红楼梦》成为一种泛政治意义的文学作品而站立历史潮头，胡适则代表20世纪"科学与民主"的时代精神，要在红学中扫除猜笨谜的"非科学性"阴霾，演示科学方法的威力而创立了余续绵延、尾大不掉的"新红学派"！20世纪中期，1954年的"评俞"（平伯）变成"批胡"（适），《红楼梦》研究成为中国知识分子思想改造的裁判所和演练场，再到1973年"评红运动"政治索隐登峰造极，《红楼梦》成为"阶级斗争"的"光辉范本"，成为中国上层政治激烈冲突的隐喻和象征。20世纪后期，"十一届三中全会"之后的"思想解放运动"，红学又成为各种文学研究新方法、新思潮的开疆破土的场域、展现新姿的T型台。千禧年之后，《红楼梦》又在电视讲座和影视改编中成为聚焦中心，配合着中西文化摩荡交锋后人们向古典趣味的回归，唤起接受大众持续的热议。值得我们思考的是，为什么历史总是选中《红楼梦》？

当然，在神圣化《红楼梦》的道路上，舆论和见解并不是一边倒的。也有从反思中华传统文化角度的思考，认为《红楼梦》安雌守弱、崇尚虚无、抱情感伤的特质造就了国民性灵魂脆弱、颓靡、散淡的本质，耽于省思而短于行动，有主体决绝的意志但无反抗绝望的实践。对《红楼梦》的指责也波及红学，有些"文化激进人士"，责骂红学无关文学变成了曹学，责骂红学言不及义变成了盲人摸象的脂学，责骂红学家都是兜售与《红楼梦》相关或不相关历史文献的"知道分子"，责骂红学变成了禁止文化娱乐、学术娱乐的文化霸权。

红楼热与红学热，当然与红学中的种种悬疑有关。曹雪芹的父亲是谁？脂砚斋是谁？续书作者是谁？这些久而未决的问题，引起人们极大的探索、答疑兴趣。诚然，这些问题不能解决的根本原因在于缺乏文献，但缺乏文献反而激起更多幽径独辟、头头是道、振振有词的推断，论证变成了连篇累牍、不厌其烦的主观推测，在推测的基础上叠床架屋，红楼大厦宛如海市蜃楼，漂浮海上虽绚丽多彩却不见根基，随时会云破影灭。

热爱《红楼梦》，关心红学发展的朋友和广大爱好者，每年都会看到有大量的红学书籍出版，《红楼梦》研究给人一种热闹非凡的感受。《职场红楼》、《窃笑红楼：大观园企业兴衰警示录》、《非常红楼》、《乱炖红楼》、《王熙凤执掌红楼36招》、《红楼女儿的现代生活》等等，再看看最后一本书中的这些标题：《"中国制造"的绝对小资——林黛玉》、《"雅皮"生活时代的资本女人——薛宝钗》、《"我的野蛮女友"——史湘云》、《白领堆里的"白骨精"——王熙凤》、《"嫁到国外去"的前卫女孩——贾迎春》……如果没有了那几个熟悉的人名，打死你也不会想到这是"红学"之一种路径。《医说红楼》恐怕是很多对医学有兴趣的人都会愿意读的；《红楼梦养生趣谈》更是从心理、生理、情理、伦理、病理、药理乃至哲理等角度阐释红楼人物的养生之道。"红楼文化"丛书，包括有《红楼收藏》、《红楼美食》、《红楼服饰》、《红楼园林》、《红楼情榜》，"凸显了以《红楼梦》为观照视角的新格局"。

仅就关于《红楼梦》的作者研究，恐怕近几年就提出了不下20几种说法，比较有影响的，比如洪昇说、吴梅村说、曹頫说、胤礽说、夫妻合著（曹雪芹与脂砚斋）说、李渔说等。关于《红楼梦》的主旨和意蕴研究，索隐派的反清复明说，传记学派的隐藏家世的"家族原型说"，腰斩《红楼梦》的探佚学派秉持原笔原意的还原本义说，发泄对高鹗的不满等，不一而足。这些说法，以推进学术为幌子，大多打着"揭秘"的旗号，自认为是研究红学的新进展，甚至是红学革命，颠覆了"主流红学"，"埋葬了胡适"等，制造了一个又一个文化热点。

新说不断，新发现不断，新揭秘不断，报纸和网络等传媒推波助澜，一时间议论纷纷，人们莫衷一是，初入其门的爱好者感到茫然和无所适从。

与红楼文化热点高烧不退形成鲜明对比的是红楼学术——红学，它似乎显得举步维艰。红学属于学术，展开学术批评是理所当然的。但是，红学界以学术的理由批评"揭秘红学"时，却招致大众传媒界和强势媒体的强烈不满，似乎这是对学术民主的压制，是对民间红学的不认可。从纯学术角度看红学，由于红学的积累达到了空前的高度，由于红学在课题上已经达到了所谓的"掘地三尺"，所以即便是作一个新鲜的选题、展开一些创新，似乎也是难的。红学中许多问题，往往覆盖着许多依然正反两面或已经折中的观点，该说的话已经说到位了，话题似乎已经被说尽了，红学已是"山穷水尽"了。

如此对比来看，似乎红学的生命力只好交给各种新奇的"异说"了。一些不明真相的人，一些耐不住寂寞、喜欢异闻奇谈的人，对所谓热点红学寄予希望。

其实，在热闹的红楼文化里，包含着深刻的危机。还是以作者的种种新说为例，《红楼梦》不可能既是曹雪芹写的，又是胤礽写的；不可能既是洪昇写的，又是曹頫写的；不可能既是吴梅村写的，又是李渔写的。但是，制造新说者，不管三七二十一，先抛出自己的观点，一吐为快，自立山头，占山为王，根本不管自己的学说能否自圆其说，根本不管这面旗帜能打多久，也根本不管自身观点的千疮百孔，也可以没有任何可靠的文献根据，根本不管对面山头上迎风猎猎的曹字号大旗。在貌似热闹的作者真相的研究中，纷纷揭示真相和发现真相，以及真相之间的矛盾，使"真相"成为欺世的说辞。

作者研究中的乱象频生，使大多数关于作者研究的种种新说不攻自破，迅速流产。新作者说，缺乏的证据正是"谁谁撰写了《红楼梦》"的直接证据，而这些证据在永忠、裕瑞、脂砚斋的笔下，却得到反复印证。过去，人们往往认为曹雪芹是一个假托，曹雪芹是一个虚拟人物，而敦敏、敦诚、张宜泉等人的交游诗证明，曹雪芹是生活中富有文学才华的现实人物，他就生活在《红楼梦》的诞生地北京。在这些证据没被驳倒的情况下，否定曹雪芹、擅立新说的任何努力都将是站不住的。类似众多书籍中的新作者学说，像泡沫一样迅速破掉，使读者和爱好者再也不能信任某些出版物，至少得对它们持十分谨慎的态度。

不管是红楼文化，还是红学，对《红楼梦》无比热爱的人们，在其中必然有不断提高自己认识水平的要求。求真问美是其必然归宿。因此，红楼文化与红楼学术并不是对立的。

红楼文化和红楼热的根本原因，在于大家对《红楼梦》的无比热爱，在于大家对《红楼梦》的无比崇敬。红楼学术要引导人们对《红楼梦》形成正确的文化观。比如作者研究，在确认《红楼梦》的作者是曹雪芹的推断中，确实存在一些缝隙，如将曹雪芹作为一个历史人物我们至今不能确认他的父亲是谁、他的生卒年的准确年代等。这些都需要新材料来连接证据链，但现有的文献，虽然最多的证据是指向了曹雪芹，曹雪芹在历史的现实生活中确有其人，但曹雪芹的许多个人情况（生卒年、创作《红楼梦》的准确时间）却无法确认。《红楼梦》的祖籍之争，并不是你死我活的、非此即彼的。祖籍研究，虽然不是红学本体，但作为红学的衍生物却可以张扬红楼文化、壮大地方文化、充实地域文化等。自认为是曹雪芹的祖居地、祖籍发源地的各方，完全可以依据自己的优势和传统文化资源，各美其美，美美与共，通过文化的再创造，古为今用，发挥创意，使曹雪芹的创造精神和《红楼梦》的文化境界、精神价值与当代文化的建设相结合，共同繁荣并不断得到发扬光大。

合理地应用《红楼梦》及其相关的文化遗产，丰富当今的文化建设，比如建造大观园，比如修建曹雪芹主题公园，故居或纪念馆，弘扬红楼美食，创造红楼绘画，需要找到正确的结合点。这里必须拒绝牵强附会，必须拒绝曲解古人，必须拒绝造假制假。新的文化创造，真是基础，美是目的。比如红楼绘画中有一幅画叫"李纨课子"。李纨孤身抚养孩子的辛苦和教育孩子的辛勤，是李纨作为金陵十二钗中主要的性格赋予和个性内涵，其崇高的母爱在这幅画里得到了赞颂，这幅画也表现了母子情深的天伦之乐，包含着传统文化熏染下的家庭氛围和趣味。虽然"李纨课子"不是《红楼梦》中的重要场景，或者说我们很难找到这样描写的直接笔墨，但它源于《红楼梦》，并褒扬了人伦中的美与善，所以得到人们的认可，所以受到人们的赞扬。因此，标新立异，应该体现在类似于曹雪芹创作《红楼梦》所表现出的创造精神上；震惊效果，应该体现文学继承及其在新的伟大经典作品的惊世创造上。

红学应该成为文化创造力之学。

朴素的辩证法告诉我们，从内因与外因相结合两方面认识对象才会臻于全面，而内因是决定性因素。《红楼梦》屡屡被历史选中，被读者选中，各种原因值得深思。假如《红楼梦》的文学质地可疑，假如《红楼梦》不是"又经洗来又经晒、又经拉来又经拽"，它还会享此殊荣吗？红学家告诉我们，《红楼梦》是百科全书，千门万户，所以话题可以联类无穷；如王蒙所说："《红楼梦》是经验的结晶。人生经验，社会经验，感情经验，政治经验，艺术经验，无所不备。"《红楼梦》是中国古典小说的巅峰，具有包含着民族性的充分现代性，所以它开启了现代小说的先河。它的丰富母题如父子矛盾模式、补天神话母题、家族题材、儿女情怀与爱情悲剧、末世喟叹等等，或显性或隐性地给中国现代文学无穷的滋润，泽被广远。《红楼梦》深刻地影响了中国现当代文学创作，《红楼梦》在现代文学中是一个不能避开的前提，继承与超越、模仿与误读构成了一言难尽、复杂纠结的血肉联系。现代作家，包括鲁迅、茅盾、巴金、张恨水、林语堂、张爱玲等，都是红楼精神的继承者，他们立足于时代与现实，在此基础上与《红楼梦》对话，与曹雪芹对话，真诚地感受生活深刻地悟解人生，以自己的不朽的作品，创作了新的文学杰作，形成了星空灿烂的文化新景观。

红楼文化的极致，与红楼学术的极致是统一的，即最终归结到对文化创造力的认识、研究、继承上，归结到对新的文化经典的呼唤和创造上。假如我们连篇累牍地谈论、研究《红楼梦》之后，与提高我们的文化创造力无关，没有新的伟大作品的出现，这将使我们最终误会了红学，误会了《红楼梦》，误会了曹雪芹。

（原载《文艺报》2012年7月16日）

流言家的红学

在当前虚热的红学讨论中，一种以"秦学"命名的红学研究，正在危害着读者对于《红楼梦》这一古典名著的文学阅读，将《红楼梦》"宫廷秘史"化，正是鲁迅当年所批评的"流言家"式的研究。与这种流言家式的研究相配套，出现了许多邪说谬说，集中表现为对《红楼梦》原著的不尊重，对作者的不尊重，比如将作者修改过的人物形象重新"风月化"等，这严重损害了《红楼梦》阅读的文学意义。

目前，在貌似繁荣的红学研究中，《红楼梦》遇到了空前的危机：《红楼梦》正在众声喧哗中被拆解、偷换、歪曲、丑化、虚无化，作者被丑诋。这绝非危言耸听，请看一看如下表演：

全盘否定：《红楼梦》不仅后四十回靠不住，并且前八十回也靠不住，因为它被高鹗修改过。

偷梁换柱：《红楼梦》中宝玉爱恋的对象是史湘云，而非林黛玉。这样说，是为了将脂砚斋说成是史湘云，史湘云就是作者曹雪芹去世时的"新妇"。更有甚者，在《红楼梦》之外，编造出一个关于秦可卿和贾元春为主的故事，告密和押宝的宫闱秘事，才是真的《红楼梦》。

歪曲：《红楼梦》写的不是社会小说、爱情小说，而是皇家故事，是康雍乾三朝争夺皇位的政治斗争。

丑诋：作者的修改不被尊重，非要恢复作者否定过的写法不可，如秦可卿之死。

丑化：曹雪芹写的是宝玉故事，就是自己的故事，就是作者一生"一妻三情人"的故事。

虚无化：他们否定了现存的一百二十回本《红楼梦》，但又拿不出可以和现行《红楼梦》相抗衡的《红楼梦》,于是就说读者不能"悟",真本《红楼梦》在他们的"悟"之中。因为是"悟",所以可以一天一变、随意胡说。不同意他的说法,就是缺乏灵性、"不配"谈《红楼梦》。

这些观点都出自受人尊重的红学大家之口、之文,出自媒体追捧的明星作家（刘心武）之说、之书。

《红楼梦》这次遇到的不是后现代的戏说,而是假扮严肃学者、故作姿态、蒙蔽读者的戏说。

在《红楼梦》流传的200多年中,从来没有像今天这样遇到这样巨大的挑战与丑化。

一

《红楼梦》前八十回和后四十回是不是一个统一体的问题,在20世纪是被胡适提出来的一个问题。胡适根据文献资料,认定后四十回是高鹗续补的,随即后四十回的著作权被高鹗占有。说后四十回是高鹗写的,也是一种道听途说。能够证明后四十回是高鹗写的材料,一点也不比证明不是他写的材料多。最近,学界的研究发现,高鹗从拿到《红楼梦》到印出程高本之间,高鹗根本没有时间、没有可能完成这20多万字的"续书"。

可以说,后四十回和前八十回在艺术上确实有差距,但是我们至今找不到后四十回的作者是谁。

高鹗不是后四十回的作者,那么,高鹗在《红楼梦》的成书上扮演了一个什么角色呢? 高鹗为《红楼梦》只有八十回、不是全璧而着急,但他费力、认真地搜求了。搜求中他发现现行的后四十回和前文对接得最好,前后呼应,行文风格大致一致,所以编为一百二十回在读者中流传。其他续书没有流传,没有被附在《红楼梦》之后流传,也说明了高鹗的鉴赏力。

从历史检验的角度看,《红楼梦》的真本就是现行的一百二十回本《红楼梦》。

有人道听途说有"百回大文"的《红楼梦》,认为那才是真本。这不奇怪！除了这个真本，还有许多被说成是真本的"真本"，那判断来自不同个体不同层次的判断力，他自有权力说这就是真本。但是，历史为什么不作这样的"真本"选择呢？高鹗的选择被历史认可了，你的所谓真本却在流通中被否定了——没有被保存下来，这说明了什么？退一步说，我们能尊重其他人的说法，为什么就不能尊重一下高鹗的说法呢？

高鹗对于保护(保卫)《红楼梦》有功，并且功不可没。可是为什么有些人却偏偏要将一盆污水泼向高鹗呢？认为他制造了一个弥天大谎。

原来，高鹗的续(补)书，阻碍了他们对《红楼梦》的胡说八道。要借助于古典名著兜售私货，就必须打倒高鹗。

于是，高鹗的工作被政治化了。认为高鹗的续补，是乾隆皇帝和和珅授意的，是他们的阴谋导致了后四十回的风行、真本后三十回的流失。但是，这些说法没有根据。相反，在现行后四十回的文本中，贾雨村、贾政等在官场的丑恶表演，贾宝玉对于仕途的决绝，通过宝黛爱情描写而完成的悲剧气氛的艺术渲染、众儿女的悲惨结局等等，决不像一个御用文人所为。

在评价后四十回的观点上，有一种说法是值得重视的：确实，后四十回和前八十回存在着巨大的艺术差距，但是后四十回放在清代小说中，依然属于其他小说不可企及的一流小说。超一流小说的前八十回和一流小说的后四十回，并在一起，使神龙首尾相顾，高鹗功莫大焉！

俞平伯曾提醒说："高鹗续书是否合于作者原意，是一件事；续书底好歹又是一件事，决不能混为一谈。"

二

宝玉的真爱是谁？

《红楼梦》明明白白写的是宝黛的爱情故事，怎么变成了宝玉爱史湘云了呢？原来，一些学者认为，后来，也就是在小说的结尾是宝玉和史湘云结合了，所以为了让后来的故事真实，就不惜以后改前。倒着改，就是按着自己的意思、想法改。自己的想法越离奇，对于前八十回改动的就越多。

你要如何改《红楼梦》，这是你的个人权利，但是不尊重曹雪芹的权利，则必然引起公愤。把自己的猜测说成是曹雪芹的设计，把个人的感悟说成是曹雪芹的意图，把自己的悬想说成是真本《红楼梦》，不仅侵犯了文化思想遗产的完整性、客观性，而且还欺蒙了渴望知识、没有免疫力的读者。

宝玉"爱博而心劳"，他对于大观园中的众儿女都是有怜惜之意的。对平儿如此对香菱如此，对宝琴、岫烟如此，对袭人的两个表妹也是如此。即便是刘姥姥无话找话说的子虚乌有的茗玉，也要寻根究底。宝玉以自我为中心，就连人情分定也要亲眼看到亲耳听到龄官和贾蔷的私密对话，才能醒悟。是的，曹雪芹重点写的就是贾宝玉的精神成长过程，在这个过程中，贾宝玉的爱情由于志同道合、自由选择渐渐集中于林黛玉身上，在第五十七回中，紫鹃情辞试莽玉，已将宝黛的爱情淋漓尽致地、公开地展现了出来，也预示了贾宝玉与林黛玉的爱情悲剧，高鹗修订完成了这个悲剧，怎么能说高鹗篡改了结局、宝玉爱的不是林黛玉呢？

究竟是不是尊重曹雪芹，还是不要看他嘴上怎么说的，还是要看一看他怎么做的。与高鹗相比，我们只能说高鹗更尊重前八十回，更尊重曹雪芹。

那些人，不仅是要否定后四十回，而且还要否定前八十回。这里暗藏着一个陷阱：全盘否定后四十回，必然会带来对《红楼梦》的全盘否定。

三

脂批的价值是值得重视的。脂砚斋批语可以帮助我们认识《红楼梦》的艺术价值，帮助我们辨析作者意图，帮助我们寻找《红楼梦》可能的精神空间。

但是，脂批又是庞杂的，又是矛盾的，又是掺杂着陈腐见解和矫情妄说的。因此我们对于脂批只能采取一分为二的态度，善者从之，恶者弃之。

但是，有些人却是惟脂批是从。

主要是根据脂批，糅合自传说，红学中有探佚学。就现在的探佚学成果看，无非就是用一个不同于后四十回的故事取代《红楼梦》，但是，这个成果不多，即便是出自红学大师的"真本"，也没有"高鹗的续书"更像小说。

脂砚斋号称见过全文,但是却对后三十回内容语焉不详。记了几个场景,但大关目不记,如抄家等。据说,书中的那些事,他和小说里的主人公一起经历过,经历过的再被写成文,怎么会忘记或语焉不详呢?

如果《红楼梦》在脂砚斋那里已成半璧,那么什么会成为当务之急?续成全璧或记下梗概;或者,对坊间流传的其他版本辨别真伪。但是,脂砚斋却视若无睹。

我们不必指责前人,过分地苛求脂砚斋。我们只想说:在保存《红楼梦》上,在使《红楼梦》成为一个完整的艺术品上,高鹗也是比脂砚斋贡献更大。至于高鹗敢于亮明身份、挺身而出说出原委,比起脂砚斋躲躲闪闪、闪烁其词来说,其精神更是可嘉。

四

一部小说,像《红楼梦》这样的长篇小说,经过长期酝酿、反复修改,甚至到作者穷困难继,潦倒停笔,最终未完全完成,也都是可以理解的。

既然有一些部分在修改中,那么,我们是看重作者修改过的稿子呢,还是不允许作者修改并竭力恢复修改前的稿子?

秦可卿的形象,就遇到了这个问题。修改秦可卿的风月形象,使之成为一个另外意义上悲剧形象,这是曹雪芹的努力和追求。但是,我们的一些人却非要把秦可卿恢复成为风月形象不可,类似于要把《红楼梦》恢复为风月小说。从风月小说到批判小说,从道德劝诫到全景观地透视现实、全息性地描绘社会,这是曹雪芹创作《红楼梦》的一个重要转变,可以说是一个飞跃。但是,有些人似乎是不允许作者转变,不喜欢作者的转变。自己爱风月,认定读者也爱风月,于是立志要把《红楼梦》重新"风月化"。

这下,秦可卿又出问题了:秦可卿变成了胤礽的女儿。有何根据?根据就是她不可能是从育婴堂中抱来的,身份因为是贾府的长孙长媳,所以应该出身高贵,所以很可能是胤礽的女儿。

这是贾府政治押宝的赌注,也是贾府介入皇权之争的证据。于是,可以将夺嫡的故事代替《红楼梦》的故事了。于是，振振有词地宣布：《红楼梦》不是一部爱情小说，而是一部政治小说。不是表面故事的故事，不是文字叙述的故事，而是文字下面的故事，是隐藏着故事的故事。

对《红楼梦》的想象，有两种：一种是消极想象，将《红楼梦》想象成另外一个故事。这种想象实际上是胡思乱想。一种是积极想象，就是他按照作者的指示、结合自己的审美经验领悟作品的意蕴，不执泥，不越界。而消极的胡思乱想，则是将《红楼梦》想象得超出了文本的制约。

《红楼梦》不是密电码，而被人编织成了密电码。

五

俞平伯一生，就其不依靠什么秘籍、孤本来研究《红楼梦》而言，可以说是靠感悟来研究《红楼梦》的。不过，与其他人的感悟不同，俞平伯靠的是对文本的文学感悟。与那些抓住一点、无限生发的人不同，他是真正忠实于文本的典范。海外的余英时在70年代认为，只有俞平伯先生能够实现红学研究的范式变革，立意在此。

俞平伯先生用尽了最大的力气证明后四十回与前八十回之间的艺术落差，但是依然承认后四十回存在的价值。

> 高鹗以审慎的心思、正当的态度来续《红楼梦》；他宁失之拘泥，不敢失之杜撰。其所以失败：一则因《红楼梦》本非可以续补的书，二则因高鹗与曹雪芹个性相差太远，便不自觉地相违远了。处处去追寻作者，而始终赶他不上，以致迷途；这是他失败时底光景。至于混四十回于八十回中，就事论事，是一种过失；就效用影响而论，是一种功德；混合而论是功多而罪少。①

---

① 《俞平伯说红楼梦》，上海古籍出版社1998年版，第61页。

弥留之际，俞平伯说："高鹗保护了《红楼梦》有功，俞平伯腰斩《红楼梦》有罪。"这话，有过于自责的成分，但他深刻的反思，不光是指向自己的，而且也是指向红学界的。

> 人人皆知红学出于《红楼梦》，然红学实是反《红楼梦》的，红学愈昌，红楼愈隐。真事隐去，必欲索之，此一反也。假语村言，必欲实之，此二反也。[①]

俞平伯先生之所以敢于自我否定，在于他的强大。他的强大，是通过捍卫《红楼梦》获得的，是通过感悟文本获得的，是通过不断地接近真理而获得的。

我们可以看到，在刘心武"强大的秦学"面前，《红楼梦》消失了，《红楼梦》的文学性消失了。

六

"大散局"更好吗？

顾颉刚在与俞平伯通信谈到贾宝玉的结尾时说，"宝玉击柝"，即穷困潦倒的下场未免太煞风景，反不及高鹗做宝玉出家的好，"写宝玉贫穷方面太尽致，也蹈了俗滥小说的模样，似乎写了正面必得写反面似的"。

写大喜大悲，大善大恶，写了兴盛，必然写败亡，这不是曹雪芹的笔法。在贾府故事之前，曹雪芹写了甄士隐家的故事，从康乐富足到人散家亡，曹雪芹是不是重复着写一个类似于甄府的故事呢？从甄士隐出家，时不时地在小说中出现，到香菱被卖到薛蟠家被带入贾府，见证贾府兴盛一时，也不是"茫茫

[①] 俞平伯：《从"开宗明义"来看〈红楼梦〉的二元论》，《红楼梦研究》，上海古籍出版社2005年版，第220页。

白地"的结局。

曹雪芹写宝黛爱情，没有因此将潜在的竞争者薛宝钗写成大恶，写宝黛的曲折爱情没有将爱情描写当作小说的唯一内容，写贾雨村反面反派但却没有将他漫画化，曹雪芹的笔墨是严格写实的，正因写实，转成新鲜。小说一开始，作家就说是贾府的末世，但是他却不因此不写元春省亲时的盛极、大观园的欢乐、众儿女的美艳和青春。留有余地，在尽中写不尽，在不尽中写尽，在平凡中写大喜大悲，而不直笔大喜大悲，所以《红楼梦》笔墨隽永，含蓄蕴藉。曹雪芹总是在辩证中写美丽与丑陋、兴盛与败亡、聚和散、生与死。所以，说后四十回必然是"大散局"没有多少根据。相反，兰桂齐芳，也没有阻挡住宝玉的出家，也没有阻挡住败亡，这倒正像是曹雪芹的笔墨：善于喜中写悲，让悲喜交集、悲不胜悲。

有艺术眼光的人会看到：在前八十回中，盛景中有哀景，末世中有回光返照。在人物命运的展开中，在宝黛爱情的挫折中，曹雪芹有声有色地写着"树倒猢狲散"，渲染着"悲凉之雾遍被华林"的氛围。

七

中国文化，有几千年的历史。中国的文字，也在这丰富的历史联系中，并且有文献记载上的联系上。根据一个字或一个词，字字相连，句句相因，联想、联系到遥远的事或人，不难。

于是，这种普遍联系的游戏法就为各种怪说服务了。只要有一个意图在，就不难找不到证据。这手法和索隐派的随意联想（实际上是胡思乱想）别无二致，都具有一种刻意求深的"只眼"。"看《红楼》，人专有从暧昧著想者。如迎春受虐，为非完璧；惜春出家，为已失身；宝钗扑蝶坠胎，故以小红、坠儿二名，点省其事；湘云眠药祸，是与宝玉私会，为袭人撞见，故含羞向人……如此之类，亦自具只眼。"这正是王梦阮、沈瓶庵在《红楼梦索隐提要》中所不齿的手法，连后期索隐派都不屑一顾，但是在21世纪却又复活了，具体而言就是在刘心武这儿复活了。

王梦阮和沈瓶庵的顺治、董小宛说、蔡元培的康熙朝政治小说说、邓狂言的种族大义说、阚铎的诲淫说、寿鹏飞的雍正夺嫡说,流风所及,霍国玲兄妹的刺杀雍正说,刘心武的秦可卿——胤礽的女儿说,都是想用一个和小说不搭界的故事,替换《红楼梦》的故事,所以都危害着《红楼梦》的文学意义。

索隐派这样的"只眼"越少,则《红楼梦》幸甚!

(原载《湛江师范学院学报》2006年第3期)

《红楼梦》的2005年

2005年，可以说是中国的"红楼梦"年。

一、关于《红楼梦》的图书出版达到新高，一年内出版的新书超过百部

择其要者而言，如冯其庸的《瓜饭楼重校评批〈红楼梦〉》(辽宁人民出版社)印刷四次、印数逾万，再次显示《红楼梦》作为我国古典名著"名副其实"的地位。其他图书如系列丛书：文化艺术出版社的"名家解读红楼梦"丛书、团结出版社"点评丛书"等；旧书新版的如俞平伯的《红楼梦研究》(上海古籍出版社)、刘梦溪的《红楼梦与百年中国》(中央编译出版社)；普及读物如汉语大词典出版社的《红楼梦鉴赏辞典》(孙逊主编)等；新的学术论著如胡文彬的《红楼梦与中国文化论稿》(中国书店出版社)，周汝昌著的《红楼十二层》(书海出版社)、周思源的《周思源看红楼》(中华书局)、山东画报出版社的《插图本新解〈红楼梦〉》、《插图本新解〈红楼梦〉续》，介绍海外研究、翻译《红楼梦》的《欧美红学》(姜其煌著，大象出版社)；等等。红学图书的出版也存在着一些问题：如新著偏少，泡沫学术所导致的缺乏创新等问题依然存在。

二、红学研究热点不断

先是四川作家克非《红学末路》在2004年年尾的回响未绝，3月迎来广州青年学者陈林《破译红楼时间之谜》将要出版的消息，两者皆采取向主流红学挑战的姿态，先后向学界宣布脂砚斋的批语和本子是造假的产物，"脂砚斋是骗子"、"主流红学观点错了"等，一时间成为媒体追逐的热点。4月刘心武的电视讲座开讲。6月中国红楼梦研究会在郑州召开了"百年红学"的学术研讨会，河南的

重要媒体《大河报》给予了跟踪报道。8月10日《北京晚报》发表《刘心武揭秘红楼梦引发"平民红楼风"》，披露东方出版社即将推出其讲稿的消息。8月27日上午，东方出版社推出《刘心武揭秘红楼梦》一书，北京西单图书大厦举行隆重的签名售书仪式。随之，刘心武的红学讲座，成为全年红学争论的中心和焦点。

刘心武"揭秘"《红楼梦》的主要观点，可以大体归纳为以下几个方面：(1) 秦可卿出身未必寒微，小说中的描写不合情理，说明其中隐藏着重要的政治秘密；(2) 只有太子才能称"千岁"，小说十三回提到的义忠亲王老千岁，其实就是康熙朝的废太子胤礽，他与江宁织造曹家交好，曾为曹家题写正堂对联；(3) 秦可卿本是血统高贵的公主，其原型就是胤礽的女儿，也就是小理亲王弘晳的妹妹，自幼被偷送出去，藏匿在曹家；(4) 秦可卿与贾蓉是假夫妻，与贾珍才是真情侣，贾珍的"爬灰"行为蕴含真情，有真情就可以超越伦理；(5) 贾元春的原型是曹雪芹的姐姐，曾被选入东宫，深得胤礽、弘晳父子的宠爱，后被乾隆皇帝纳为皇妃，遂向朝廷揭发公主的身世，迫其悬梁自尽，而乾隆四年 (1739) 弘晳曾纠集党羽发动宫廷政变，处死了告密的曹妃，事后乾隆皇帝销毁了档案以维护自己的尊严；(6) 小说中"日"喻皇帝，而"月"喻太子，几乎所有的诗词隐语均可从这个角度获得确解，以蔡元培为代表的索隐派的猜谜方法可以借鉴。

以刘心武"揭秘"为题的《红楼梦》电视讲座吸引来众多爱红、研红族，通过网络，爱好者各抒己见，言辞之激烈，气氛之热烈达到前所未有之程度。赞同者认为应当承认刘心武激活了《红楼梦》研究，刘心武毋庸置疑地有权利在电视媒体上宣讲自己的观点；反对者认为刘心武缺少起码的文史知识，漏洞百出，语言粗俗，歪曲名著，"秦学"难以成学。同时报纸等媒体高度关注，报道文化界、文学界等各方面的言论，从8月份到现在，讨论没有停止，涉及话题之多、时间持续之长，蔚为壮观，大有全民参与的趋势，可谓叹为观止。

《红楼梦》之所以引起热烈而持久的讨论，不是偶然的。一是《红楼梦》作为千年不朽之名著，自身有着随时代发展而变化的艺术魅力，其挖掘不尽的文化宝藏和美学精神是中国学人和读者的永久谜题。二是2005年的"《红楼梦》热"可以看作是2003—2004纪念曹雪芹逝世240周年活动的延续。2003年10月北京—大同、2004年10月，扬州分别两次举行的"纪念曹雪芹诞辰240周年的学术研讨会"可以说是"《红楼梦》热"的前奏。其中,扬州会议是一次国际会议,来自美国、法国、荷兰、韩国、日本等国家和中国台湾、香港等地区的学者参加了热烈的讨论。当时媒体报道之热烈,也是当年一道靓丽的文化风景。

当然,也有一些非正常手段促成了2005年的红学热。第一,炒作。近两年来一些红学研究者动辄以"草根"、"民间"、"平民"自命,刻意扮演一个"悲情"角色,在暴得大名的同时博取同情。第二,商业操作的影响。借助于《红楼梦》的威名,通过"揭秘"和指责"围殴"等手段,寻找文化卖点,为了商业利益不惜牺牲对精神文化产品的特殊要求。第三,为了娱乐化不惜低俗化。文化产品的娱乐性质是一种客观存在,但是为了所谓收视率而不惜低俗化,从某一个方面讲是对传统优秀文化的亵渎。

所幸的是,早有媒体刊出了有关学者的观点。10月26日,《新京报》刊发了记者甘丹的报道《红学家胡文彬批评刘心武——"揭秘红楼梦无学术依据"》,报道说:"日前,红学家胡文彬在一场关于《红楼梦》和红学的演讲中……指出,作家刘心武在中央电视台'百家讲坛'所做的关于《红楼梦》的演讲观点没有确实的证据,只是一种猜测。"胡文彬是中国红楼梦学会副会长,他说:"任何一个学术空间都必须有一个学术规范,不能凭借想象猜测,任何结论都要能拿出证据。……刘心武一直说他认为红学应该是一个公共的学术空间。既然这是一个学术空间,那么就应该有严格的学术规范,所有的学术观点都应该经得起检验,都必须有严格的证据。"

关于学术批评是不是围殴,11月11日《新京报》登出王乾荣的《也看"围殴"胡文彬这场闹剧》,文章说:"我觉得,批评胡文彬之人,一是太敏感,二是根本不懂何为'霸道'。人家胡先生不过是说了一点自己的意见,怎么就'霸道'了呢?事实上,他根本没有权利也不可能'限制'刘先生。但是,他有要求刘先生别在中央电视台出洋相的权利——正像一个观众有权利喝倒彩,要求一个正在胡乱演出的蹩脚演员下台一样。就是说,刘先生有宣讲的权利,胡先生也有不希望刘先生讲的权利——尽管他做的是无用功。无用功?没错儿。这有先例在:很多电视台不是一直大播皇帝戏吗?一些人写文章,不希望宣传专制皇权的戏在电视台大行其道,人家还不是照播无误!你道这是提意见之人

'霸道',还是握有播映权的人'霸道'?"该文作者王乾荣是杂文作家与高级记者。"百家讲坛"的电视讲座应该兼具科学性与艺术性、知识性与娱乐性,做到二者统一。显然,由于二者的失衡引起了一些舆论的指责。关于炒作,12月4日《生活报》发表杨啸、静伟的长文《试揭"秦学"伪学术画皮——看刘心武是怎样"意淫"秦可卿的》,该文指出:"而刘心武打出了'平民红学'的幌子,其实是'挟平民以令红学'。平民可不可以研究《红楼梦》,当然可以!但问题是,一切研究都应该建立在事实的基础之上,而不是在想象的基础之上。"

三、文化界的知名人物纷纷接受访谈,评说红学争议

面对红学界对刘心武的批评,先后在报刊媒体上发表言论的有王蒙、余秋雨、周国平、张颐武、韩东、朱大可、止庵、张闳、王干、北村、邱华栋、旅美学者薛涌、沈睿等。由此可见"揭秘风波"波及范围之广、影响之大。

"秦学"是著名作家王蒙对刘心武红学研究的一句戏谑之言,刘心武认真地将它当作是自己研究总称,还因此惹起了一场轩然大波。同为作家,同样喜好谈论《红楼梦》,王蒙的表态令各方均较为关注。11月22日《南京日报》登出暴雪的报道《王蒙对刘心武风波表态:猜谜揭秘要适可而止》,王蒙表示:"我个人认为,刘心武为我们阅读找出了一个空白,比如元妃之死、秦可卿的病,对这些个问题的解释,对刘心武来说,是无法抗拒的诱惑。万事都有分寸,一旦考证、解释得过于凿实,就容易引起别人攻击,引来嘲笑,引发许多的非议。所以,要我说,猜谜是有条件的,你不能在马路上逮着一个人就猜他是个小偷,这不行,有的时候,猜谜揭秘要适可而止。"

11月16日《东方早报》推出陈佳的报道《刘心武与红学的纷争:文化界集体"挺刘"》。报道说,作家北村认为,传统红学充满了违背文学经典本身价值的误读,已经走向僵化死亡。对文学作品最重要的研究是阅读,刘心武至少给读者提供了新鲜的阅读经验,红学界应该接受这种挑战。《青年文学》执行主编、作家邱华栋同样表示,那几位先生的红学研究起码没有给他这个写小说的人任何启发和帮助,更别指望受到读者的关注了。在他看来传统红学带有很强的"寄生"

性质。邱华栋说:"那些患了严重自闭症的红学家们应该感激刘心武,因为正是他的言说拯救了这门行将就木的学问。"文学评论家朱大可接受采访时说,刘心武的揭秘,也是一种文学解读的路径。评论家王干表示:"红学本来就是一个自具多种喻义的事物,在中国出现红学这样一门学问具有历史的特殊性。我认为红学应该是多角度的,红学具备两大功能——学术性功能和娱乐功能(索隐派某种意义上就是实现了这个功能),如果认识不到后者的意义,那就是对文学的违背。岂止是《红楼梦》,古典经典中唐诗宋词的传播流布也是带着鲜明的全民娱乐性特点的。揭秘《红楼梦》的价值在于满足了公众对古典名著的娱乐需求,扩大了红学的学术空间。我对红学界在这场争论中对非专业人士生硬粗暴地拒斥表示失望。"

11月8日《新京报》发表旅美学者薛涌的文章《我看"围殴"刘心武这场闹剧》,作者针对胡文彬的表态指责道:"学术事实上确实是少数人的事业。但是,衡量学术的标准,不是像胡先生说的那样要算工作小时。'一个人看了《红楼梦》,发表一些意见',怎么就不可能是学术呢?俗话说,文章千古事,得失寸心知。如果一个人特别有文学的感觉,一下子抓住这本小说的神采,发表一番评论,成为解释这部作品的经典,怎么就不可以是学术?"

11月27日,东方出版社的《刘心武揭秘红楼梦》第二部推出,封面上印了两句刘心武的话:"讨论《红楼梦》请不要以专家身份压人"、"上央视是我决不放弃的公民权利"。据报道,第二部销售到第10天,已达14万8千册。12月2日《生活日报》发表李可可的《"超女""红楼"共娱乐》,文章说:"'红学热'是一轮一轮地发作,从周汝昌、张爱玲到王蒙,都有过自己独到的见解,但前些年的红学在普通人眼里还是遥不可及,直到刘心武站在了央视'百家讲坛'上,《红楼梦》才真正开始与民同乐。事实上2005年底盘点全年的娱乐大事,两件事肯定入选,一是'超女',二就是刘心武论《红楼梦》。"

四、红学界学者直面社会议论,要求各界尊重、正视文学遗产,《红楼梦》研究要讲求学术规范,试图通过批评刘心武将红学引向深入

中国艺术研究院所属《艺术评论》杂志于2005年第10期刊发了3位红学家接

受采访的谈话，总题为《红学界反诘刘心武》。中国红楼梦学会副会长蔡义江把刘心武归为新索隐派，说："老索隐派所认定的影射对象还实有其人其事，而新索隐派连影射的对象则也是虚妄的。……其实刘只是回头走了一条自红学产生之初，就出现的索隐派老路，而这条路已被红学发展的历史证明是走不通的。"蔡义江最后指出，学术文章最恶"三不"作风，即不顾常识、不择手段和不负责任。他说，红楼文化本该是姹紫嫣红的百花园，现在反倒把它当作随便倾倒废物的垃圾场，真是悲哀！中国红楼梦学会秘书长、《红楼梦学刊》副主编孙玉明认为，刘心武解读《红楼梦》存在五大误区，即想当然尔、生造证据、治学极不严谨、缺乏历史常识、不顾人之常情，即不是谜面的也当谜来解，属于新索隐派。中国红楼梦学会常务理事、中国第一历史档案馆研究员张书才，则从曹雪芹身处的历史背景和曹雪芹家族的经历来入手，认为皇子间的争夺完全是宗室的内部问题，曹家不可能卷入这个案子。根据宫廷里的建制，曹家作为内务府的人不可能到亲王府里做事的。把曹家说成是"太子党"乃无稽之谈。"说到秦可卿和贾珍的非正常关系，刘心武说只要有真情就可以超越伦理。张书才认为，小说创作可以自由发挥这样来写，但史学研究怎么能是这样的态度呢？这个表面看似具有人文精神的言论，恰恰缺乏人文精神。"

《红楼梦学刊》是中国艺术研究院红楼梦研究所主办的学术双月刊，在红学研究领域久负盛名。出版于11月15日的该刊2005年第6辑刊发了胡晴采写的《冯其庸、李希凡、张庆善访谈录——关于刘心武"秦学"的谈话》。冯其庸是中国红楼梦学会名誉会长，李希凡是该学会顾问，张庆善则是该学会现任会长。他们的表态，显然是众所瞩目的。

冯其庸说："刘心武的所谓的《红楼梦》的讲解，……充其量只能说是'红外乱谈'。《红楼梦》以外当然有很多学问，但是学问要有学问的品格，学问要有学问的规范，信口乱说怎么能称为学问呢？我觉得中央电视台播放这样的节目是对社会文化的混乱。"李希凡指出："《红楼梦》也是艺术形象的创造，艺术典型的创造，不是在写史实。把《红楼梦》与史实比附，比如现在比较流行的'秦学'这种提法不是对《红楼梦》的正确评价，而是贬低了它。"张庆善指出："我认为对于《红楼梦》这样一部伟大的作品，我们所有中国人都应该引之为骄傲,要珍惜,要敬重,不要随便去歪曲它、误读它。我对刘心武的研究方法和观点完全不赞同。"他进一步指出:"刘心武的观点之所以能产生这样大的影响,与中央电视台'百家讲坛'有直接关系。正是因为他借助中央电视台这样的平台,使他的很多观点造成了广泛的影响,这一点恐怕值得我们特别注意。中央电视台'百家讲坛'曾经做过不少好的节目,采访了很多著名的学者专家,开了很多很好的课,受到广大观众的欢迎。但是近期,特别是刘心武在中央电视台讲《红楼梦》,其所产生的影响我认为是负面的。大众媒体不要想怎么搞就怎么搞,只顾追求收视率。要知道,积极宣传正面的东西可以影响观众,宣传错误的低俗的东西同样也能影响观众,但效果是完全相反的,因此在追求收视率的同时还要考虑到社会效应。我认为现在的新闻媒体,特别是电视台,低俗化粗俗化的倾向是很值得注意的,它造成的影响是不容低估的。"11月17日《新京报》登载了甘丹的采访记录《红学会会长:"学术规范就是实事求是"》,张庆善向记者解释:"不能用'宽容'来代替学术批评。"

据悉:红学界也开始了对红学的反思,认为红学普及不够是当前红学的主要问题。中央电视台为了使"科学与教育"频道的电视讲座更具有学术性,最近播出了北京语言大学教授周思源主讲的、反驳刘心武"秦学"的系列讲座共5集,名为"周思源也说秦可卿"。还有5集也完成了录制,将在近期播出。在大众媒体与严肃的学术研究之间能不能找到结合点,是值得关注的一个问题。"百家讲坛"显然应该有学术性,但是也应该有趣味性、娱乐性。实现二者的结合,是电视媒体与红学界都应该思考的问题。同时,《红楼梦学刊》2006年第1期将有8篇剖析、批评刘心武观点的文章发表,《周思源正解金陵十二钗》将由中华书局出版,天津学者郑铁生反驳刘心武的《刘心武"红学"之疑》由新华出版社出版并将在年初与读者见面,文化艺术出版社也将推出关于这次论争的客观报道与学术批评的论文专辑。

(原载《文艺报》2006年1月10日)

红楼热，热什么？

20世纪以来，《红楼梦》研究一直热点不断。除却前面以胡适为代表的新红学的考证成绩以及新中国成立后马克思主义的红学批评之外，近30年来又有各种奇说竞相出台，聚蚊成雷，争奇斗艳，聚讼纷纭，莫衷一是，直把红学舞台吹得前倾后斜，东摇西晃。认真检视起来，我们能够发现，这些所谓的种种新说，其实与《红楼梦》、与读者欣赏《红楼梦》并没有多少关系，在思维方式上极其落后。你说《红楼梦》是曹雪芹写的，我偏偏说他不是曹雪芹写的；作者明明把秦可卿从风月形象中挽救了出来，我却偏偏要把她重新风月化；你说脂砚斋的批语有可分析的价值，我说脂本脂批都是伪造；你说《红楼梦》写的是刺客刺杀雍正的故事，我说《红楼梦》写的是皇室斗争与篡位的故事；你推出一个全面否定后四十回的探佚学，我推出一个想入非非的"秦学"；你说《红楼梦》写的是宝黛的爱情故事，我偏偏说《红楼梦》写的是宝玉与史湘云的爱情故事。总之你说什么，我偏偏找个证据、曲义引申说不是什么。如此争论，尽管表面热闹，却是繁荣之下掩盖不住的无尽荒凉与满目疮痍。屎里觅道，粪里寻金，拿着《红楼梦》文本中的个别字句反《红楼梦》，正是当前一些人玩弄的伎俩。在各种揭秘学说的鼓噪下，《红楼梦》遭受了空前的阐释危机；可以说，在《红楼梦》流传的200多年中，从来没有像今天这样遇到如此巨大的挑战与丑化。

其实，红学的所谓热点，是被制造出来的。有些人试图借名著以自重，在"小人物"情结的支配下，幻想着"一夜成名天下知"的迷梦。这种浮躁的心态，其实正是重视名誉度胜于美誉度的文化风气的反映。仔细分析刘心武的揭秘讲座，我们会发现揭秘故事是一种失禁的想象，在《红楼梦》之外，可以说与《红楼梦》无关。我们同时又会发现媒体与舆论界并不在乎这讲座是否误导了人们对名著的欣赏，而是在乎所谓的收视率和轰动效应；不在乎这样一种讲座是否符合时代水平，代表了当代成果，而是关心所谓的发言权。关于刘心武红学讲座的问题，以及由此所引起的文化震荡，它的消极影响并没有迅速消除。系统看完讲座的人们普遍这样讲：反正都是忽悠，怎么忽悠都行。名著可以随意忽悠，文学批评就是没有科学性和是非判断的"忽悠"，这不是我们这个时代每一个从事文学批评和研究的人悲哀吗？在这种情况下，就难免读者发问：有多少人在吃红学饭？《红楼梦》养活了多少闲人？如果《红楼梦》研究，就是"忽悠"各种邪说，那么哪怕就是一个人从事这种忽悠，也是多余的，也是对于国家人力和财力的浪费。眼下的情况是，早已被时代抛弃了的索隐派红学，不过是经过电视这种特殊媒体的长时间宣扬，在一种文化霸权的情况下才出现了虚热。被送进了垃圾桶的东西经过包装和炒作，可能轰动一时，但是却不能深入人心、由臭变香、赢得尊重。

如何使红学摆脱"流言家"的控制，超越猜谜的水平，需要我们反思。

如果说红学发展近些年来出现了停滞，那么我们也需要检查一下红学自身有什么问题。与其说是新材料、新发现的缺乏导致了红学的沉闷局面，不如说是过分倚重考证的红学自身缺乏结构优化与调整。在一些人的潜意识中，依然是真学问来自考证，红学的正宗来自于版本研究和家世研究，而文学分析则可以随心所欲、公说婆说。更有一种歧视性的论调，认为文学批评的红学，是毫无价值的"文学常论"，而只有自己缺乏材料的考证，才是真正的红学。这样，就导致了红学既成结构的严重不合理：《红楼梦》是小说，但是关于小说学、美学的《红楼梦》研究，基础薄弱，成果一般，缺乏扶植，少有宣传；而考证研究，尽管没有新材料、新证据，却在老问题上争来争去，没有了局。更有甚者，不顾学术规范，制造假文物、假文献，以售其奸。

也许，我们这个时代最需要做或者说当下最迫切的两件事是：第一，将《红楼梦》研究还给文学。在《红楼梦》之外捏造一个历史故事，将《红楼梦》置换成"宫闱秘事",将《红楼梦》人物非文学化,这种"流言家"式的红学研究,正是对《红楼梦》的最大危害。1922年时就有一位叫吴俊升的研究者说:"《红楼梦》所以为世所重,我们所以爱读他表显事物,刻画呈露,有文学的价值,并不是因为他影射史事,有历史的,或其他的价值。《红楼梦》是否有所影射,究竟影射何事,历来各家索隐,都是穿凿附会,言人人殊,无一可据为事实,故其历史的价值可以说是等于零。"将《红楼梦》历史化,而其历史价值又等于零,这不是将《红楼梦》异化后又虚无化了吗?第二,将《红楼梦》还给读者。只顾自言自语,只顾编造××学,编造新说（实际上是邪说）,而将读者对《红楼梦》的欣赏兴趣弃置不顾,这也是对《红楼梦》研究的一种危害。早有学者指出,版本和家世研究是《红楼梦》的前提,而非《红楼梦》研究本身,舍本而逐末,冷落的是对《红楼梦》渴望深入理解的红楼爱好者。读者的权利必须得到尊重,读者对于我国古典名著的兴趣必须倍加珍惜。不尊重名著的人,也不会赢得读者的尊重。我们知道,随着我国经济和社会发展水平的不断提高,我国读者的文学修养也在不断提高。在这个提高的过程中,《红楼梦》作为我国古典小说的巅峰之作正可以扮演重要角色,而《红楼梦》研究者也可以说是生逢其时、找到了用武之地。研究者不断超越自身局限,站在前人的肩膀上,将红学发展到与时代相适应的水平,提高《红楼梦》的阐释能力与技巧,接受高水平读者的检验,应当是我们研究者的自觉要求。这样才能形成红学发展的良性循环,越来越高水平的研究培育了水平越来越高的读者,而趣味越来越纯正的读者对红学提出了越来越高的满足要求,使各种谬说无存身之隙。有必要指出的是,正是那些眼睛雪亮的读者和爱好者,发现了那些偷诗、造假诗的学术作伪骗局。研究者与读者互动,形成共同切磋、不断提高的格局,那才是红学的真正繁荣,才是红学健康的"热"。研究没有读者的红学,是不可能有任何"热"的,错误地引导读者发"热",只能是饮鸩止渴,只会令红学发展釜底抽薪。而读者不容欺骗与被玩弄,骗局最终会被揭破,则是被历史反复证明了的一个冷峻的铁面真理。

（原载《文艺报》2006年2月25日）

红学何以"显"

——为《中原红学》而作

都说"红学"是三大"显学"之一,在20世纪与敦煌学、甲骨学相并列。那么,仅就红学来说,它显在哪里?

第一个映入我们眼帘的是,众多的现代学术大师和思想家介入了红学,造成了红学星光灿烂、引人憧憬的夜空,如蔡元培、王国维、胡适、鲁迅、陈独秀、俞平伯、吴宓、陈寅恪、顾颉刚、巴金、茅盾、王昆仑、林语堂、张爱玲等,当代学术大家何其芳、周汝昌、冯其庸、胡文彬也贡献智慧,倾注精力,他们在20世纪与《红楼梦》结下了不解之缘,他们的议论和文章成为融思想性、艺术性、时代批判性于一体的不朽文献和精神财富。此外,更有毛泽东着意于思想革命的政治推动、倡导和高屋建瓴的历史分析,等等,红学内外的合力共同缔造了前所未有的学术盛况!这一学术奇观必将在历史上留下浓重的、值得深长思之、久久回味的一笔。

第二个理由是,红学是一门跨学科的学问,多学科的协同性增加了它的难度和高度。红学不仅涉及文学评论,它还涉及文献学、考据学、考古学、历史学、谱牒学、民族学、版本学等。通过《红楼梦》,人们不仅能看到作为文学巅峰的典范样本,还可以从此出发追溯一个古老而伟大民族的文学传统;通过《红楼梦》,人们不仅能够看到清初从宫廷贵族到乡村市井的生活画卷,还能看到作者闪耀着人文之光、属于未来的社会理想和人生理想;通过《红楼梦》,人们不仅可以看到中国现代学术的确立和发展,还可以看到众多学者其学术与人生相结合的诗意人生。

第三个理由是,这也许才是最重要的原因:它有众多的痴迷者和爱好者,它有无数的论坛和遍及海内外的广大读者。红楼文化不仅产生了"高精尖"的学术，还有如万花园般的趣味品鉴领地，在这里大家可以生发议论，交流情感，引发共鸣，净化心灵，如切如磋地提升人生境界。

毋庸讳言，今天我们又到了一个新的历史关口，荣与辱、成与败关系到每一个红楼梦中人。这个挑战是严峻的，无法回避。当前，打着学术的旗号干着造假的勾当，打着原笔原意、还原古本的幌子腰斩《红楼梦》愈演愈烈，在所谓"文本细读"的口号下肆意篡改《红楼梦》故事、兜售恶俗不堪的私货，市场上书店里商业运作所催生的图书泡沫，等等，严重地危害了红学的学术声誉，诋毁了曹雪芹的严肃创作，削平了名著《红楼梦》的伟大意义……这些现象值得我们严重关切！

21世纪的中国新时代，是一个对学术要求更高的时代，是学术使命更重的一个时代。我们进入了学术发展的黄金时期，宽松自由的学术环境，呼唤创新的文化环境，复归古典的文化趣味和诉求，民族复兴的伟大愿望，要求我们必须有相应的精神文化成就和业绩来与之相适应。纵观红学的构成与历史，我们需要尊重历史，需要尊重前辈，尊重学术传统，我们需要融合更多学科的知识，需要更为雄大的气魄和胸襟，需要更自觉的创新意识，需要对读者、爱好者更加深切的深入体会。一句话，21世纪的新时期需要红楼学人更加尊重历史、科学、读者，与各种不负责任的现象作斗争，才能不辜负时代进而有所作为。要坚信，任何借红学博名的文化投机，任何借《红楼梦》附骥攀鸿的丑陋表演，最终都将被读者唾弃和抛弃！

显然，21世纪的新时代，红学面临着以何"显"的问题。

红学要"显"，只能"显"在它的真善美上！

真，是求学术之真；善，是尊重历史和读者；美，是求艺术妙境！《红楼梦》千门万户，归宗于真善美。

纵观近30年来各种《中国文学史》对《红楼梦》的评价，显现出越来越尊重文学、向文本回归的倾向。社会学分析和审美分析结合得越来越紧密，历史分析和艺术分析越来越完美统一，宏观把握和微观的条分缕析结合得越来越好，各学科渗透、协同越来越自觉，这是我们时代学术发展与水平的真正标志，代表了红学主流。《红楼梦学刊》也在走着这样的一条道路。红学能不能继续"显"下去，取决于我们能不能拿出超越历史的学术成果，取决于我们能团结、吸引多少读者和爱好者，取决于我们在文化发展中和复兴古典中所扮演的角色，取决于我们能不能迎接各种挑战、紧紧掌握住红学发展的主流。因此，希望我们的红学继续坚持学术至上，继续坚持对读者负责，将学术红楼与艺术红楼完美结合地奉献给读者！让这片园地百花盛开、百鸟争鸣！让这块园地有求真的学术、求善的交流、求美的鉴赏。

带着这样的愿望，我寄希望于《中原红学》！

2012年11月30日

脱颖而出看马君

——为马经义君《红楼十二钗评论史略》而作

一

很高兴早早拿到马经义君的书稿《红楼十二钗评论史略》，有一种先睹为快的欢愉。粗粗浏览一遍，觉得它有三个特点：一是专题性。它属于人物形象分析，这是对《红楼梦》中相对固定人群的研究、小说中主体人群的研究梳理，她们属于《红楼梦》中的特殊群落，对理解《红楼梦》和体会作者意图有特殊的意义——十二金钗的"分量"几乎相当于一整部《红楼梦》，作者不是曾经将自己的这部小说命名为《金陵十二钗》吗？所以，马经义君带领你与金陵十二钗对话，无异于先得楼台、赏月增怀。二是系统性。人物分析、评价梳理分"名义"、"外貌"、"性情"、"命运"、"结局"数个层面逐次展开，当详则详，当略则略，大多数"金钗"尽见其面面俱到的圆型观照。三是开放性。红学中人们往往重视那些名家名人的说法，往往重视经典之论，往往重视被红学或红学史定位的观点，而对"草根"、"民间"说法，对当代青年人的新说法略而不详，往往对主流之外刊物上的文章观点忽略不计。马经义君则不然，在他的梳理中，我们能看到类似于海外知名学人蒋勋这样异峰突起的观点、也能看见类似闫红等这样兼具作家身份的红学新秀的观点，还有那些名不见经传的红楼爱好者的观点。

如此概括马经义君这部红学著作，当然显得简略，还有轻慢之嫌。捡拾艺海之贝，领略大观还需深入研读，不是粗粗一翻的浏览所能解决的。当然，对于我来说，认真阅读也并不是为了单纯的作"序"。《红楼梦》作为一部伟大的文学作品，获得其滋养离不开一个一个人物的涵咏，离不开历史上那富有真知灼见观点的梳理和接受。

二

红学的发展，到今天遇到了一个整合时期。没有对既有文献和研究成果的系统梳理和概括，没有对已有的各种观念包括对立观点的甄别和辨析，是不可能有所进步的。而文献整理和观点的提炼，则直接关系到你的整合是否严谨和成功，不严谨则不成功。

就红学的学科特性而言，它无疑是跨学科的。就红学的历史看，政治学、历史学、哲学、美学、文献学、社会学、诗学等，再加上版本学、谱牒学等，红学的发展离不开多学科协同：即相互吸收最新研究成果、互为基础才能有所创新，才能不落后于时代。但是，我们遗憾地看到，红学的多学科协同做得很不够。许多研究者包括爱好者往往从一个局部出发，不顾及全局，也陋知于历史，得出或是惊世骇俗的观点——徒有"语不惊人死不休"的气概，或是重复了前人的观点而不自知，自鸣得意直至忘乎所以。真正的红学爱好者常常喟叹：当前的红学研究真正有价值的书籍太少。我倒不完全如此认为，一边是垃圾书排行榜上总有上榜的红楼书（以红学为名），一边是许多有价值的学术著作被冷眼相待。是的，应该说许多有价值的著作被淹没了，这加大了读者披沙拣金的难度，红学也在众声喧哗中陷入"风多响易沉"的境地。

严肃而系统地面对大量的红学文献，是红学的开始。然而，红学文献，特别是红楼人物分析、红学人物观点叠加于某个焦点已经连篇累牍、不胜其烦，无意重复者不少，感悟者的一得之见不少，方法不自觉者的似曾相识者不少，因此，引一条红线带领大家走出迷宫然后醒路迷途，或因此给大家启发，则显得弥足珍贵。马经义君的此部著作，首先就有这种价值，它是一种在大量资料工作上的整合，也是摆脱言不及义的纷纭观点缠绕的一种引导。

那么，引一条什么样的红线呢？作者的选择很重要。有索隐的老路子，有原型研究的还原路子，有形象分析的文学路子。显然，马经义君是严格按照历史顺序,在总揽历史各种观点的基础上,走了一条文学本位的路子。而我认为,这是当前红学发展应该有的一种态度和选择:既让大家看到历史上已有的各种说法,又不放弃文学立场予以叙述。

以秦可卿为例,小说中的描写并不多,但这个人物却引起了大家研究的兴趣。先是其名字的谐音,是"情可轻"(王昆仑),还是"情可亲"、"情可钦"(子旭)?是"情可倾",还是"顷刻尽"(陈树璟)?还有索隐派李知其的"春秋戈倾"(春秋各一半字组成秦,戈倾就是国倾,喻示明崇祯亡国),不一而足。对于上述观点的介绍,马经义君尽量周详。

叠加于秦可卿身上的历史附会,莫过于刘心武的"秦学"之甚。像小说中梦一般地塑造秦可卿一样,刘心武也靠浮想联翩和悬想臆测断定秦可卿是废太子胤礽的女儿,文史学家杨启樵说刘穿凿历史、不尊重历史,红学家周思源则指出刘心武不懂太医与御医的区别,靠偷换概念支持外强中干的历史虚构,贻笑大方。这是关于秦可卿研究最前沿的分歧争论。

由马经义君的系统整合,使我浮想联翩:思考秦可卿这个人物的重点,显然在她与贾宝玉的关系上。贾宝玉为情而临世,秦可卿的弟弟叫"秦钟"("情种"),和宝玉又最要好,二人如幻,情生情灭,迅如光火,作者的意图昭然若揭。类似于甄家小兴亡之于贾府兴亡到历史大兴亡的意义一样,秦可卿和秦钟的形象意义,喻示了"情"的转头成"空",即万境归空,生活的辩证法是"深于情"导致了"绝于情"。这个故事具有独立性,但与宝玉的生命意义相连结,才会成为小说中的有机整体。因此,脱离作家对宝玉人生悲剧的命运描写,脱离对作家创作意图的揣摩,即使再多阐释也无济于事。显然,过度引申只会遮蔽作品非常朴素的本意。

三

"人物"(文学形象的塑造及文学研究上的人物分析)是理解《红楼梦》的纽结。人物研究是传统文学理论的重点。我们的文学理论也向来是重视人物形象的分析和研究的,我们的创作论向来是重视人物形象的塑造的,我们对作家经常说能不能塑造出成功的典型形象，是创作是否获得了成功的标志。这个理论实际上已经被《红楼梦》所检验、验证。假如没有贾宝玉、林黛玉、薛宝钗、王熙凤这些典型形象，假如没有史湘云、贾探春、贾母、贾政、王夫人、刘姥姥、贾琏、薛蟠、晴雯、袭人、平儿、鸳鸯等这些人物的成功塑造，《红楼梦》还能有雅俗共赏的效果吗？红学亦然，假如有人觉得红学高深莫测，那么借助于人物感悟与研究则可以便宜地进入曹雪芹的文学世界，与《红楼梦》中的人物能打成一片，你必然是"红楼梦中人"。换言之，形象把握、人物评论是接通高深宏论与通俗阅读之间的桥梁，是实现理性把握与感性经验之间协调的有效循环。和林黛玉同息同止，和薛宝钗谈书论画，和史湘云豪饮啖膻，和王熙凤说说笑笑……这样的体味未尝不是红学，至少是红学的启端。作家的观念不能在作品中直接显现，而只能赋予人物，作家的爱憎立场是通过人物褒贬反映出来的。揣摩人物，也就是深入文本。当你越来越准确地完整地把握了人物，也就实现了与伟大作家的心灵对话。因此，研究人物形象的意义，包括正确定位人物在作品中的位置、评价人物的作者态度是实现与作家之间沟通的不二法门。而最高的红学境界，就是和作家的心灵对话。把人物分析贬为文学常论，属于一种目空一切的学术霸道，不足与论。

元春、迎春、探春、惜春，谐音"原应叹息"，这与"群芳髓"(碎)的红颜悲剧是相互印证的。曹雪芹写这些人物的悲剧，写出了各自不同的悲剧原因。有自我个性上的，也有历史时代局限性的；有民族文化传统的，也有包含着必然因素的偶然性。薛宝钗竭力迎合周边众人，将自我压抑到礼教规范之内，以求得与环境的和谐。她以隐忍贤淑闻名，她因此得到了贾母、王夫人、王熙凤的赞赏，而婚姻的报偿未尝不是一次无情的惩罚，从此万劫不复。得到了宝二爷和宝二奶奶的宝座，却是人的空壳和家族的倾覆，是悲是喜，薛宝钗的悲剧带有五味杂陈、一言难尽的味道。林黛玉率性自然，秉持自我，看来是唯我独尊，但她尊的却是一份发蒙于赤子之心的人性之真。林黛玉为情而死，把"自我"转变成"无我"，从"自我"过渡到"无我"的桥梁是"真"，所以说林黛玉的悲剧是真性情的悲剧，具有某种单纯的崇高意味——作家将人生真正有价值的东西撕破给你看。林薛悲剧对比，又不难看出作家烘托照应的匠心，也不难看出作家在人生立场上的价值取向。再联系王熙凤、贾探春生不逢时、末世运消的悲剧，作家借写十二金钗进而囊括万千、涵盖古今的雄心，不能不令人兴叹浩然。

四

伟大的作家，往往是伟大的人道主义者。有时，这种人道主义是自发的。曹雪芹显然不知道人道主义这个词，也不会有什么人道主义的理论自觉，但他自发的人学思想却达到了历史上的最高水平——他对人的表现是脱俗的，他的理想是超时代的。

在红学中有钗黛优劣的争论，在王熙凤评价上有"胭脂虎"、"脂粉英雄"和"奸雄"（女曹操）之别——爱凤姐恨凤姐的争论，在王夫人的评价上有"善"与"伪"之分……这些与书中文学人物一样高低的眼线，显然没有和作者站在一个平台上。再顺理成章地追问曹雪芹对他所塑造的人物的爱憎立场是什么——作家必须明确无误地进行一次黑白分明的道德审判。

当人们在为人物优劣的意见相左而几挥老拳的时候，人们是不是忽视了曹雪芹已将那目光转向了对不同人性美的沉醉。人性之美，为什么不能各得其所？万物并育，为什么要相害？人非虎狼，为什么人世间虎狼遍地？同类相食，虎狼不如。曹雪芹是写过贾迎春的"懦"，他对这种"懦"是"怒其不争"吗？她"懦"，这就是"食之"的理由吗？对"懦"的愤怒超过了对"中山狼"谴责，"怒其不争"变成了对另一种人性（美）的遗弃，无论如何不是作者的期望和本意。然而，回首历史，一时间对贾迎春的"愤"超出了某个限度，怒其不争变成了口诛笔伐。和作家的悲悯情怀相比，理解人物与人性的深度，不知悬殊几何？退一步讲，假如迎春直烈、爆炭起来，也如鸳鸯、晴雯、司棋一样，那么这个人物对于作者来说还有塑造的必要吗？"当她独自默默地坐于树下穿茉莉花时，却让我们看到一份生命悬挂于宇宙之间的苍凉。"马经义君此言，将曹雪芹那水静流深的人道主义目光掬水揽月，貌似不经意的一点，却可谓是千古知音之言。

是的，曹雪芹将自己深深的悲悯潜藏在了真实的人物个性塑造之后，尽管有人说人物形象分析难以再有新意，但可以断言我们体会作者深意的思想之旅、审美之旅远远没有结束。因为作者有"万物并育而不相害"的人道主义情怀，所以他有对不同个性美的充分尊重，也有对"相害者"和"加害者"的严厉谴责，正所谓妍媸分明，分毫不差。生活中冤冤相报的悲剧一演再演，而不合理、不公平、非正义的社会依然孳生着越来越多的虎狼和人兽。

五

常常有人说，红学不是文学评论的红学。或者说，红学中的文学批评派最没有学术价值，在他们的眼里，文学批评是想怎么说就怎么说，时代需要怎么说就怎么说。

可是，当我们检视当前的红学热点、红学格局时，不得不说，潮流浩荡，千帆竞进，唯缺红学。红学依然被索隐的迷雾遮蔽，依然被斟字酌句的微言大义所覆盖，依然被揭秘、猎奇心理、心态控制左右着，依然被门户之见、唯我独尊所分隔……"沉舟侧畔千帆过"，红学就是那尾被落下的"沉船"吗？

在文学观念上落后，在文学批评方法上贫乏，在基本问题上纠缠不清，往往是不承认文学理论与文学批评具有科学性的结果，往往是不能认识到在文学观念上有正确与错误、先进与落后的区别，往往是根本不了解当代文学理论发展到了一个什么水平的结果。

由于文学观念和文学批评的不自觉，偏执的自传性研究、捕风捉影的索隐研究、不着边际、本末倒置的原型研究（虚构一个原型）大行其道，僭越式的原笔原意研究招摇过市，包括他们的致思（提问方式）和行文（使用概念）等都停留在不能满足爱好者的水平上，但却被我们的大众媒体推向强势传播，放在风口浪尖拨弄眼球。比如说，秦学，知名作家说秦可卿的原型是胤礽子虚乌有的女儿。比如说，林黛玉的家产哪里去了——被贾琏贪了？比如说，薛宝钗为什么停留贾府不走——需要揭秘来解决？比如说，为什么《红楼梦》中的时间错乱？这些提问，是提问本身出了问题，而作者和小说并没有问题。

回归文本的口号提出很久了，但如此回归"文本"则不能不令人遗憾——这根本不是文学的态度。文本需要细读，但如此细读可以说根本不懂细读——真正的细读是对小说文学修辞手法的研究，是对其文学质地——文学性的揭示，而不是从文本之外找一个故事来解构小说中的故事，况且还是一个虚构的历史故事。面对曹雪芹的故事被改得面目全非，就难怪观众一片哗然了。如此看来，"回归文本"的概念却一直被"红学"界篡改着。这在文学理论界，早已是一个已经解决的问题，"文本"既不是作品的意思，也不是版本的意思。它是一个艺术的自足体，通过一系列的修辞和叙事手法获得文学性，成为自为的意义生成客体。在文学界的大多数学者那里，原型研究、文本的自足性、文本细读等，都是在其准确的内涵和意义上使用的，唯独在红学界被望文生义、被曲解篡改，走向了一种有价值的理论的反面还不自知。

每每到此，怎能不让人为"热闹的红学"捏一把汗！

马君的著文则是另外一种气象，从不故弄玄虚。马经义君不避各种观点的芜杂，常常能举重若轻地穿行于历史与现实之间，令人顿觉豁然。马经义君已有多本红学著作出版，已然成为红学中的一分子。他的著作不以立山头为目的，但却有鲜明的个人风格。我观察他的每本书都有非常独特的、可贵的个人视角和个性方式：朴素而直接。他偏重于《红楼梦》的文学性，向"文本"挺进，这是我喜欢的那个领域——多角度多侧面地告知你《红楼梦》的魅力如何而来。读他的书每有收获，也是因其有独特的学术个性。说是另辟蹊径也好，说是别出心裁也好，没有潜心钻研和精深运思，是难以达到的。而他所带来的新风气，希望也能为常固步自封、妄自尊大的人一点撬动。是的，在今天，红学须有一片新天地，因此我们每一个红学爱好者、学者都负有革故鼎新、创造红学新境界的迫切使命。

2013年3月

不是概念之争而是价值定位
——朱兵论《红楼梦》的经典性

今天我想先带些反对者的观点到会场。他们是反对《红楼梦》和红学的。

一种观点是：沉湎于红楼梦的民族不会有生命力。该文的标题也是如此，作者认为曾几何时，许多领域的研究枯萎凋落之后，对看似风花雪月、儿女情长的《红楼梦》的研究却还继续红火。其时社会学、政治学、法理学、伦理学的研究等"经世之学"多"关停并转"，长期阙如，而红学却反而一枝独秀，俨然成为古代经典研究中的显学，与现代经典研究中的鲁学交相辉映。我们继承的文弱使我们喜欢文弱的作品，还是我们的喜欢使我们更趋文弱。弱弱的宝玉、哀哀的黛玉，还有那样冰清玉洁的妙玉，其命运固然让人怜惜，但总让人怜惜也不是办法。

还有一种观点认为：围绕一本书、一个人形成一个"学科"，养活那么多文学教授。而文学界的人，往往对"红学热"、"红学界"保持一定的距离。可以说，红学研究近30年的成果对文学创作毫无价值、毫无帮助。红学家该反思：是不是做了可怜的空头文学家。所谓"空头文学家"，倘不伤害文学，一个最浅表的解释是，没有文学作品的文学家，以及通过文学评论做成的"思想家"。

再列举一种观点：《红楼梦》是停留在那种有士大夫情调的旧文学，"红学家"他们不会用新的观点来研究，所以红学所谓成果当然要被贬低。即使要研究《红楼梦》，也应该用西方文化来观照进行。自己看自己的后脑勺，哪里看得到？而且，现代人怎么能老去考证谁谁的身世这些无聊的事情，那叫做吃饱了没事做，当然就没有意义了。红学家真的像是没有价值判断的知道分子，只是摆弄些文献、卖弄点与文学创作毫无关系的知识罢了。

列举上述观点，也是为了检验我们的研究如何。

说说第一种观点吧。说《红楼梦》对塑造民族心理和民族精神不利，这种观点似乎可以追溯到梁启超。梁启超处在世纪之变的当年就曾经说，《红楼梦》《水浒传》是"诲淫诲盗"的文学，无法与西方先进的文学相比，当然这是梁启超的早期观点。后来梁启超变化了，但他还是以为中国传统小说对造成中华民族"文懦"、多情善感、缠绵低回的性格有责任。第一种反对《红楼梦》的观点是这种观念的继承。我们知道，继承这种观点的不仅是现在某些人，当年，即新红学萌发的早期，如俞平伯先生也是如此，认为《红楼梦》不得入于近代文学之林。胡适则一直坚持这个观点，即《红楼梦》文学价值不高。值得关注的是俞平伯后来变化了，他越研究越觉得《红楼梦》有非同一般的价值，走到了出发点的反面。也就是说，越是深入的研究，越是专门研究，越是不能同意《红楼梦》文学价值不高的观点。

1954年以后，自从毛泽东推崇"两个小人物"的"评红"分析介入红学论争之后，《红楼梦》的价值得到空前重视，上升到认识中国历史和社会的角度，上升到揭示了社会发展规律的角度来定位《红楼梦》。在此后的二三十年里，《红楼梦》和红学"有害"的观点，销声匿迹。但是，我们不能不遗憾地看到，在今天我们反思红学时，当我们的很多学者对新中国成立初期三十年的红学观点不以为然时，人们对《红楼梦》也不以为然了。圣化、神化《红楼梦》固然不对，但将《红楼梦》与其他小说等量齐观也面临严峻问题。

第二种反对观点。文学创作从文学研究中获得滋养，可以是直接的，也可能是间接的。直接地说，研究《红楼梦》文学价值、艺术成就的论文不少，研究《红楼梦》何以具有丰富的美感魅力的文章也不少，研究《红楼梦》与现当代文学、作家关系的论文论著也很多。怎么能说红学对当代文学创作毫无帮助呢？只能说，持这种观点的人，从来不关注红学的成果，或者说对红学成果的了解是片面的。但是，从另一个方面说，在过去的一个世纪里，红学的考证派占据了上风，红学成为显学，考证的研究功不可没。于是，这给一些人形成一种印象，就是《红楼梦》研究就是文献的、家世的、版本的研究，红学界某些人认为"文学评论的红学"不算红学的观点，加深了人们的这种印象，起了推波助澜的作用。我们看到，在总结红学成就的时候，在对红学史作出评价的时候，文学评论的红学观点和红学家，往往被忽视了。实际上，从王国维到吴宓，从鲁迅到李辰东，从王昆仑到毛派红学，从何其芳到蒋和森，在这里积累了许多有价值的观点，我的评价远远没有到位，我们对于他们成果的继承远远不够。我们对文献的价值有足够的认识，但对"思想的价值"认识不够，这就造成那种指责：红学家都是知道分子。

第三种观点是说，要不要用西方的方法、立场、观点来评价《红楼梦》的问题。其实王国维、鲁迅、李辰东、王昆仑、李希凡、何其芳等已经回答了这个问题。即使采用西方方法，也必然会对《红楼梦》得出恰当的评价。《红楼梦》不是不具有现代性，而是具有充分的现代性。

有了上述三种观点，再来衡量朱兵老师的研究，我们可以看到：

就先说印象吧。看看朱兵老师的文风，那种有气势的设问，那种叙述文字的刚健、明快，怎么也不能说明，越是喜欢《红楼梦》，越是没有生命力吧！像生活里的朱兵老师体健魄雄一样，喜欢、"沉溺"《红楼梦》不会丧失生命力：文字的生命力、身体的生命力。

第二，寻绎朱兵老师的学术承续，我们会看到他自觉地继承了鲁迅、李辰东、王昆仑、毛泽东、何其芳、蒋和森等学术传统，即从文学立场研究《红楼梦》，从更广阔的视角研究《红楼梦》，这条线索是明显的。比如，研究曹雪芹的补天意识、通过比较研究《红楼梦》与《安娜·卡列尼娜》、《堂·吉诃德》、《斯巴达克斯》等的关系以确认《红楼梦》的经典地位等。前面我们说过，文学评论的红学是一个薄弱环节，20世纪文献的、版本的、家世研究的红学，为红学成为显学赚足了荣誉，红学中的文学评论派应该急起直追，也为红学的繁荣贡献力量。

李辰东、何其芳、蒋和森等运用的一个重要方法是，将曹雪芹和世界上那些得到公认的伟大作家相比较，如莎士比亚、歌德、但丁、托尔斯泰、雨果、巴尔扎克、塞万提斯等，将《红楼梦》和那些伟大文学经典相比较，如《安娜·卡列尼娜》、《悲惨世界》、《人间喜剧》、《堂·吉诃德》等。既然《红楼梦》是我国最伟大的文学作品，当然应该经得起这种比较。《红楼梦》自"五四"运动之后，业已实现了其经典化的过程——今天，《红楼梦》作为巅峰的地位、经典的地位是无可怀疑的，也是无法动摇的。一两个人反对《红楼梦》和红学可能蛊惑一些人，但不能损害它分毫！当然这不是说，我们可以止步不前了。实际上，我们需要不断地深入下去，包括运用新的材料，采用新的方法，发现新的内容说明《红楼梦》首先是在文学上的崇高意义。也只有通过这些比较研究，才能使《红楼梦》更牢固地坐稳世界一流文学作品的宝座。如果说今天还有人依然对《红楼梦》有过低的评价，就说明我们这样的研究少了、这样的声音少了。在朱兵老师的研究中，重点是这些作品之间思想主题及深度、形象塑造、语言、艺术结构等方面的对比分析，显然，朱老师的结论令人信服，《红楼梦》当之无愧是世界一流的文学杰作，甚至它比那些外国名著有更突出的成就。比如在《断虹霁雨，山落水寒》中，朱老师认为两部作品在"理想的光芒，分出伯仲"。托翁将理想寄托于《红楼梦》中像王熙凤、贾探春这样的人物身上，即在《安娜·卡列尼娜》中那个所谓的改革家列文身上，而曹雪芹将理想却寄托在贾宝玉和林黛玉身上，后者才是真正属于未来的理想的表现。

在与西方经典名著的比较中，朱兵老师贡献了许多新材料。就我目力所及，我看到，与法捷耶夫比较、与《斯巴达克斯》比较，还是第一次展开丰富、全面的描述。

第三，提问方法都是文学性的。

当前的红学，热点很多。很多热点，实际上与《红楼梦》的文学理解无关。比如问林黛玉的原型是谁，比如问脂砚斋是不是《红楼梦》的合作者，比如秦可卿的原型是谁，等等。

当前红学中许多热点，与其说是新发生的，不如说是被制造出来的。比如作者问题，没有全新的资料，但居然一会儿说作者是曹頫，一会儿说作者是胤礽；一会儿说是李渔，一会儿说是洪昇。这些说法得到了一些媒体的支持，在传播上产生了一些影响，让爱好者无所适从。

朱兵老师显然没有去触碰这些问题。他不靠趋拢热点来增加自己的卖点。他是老老实实从文学作品的核心出发研究《红楼梦》的，也不惧怕别人指责自己的方法陈旧。朱兵老师信奉的是自己心中的真理，坚定不移。比如，马克思主义的现实主义"典型论"的思想，毛泽东的"阶级分析法"等。朱兵老师直言不讳地说：汲取教训——必须坚持用辩证唯物主义和历史唯物主义观点研究《红楼梦》。

也许在今天，追赶时髦理论并不难，难的是坚持一种业已经过历史检验的理论，把它作为方法、转化为方法，将问题深入研究下去。

朱兵老师就是如此"接着说"的。

其中的《谏意阑珊，暮霭沉沉》是集中研究"作家的主观意图和作品客观效果的问题"的。

《〈红楼梦〉的倾向性》研究作家的审美理想。

《〈红楼梦〉的独创性》从纵向的角度研究《红楼梦》与我国其他古典名著的关系。

《论〈红楼梦〉典型环境中的典型性格》是最有趣的一本书，比较的内容包括"贾宝玉与鲁滨孙"、"贾宝玉与斯巴达克斯"、"贾宝玉与堂·吉诃德"、"林黛玉与安娜·卡列尼娜"等。

《〈红楼梦〉的悲剧意识和喜剧色彩辨析》，讨论《红楼梦》的悲剧性和喜剧性的问题。朱老师从分析悲剧性出发，否定当前流行的几种说法，即"无端拔高论"（认为宝黛爱情悲剧具有反封建、求自由的意义是无端拔高，说《红楼梦》是深含现实主义审美理想是无端拔高）和"等量齐观说"（林黛玉的悲剧和薛宝钗的悲剧可以等量齐观，背后暗含着"钗黛合一"说）。"我们现在不用历史唯物论的阶级和阶级斗争观点研究《红楼梦》，能揭示出《红楼梦》的真正价值和划时代意义吗？能够准确给曹雪芹定位吗？"

《〈红楼梦〉的史诗品格》从"思想篇"、"典型篇"、"艺术篇"三个方面阐述《红楼梦》的史诗品格。

《曹雪芹创作〈红楼梦〉心态解析》是朱兵老师的第一本红学著作，我认为其中的重点是对曹雪芹创作动因的心理分析，但内容超出了心态部分，涉及鲁迅"两个打破"、"《红楼梦》在世界文学史上的地位"等。

如此全方位地展开对《红楼梦》的社会学和艺术研究，将历史分析与美学分析相结合，回答了那种指责：社会学的研究会僭越美学或艺术学对《红楼梦》的研究。

第四，文学评论的红学，往往需要贡献新的论断。

回顾文学评论的"红学"，历史上留下来的成果往往是给我们贡献了一个或几个新的论断。这些是历史的足迹，如王国维的悲剧说，包括"第三种悲剧"、"彻底的悲剧"、"悲剧中的悲剧"等，如鲁迅的"人情小说"，如李辰东的"波浪式"结构说，如王昆仑的"贾宝玉的直感生活"，如何其芳的"反叛说"、"典型共名说"，如蒋和森的"美的毁灭"说。这些论断，至今还是最具价值性的结论，无视它们的存在，学术研究必然会出现倒退。

史诗性小说，就是朱兵老师贡献的新论断之一。我们都说《红楼梦》是百科全书，是千门万户的小说，是巅峰。但这需要不断地论证，需要提供越来越充足的论据和论点。可以说，朱兵老师焦虑的中心之一就是，如何定位《红楼梦》的问题。史诗性论断，是融合思想性、典型性、艺术性的一个综合判断，是和其他世界名著对比《红楼梦》毫不逊色，甚至是比它们更优秀的作品。如果承认这些作品是史诗性作品，那么《红楼梦》也当之无愧！

不管朱老师的这个概念是否被接受了，或者说这个论断还要接受时间检验，但这些也许已不重要，重要的是在朱兵老师的几部著作中，各种努力的尝试被结合了、融合了。当我准备给朱兵老师提意见，注意马克思主义社会历史学方法要使用到文学对象上必须使用马克思主义美学方法时，朱兵老师实际上已经超越那种从哲学到文学缺乏美学过渡的分裂。

还有什么可以一提的意见？比如，在我的脑海里，"停机德"这个典故是固定搭配，不能拆开理解，是指妻子从织机上下来以停止织布来作比，帮助丈夫认识到持之以恒、坚持到底之于成功的意义，在判词里是指薛宝钗有这种内助丈夫皈依正路的美德。但朱兵老师在《〈红楼梦〉的悲剧意识和喜剧色彩辨析》中分析"钗黛合一"时却作出了另外的解释：是指林黛玉叛逆（即"停"之意）女功女德。这也许在大多数红学家眼里，会被认为是一种"硬伤"。再如，说王熙凤是"恶霸地主"、薛宝钗是"高级地主"，也有在人物形象分析上直接将阶级分析代替美学分析的嫌疑。晚辈置喙，不揣浅陋，见谅见谅！

面对朱老师那等身的著述，以及还有的著述计划，我还是那由衷的一句话：致敬致敬！

创新是灵魂
——品评京剧《曹雪芹》得失

随着我国文化事业的迅猛发展，随着我国文化受众向古典趣味的回归，曹雪芹与《红楼梦》的相关创作、改编、重拍势必烽火重燃，为了总结成绩，汲取教训，启示当下，急需对已有的相关创作进行评价和分析。本文以上世纪80—90年代之交创作拍摄的京剧《曹雪芹》(10集)为对象，主要是对剧本中存在的问题，如何利用红学成果、围绕创作过程展现曹雪芹的一生进行了评析，指出其存在艺术独立性不足的问题。

1991年在上海首播的京剧《曹雪芹》(10集)，是在编剧钟鸿（编剧还有赵其昌、徐淦生，此二位是该剧早期曲剧剧本《文星泪》的作者）、领衔主演言兴朋等经历曲折、共同努力下完成的一部戏曲片电视连续剧。此剧的创作过程和拍摄得到了卓琳同志自始至终的关怀。

该剧第一次将曹雪芹的生平以戏曲的形式完整地展现在荧屏上，播出之后，当时引起了学者和红楼爱好者的广泛好评，1992年在央视黄金时间连播两次。

伟大作家曹雪芹的生平，是一个谜。文献记载严重不足，民间笔记又多有矛盾处。关于曹雪芹的生日、忌日、家族命运，不要说红学家的争论了，即便是一般读者、爱好者，能从文献记载中寻找到曹雪芹的生平轮廓，都是不容易的。不少清代宫廷文献，偏偏记到曹雪芹时，戛然而止，雪芹同辈人曹天佑记载了，而曹雪芹只字未提。

在学术界，有一种说法，曹天佑就是曹雪芹，生于1715年。

这部连续剧没有取曹雪芹生于1715年的说法，从曹家被抄时曹雪芹的年龄看，其所持观点接近于曹雪芹生于1724年之说，这样，曹雪芹之父也就是曹頫了，曹雪芹也就是40岁左右逝世的。该剧显然是以曹雪芹40年存世为对象所进行的创作。

关于曹雪芹的扮相，该剧没有采用裕瑞记载额广而面黑身胖的说法，主演言兴朋扮相俊美，眉目传情，动作潇洒干练，在表演中突出了曹雪芹聪慧过人、一往情深、一尘不染的赤子情怀，这比较符合人们想象中文学才子的曹雪芹形象。

为什么这部剧作在红学界反应淡淡呢？——后来没有学者将此次改编成电视剧视为重要的红学事件之一，似乎也没有看到相关评论与分析。虽然，编剧钟鸿将此剧带到了1992年扬州全国红学会议的会场，与会的红学家给予了一致的好评，但是，学者专家在后来的研讨场合，却极少提及此剧。

2012年2月，上海电视台"七彩戏剧"频道（数字频道），再次播放了该剧。曹雪芹伟大的一生，显然是广大读者极为关注的，选材本身凸显了文化聚焦的观众接受特征，因此再次受到瞩目也就不足为奇。该剧将曹雪芹的一生完整地展现出来，极大地满足了观众迫切了解曹雪芹坎坷、曲折、悲剧一生的愿望，借助于戏曲舞台严格的场景选择、人物关系刻画、矛盾寻绎等，通过相当多的虚构情节解释许多观众心中的未解之谜，不愧为《红楼梦》相关文化传播一次成功的、有益的实践。

10集京剧《曹雪芹》的拍摄、上演，以及播出的效果，是值得思考和分析的。

下面，就该剧存在的一些问题，作如下评述。

第一个问题是，该剧过多地围绕着曹雪芹如何创作《红楼梦》来展开剧情。曹雪芹如何创作《红楼梦》，显然是欣赏者最为关心的。曹雪芹一生，最值得集中描绘的也是曹雪芹对《红楼梦》的创造。该剧认为曹雪芹写作的动因是写作一部劝诫小说，指斥大家族的生活腐败和道德堕落，让人们从财色欲望中醒悟过来，这是曹雪芹最早创作《风月宝鉴》的缘由。写作《风月宝鉴》自曝其丑的行为在电视剧中也受到了其父曹頫的痛斥，当然这不是曹雪芹改弦更张的原因。促使曹雪芹改变这种观点的是他的初恋妹妹婉莹。婉莹是从小说中黛玉的形象来的，她寄居曹家，与曹雪芹青梅竹马，与曹雪芹痴心相恋，但这没有得到曹雪芹父亲曹頫的赞同。曹雪芹参加乡试期间，曹頫为了攀附权贵要将她配给某亲王当侧室。婉莹拒婚，离家出走，赶考回来的曹雪芹发现心爱的妹妹出走了，哀痛不已。曹雪芹到处寻访，得知芳踪，原来婉莹已经遁入空门。婉莹关心曹雪芹的创作，看过初稿的婉莹传书指出《风月宝鉴》写女性命运是对女性的误解。从表妹婉莹不幸的身世上，曹雪芹似乎看到，必须得修改创作的主旨。

婉莹拒嫁，曹頫夫妇李代桃僵。丫鬟紫雨因为长相酷似婉莹，被代替送入王府。丫鬟紫雨从《红楼梦》中的袭人形象而来，她深爱着的是英俊潇洒的戏子"十三龄"。紫雨也遭遇着命运不能自主、爱情不能自由的悲剧。

旷世奇书《红楼梦》由此转变了创作主旨，要为不幸的众女子申冤呐喊、树碑立传，以使闺阁昭传。曹雪芹以自己家族中的女性为原型，要为红颜薄命的金陵女子谱一曲绝唱。这就解释了为什么小说也曾叫《金陵十二钗》。

曹雪芹的婚姻是被父母安排的，婉莹出走后，又是出于攀附考虑，曹家与陈家联姻，陈如蕙嫁给了曹雪芹。无奈在曹雪芹大喜的日子里，曹家被二次抄家。小夫妻一经结合就面临着贫贱夫妻百事哀的生活。如蕙美丽善良，但不能理解丈夫的痴心创作。面对无米之炊，她抱怨曹雪芹关心自己和家庭的吃穿用度太少，曹雪芹在"谁解其中味"的环境中创作《红楼梦》，全身心投身于创作，忘情于创作。

曹雪芹将自己创作的小说部分带到了宗学，得到了敦诚、敦敏的赞赏，遂成为好友。由于学监对曹雪芹的离经叛道不满，曹不忍遭受白眼，再次失去"工作"，被友人荐到傅中堂家当了幕僚，教习戏子，辅助文事。傅中堂的女儿回家省亲，傅家修造省亲别院，曹雪芹题写对联，得到傅中堂的赏识，曹雪芹暂得安身。傅中堂女儿是皇贵妃，其丫头是名唤笃琴，由此可见傅家小姐是《红楼梦》中贾宝玉的姐姐贾元春的原型。

曹雪芹随傅家人到江南采买戏子，路遇儿时默契的表妹竹筠。她此时因家败而生计艰难，靠卖唱度日。曹雪芹筹款得到十三龄的慷慨资助，赎身救竹筠出火坑，随他一并回北京生存。竹筠也与曹雪芹有少年无猜的童真友谊，回京后两人的关系被猜疑，傅中堂辞退了曹雪芹，岳父斥骂其之品行不端。

雪芹妻子如蕙生子聪儿后，即撒手人寰。曹雪芹一边抚养幼子，一边创作小说，其间总是得到竹筠的帮助。在经历丧妻之痛后，曹雪芹与竹筠顶着白眼相向的舆论压力，孤独中拜天拜地，结为连理。曹雪芹与竹筠婚后在瓦屋绳床、棚牖茅椽的生活里相濡以沫，携手人生。

传抄流传出去的《红楼梦》被人篡改，后三十回无疾而终，闻讯的曹雪芹情难自禁，一个人独步苍茫，在悲愤中溘然长逝在北京西郊的皑皑雪原上。

曹雪芹身边的数个女性，均从《红楼梦》中来，少年恋人婉莹是黛玉，最后结婚的妻子竹筠是湘云，丫鬟紫雨是袭人，就连身边的男仆人吴贵也从《红楼梦》中的李贵化来，可见，离了《红楼梦》，是产生不了京剧《曹雪芹》的。

剧情在每个阶段都有曹雪芹创作《红楼梦》的提示，曹以写作为生，曹以写书交友，曹又因写书困厄，最后是巨痛中的曹雪芹之死。曹雪芹之死，固然前有丧子之痛的打击，而更重要的打击是自己小说的厄运。流传出去的小说结尾被修改，因此而面目全非，违背了初衷，这致命的打击终于早早地结束曹雪芹年轻的生命。曹雪芹发出"谁解其中味"的浩叹，再次遭受政治阴谋的戕害。如此，完成曹雪芹悲剧悲情的一生。

主线是曹雪芹的创作，创作本来该是生活中的一条红线，但是创作成了剧情的发展动力，生活变成了附属的。围绕着曹雪芹的创作所展开的生活，没有显现出生活的自在状态，不是原生态的生活，除了作者创作之外的其他信息都被屏蔽了。换言之，这样对曹雪芹的描绘缺乏令人信服的真实性。

第二个问题是，该剧像是一部二手的《红楼梦》。

欣赏该剧，总有似曾相识的感觉。小说中的人物，均从《红楼梦》中而来，拘于小说，人物性格、对话语言、爱情悲剧、故事场景，似乎是另外一部瘦身的《红楼梦》。感觉是从《红楼梦》中为我所用地化用一些片段，通过剪裁，写作了该剧。较少从历史出发，较少创新，给人《红楼梦》"代用品"的感觉，给人以酒不醇厚的感受。以"金陵十二钗"的悲剧看，小才微善的女子是谁？裙钗一二可齐家的脂粉英雄是谁？该剧阙如。

如"顾婶"，即曹雪芹叔父的妻子。少年曹雪芹随父到访，得空拜见顾婶，见她空守天香高楼，压抑抑郁。事后曹雪芹得知，她与公公乱伦，情志迷离，忧郁而死。

这个情节、人物、故事是从小说中对秦可卿的描写而来的。原原本本，给人感觉是不差毫厘。秦可卿是小说中谜一样的人物，还原到曹雪芹的婶婶身上，显然是自传说和脂砚斋的批语在作怪。之所以说这是作怪，是因为它把秦可卿之死归结到乱伦的后果上了——这缺乏充分的说服力。

如此借用，或无不可。但，欣赏《曹雪芹》的兴味大减。花许多时间专心听戏时，不免发问我们是在欣赏《曹雪芹》呢，还是在欣赏《红楼梦》？

再如，曹雪芹在宗学向敦诚、敦敏、文善演唱了一段《葬花词》，借以表达对书中女性人物命运的共鸣和同情。竹筠在秦淮河的游船上向客人唱的是《红豆曲》，也从《红楼梦》中原文而来。如此借用，是不是算"巧借"都是有问题的。《葬花词》为什么不能安排婉莹在适当的场合演唱、以深化她和宝玉的爱情呢？《红豆曲》为什么不让贾宝玉这情痴情种演唱、以凸显他的深情惆怅、奈何寂寥呢？《葬花词》、《红豆曲》都是《红楼梦》中的点睛之作，对于林黛玉、贾宝玉而言都是非她莫属、独一无二的，而此剧偏偏男唱女，女唱男，该宝玉原型曹雪芹唱的偏偏给了史湘云的原型，该给林黛玉唱的偏偏给了曹雪芹对友人唱，两次唱的对象都存在"对牛弹琴"之嫌。这里给人的是错位和不适应，越是熟悉《红楼梦》，对此类借用越是难以苟同。

第三个问题是，如何借用已有红学研究成果的问题。

该剧依托于红学结论，托起曹雪芹的一生。该剧受制于红学成果，曹的一生面目恍惚。

以塑造人物为例。环绕在曹雪芹身边的人物，总给人概念先行的感觉。曹頫是一例。迄今为止，曹頫作为曹雪芹父亲，其舞台形象塑造还没有成功的。我们看不到曹雪芹与父亲相处的真实生活状态，看不到曹頫的性格，似乎是为了传达目前所知的一鳞半爪，将曹頫之事尽作罗列，草草了结。曹頫目光如豆，才智平庸，持家无能，理家无策，临事手足无措，捶胸顿足，甚至不理解曹雪芹、阻挠曹雪芹创作，等等，或者我们能从曹頫身上看到贾政的某些影子，但是即便如此，贾政作为卫道士依然有性格纵深，生活场景丰富多彩。既然曹頫从贾政化用而来，为什么还薄弱于贾政？

本来是历史生活中真实的曹頫，即丰富的曹頫被小说中的贾政采用了部分性格侧面，现在是曹頫单薄得像不完整的贾政，这不能不让人大跌眼镜。

该剧拘于篇幅，我们可以说不得已为之。但这种现象在婉莹、竹筠、紫雨等身上比比皆是，她们均是小说中人物的一鳞半爪，这不能不令人扼腕。爱之深责之切，我们多么希望出现一部真真正正的《曹雪芹》啊！

而一部成功的《曹雪芹》，身边人物的塑造也极其重要。可以说，没有成功的关系人物的独立塑造，曹雪芹的形象塑造也不会成功。

说来说去，就是作品的独立性不够的问题。编剧和导演应该多了解一些旗人生活，多了解一些200多年前的北京生活，让时代大背景、生活小环境、人物悲剧命运充分融合，生平线索从生活中来（在此基础上以曹雪芹的写作为红线），这里有巨大的自由空间可以驰骋、可以创新。此剧对曹雪芹生平事迹的还原，在虚构的基础上，过分依赖所谓曹雪芹、史湘云（即脂砚斋）是夫妻的人物关系设置，跳不出与脂砚斋的关系写曹雪芹，脂砚斋作为作品中仅次于曹雪芹的主要人物，是曹雪芹的表妹，在最后一集里脂砚斋（也即竹筠）成为曹临终的"新妇"。在故事轮廓上，叙述显得局促，开合的力度不够。这影响了该剧的整体艺术水平，影响了该剧的艺术感染力。

目前，从经典名著进行艺术改编的文艺创作越来越多，对重拍和改变的规律，需要认真总结。京剧《曹雪芹》在舞台演唱方面，应该算上乘之作，但剧本问题，作为一剧之本，离观众所要求的水平还有距离。

从京剧《曹雪芹》的创作看，有如下经验需要记取：

创作《曹雪芹》，既要大胆利用又要摆脱已有红学观点的束缚，以已有的研究成果为基础，而不是以它们为内容。记载曹雪芹的文献缺少，注定不能完全依赖已有的专家观点。曹雪芹生平日常生活缺乏记录，这为我们讲一个独立的故事带来了难度，也为我们展开丰富的想象预留了空间。这里，主要是想象的支点问题，它应该放在哪里？以创作《红楼梦》为支点，以从《风月宝鉴》到《石头记》、脂砚斋批书的时间为历程，显得狭义单薄。

《曹雪芹》应该是一个平行故事，不应该交叉到小说故事中去，也不应该交叉到关于脂砚斋的种种传说中去。直接拿小说故事、脂砚斋自诉结构敷演曹雪芹的故事，建立在坚信自传说的观点上，这里不评说自传说的短长，仅从欣赏的角度看，没有独立的故事，人们为什么要去看《曹雪芹》呢？

写曹雪芹爱情、婚姻如贾宝玉，观众需要这样的《曹雪芹》吗？

写曹雪芹的生活，应该写大于贾宝玉的那一部分，而不是小于贾宝玉的那一部分。

至于将贾宝玉与林黛玉相恋、娶薛宝钗为妻、后与史湘云重逢结缡，看成是曹雪芹一波三折的故事，则更显得像文人式的艺术自恋。这是对《红楼梦》的篡改，也是对曹雪芹的低估——似乎曹雪芹只能逶迤在自己的生平之后。如此下去，势必会影响人们对小说《红楼梦》的理解，会扭曲人们对《红楼梦》小说中人物的理解。

总之，从京剧《曹雪芹》来看，小说、脂砚斋等捆住了编剧、导演的手脚，所迈开的步子不是自然的步子，不是生活的步子，而是处处照顾、俯就小说和一些红学成果的尝试。这让该剧脱离了历史、脱离了生活，俨然是无源之水，无本之木。就此而言，对于后来的改编者和导演来说，深入历史，重新研究文献，了解北京地域生活，深入体验北京的旗人生活，显得无比重要。

（原载《曹雪芹研究》2012年第4辑）

《红楼梦》的美学视角

——在南京图书馆的演讲

主持人：各位读者、各位听友，关于《红楼梦》的第四场讲座即将开始。今天我们有幸请到了中国艺术研究院红楼梦研究所的孙伟科教授，他也是我们中国红学会的秘书长，今天他给我们主讲的题目是《红楼梦的美学视角》。首先请允许我介绍孙教授的基本简历。孙教授是红楼梦研究所的教授，北京中国艺术研究院研究生院硕士和博士学位，历任云南艺术学院教授、《云南艺术学院学报》执行副主编、《红楼梦学刊》的编委、硕士生导师、云南省艺术学教学科研带头人，2005—2007年连续三年获得中国艺术研究院研究院科研之星奖。他的研究领域主要涉及红楼梦的研究、美学艺术学、中国现代文学等方面，在多种学术刊物上发表论文百余篇、数百万字，曾经在数十所高校和社会单位进行学术讲座，数次担任过电视台的新闻观察员和学术顾问。那么就把更多的时间留给我们的孙教授，我提议大家以热烈的掌声欢迎孙教授给我们做演讲。

孙伟科：非常高兴能够在这样一个时间，有这样一个机会和南京的朋友一块儿谈谈《红楼梦》。今天也是休息日，大家把这么宝贵的时间拿出来，来听我这个可能是很沉闷、很无趣的讲座，我首先对大家表示感谢。如果我讲得有不对的地方，也希望大家批评，多多原谅。因为我们《红楼梦》红迷很多，高手在民间。我虽然在红楼梦研究所，实际上我真正涉足《红楼梦》的时间也只有十一二年。因为长期以来我都是在高校做理论课的教学工作，所以我更多涉及的是一些理论层面的问题。由于近些年，特别是近五六年来，《红楼梦》研究变成了我的专业工作，我开始了以《红楼梦》为主业的这样一个学术生涯。我们在座的肯定有很多朋友，可能已经研究几十年《红楼梦》了，在《红楼梦》的很多问题上，都有自己一套独特的、深入的看法，我想这可能都是非常有价值的。也希望大家能有机会把自己的真知灼见贡献出来，使它成为我们全社会的公共财富，让更多的人来分享。好在我们今天传播《红楼梦》的媒体、方式越来越多，原来只有一个《红楼梦学刊》，如果不在那发言或发表文章，好像其他地方机会很少。现在不同了，文丛刊物越来越多，所以我想今天这个时代也为大家实现学术民主创造了很好的条件。

我今天的话题是从美学的角度来谈谈《红楼梦》。

我觉得咱们《红楼梦》很热闹，你看每年报纸上总有几个《红楼梦》的热点。但是《红楼梦》的这些个热点呢，如果你要再仔细看看似乎都跟从美学上谈《红楼梦》无关。《红楼梦》是一个文学作品，它主要满足我们的审美需求。我们应该把它看作是一个审美的对象。但是你看看，我们近些年来的文化热点似乎没有把《红楼梦》当作一个小说，当作一个满足我们审美需求的对象。比如关于作者问题，像一会儿《红楼梦》的作者是谁谁谁，一会儿又是谁谁谁，反正不是曹雪芹写的，这样的说法，我们各种媒体跟风报道，然后掀起轩然大波。紧接着又来了，又说是曹雪芹和他妻子合写的，他妻子是谁呢？是脂砚斋。类似于这样的说法就制造了很多热点，也在读者中间引起了很多议论。我觉得在我们《红楼梦》研究的红学界，一直有一个口号就是"回归文本"。关于《红楼梦》外围的东西，当然要有，但是不是太多了？外围的东西，比如作者的问题、家世的问题、祖籍的问题。曹雪芹，大家都认为他没有后人，有人说他有后人，等等，像这样一些问题的考证，争论得太多了。作者的相关问题实际上是需要文献的。在文献严重不足和匮乏的时候，在这方面少放些精力，更多地回归文本。回归文本就是回到作品本身，我们欣赏艺术作品，我们看待一个艺术现象，它的中心点都离不开作品。离开作品，所有的话题都可以说是一句空话。假如我们说有一个伟大的作家，他很伟大，但是就是没有一个作品留在世界上，他是伟大的作家吗？我们没法衡量。但是你要真正崇敬这样一个伟大的作家，我觉得最切实的途径就是深入地研究文本，领悟他的作品所创造的艺术世界的美，给我们带来的一个精神空间是什么样的内容，这个最重要。所以我看到话题很多，热议很多，但是为什么我们跟《红楼梦》作品里面应该关注的内容有一些距离呢？从美学角度把《红楼梦》看成是一个艺术作品，看成是一部小说，它是遵循艺术规律塑造出来的，这个是最重要的，是最需要研究的。当然它最重要的东西我能不能够带领大家欣赏到，这是一个问题。不是有一种说法吗，《红楼梦》千门万户，是这样多面的一个结构，我们从任何一个窗口看见的风景都是无比广阔的。它所展现的社会现实、历史、人生，再具体一点就是这么多青年的、青春的美，这么多女性的美，她们在大观园生活的时候，结社、创作所洋溢出来的创造力之美，这都是无比珍贵的，都是艺术作品的精华所在。从任何一个窗口进去，我们都看到了无比广阔的风景。所以我今天可能只打开了一面或者两面，可能还有很多窗口的风景实际上是大家用心灵的眼睛看到的，这种风景是需要我向大家来请教的。

实际上一说到古典名著《红楼梦》，我们都知道它在中国人心中占有一个非常特殊的位置。什么样特殊的位置呢？很多人都说，至少在1911年，或是说在20世纪以前，《红楼梦》与其他三大名著是平起平坐的，甚至和《金瓶梅》都是平起平坐的。但是后来《红楼梦》的地位就提高了。当然提高首先是在20世纪刚开始的时候，我们知道蔡元培先生写了《石头记索隐》(1917年)；1904年，那也是20世纪伊始，王国维写了《红楼梦评论》；后来1921年，胡适写了《红楼梦考证》。你看三个学术大家，三个我们学界德高望重的人物，三个开辟时代的学界领袖、风范大师，他们都聚目于《红楼梦》，这就让《红楼梦》的地位提高了。到1949年以后，毛泽东同志在20世纪50年代末《论十大关系》里面，更是把《红楼梦》提高到了一个非常高的位置。所以有人说《红楼梦》之所以地位高、引人注目完全是外在的原因。你看都是学界领袖，还有我们的政治领袖毛泽东的推崇，造成了《红楼梦》似乎在几大名著里面地位特殊。假如《红楼梦》真的一眼就看到底了，假如《红楼梦》本身就很单薄，假如《红楼梦》的思想很浅薄苍白，那就是用再伟大的一个人物去推动提高，它也不会形成这样一个持续的热潮，这样广泛的群众的参与，这些靠外力是不可能的。所以我想《红楼梦》的特殊地位，还需要从它内在的方面去寻找原因。正如《红楼梦》给我们的无比丰富的美感享受，造成它吸引我们的美的魅力究竟在哪里，这确实需要我们深思。因为近些年来，我也看到一些人写的文章，他们经常把《红楼梦》之所以有很多痴迷者存在、持续不断的热潮涌现的这种状况，完全归因于历史不同阶段的政治动因,反正就是说外在原因,我认为这样说是不确实的、不科学的。

如果深入到《红楼梦》内部的话,我们首先看到的是什么?假如和四大名著比较的话,我们看到《水浒传》给我们贡献了很多英雄人物,一说《水浒传》,你马上想到宋江,当然我们电视连续剧上的那个宋江阴柔之气过重,他的枭雄本色电视拍得不是很好。像鲁智深、武松、卢俊义在我们心目中都是英雄,就连吴用都给我们留下最深的印象,他是运筹帷幄的英雄。"三国"呢?《三国演义》里面写权术,写空城计、借东风、草船借箭、蒋干偷书等等,实际上这些故事的背后都是计谋,成功地运用计谋达到目的。《三国演义》也写得很好,英雄壮志难酬,他们遭受挫厄所遇到的悲剧,唤起了作者深深的哀叹。这样的一种哀叹,我认为才是作品真正的力量和魅力,是撼动我们的力量所在,而不是我们当下有些评论者认为的《三国演义》很坏,因为它教人诈术,让人运用权谋,为达到目的不惜一切手段,权谋是毒瘤,权谋让人不知道真假虚实。有人认为中国文化之所以腐朽,封建文化之所以腐朽,权术在其中扮演了很重要的角色,历史不同时期的政坛权术和耍权术导致了人心黑暗。

就是最近,原来也是中国社会科学院文学所所长的刘再复说,"五四运动"的时候,说要把《水浒》和《三国演义》都要烧毁。他说确实是应该烧毁的,因为这两部书造成了中国人心黑暗。我想这样看问题是比较表象的,他没有领悟到作者凸显了这样一个主题,就是人的权术运用得再多也阻挡不了历史的滚滚洪流。这个思想和《红楼梦》里面的不是一样的吗?王熙凤也是很会算计、很会权谋的,但是聪明反被聪明误,反算了卿卿性命。在《红楼梦》里面也有对权谋的运用,王熙凤在计杀贾瑞,害死尤二姐的时候所耍的一连串权谋,那应该说也是一个权谋大全。我们不能根据一部作品是不是写权谋,来判断它的价值,或者说在当代的价值,而应该根据作家对待权谋的态度,因为权谋它确实在生活中间是存在的。既然有这样一种存在,历史的存在,作家对它的反映就有合理性,而重要的是作者是怎样对待这些权谋人物的。你看看曹操是很会耍权谋的人,但是曹操再耍权谋他也不敢杀君篡位,他的权谋使用也是有限度的,他一辈子的权谋人生所经营的魏氏政权到最后还是被另外一个权谋者——

司马懿所替代，这就是耍权谋者对耍权谋者的一个否定，实际上它代表了作家的一种历史观。这种历史观，绝对不是我们某些文化评论学者所简单说的那样，作家就是推崇权谋的，认为权术决定一切的。近些年来，我们电视里面的很多讲座就把古典名著里的故事一个个的都变成了权谋文化。似乎中国最吸引人的是权谋文化，而它满足的是当代人的一种什么心理呢？我们今天中国人被激发起的最大欲望就是成功。我不成功，我也很有才，我为什么不成功？因为我没有权谋，认为权谋才是实现人生成功的一个重要的杠杆。向名著学习权谋，这实际上是一种误导，我觉得这是学术上的媚俗。实际上人的成功，社会里给每个人准备的成功条件和机遇都是不一样的，都想着成功这是合理的，但是真正在社会里面成功的人也是不多的。还有，得看你怎么理解成功。如果非要把《闯关东》编造的发家成就大事业当作是成功不可，我觉得这个是很狭隘的。但是我觉得《闯关东》这样类似的故事很多，都是在满足虚假的一种人生成功的愿望和理想。那么《西游记》呢？我们刚才说了两个名著，我们最早拍的一版《西游记》，完全把它当成儿童文学来看了，实际上《西游记》它是神话与寓意的结合。表面上看是个打斗的、模式化的重复故事，但是你仔细品味，它里面的寓意很深刻，耐久回味。

与其他三部名著一比较，我们马上就发现《红楼梦》跟这三大名著不一样，它贡献最多的是什么呢？从意象的塑造上说就是美。为了和我这个题目结合起来，我就说它贡献最多的就是美。今天我们随便翻开图像视觉上的东西，你去看看绘画，我不知道有多少个画家，画了多少张《黛玉葬花》。因为在网上很容易剪辑到《黛玉葬花》的经典画面，我一打开几十个上百个图片都是。我们先不说其他形式的创作，就仅指中国画画家所描绘的场景，当然不同的绘画类型处理是不一样的，所创造的情景也不一样，但是都源于《红楼梦》，都有对于林黛玉这样一个早慧、孤独、红颜薄命的女子高洁精神品格的一种崇敬或者爱戴。再比如说《湘云醉卧芍药茵》，这个题材也不知道被画家画了多少次了。你可以去看看我们著名画家画的湘云醉卧是千姿百态，那种青春、那种浪漫、那样一种豪放不羁的美，和大自然春花烂漫的背景相结合，被艺术家表现得淋漓尽致。我们随便点出来一些情景，探春结社、探春理家、惜春画园。就是李纨,我们知道李纨在小说里面给我们的印象始终是一种讷于言、形容枯槁的形象,她是一个寡妇,一身素装,活着的唯一使命是教育儿子。我们在阅读文学作品的时候,总感觉到李纨是个悲剧人物,这样一个女子非常有才华,她的内在美根本就包裹不住,势必要流露出来,但是命运不幸,她完全把自己爱美的要求,似乎应该有的性格浪漫全部给掩盖了,就这样要枯守一生。封建社会婚姻制度、封建社会妇女悲惨命运造成了她的悲剧,我们是这样理解的。但是你上网上去看看画家画的李纨课子,如刘旦宅画家曾经画过这一幅画。我们看这一幅画的时候,我们对于李纨的悲剧形象——即在文学作品里所感觉的悲剧形象完全没有了,变成什么了呢?我们看到了母与子之间那样一种天伦之乐,画家对那种天伦之乐很享受,那样一种母子情深的描绘,这跟我们日常生活中经常能够体会到的一种非常美好的感情联系在了一起。你看视觉画面的表现和我们感受文学作品的不一样,但是视觉画面所表现出来的《红楼梦》的场景它突出了一种美,就是人情之美。所以我们可以这样说,《红楼梦》给我们最重要的、最突出的贡献是给我们感受的一个对象就是美,因个性不同而不同,他们都属于《红楼梦》。当然这个美,我刚才所说的是一个场景,是一个意象,实际上《红楼梦》的美,它已经突破了仅仅是良辰美景给我们的美的印象。它的美,实际上表现得很复杂。比如王熙凤这个形象。王熙凤这个形象令人又恨又爱,她害死了那么多人,本质上非常自私,为了敛财可以说是不计手段,小说一开始就拆散一对青年男女,管家时压着丫头的例钱不发工资,然后自己拿出去放高利贷。贾府已经是捉襟见肘了,她自己家里面存了七八万两。寻找贾府抄家的原因,贾赦害死人命,说得很笼统,实际上包括王熙凤害死人命,放高利贷那也不是贾赦放高利贷,而是王熙凤放的高利贷。我们能看到导致贾府败家的一个最重要人物和原因就是王熙凤和她的作恶多端。从很多角度来说,把王熙凤还原在生活里面,我们是不能说王熙凤是美的。

我记得有一次在北京看画展,一个专门画《红楼梦》题材画的画家,在西山曹雪芹纪念馆办画展,他画王熙凤,就是站在门槛里外,嗑着瓜子,这是一种个性非常张扬的形象。嗑着瓜子,吐瓜子,唾沫星子飞着,你想想这样一个女性很美吗?很泼辣,有个性。这很能表现出来王熙凤的性格。就是王熙凤作为生活里面的一个形象，我们还原到生活里面的形象，我们就会发现她不美。但是在艺术转化到生活里面我们感觉到不那么美好的一个人物，出现在艺术作品里她就成了一个艺术形象，这个艺术形象是美的，过去说是典型的。这就是说为什么我们"恨凤姐，骂凤姐，不见凤姐想凤姐"的原因。王朝闻先生曾经转述过这样一段话。你看完《红楼梦》，把书本合上，久久挥之不去的一个人物，一直在你脑海里和你对话的一个人物是谁？就是王熙凤。她那个泼辣劲儿跃然纸上，杀伐决断的能力在男人之上，但她又非常善解人意，她也非常有自知之明。她说我这些年管理贾府得罪的人太多了，也不知道招了多少人的恨，我也知道这些人有一天也不会给我好下场。王熙凤明明知道自己做了很多坏事，但她还不得不这样做，这是环境、情势所逼。王熙凤确实如作家所说的，她是一个脂粉英雄。她是一个可齐家的理家能手，贾府这个岌岌可危的大厦没有她的支撑难以苟延残喘。所以我记得有次在《红楼梦》讨论的时候，有的人就说王熙凤其实应该出来当市长，因为王熙凤消除各种矛盾、平衡各种利益的能力最强。当时我就说王熙凤确实是理家能手，但是我们决不能把王熙凤类比于我们今天的女市长。因为王熙凤作奸枉法、包揽诉讼、害死人命，她已经超出了道德的底线，已经到了触犯法律的地步。我们的女市长再能干，再有理家治世之才也不能违反法律啊。因此，就像王熙凤这样一个人物形象，当你直接就说她美的时候，读者会说你这种感受不对，她怎么会是美呢？

北大的中文系系主任也是我们中国红楼梦学会第一任会长的吴组缃先生，他是著名的作家，他曾经这么说，王熙凤的本质就是市侩。市侩是什么呢？凡是对我有利的，我都做；凡是对我不利，我都拒绝；只要对我有利的，我就不择手段去追求去实现。假如是这样定位王熙凤，当你说王熙凤美的时候，当然就有很多人持反对意见。我们说还原到生活里面的王熙凤不美，但是被当作艺术形象创造出来的时候，她确是美的，因为作者借助于暴露王熙凤的过分自私的本质，也鞭挞了这个人物。但是你看到王熙凤这个形象，作者又不是刻意地非要把她钉到道德的耻辱柱上不可，写她的目的就是为了羞辱她，来脸谱化地、漫画化地丑化她。作家不是这样的，作家充分地描绘出来王熙凤在这样一种环境里，她不得不这样做的原因。这倒不是说作家非要为王熙凤作恶多端开脱、寻找理由,因为刻画人物,必须要把人物放在一个深刻的社会关系里才能展现,而如果把这个关系的真实性表现出来的时候,人物性格的逻辑才能得到显现。人物之所以这样做那样做,她的逻辑是我们看到她所展现的社会关系及其生活真实性为基础的,所以我们感到这样一个人物,尽管有时候她的性格很极端,但是这完全是由其自身性格发展逻辑决定的。比如就说王熙凤对贾琏的态度,贾琏去扬州一趟,回来了以后王熙凤给他说一段话。她帮助宁国府办了秦可卿的丧事,然后显示了一副理家之才,一下子感觉她已经是鹤立鸡群了。但是贾琏知道得不多,她就向贾琏显摆。那样一段话,你可以回去再看看小说,她是怎么显摆自己的。但是她的那个显摆完全是向贾琏的讨好,也是对自己丈夫的一种炫耀。她说你看我们家里边各个人哪一个都是不好惹的,很多人都是见了油瓶倒了都不扶的人,哪一个没有两三下子,如果我没有一番杀伐决断、威令重行,这些人能听我的吗?这是向贾琏显摆,但是到后边的时候,王熙凤完全变了,她不需要向贾琏显摆了。实际上是贾琏和王熙凤夫妻关系变了。在她的眼里,贾琏成了可以恶声斥骂的对象。第七十二回,贾琏为了应付大家族之间的礼节往来,急需从鸳鸯那里要一千两银子。贾琏央求鸳鸯,鸳鸯还没有答应呢就又被叫走了,接着贾琏又要求王熙凤帮帮腔,事情就成了。王熙凤和平儿说要借一千两银子,但她们也有一个二百两银子的缺,说就先我从贾母那拿来一千两银子,好,我先扣下二百两。这一下子贾琏就恼了,贾琏觉得夫妻做到这份上,我就是让你给我说句话,你还要抽个利钱。贾琏恼羞成怒。你们去看看王熙凤是怎么反应的?王熙凤说:哼,我还在乎你的那二百两银子,我们王家的钱随便扫扫地缝都比你们贾府的钱多。没有家贼也招不来外鬼,原来说我王熙凤的还有你贾琏啊!王熙凤的话非常无情、无义,让贾琏一片灰心。王熙凤这种个人极度膨胀的欲望,她这种人性里恶的要素不断地生长与展开,随着小说情节的不断发展,你可以看到王熙凤怎样地慢慢地失去自我。

有个评点家说王熙凤实际上是钱奴。钱奴是什么?她活着唯一的追求就是钱,钱是压迫她的最大的力量,她把钱看成自己所有的寄托,连丈夫也不要了。所以,王熙凤和贾琏必然是要分开的。王熙凤是这样一个形象,所以我们就说《红楼梦》所展开的美很复杂。一类是比较直观的美,像黛玉葬花、晴雯醉卧、探春理家、惜春画园、元妃省亲、龄官画蔷，还有藕官烧纸等这样一些，还有宝玉见到乡村二丫头等这样一些场景，我们都可以直接感受艺术作品的美。还有一些美它是很复杂的，就像王熙凤，其实后者的美不是你直观就能感受到的，但是你一旦理解了以后，它让你的回味更悠远、更隽永、更深刻，从中所理解到的人生的况味更复杂。所以我们就说《红楼梦》是这样一个美的大观园，确实如此。它所展现的有景物的美、人性的美、青春的美、纯洁的美，还有洋溢在这些青年男女身上创造的美，诗情的美。有很多学者研究了《红楼梦》，他们列举的《红楼梦》的美有很多，含蓄的美、蕴藉的美、情节美、语言美等等，美不胜收。《红楼梦》语言美值得重视，因为《红楼梦》是语言艺术的，它的语言美需要仔细去体味，仔细去研究。

我们从语言美最简单、最表层的一个指标来衡量，譬如词汇的丰富。我记得在一次讨论会上有人说，当代作家比较有影响的王蒙——小说家，他创作那么多作品，词汇量八千都没超过。但是我们看看《红楼梦》呢，是八千的一倍还要多，这仅指一个作家的一部作品，仅就这一个指标说明《红楼梦》的语言，作为一个语言的艺术，已经达到了常人难以企及的高度。

当然，你马上就会提一个问题，《红楼梦》的美，搞半天就是给我们办了一个美的展览会？你看这个美那个美，人物美、情境美、风光美、情节美、语言美等等，这不就是个美的博览会吗？你说"元、迎、探、惜"四个姑娘是美的，黛玉、宝钗、湘云都是美的，这不是一个美人画廊吗，不是一个选美比赛吗？《红楼梦》一选秀，有人就把《红楼梦》选秀当成是选美，因为《红楼梦》里面的女孩子，虽然作家直接描写一个女孩子的面貌的时间和机会并不多，但是大家读完了作品以后都感觉到《红楼梦》里面女性的美，那是一种超凡脱俗、个性鲜明的美。我们用精神来感受《红楼梦》的时候，就感觉到弥漫在整个《红楼梦》文本上的就是美的氛围、美的气息。有这样一个感受，别人马上就会说《红楼梦》的美就是办了一个美的展览会，《红楼梦》人物的美就是一个美的人物画廊。我记得刚开始的时候就有人反驳我，他说如果作家的目的就是为了创造这样一些美，就是为了生活里面有这些美，他就是为了表现这些美的话，他能创造出来伟大的作品？那是不可能的。这一点我同意。我为什么同意呢？虽然《红楼梦》给我们贡献出来了很多美，良辰美景、美情、美时、美景、美人都有。但是《红楼梦》有美，它又超越了美。或者说我现在要说一个话，就是说当我们微观地看《红楼梦》的时候，我们看到的都是这些美的人物、美的意象、美的场景、美的个性。但是你再放大一看，曹雪芹给我们所展现的美的世界就不是那么简单了。

曹雪芹一方面对这些美有深切的感受，我为什么说他最重要的贡献是这样一个美的创造呢？你可以去看看曹雪芹之前中国所有的作家有没有把那么细微的感情写得那么逼真的。这种微妙的感情，就是人的美。但是曹雪芹把这样的美表现出来以后，又陷入了一种深深的哀叹，什么样的哀叹呢？他感觉到为什么这么美的东西只在瞬间存在呢？为什么美的东西转瞬即逝、转头成空？为什么美的东西不可挽留、无法长久呢？你看宝玉经常呼天抢地，经常向王夫人大哭大闹，大闹的原因是什么？听说姐姐妹妹谁要出嫁了，那个女孩子的出嫁在宝玉的心目中就是美的毁灭，这些女孩子那样单纯的生活，在大观园里面无忧无虑地享受青春美的生活，在大观园里面结社创作所洋溢的诗情和创造的美一去不复返啦。宝玉看到这些女孩子嫁人后，都染上了男人的浊臭气息，甚至变得比男人更急功近利，更咄咄逼人，更龌龊不堪。所以在他心目中，女孩子出嫁就是美的毁灭。曹雪芹所展开的这个世界，假如以美、以女性的美为象征，他就是写美的毁灭。曹雪芹又说美不可挽留，花落水流红，无可奈何花落去，曹雪芹陷入了深深的感伤。以至于由于对美的沉醉，想挽留美，而这个美又不可挽留，这使贾宝玉陷入绝望之中，曹雪芹也陷入了深深的悲观之中。他爱说的一句话，不是一开头就说"好便是了，了便是好"吗？说"人生一世，转头成空"。就是俞平伯先生所说的，《红楼梦》里面有一种重要的观念——他没说是主题，他不用主题这个概念——就是色空的观念。色空的观念是什么呢？就是青春的美，花园里面万木争荣的春色美，即使是冬季，就是宝玉一大早在一个琼楼玉宇里推窗一看，外面是一个琉璃世界、白雪红梅，等等。在色空观念看来，这都是乱人心智，让人心为物役的、扰乱人精神宁静的对象。一个人自觉泯灭对色的感受，才不被物役，才能守住自我，才能真正达到人生幸福的境界，超越种种外在的名利、荣华富贵对自己的折磨、诱惑或给你制造的悲欢。摆脱这种悲欢，守住人性的根本，这就实现了人生的幸福。色空观告诉你这种所谓的色都是转瞬即逝的，都是不可依恋的，也都是假的。风月宝鉴为什么正面一看是美女，背面一看是骷髅呢？骷髅和美女在他看来本质上是一个东西。你之所以在眼里看到美女欢欣雀跃，看到骷髅感觉到恐怖压抑，那是你被色迷，执着于事物的外表，如果抓住事物的根本，美女和骷髅是没有区别的。知道万物齐一，就可以纵身大化、不喜不惧。假如摆脱色对自己的一种迷惑，人不再迷恋于色，人才能摆脱不断变化着的万物，不受它们支配。这个色是万物存在的一种表象状态，透过表象才能抓住本质。当人能够守住自己根本的时候，也就摆脱了外在种种物象对自己的控制。

俞平伯先生说《红楼梦》有这样一个重要的观念就是色空。作家曹雪芹在写《红楼梦》的时候，实际上就把这两个问题同时都提出来给你了。一个方面曹雪芹前所未有地告诉你人生中间有那么多美好的东西，值得珍视，被他表现了，然后你阅读了以后你被感染，这是《红楼梦》最感人、最吸引人、最有魅力的地方。同时他又告诉你为什么人性的美好不能长远，良辰美景随着大观园的秋风瑟瑟也一去不复返了。尽管大地有四季的变化，人生有更替，有新陈代谢这样一种生生不息的循环，但是曹雪芹还是表现出来了人生虚无和宝玉出家决绝地要告别这个世界的愿望。实际上曹雪芹把这两个问题都提出来告诉你，人生究竟是应该执着还是解脱？人生有那么多美的东西，我们应该执着，但是这些美的东西不可留恋。当你执着的时候就会痛苦，还不如解脱。究竟是解脱还是执着，曹雪芹把这个问题交给了你。因为《红楼梦》整个故事的框架是重申了佛家的一种哲理，就是从空到空。贾宝玉是一块通灵宝玉来到人世，为了什么，他来人世所扮演的角色是什么？千古第一情痴。他来到这个世界上的时候，处处留情。宝玉不是有个判词吗，叫情不情。黛玉是情情，黛玉是对有情的对象才给予情的回应。而宝玉就是对于哪怕没有生命、没有意志、没有性格的对象也给予情。那个人对我即使没有情的回应，像二丫头——二丫头这个故事情节大家知道吧？——宝玉看到很多农具，不知道是什么，别人告诉他什么名字。他又看到一个纺车，宝玉很小，只有十三四岁，觉得很好玩，要坐上去纺，一个女孩子大声一喝，制止了他，然后大大方方地上纺车示范了一番教他。宝玉旁边的秦钟就捅着他说此女大有意趣。宝玉说你别胡说八道,你别亵渎了这女孩。宝玉对这个女孩很钟情,要离开时到处去寻觅这个女孩子。马车就要绝尘而去了,贾宝玉感觉到无限的怅惘。突然在人群里面又看到二丫头抱着她的小弟弟出现了。宝玉,当时曹雪芹怎么写的?恨不得下车追她而去。宝玉对这个女孩子用情,就是宝玉处处留情。宝玉处处用情,但是宝玉到最后得到的是情的幻灭。宝玉发现,人间的情不仅是各有分定,不能全占,也是转瞬即逝的。小说里面最大的象征就是他和黛玉的爱情悲剧。这个爱情不能够实现,使宝玉看到了情的幻灭,情的不能长久。这种幻灭再进一步加深,就是他身边的人再也不给宝玉讲情了。他结婚以后,薛宝钗、袭人都是对宝玉说过狠话的人。她们说狠话,宝玉认为她们是寡情薄义,而袭人和宝钗却认为她们不说狠话,宝玉不醒。宝玉不知道做男人就该读书明理、要上进、要有功名、要光宗耀祖,不说狠话他不醒。她们说狠话,出发点可能是一种善意,而宝玉却是靠情维系着自己生命的存在,假如这个世界没情的时候,他就要决绝地告别这个世界了。因为他是情痴、情种,他在这个世界上,没有情的回应,没有情的土壤,他就没有生存的根基。所以到最后他和薛宝钗争论赤子之心,大家可以去看看一百一十八回,就是宝玉和薛宝钗那一场著名的争论,我认为很重要。宝玉说赤子之心就是无知无识,无忌无贪,马上受到了薛宝钗的呵斥和责骂,她说宝玉你这简直是胡说八道,你知道吗?赤子应该是为忠为孝、济世救民,应该是光耀门楣,应该有不忍之心。薛宝钗和宝玉所理解的人在这个世界上生活着什么是最重要,完全不一样,所以他们同床异梦。志不同道不合所导致的宝玉的深深孤独,是宝玉要决绝于这个家族的根本原因。这是小说里面写矛盾冲突关系非常重要的内容,涉及《红楼梦》给我们展开的作家的思想线索,远远超出了我们能够通过画面直观感受到的美,他对于人生价值的理解和思考是小说里面最重要的。在这一点上,曹雪芹也可以说是前无古人,后无来者。

我们说一部经典名著,没有深刻的思想它是站不住的,而曹雪芹的思想就很深刻。譬如,我们简单地说一点,因为很多学者在谈论《红楼梦》的时候,经常把《红楼梦》放在一个过分单一的维度上衡量。有的就认为曹雪芹是反传统的,曹雪芹是一个叛逆者,就像"五四运动"一样,启导了"五四"的新生，是一种彻底决裂者、反叛者。也有的学者认为曹雪芹的思想还在旧的框框里面打转儿，曹雪芹没有贡献多少有价值的符合现代人的思想。胡适不就是这个观点吗？最早胡适推崇《红楼梦》，是因为《红楼梦》是白话写的，《红楼梦》用悲剧证明了中国文化再没办法延续了。胡适最早看重《红楼梦》是基于这两个原因。但胡适后来为什么又否定《红楼梦》呢？胡适说曹雪芹思想混乱，曹雪芹根本就没有受过严格的文学训练。你看他儒道不分，他反对男尊女卑，但居然提出女尊男卑，这不也是一种荒谬的思想吗？他说曹雪芹写的神神鬼鬼的那些情节，就更证明曹雪芹的思想很落后。也有人说曹雪芹的思想很先进，这是中国新思想的曙光。我也举一个人，譬如李劼写《历史文化的全息图像——论红楼梦》。他认为《红楼梦》所传播的思想是不同于传统儒家的一种新思想，能够带来思想的革命，很推崇它。他说《红楼梦》捍卫了中华民族自由率真的浪漫传统，里面渗透着一种高洁不屈的贵族精神。

我是怎么看曹雪芹对中国文化传统和传统思想的呢？他一个方面是通过男性世界的描绘暴露了中国封建社会主流文化——儒家文化的破产。儒家文化最高目标就是塑造一个具有儒家理想人格的君子，但是信奉儒家、践行儒家理想的人物有哪些呢？这不就是贾雨村、贾政吗？遗憾的是这两个人物最终都走向了儒家人格的反面。贾雨村，儒家讲要养成浩然之气，他有什么浩然之气啊？这个人是恩将仇报、非常卑鄙龌龊的人。为什么他会变得这样令人不齿、人格极端低下呢？是因为他在官场上的几次颠簸让他知道，做人是不能相信书本上那一套的，也就是儒家那些教诲在生活里边是行不通的。能行的是，要经常打着儒家的旗号，干着实际上是违理背德的事儿。你看看，他一眼就看出来，那个冯渊和薛蟠抢的那个女孩子是他恩人的女儿，在这个时候，你真正有一点人格气象的话，应该是杀身成仁这样一种，应该仁义第一。他前面已经有一次官场跌倒，他终于知道什么才是最重要的，恩人不管，英莲命运又放在了一个未知的层面上。而贾雨村之所以能到京城去考试，如果没有英莲的父亲给他的盘缠，没有她的父亲对他的收留，他怎么能实现这种人生抱负呢？作家深刻地描绘了抱着儒家理想，要形成儒家理想人格的这些儒士最终都走向了这种理想的反面。贾政也是这样，贾政酷爱读书，有诗酒风范，然后也是一直想博取功名,到最后也没有成功。男人的理想是修身治国平天下,贾政哪一个做到了?他连修身都没做到,修的气大伤身、肝火旺盛,动不动就是大发雷霆。哪怕是女孩子们做一个诗词猜一个谜语,他马上想到:哎哟,这小小年纪说出这样不吉祥的话,扫兴。你想这样的人活着有什么趣味呢!

曹雪芹通过塑造人物,对中国传统文化的目的和手段的矛盾给予了充分的暴露,认为中国传统文化已经走到了死胡同里面,或是说陷入了恶性循环。儒家的理想很好,但你根本没有实现的手段,当你运用手段去实现的时候,就走向了它的背面反面。所以曹雪芹非常深刻地写了他对于中国文化的批判,我们说的这是一个方面。至于让宝黛爱情不能实现,制造宝玉和宝钗婚姻悲剧也是家族文化的罪恶之一等这是小说的内容。我们应该看到曹雪芹对传统文化的批判,可以说是很多方面的,不停留在儒家的关于人格的理想上,不停留在家族文化上,也不停留在司法上,如"葫芦僧乱判葫芦案"等。贾政不是正人君子吗?你们发现了没有,贾政几次上蹿下跳地去跑关系,不仅是徇私情,还干扰了司法的公正。贾府这个大家族对司法公正的颠覆,这样的描写大概反复了三四次,大家在读小说的时候可以再仔细琢磨琢磨,留意一下。

曹雪芹对传统文化的批判和否定,那是很深刻很多面的,但是曹雪芹又不等同于一个对中国文化全盘否定的人。当他写这群女孩子对中国传统文化的浸染、对中国传统诗性文化的继承和在结社创作中所表现出来的创造力的时候,他又是无比地赞叹、无比地留恋、反复地吟咏,表现了一种无比珍惜的感情。所以我们不能简单地说曹雪芹就是中国传统文化的否定者,至少他不是全盘否定者。在这种文化里边,他对于诗性文化、创造文化给予了充分的肯定,但是他又对封建文化里边的礼教文化、家族文化、司法制度给予了无情的揭露或者否定。曹雪芹的思想深刻就在这儿,就像他对于传统文化一样,所展开的是让你对传统文化的一种辨认,而不是简单的要么全面继承,要么全盘否定。他对于人生的态度也是把他的疑问交给了你,人生有这么多美好的东西我们要发现,我们要珍惜,我们要想办法使它长久。但是曹雪芹又说在我生活的这个当下,这些美好的东西不能长久,我无比地怀念但又无可奈何,他不是说什么"奈何天,寂寥时"。"奈何天,寂寥时"是什么?"奈何天"就是无可奈何的良辰美景要失去,"寂寥时"是他对于人生美的发现,似乎只有他和宝玉是知音,其他人对于宝玉都是指责。所以他有"谁解其中味"这样一种浩叹。

对于宝玉这个形象,人们评价他的时候始终存在两种声音:一种声音就是说,宝玉是"无事忙",他干的事大家都不知,或者说天天无所事事,只知道跟女孩子厮混,明天的什么事一点儿也不操心,也不知道他究竟想要做什么。看着宝玉是莫名其妙,其实这种观点和贾政等身边很多人的观点都是一样的,包括贾宝玉的母亲王夫人。在他们看来,贾宝玉是不可理喻的,贾宝玉虽然聪明灵秀、人才出众,但他不务正业,贾宝玉就是一个混世魔王,贾宝玉就是一个好色之徒,贾宝玉就是一个无所作为的人。尽管指责否定贾宝玉的人很多,但是小说里边真正有见识、作家对人性有深度展示的这些人物都没有轻易地否定过宝玉。你看看探春,探春在小说里面是一个相当有思想深度的女性人物,是能够走到宝玉精神世界的人物之一。林黛玉没有否定过宝玉,王熙凤也从来没有否定过宝玉。虽然在小说里边,在世俗的声音里贾宝玉是被否定的,但是作家把对宝玉评价的声音采用双声性,一喉两声,作家的这种艺术笔法在贾宝玉形象的塑造上反映出来了。也是在脂砚斋的评语里面,认为贾宝玉说不得善,说不得恶;说不得贤,说不得愚;说不得好,说不得坏。宝玉是超越了善恶、好坏、美丑的评价,宝玉正是这样一种世俗声音和作者声音的差异、对立之间展开了人性的深度。他可不是简单地就像在网上突然挂出来一个说法:贾宝玉是流氓。小说中,贾宝玉有没有流氓的细节或举动呢?有。但是把贾宝玉定性为流氓这肯定是错的,那只是贾宝玉多面性格的一面,而且还是最不重要的一面,当然这一面也不可缺少。贾宝玉这样一个性格,它是这两个对立面的统一:一个是纨绔气,他是纨绔公子,他大闹学堂、踢袭人、吃胭脂、混迹裙钗、不爱读书等等,都是纨绔子弟纨绔气的一种反映。但贾宝玉又不简单,如果是纨绔子弟的话,他是不是和贾琏、贾珍、贾蓉等没有区别了呢?他身上还有另外一面,这就是他有赤子心,赤子之心是宝玉性格的本质方面。宝玉对于美的那种敏感,对于美的那种留恋,对于女孩子那样一种精神世界发现和守候,是真切和真诚的也是深刻的,换言之小说中真正能够走到女孩子精神世界里边儿的是宝玉。

一个很美很感人的场景就是"宝玉怜平"。王熙凤和贾琏夫妻俩生气，互相之间要出气，只能逮着平儿打。王熙凤不敢动用武力叫板贾琏，贾琏也不敢轻易打王熙凤，结果两个人都拿着平儿撒气。平儿这样一个非常悲苦的地位，能够体会到这样一种生命坚韧的生存和她内心深深痛楚的人就是宝玉，宝玉替她鸣不平。当平儿来到怡红院，重新化妆的时候，宝玉愿意去伺候她，伺候完了以后，宝玉是一种什么心理活动，宝玉感到无比的幸福，机会难得，也是他心愿的一种实现。类似于这样"宝玉怜平"，书中也有一种说法叫做意淫。类似这样的描写，在《红楼梦》中你们找到二十几处是毫不费力的。作家为什么反复渲染这样一种感情？宝玉没有人我之别，万物平等，宝玉期待人性的美好，并且维护人性的美好，宝玉的这种赤子之心表现在对生活美的对象的呵护上。不是有一种说法，宝玉是护花使者，这是一种值得重视的说法。那么宝玉不仅仅对这样的有生命的美的个体充满了爱的情感，不知道你们注意到没有，就是傅试家的两个老婆子在宝玉挨打之后来看宝玉。他们家有个女孩子叫傅秋芳，要说给宝玉。这两个老妈子趁机会来看看宝玉什么样，看完宝玉后无比失望，说这个宝玉还是一个男孩子，一点儿刚性都没有。见鸟儿跟鸟儿说话，见鱼跟鱼说话，然后丫鬟给他递水，明明是烫了自己的手，反问丫头烫着了没有，本来该丫头伺候他的，他倒伺候起了丫头，是个男人，却是一点儿刚性没有。傅试家的两个婆子非常瞧不起宝玉，但是傅试家的两个老婆婆看到了宝玉精神世界的另外一面儿。当然她们是否定性评价贾宝玉的。贾宝玉对鸟儿说话，对鱼儿问答。大家读《红楼梦》小说的时候，再留心一下类似的描写，就是宝玉和那些没有生命的对象在对话。当一个人把整个的世界都看成是生命对话的对象的时候，你可以想一想他是生活在怎样一个诗情画意的世界里。这个诗情画意的世界实际上就是中国诗歌创造出来的一种境界，生活在其中的就是贾宝玉。在这个世界上真正美的发现和享受者只有宝玉。

我前面说了，他是看到了情的幻灭，还看到了美的幻灭，因为唯一能够感受到生命之美、世界之美、万物之美的就是贾宝玉。所以第一个用西方哲学美学方法研究《红楼梦》的王国维先生说，"《红楼梦》是宇宙的、是哲学的、是文学的"。"宇宙的、哲学的"是什么意思？是最根本的。最根本的是什么呢？就是宝玉在看这个世界的时候，就是用情的眼光，用生命的眼光，万事万物在他的眼里都是有情致的，充满了生机，有人格的，是值得尊重、可以对话的。所以，在《红楼梦》里边儿，它的美也是既有比较表面表象的，也有思想深度的，也有人物性格深度的，也有超越我们以往传统文化所达到的高度的这些美。所以我们今天看到的《红楼梦》的这种美可以穷追，我们总说"说不尽的《红楼梦》"，即此之谓。《红楼梦》说不尽，就是因为它的思想深刻，"思想深刻"这句话我这样表述的时候，它很抽象，也似乎不具体，而我们一对比就知道了。为什么我们当下的很多大片、很多影视作品，一看它们确实是一个视觉盛宴，但转眼即忘，没有可以深究的内容，导演也说不需要深究，它就是一次文化消费。这样的作品难以成为经典，我们当代作品精品越来越少，很重要的一个原因，不仅是这些大片儿，还有我们经常看的电视剧、电影这些影视作品，大抵如此：没有可以深究的思想高度。没有经典作品原因就在于思想上的贫瘠和浅薄，或者说就没有思想，艺术就只是一个展览了。正是因为《红楼梦》有这样一种与其他中国古典小说截然不同的美学追求和艺术追求，才使《红楼梦》对中国20世纪以来的小说产生了深刻的影响。所以我们就说，《红楼梦》是经典，不是放在那儿文字文本的经典，而是发生了影响的经典。它还是一种资源，它是一种活的力量，它影响了后来很多作家。《红楼梦》作为一种生命力，一直在中国现当代文学中间延续着、发展着、光大着。

我讲《红楼梦》，就是说我们最重要的就是要把《红楼梦》看作是我们今天进行艺术创造的一个经验的借鉴，一个启发我们当代人感受现实体悟人生的一种方式，而不仅仅只是把它看作我们研究的对象。《红楼梦》能够提高大家的文学素养，帮助大家寻找到一种再现现实、感受现实，寻找到创造经典的一种方式，这才是最重要的，这是我们研究《红楼梦》的最终落脚点。所以从这一点出发，我们可以来回答几种说法。有一种说法就是《红楼梦》没有现代性，因为《红楼梦》宣扬了一种非常虚无主义的思想。有一天我在《新京报》上突然看到，北京某大学有个著名的教授——学哲学的教授说："一个沉湎于《红楼梦》的民族是没有生命力的民族。"他下面的论证是什么呢？因为《红楼梦》是崇尚虚无的，《红楼梦》的眼光是向后看的，《红楼梦》是一首挽歌，只是在留恋以往的浮世繁华，像这样一种东西，它对民族精神是有害的，总是孜孜以求于过去，而不敢面向于未来。这显然是一种误解。前面我说过，《红楼梦》不是一个虚无主义的文本，它是一个对话，不存在固定的答案和结论式的判断，而实际上是一个结构上充满张力的对话，这种张力能够将问题引向深入，关于历史、人生、意义、价值等。生活的创造、生活的美好，你是要发现，你是要维护，还是告别，还是要解脱？曹雪芹把这个疑问提出来了，这个疑问提出来是让你在另外一个环境场合遇到时做出自己的选择，而不是曹雪芹彻底地告诉你人生无意义，繁华虚无，人生无常，世界上所有存在的东西都是假的，曹雪芹不是要告诉你这个。假如曹雪芹真的是一个虚无主义者，是一个无为的人，那曹雪芹最彻底的无为就是连《红楼梦》都不要写了。他之所以要写《红楼梦》，就是因为他认为人生还有可为，人生有可为是什么呢？在作品里边，他通过宝、黛、钗等这样系列人物的人生追求，不是给你展现了吗？怎么能说《红楼梦》这样一部小说就是宣扬色空、虚无思想的呢？

还有一种说法，就是《红楼梦》跟现代小说的品格，格格不入。为什这样说呢？他就说《红楼梦》还是那样一种用回忆的手法、实录的手法，执着于回忆自己家族的故事，孜孜以求与个人荣辱悲欢相关的得失。因为"自叙传"新红学认为，假如曹雪芹没有那样一番生于荣华、终于凋落、树倒猢狲散的身世，就写不出《红楼梦》。据实照录，才有了《红楼梦》。这样完全把《红楼梦》看成是爬行主义——爬行在现实之后——的产物。

我们从《红楼梦》对现代当代文学的影响来看，可以说它很伟大。

我们在阅读现代文学的时候会发现，很多写家族题材的作品都深深地受了《红楼梦》的影响。比如巴金的《家》、《春》、《秋》，特别是在《家》里边老一代的保守味道，新一代的要求走出去、创造新生活，这样的父子两代人的矛盾，这样的描写，这样的家族，实际上是受了《红楼梦》很大的影响。当然，我说的是影响，不是决定。因为决定一个作家在文学作品里边展现一个什么样的世界是他生活的现实，是他感受的现实，而不是作品，而不是已有的文学传统。但是类似于这样的作品，实际上都或多或少地受到了影响。再比如，青年人在人生最关键的时刻面临着一个选择，这个选择究竟该怎样做出呢？作家

《红楼梦》与诗性智慧

也经常写人生最重要的这样关节点。譬如，欧阳山所写的《风流三部曲》，受了《红楼梦》的很大影响，不知道大家有没有这样的感受。他写《三家巷》青年男女之间的儿女情态，很容易看出与《红楼梦》的关系。欧阳山直言不讳地讲，他写青春男女孩子这种美好、纯洁的心灵，他们交往过程中所喷薄出来的热情洋溢的气息，这种青春美实际上是生活美中最重要的一部分，他受了《红楼梦》很大的影响。柳青的《创业史》也是，写年轻人在生命的关节点——爱情的抉择上，他们所陷入的深深的忧郁就像宝玉所遇到的人生矛盾一样，究竟是木石前盟，还是金玉良缘？金玉良缘是非常现实的一种选择，而木石前盟是一种纯情痴情的执守。宝玉和黛玉实际上都是痴于情、忠于情、困于情、死于情，林黛玉是死于情，宝玉出家也是因为情的幻灭。青年人对情的珍惜和依恋、反复斟酌所陷入的人生忧郁、困惑、矛盾，这些作品都有展现。再比如我们说林语堂，林语堂本来是向西方介绍《红楼梦》的，他想翻译《红楼梦》，但翻译着翻译着，他觉得不如写一个展示中国文化的新小说。后来他写一个《京华烟云》。《京华烟云》从家族题材，从青年男女的人生追求等方面，都可以看到《红楼梦》的影响。甚至，他的每一个男女人物的性格都与《红楼梦》中的人物性格有对应、有发展，当然林语堂不是照搬《红楼梦》的，他对人物性格都有调和、有发展。林语堂对《红楼梦》里边的人物性格做了很多修改，我们会发现在林语堂写的《京华烟云》里边，人物性格冲突减少了，而《红楼梦》中则无处不在的是冲突。因为各个人性格太鲜明，性格碰在一起就要有火花。这也说明，作家们效法《红楼梦》，但又与《红楼梦》不同，虽然这不同还不能说是他们超越了《红楼梦》。假如一个人完全照搬《红楼梦》，那我们可以说，那是死路一条。显然，很多作家从《红楼梦》中间获得灵感，又同时创造了我们现代文学的辉煌，铸就了我们一座座历史丰碑，怎么说《红楼梦》没有现代性啊？《红楼梦》很有现代性，对滋养中国的现代文学是功莫大焉，是值得大书特书的。说到《红楼梦》这个小说的现代性，我们再以矛盾的描写为例来说明。曹雪芹在《红楼梦》里面所展开的艺术世界，有两个主要矛盾，一个是父与子的矛盾，父与子的冲突就在第三十三回《不肖种种大承笞挞》的这一回，就是宝玉挨打这一回，矛盾爆发达到一个高峰。金玉良缘和木石前盟的矛盾在

九十七、九十八、九十九回《林黛玉焚稿断痴情》的描写里边达到高潮,这是两对主要矛盾。实际上《红楼梦》里边的矛盾还有很多,你要仔细分辨,能看到里边有很多矛盾。在20世纪三四十年代的时候,我国有一位哲学家牟宗三先生说,《红楼梦》里边没有刻意地要写哪一对矛盾,但是矛盾又无处不在,这使得《红楼梦》成为超越了古今的一部伟大小说,曹雪芹的高超就高超在这儿。我们知道西方的悲剧形成,他都是要刻意地安排矛盾的,有冲突,才有对决,才有毁灭,双方斗争的结果是一方的最终毁灭导致了悲剧。曹雪芹不刻意写矛盾,而又处处充满了矛盾。当你看到《红楼梦》是一个三角恋爱故事的时候,就像那些俗小说、才子佳人小说一样,你再仔细一品味,宝玉不是一般的才子,林黛玉等女性人物也不是一般的佳人。你说这三个人形成了竞争关系,但它又三角小说或三角恋爱小说。所以《红楼梦》从俗的一面儿上看,它有引人的三角关系,但是深入一看,它又跟所有俗小说的结构都不一样。所以《红楼梦》小说的现代性,不是那些轻视《红楼梦》、也很少研读《红楼梦》的人能作出评价的,要否定《红楼梦》的那些人没有认真面对过《红楼梦》,所以也不能够评判和认定其是否具有现代价值。

  我在这儿说一个小插曲。《红楼梦》研究者的队伍里有一位知名作家。这位兼具研究者与作家的人,有一次去参加《红楼梦》座谈会,遇到作家说:"我们现在都不读《红楼梦》。"这位学者回答说:"难怪当代作家难以写出精品,还不要说经典了,因为你们都不看《红楼梦》。"就我所知的,大多数作家都是重视《红楼梦》的文学经验的。在鲁迅文学院所办的作家班中,《红楼梦》是重点研讨对象。这些作家班里边儿,要专门研讨一下的小说有这样两部:一部是托尔斯泰的《安娜·卡列尼娜》,一部就是《红楼梦》。他们认为其他小说对于他们这种已有所成就的作家来说,已经不足以专门研读和交流了。因为这两部作品通过研读还能够发现里边儿有丰富的宝藏,有渊源深厚的文学滋养,对于现代作家有很多启发的价值。说到这儿,我不妨举一个最近的例子。关注文学评论的读者都知道,有一个新锐评论家叫李建军。李建军去年在《文学评论》第1期发了一篇文章,研讨茹志鹃创作《百合花》的源起,包括《百合花》这个作品是怎样发表出来的以及她在艺术风格上与《红楼梦》的渊源。茹志鹃酷爱《红楼梦》,艺术风格上与《红楼梦》类似,小说中还有《红楼梦》的影子。李建军去年发表的这篇文章,是研究她与《红楼梦》的关系的。小说里面有一个非常重要的场景,即那个新媳妇与小战士的关系变化。《百合花》这篇小说,我不知道大家知不知道情节内容。刚开始,小战士去新媳妇家借棉被,被拒绝了。因为这个小战士很生硬,不会说话。新媳妇家的被子是新婚用的,小战士领了任务却不知道该怎样去完成任务,觉得一脸没趣。不是新媳妇不愿意出借给前线伤员,后来新媳妇把被子交给了一位妇女干部,实际上就这样把它捐了。再后来,这个战士,我们知道他是个通讯员,上战场以后牺牲了,新媳妇看到担架上这个年轻的生命静静地躺着,身上的衣服还破着一个口。这时小说非常感人的场景出现了,新媳妇从他衣服上的这个破口辨认出了他,情难自已,掏出针线给他一针一针地缝,强忍着悲痛的心情,将美好的感情缝在了随他而去的衣服里。李建军认为新媳妇缝补小战士衣服上破口的这个描写,就是茹志鹃多多少少受了《红楼梦》里面"晴雯补裘"描写的影响。小说对人性美好的赞颂,对男女之间超越爱情胜似爱情的关系描写,得源于《红楼梦》。他说茹志鹃在美学趣味和艺术风格上,对人美好的信念的继承才是真正的对《红楼梦》的继承。

有些人认为写了家族题材就是继承了《红楼梦》,未必!很多人只得其形而忘其神,而遗其神,可以说不得要领。而茹志鹃写的是战争中间的一朵浪花,而这朵浪花偏离了主战场。本来炮火连天、硝烟弥漫的战场,冲突双方最激烈的是在前线,但是作家不写这个场面。隆隆的两声炮响,是战争的背景,而新媳妇看到的只是很有限的几个场景,而这有限的几个场景所表现出来的是人性的深度、人性的美好。新媳妇的嗔怒,小战士的害羞,故事的静水流深,反映着人情的含蓄曲折,这些都宛然纸上。我们对《红楼梦》的研究,《红楼梦》作为一种文学资源所发挥的意义,更多地应体现在与曹雪芹的心灵对话上。当然语言层面的学习,构思技巧的学习,也是需要的。譬如,谋篇构思,说到一个叙事宏大的文学作品,按照西方人小说结构的说法,认为小说应该有一个总高潮。但《红楼梦》里面,究竟哪一回是高潮啊?我研读了《红楼梦》结构的种种分析文章,有的人说是十三回的秦可卿出殡,还有说是十七、十八回元春省亲是高潮,小说这么早就高潮了吗?有点不太合理。有人说宝玉挨打是高潮,因为你把《红楼梦》小说矛盾主线看成是父子冲突的话，父子冲突的爆发，高潮往往就是主要矛盾的爆发，那三十三回宝玉挨打就是高潮。还有的认为《红楼梦》是青春的颂歌，写的是青春女子在大观园众美汇聚的天纵之情，这才是重中之重。真正让青春的狂欢得到实现的是六十三回，即王夫人、贾母都离开了贾府，"寿怡红群芳开夜宴"那回，大宴宾客之际，一群无拘无束的众女儿欢乐聚会。刚开始黛玉、宝钗等过来了，探春也来了，大家欢乐一番，她们走了以后，袭人、芳官又掩上门，怡红院的各位姐妹又痛饮一番，那是一次青春的狂欢，自由不羁，达到了一个非常高的极致，引人注目。所以俞平伯先生要研究那天晚上十几个女孩子是怎样按顺序坐的，怎样排着坐的，他进行了非常仔细的研究。有的人说六十三回是高潮，有的人不同意，说抄检大观园意味着青春欢歌的终曲，家族兴亡由此而来的转折点是高潮。有的人认为林黛玉焚稿断痴情是高潮，有的人又认为贾府抄家是高潮。《红楼梦》有这么多高潮，这怎么跟西方小说关于结构（起承转合）的分析有点不对啊。我认为秦可卿出殡不算高潮，元春省亲也不算高潮，它们只是写由盛到衰，是盛的那个高点，写贾府达到顶点的时候那样一种状态，它不是一种高潮。后面的三十三回、六十三回、七十八回，后四十回中黛玉之死、抄家即后面的这些我们说都是高潮也不错。但是《红楼梦》和所有单一结构的小说都不同，它是一个高潮迭起的小说。我们当代的作品叙事，假如你写90万字的小说，能不能有这么多高潮，一直很有力量地吸引读者来阅读完你的作品，有没有这样一种高潮迭起的效果。而曹雪芹这样不露痕迹地把《红楼梦》一步一个高潮地随着情节的展开而展开，不断地推到一个又一个高潮。我们有没有这样的一种能力？所以《红楼梦》是一个参照系，《红楼梦》也是一个检验经典的标准，《红楼梦》更重要的也是我们文学再出发的源泉。不仅是我们的作家，我们的读者也更多地从《红楼梦》中间得到文学的滋养，受到美的熏陶，养成对我们传统中国古典文化最纯正、最深挚的热爱，使得曹雪芹这种"谁解其中味"的浩叹得到消解——在我们对《红楼梦》的文学阅读里得到具体化，得到经验的支持，和我们的生命一起，焕发出灿烂的光辉。这个可能是《红楼梦》有益于人生，要落到实处的关键点。

主持人：我们刚才用不到两个小时的时间，聆听了孙教授从美学的视角来解读《红楼梦》这样一个精彩的讲座。从整个会场大家专心致志的听讲和频频点头的这种认同当中，我就能深深感觉到我们在座的各位听众对孙教授精彩的演讲是一种高度的认同。就我个人来讲，也是有一些体会，特别是谈到了《红楼梦》作为一个伟大的作品，它给人的绝对不是一个简单的具象的结果，而更多的是让我们当代包括后代能够不断汲取创造资源的作品。所以我想接下来把我们的提问机会给在座的观众。

观众： 尊敬的红学大师，感谢您今天给我们讲课，使我们对《红楼梦》的理解系统化、知识化、理论化。送给您一首藏头诗，叫"孙子兵法谋天下，伟大领袖话红楼；科学发展真善美，好学为师讲红楼"。我想请求您把1987版红楼和当代版的红楼电视剧给我们分析一下，我们认为87版的红楼非常好，南图一定要放1987版的红楼，谢谢您的解答。

孙伟科： 首先感谢这位老师藏头诗里对我的祝愿，感谢！感谢！说到1987版和2010版电视连续剧，话题太多了。仅从我们红学的角度来讲，我觉得有句话是"兼听则明"，需"择善而从"。在2010版拍摄中间，红学家是有介入的，有很多建议，也是好的建议，因为我们要尊重原著嘛！李少红导演非常有个性，在艺术上个人风格很明显。众说纷纭的"铜钱头"，一开始就有红学家反对，但被坚持下来，后来不免议论纷纷。完成一个影视剧作品，是导演的一个艺术创作，别人的意见都只能是参考。最终该怎么来创造，别人只有建议的权力，没有干预的权力，因为导演要为它的艺术成功负最终责任。为什么大家反对铜钱头呢？因为那么多的女孩子，都是铜钱头，很难辨认。假如红学家都分辨不出来谁是谁，观众就更难了。这个女孩子不说话，我们都不知道她是湘云还是惜春啊。再一看，怎么惜春的扮相根本不像一个大家女子的扮相，类似于这样的东西，让争论停留在很表面的问题上。后来我跟李少红导演还在电视台做过一次节目，对话的结果是想让大家关注多些电视剧本身。认识有分歧没关系，因为还有市场的检验。不管是2010版还是今后哪一个导演拍摄《红楼梦》，都有三个对象必须得对话，一个对话是与《红楼梦》的，一个是与《红楼梦》已有的改编的图像、影像，一个是导演与他所掌握到的观众接受《红楼梦》的经验。你必须得在这三者之间认真地调和、磨合，做出自己的选择。你阅读《红楼梦》，你的经验肯定是有个性的，要坚持个性，但是如果你把自己的个人经验看成是最重要的，完全不管读者的经验，完全不管已有对《红楼梦》改编的经验，你注定是要失败的。1987版《红楼梦》连续剧到2005年已经播了700多遍，到现在已经播了超过1000遍了，假如我们的新版过了两年就不播了，或者说一播出就没有好响应，再说什么不都是白搭吗？所以，争论不重要，我们观众才是真正的检验者。

观众：谢谢孙先生，本来我不想讲话的，你突然提到了茹志鹃的《百合花》，我必须要讲。我觉得《红楼梦》给我们的美学享受，那真是说不完道不尽。我今天来听这堂课，我认为比吃西餐好，比吃肯德基好，真的是一种享受。你看《红楼梦》不管从哪个角度，人性的分析、生活的环境等都是表现了一种美。你看我随便讲"寒塘薄荷影，冷月葬诗魂"，你想想这个意境多美，就是10个字啊，确实是这样。那么林黛玉所表现的人性是美的，她对宝玉的爱，那种爱的真挚，那种感情的纯情是美的。

下面就是问题了。我们社会上我所接触的人，也许别人不一样，就是这么一个美的感情，但是大家都不太喜欢林黛玉，而喜欢薛宝钗。假如我作为父亲为我儿子选媳妇，恐怕也不会选林黛玉这样的人，我觉得这个现象比较普遍。另外还有一点，现在的作家接受了《红楼梦》美学方面的创造，我也感觉到茹志鹃写的那个战士，那个战士走向战场，他采路边的那个鲜花，插在枪眼里，这个对生活很美的，但是那个时候人家说他是小资产阶级感情。

孙伟科：钗黛之争，从《红楼梦》诞生到现在，究竟是钗更好还是黛更好，争论不断。选媳妇呢，大学生中间做了一次调查，结果90%多的人都选宝钗，好像宝钗是最恰当的人选，黛玉被冷落了。我想文学作品里的人物，是不能够完全还原到生活里面来的，而文学作品里面的人物呢，实际上是作家审美的一种理念的极致化和典型化。实际上这些人放到生活里面，假如我们说要娶她做媳妇的时候，是有很多缺憾的。你比如说黛玉很痴情、很钟情、衷于情。我们都是有情的存在，是情感的人，情得不到满足是个很大的悲剧，林黛玉是情的化身，是理想化的形象。但是你说林黛玉天天"人参养荣丸"，弱柳扶风，天天安枕难眠，这不是哪一个男人都能承受得起的。宝钗知书达理，知道什么场合说什么话，身体也好，肌肤丰满，传宗接代，完成生儿育女的使命也将很好。当父亲给儿子选媳妇，人们肯定是不会选一个有可能夭折的媳妇吧。所以说，从现实上的考虑，人们往往选的是宝钗。但是在这里我也可以告诉大家，真要把宝钗这样的人物还原到生活里面，能入宝钗法眼的男人微乎其微。宝钗可不是你对她用情，她就对你有情的。她对男人的标准是很高的，她是不论情谊之私的，重要的是你必须符合她所要求的男人标准。你选宝钗，宝钗不一定选你。我觉得读深读懂《红楼梦》，你会看到宝钗作为一个妻子，从外在的方面来看很符合标准，但是从内在的方面来看，宝钗又是让我们感觉到有些恐怖的。宝玉明明是弥留之际，已经神志恍惚了，宝钗却要用霹雳之法对他，你想想这样一个女孩子的胆魄！我们可以正面地说她是有胆魄的。但从负面来说，一个妻子的无情、心硬到这样一种程度，是非常可怕的。而这样一种女性，美也是很容易丧失的。在人际关系中间，她很容易丧失自己女性所应有的优势，很可能导致关系的恶化。宝钗认为宝玉是"读书不明理"的人，感情也就越来越淡漠。这显然，不是一种理想美好的婚姻。

主持人：我们读者的提问很精彩，我们台上孙教授回答更精彩，非常感谢大家在这两个小时的讲座，我们再次以热烈的掌声感谢孙教授。

2010年12月26日